鄉土與悖論——魯迅研究新視閾

楊劍龍　著

認識大陸作家系列

目　次

第二編　走進魯迅的世界

第三編　魯迅研究之研究

第四編　魯迅的過去時與現代時

第一編

魯迅研究新視閾

論魯迅的鄉土小說與文化批判

　　中國的文化巨人魯迅先生是站在歷史與文化的高度反思觀照中國人的生存狀態與心理結構的，是在對西方文化的參照中對中國的傳統文化作深入反省批判的。與其說魯迅是站在政治革命的角度投身於「五四」新文化運動的，不如說他是立足於文化批判的視角從事思想啟蒙事業的。早期的魯迅曾一度十分關注世界科學成就的介紹傳播，他認為「蓋科學者，以其知識，歷探自然現象之深微，久而得效，改革遂及於社會」[1]，魯迅深切地渴望通過介紹發展科學來救祖國。自決意棄醫從文、以文藝來改造國民精神後，魯迅的注意力更多地從世界的科學物質文明的介紹，轉入對人類精神文明的推崇，魯迅發表了倡導「掊物質而張靈明，任個人而排眾數」的〈文化偏至論〉和推崇「立意在反抗，指歸在動作」的摩羅詩人的〈摩羅詩力說〉，此時的魯迅已努力在中西文化的比照中探索中國傳統文化的弊端。在辛亥革命失敗以後的苦痛沉寂中，魯迅「深入於國民中」，「回到古代去」[2]，這使經過了西方文化洗禮的魯迅對中國傳統文化有了更為深刻的認識和把握，魯迅將他的創作置於對中國傳統文化批判的基點上，這就使魯迅的小說創作具有其獨特的視野，他不像郁達夫、郭沫若將弱國子民的留日學生孤寂鬱悶的生

---

[1]　魯迅〈科學史教篇〉，見《魯迅自編文集‧墳》第 15 頁，天津人民出版社、香港炎黃國際出版社 1999 年 2 月版。

[2]　魯迅〈吶喊‧自序〉，見《魯迅選集》第 1 卷，第 4 頁，人民文學出版社 1983 年 2 月版。

活攝入自己的藝術世界中,也不似葉聖陶、冰心在苦悶與彷徨中著意憧憬美和愛的理想天國,魯迅執著地以浙東故鄉的鄉鎮生活為模本,努力從故鄉人的生存狀態和精神世界的描述和剖露中,對中國傳統文化作深刻形象的批判。

一

在中國現代作家中,沒有哪一位對中國傳統文化的認識有魯迅這樣深刻而又具體,沒有哪一位對中國傳統文化的批判有魯迅這樣執著而又犀利。魯迅一針見血地將中國的傳統文化概括為奴性文化。他說:「中國的文化,都是侍奉主子的文化,是用很多的人的痛苦換來的。無論中國人,外國人,凡是稱贊中國文化的,都只是以主子自居的一部分。」[3]魯迅認為中國人向來就沒有爭到過「人」的價格,至多不過是奴隸,中國歷史上只有想做奴隸而不得的時代和暫時做穩了奴隸的時代。魯迅努力從整體上把握中國傳統文化的特徵。在把握中國傳統文化的整體特徵的同時,魯迅在許多文章中還十分具體深刻地剖析中國傳統文化的種種弊病,魯迅以偏至的發展觀孜孜於對中國傳統文化弊病的揭示和批判,「這是意在復興,在改善」[4],因而魯迅在他的鄉土小說的創作中也努力剖露抨擊中國傳統文化在民族心理性格方面形成的種種病態。

---

[3] 魯迅〈老調子已經唱完〉,見《魯迅文華》第 4 卷第 942 頁,百家出版社 2001 年 1 月版。

[4] 魯迅〈致尤炳圻〉,見《魯迅書信集》下,第 1064 頁,人民文學出版社 1976 年 9 月版。

　　魯迅對中國傳統文化的批判中，對國民性的卑怯是深惡痛絕的，他一再針砭在中國傳統化浸淫下國民性的卑怯，他說：「……意圖生存，而太卑怯，結果就得死亡。以中國古訓中教人苟活的格言如此之多，而中國人偏多死亡，外族偏多侵入，結果適得其反，可見我們蔑棄古訓是刻不容緩的了。」[5]魯迅的鄉土小說展示給我們的是一個卑怯者的世界。李長之在〈魯迅作品之藝術的考察〉中就指出：魯迅的小說創作「在內容上，寫的東西都是一致的，是寫農民的愚駭和奴性」[6]。在魯迅的鄉土小說中，將兒子的命運寄寓在人血饅頭上懦弱的華老栓（〈藥〉），一心躋身長衫客行列的落魄的孔乙己（〈孔乙己〉），因丟了辮子被女人當眾辱罵的憂愁的七斤（〈風波〉），在多子、饑荒、苛稅等壓榨下苦得像個木偶人的閏土（〈故鄉〉），都是鄉土社會中的卑怯者，他們對於身受的壓迫忍辱受屈逆來順受。〈祝福〉中到土地廟捐門檻贖罪的祥林嫂，〈在酒樓上〉中敷敷衍衍模模糊糊無聊地生活著的呂緯甫，〈孤獨者〉中親手造了獨頭繭將自己裹在裏面的魏連殳，〈離婚〉中懾於七大人威光的愛姑，也都是社會生活中的卑怯者，雖然他們面對坎坷的命運和人生也有過不平和抗爭，但最終都屈服於文化傳統和社會環境。魯迅將國民的卑怯視為國民性的主要病根之一，他以決絕的姿態予以抨擊。魯迅極力反對卑怯者半死半生的苟活，他深切地期望人們能掙脫文化傳統的禁錮，有真正的人的生活，他說：「世上如果還有真要活下去的人們，就先該敢說，敢笑，敢哭，敢怒，敢罵，敢打，在這可詛咒的地方擊退了可詛咒的時代。」[7]

5　魯迅〈北京通信〉，見《魯迅選集》第 2 卷第 176 頁，人民文學出版社 1983
　　年 12 月版。
6　李長之〈魯迅作品之藝術的考察〉，見 1935 年 6 月 12 日天津《益世報》。
7　魯迅〈忽然想到・五〉，見《魯迅選集》第 2 卷第 167 頁，人民文學出版社
　　1983 年 12 月版。

　　魯迅先生對於卑怯者的恃強凌弱更為痛恨，他曾憤憤地指出：
「勇者憤怒，抽刃向更強者；怯者憤怒，卻抽刃向更弱者。不可救
藥的民族中，一定有許多英雄，專向孩子們瞪眼。這些孱頭們！」[8]
魯迅在其鄉土小說創作中一再針砭揭示卑怯者的凌弱。〈孔乙己〉
中咸亨酒店酒客們對孔乙己的奚落哄笑，〈藥〉中老栓茶館裏茶客
們對夏瑜的斥責譏嘲，〈明天〉中魯鎮上紅鼻子老拱、藍皮阿五對
單四嫂子的欺凌，《阿 Q 正傳》中遭假洋鬼子棒喝的阿 Q 對小尼姑
的侮辱，〈祝福〉中魯鎮人對祥林嫂悲劇故事的學舌、對祥林嫂額
頭傷疤的嘲弄，〈孤獨者〉中寒石山人們對魏連殳關於其母喪葬儀
式的脅迫，都可看出魯迅對鄉村社會中卑怯者的恃強凌弱的深惡痛
絕。魯迅曾憤然地指出：「要除去於人生無意義的苦痛。要除去制
造並賞玩別人苦痛昏迷和強暴。」[9]在對中國傳統文化的批判中，
魯迅對封建節烈觀念和等第思想十分憎惡，在〈我之節烈觀〉中，
魯迅將封建節烈觀念視作無主名無意識的殺人團，他說：「社會上
多數古人模模糊糊傳下來道理，實在無理可講；能用歷史和數目的
力量，擠死不合意的人。這一類無主名無意識的殺人團裏，古來不
曉得死了多少人物；節烈的女子，也就死在這裏。」[10]魯迅在其鄉
土小說中就描述封建節烈觀念的影響摧殘下，「不幸上了歷史和數
目的無意識的圈套，做了無主名的犧牲」[11]的鄉村社會的人們。〈明
天〉中的寡婦單四嫂子執意守節，將兒子寶兒視作她人生的唯一寄

8　魯迅〈雜感〉，見《魯迅選集》第 2 卷第 173 頁，人民文學出版社 1983 年
　　12 月版。
9　魯迅〈我之節烈觀〉，見《魯迅選集》第 2 卷第 10 頁，人民文學出版社 1983
　　年 12 月版。
10　魯迅〈我之節烈觀〉，見《魯迅選集》第 2 卷第 9 頁，人民文學出版社 1983
　　年 12 月版。
11　魯迅〈我之節烈觀〉，見《魯迅選集》第 2 卷第 10 頁，人民文學出版社 1983
　　年 12 月版。

託和希望，寶兒的不幸病逝，使她失落了明天。〈祝福〉中的祥林
嫂守寡後又被婆婆強行嫁到賀家墺，一心守節的祥林嫂全力反抗，
竟一頭撞在香案角上。被稱作善女人的柳媽竟認為當初祥林嫂「索
性撞一個死，就好了」，並勸祥林嫂去土地廟捐門檻，「贖了這一世
的罪名，免得死了去受苦」。封建的節烈觀念成為摧殘鄉村婦女的
「無主名無意識的殺人團」，「社會公意不節烈的女人，既然是下
品；他在這社會裏，是容不住的」。因而精神上受盡折磨和摧殘的
祥林嫂在容不住她的社會裏只有走向死路。魯迅認為應該追悼中國
歷史上為節烈觀念迫害致死的人們，並說：「我們追悼了過去的人，
還要發願：要自己和別人，都純潔聰明勇猛向上。要除去虛偽的臉
譜，要除去世上害己害人的昏迷和強暴。」[12]

　　魯迅將中國封建社會幾千年的歷史與傳統概括為吃人的筵
宴，這種吃人是建築在封建的等級制度上的。魯迅指出：這種吃人
的筵宴，「但我們自己是早已布置妥帖了，有貴賤，有大小，有上
下。自己被人凌虐，但也可以凌虐別人；自己被人吃，但也可以吃
別人。一級一級的制馭著，不能動彈，也不想動彈了。」[13]魯迅對
這種封建的等第思想是極為憎惡的。說：「中國人至今還有無數
『等』，還是依賴門第，還是倚仗祖宗，倘不改造，即永遠有無聲
的或有聲的『國罵』。」[14]中國傳統的君臣父子等第嚴格的禮治秩
序成為幾千年來規範人們的生活准則和處世方式，魯迅的鄉土小說
中對這種森嚴的等第思想作了生動的揭示。〈孔乙己〉中去咸亨酒
店喝酒的人們，長衫客和短衣幫涇渭分明，短衣幫們是靠櫃外站著

---

[12] 魯迅〈我之節烈觀〉，見《魯迅選集》第 2 卷第 10 頁，人民文學出版社 1983
年 12 月版。

[13] 魯迅〈燈下漫筆〉，見《魯迅選集》第 2 卷第 81 頁，人民文學出版社 1983
年 12 月版。

[14] 魯迅〈論「他媽的！」〉，見《魯迅文華》第 2 卷 228 頁，百家出版社 2001
年 1 月版。

喝酒的,而長衫客則踱進店面隔壁的房子裏慢慢地坐喝,而落魄的孔乙己是「站著喝酒而穿長衫的唯一人」,孔乙己始終未能躋身於長衫客之列,最終脫下了長衫,穿件破夾襖,盤著兩腿來喝酒。〈故鄉〉中回鄉尋覓過去的記憶與情感的主人公「我」在被歲月和生活壓迫得麻木了的閏土一聲「老爺」的稱呼中,感到他們「之間已經隔了一層可悲的厚障壁了」,童年時相處得無拘無束的小英雄閏土消失了,只有辛苦麻木得像木偶般的閏土了。魯迅十分深刻地將人之間的這種隔膜歸為封建等第的緣由。他說:「……在我自己,總彷彿覺得我們人人之間各有一道高牆,將各個分離,使大家的心無從相印。這就是我們古代的聰明人,即所謂聖賢,將人們分為十等,說是高下各不相同。」[15]魯迅針砭了中庸思想和瞞騙行徑。被稱為儒家最高美德的中庸思想倡導不偏不倚執兩用中的中和主義,這成為人們道德修養和處世行事的基本准則和方法。魯迅將中庸視作國民性卑怯的根由和阻礙中國人進行改革前行的巨大阻力。魯迅指出:「中國人的性情是總喜歡調和、折中的。譬如你說,這屋子太暗,須在這裏開一個窗,大家一定不允許的。但如果你主張拆掉屋頂,他們就會來調和,願意開窗了。沒有更激烈的主張,他們總連平和的改革也不肯行。」[16]在散文〈聰明人和傻子和奴才〉中,魯迅就抨擊了聰明人的中庸思想、推崇傻子的改革精神和批判了奴才的奴性性格。在散文〈立論〉中針砭了執兩用中的中庸之道。魯迅在鄉土小說創作中,也生動地揭示了這種不偏不倚的中庸思想。〈明天〉中的王九媽,面對單四嫂子詢問寶兒的病情,她只是「端詳了一番,把頭點了兩點,搖了兩搖」。這種不置可否不負責任的回答,

---

[15] 魯迅《俄文譯本〈阿Q正傳·序〉》,見《中國現代作家談創作經驗》上冊,第7頁,山東人民出版社1982年6月版。

[16] 魯迅〈無聲的中國〉,見《魯迅選集》第2卷第435-436頁,人民文學出版社1983年12月版。

與〈立論〉中既不謊人也不遭打的回答如出一轍，這顯然是為魯迅所鄙棄的。〈祝福〉中回歸魯鎮的遊子，在祥林嫂關於靈魂地獄有無的叩問中，只能以「也許有」，「也未必」和「說不清」搪塞，這種中庸之道的處世態度，魯迅在小說中闡釋道：「『說不清』是一句極有用的話。不更事的勇敢的少年，往往敢於給人解決疑問，選定醫生，萬一結果不佳，大抵反成了怨府，然而一用這說不清來作結束，使事事逍遙自在了。」這顯然是為魯迅所針砭的調和折衷的中庸之道，是一種擺脫責任和道義的中和主義。〈在酒樓上〉中的呂緯甫在社會和環境的壓迫下，從一個關心國家前途命運敢作敢為的青年，變為一個教教「子曰詩云」敷衍模糊無聊隨便的弱者，他以中庸之道調和規範自我的人生。這顯然也是為魯迅所不滿的。

　　魯迅憎惡中國人的奴性性格，更憎惡他們以瞞和騙造出奇妙的逃路。他說：「中國人的不敢正視各方面，用瞞和騙，造出奇妙的逃路來，而自以為正路。在這路上，就證明著國民性的怯弱，懶惰，而又巧滑。一天天的滿足著，即一天一天的墮落著，但卻又覺得日見其光榮。」[17]魯迅憎惡他們能以瞞和騙從奴隸生活中尋出「美」來。魯迅的《阿Q正傳》立意寫出國人的魂靈，阿Q是以瞞和騙造出奇妙的逃路來的典型人物，不管處於何等不利和不愉快的境地，阿Q都能從中擺脫出來，處於精神上勝利的不敗之地。〈故鄉〉中麻木辛苦生活著的閏土，在香爐和燭臺裏尋覓人生的希望，尋求精神的寄託和慰藉。〈祝福〉中受盡折磨的祥林嫂，到鎮西頭的土地廟捐門檻贖罪，求得精神的平衡與解脫。〈孤獨者〉中作繭自縛的魏連殳，躬行其先前所憎惡所反對的一切，拒斥其先前所崇仰所主張的一切，在失敗中找到了精神上的勝利。魯迅深深地憎惡國民

---

[17]　魯迅〈論睜了眼看〉，見《魯迅選集》第2卷第89頁，人民文學出版社1983年12月版。

的奴性性格,真誠地期盼能創造出中國歷史上未曾有過的第三樣時代,真正爭取到做人的價格和權益。

二

在「五四」新文化運動的陣營中,魯迅以十分理性的態度對中國傳統文化作深入而又深刻的批判,魯迅是從對西方文化遞嬗演進歷史過程的宏觀分析把握中,是在對中國文化歷史傳統的整體探析總結中,對中國傳統文化作深入具體的批判的。魯迅是針對中國文化傳統的病症去從西方近代文化傳統中去尋覓良方的,魯迅是「作為從外國藥房販來一帖瀉藥」來接受介紹西方文化的,以醫治中國傳統文化形成的痼疾。

魯迅先生對中國傳統文化的批判是立足於對人的啟蒙,是基於「中國人要從『世界人』中擠出」的擔憂,魯迅是立足於「立人」的基石之上的。魯迅認為民族振興「首在立人」,「人立而後凡事舉」[18]。因此魯迅在努力揭出病苦引起療救的注意中,著重探析與針砭中國幾千年傳統文化浸淫中形成的民族心理性格。魯迅深感中國傳統文化對國民性影響的根深蒂固,因而魯迅執著地揭發針砭在傳統文化影響下民族性格的卑怯凌弱、節烈觀念、等第思想、中庸思想、瞞騙行徑等弊端,意在努力改變愚弱國民的精神,魯迅期望將來圍在古訓所築成的高牆裏面的一切人眾會覺醒走出,認為「此後覺醒的人,應該先洗淨了東方固有的不淨的思想」[19]。受到進化論思想影

---

[18] 魯迅〈文化偏至論〉,見《魯迅文華》第 2 卷第 53 頁,百家出版社 2001 年 1 月版。

[19] 魯迅〈我們現在怎樣做父親〉,見《魯迅選集》第 2 卷第 17 頁,人民文學

響的魯迅，一度將立人的理想寄託在孩子們的身上，因而在〈狂人日記〉中發出「沒有吃過人的孩子，或者還有？救救孩子……」的呼聲。在〈故鄉〉裏渴望宏兒和水生們「不再像我，又大家隔膜起來」，「他們應該有新的生活，為我們所未經生活過的」。魯迅期望孩子們成為將來的「人」的萌芽。魯迅在〈長明燈〉中卻勾勒了孩子們對欲吹熄長明燈的「瘋子」的嘲弄；在〈孤獨者〉中卻描述了孩子們對孤獨者魏連殳的仇視，這折射出魯迅對進化論思想的懷疑和否定。魯迅努力從「立人」的視角進行傳統文化的批判，他說：「可是東方發白，人類向各民族要的是『人』——自然也是『人之子』——我們所有的單是人之子，是兒媳婦與女媳之夫，不能獻出人類之前。」[20]魯迅深切企盼中國有能獻出人類之前的人，有衝破一切傳統思想的闖將。

　　魯迅執著地抨擊中國傳統文化的弊病，是矚目於改革的將來的。他說：「但我總還想對於根深蒂固的所謂舊文明，施行襲擊，令其動搖，冀於將來有萬一之希望。」[21]因而魯迅在〈狂人日記〉中渴望容不得吃人的將來的到來，在〈故鄉〉中期望人之間沒有隔膜的新的生活的未來的出現。魯迅深知在傳統文化統治了幾千年的古國改革的艱難，但魯迅仍然大無畏地努力地撕去舊社會的假面。他認為：「大同的世界，怕一時未必到來，即使到來，像中國現在似的民族，也一定在大同的門外。所以我想，無論如何，總要改革才好。」[22]魯迅對中國傳統文化的認識是極為深入和深刻的，他說：

出版社 1983 年 12 月版。

[20] 魯迅〈隨感錄‧四十〉，見《魯迅選集》第 2 卷第 125 頁，人民文學出版社 1983 年 12 月版。

[21] 魯迅〈兩地書‧十一〉，《魯迅全集》卷 11，第 32 頁，人民文學出版社 1981 年版。

[22] 魯迅〈兩地書‧一〇〉，魯迅全集》卷 11，第 31 頁，人民文學出版社 1981 年版。

「中國大約太老了，社會上事無大小，都惡劣不堪，像一隻黑色的染缸，無論加進什麼新東西去，都會變成漆黑。可是除了再想法來改革之外，也再沒有別的路。」[23]改革成為魯迅向中國傳統文化鬥爭的指歸，魯迅的改革思想始終矚目於民族文化心理的改造。魯迅指出：「長城久成廢物，弱水也似乎不過是理想上的東西。老大的國民盡鑽在僵硬的傳統裏，不肯變革，衰朽到毫無精力了還要自相殘殺。」[24]又說：「總之，讀史，就愈可以覺悟中國改革之不可緩了。雖是國民性，要改革也得改革，否則，雜史雜說上所寫的就是前車。」[25]魯迅執著地從文化角度探索中國社會的改革問題，指出變革中國社會的症結。魯迅十分反對修補老例的所謂的變革，倡導呼喚革新的破壞者。魯迅深知在中國這個傳統文化勢力分外強大的國度裏，改革者難以避免地遭到吃苦或殺身之禍，但魯迅依然一如既往大無畏地在改革之途上努力奮鬥，以其犀利潑辣的隨筆雜文和生動凝煉的鄉土作品，揭示針砭中國傳統文化的種種弊病。

魯迅對中國傳統文化的批判，是與對自我的解剖和反省結合在一起的，這使他的作品呈現出更為撼人心魄的深刻與深邃，這也使魯迅的鄉土作品展示出其他鄉土作家創作難以企及的厚度和高度。魯迅曾指出舊文藝的創作如隔岸觀火，新文藝的創作則「連我們自己也寫進去」，「在小說裏可以發見社會，也可以發見我們自己」，並說「現在的文藝，連自己也燒在裏面」。[26]魯迅的創作就是

---

[23] 魯迅〈兩地書‧四〉，《魯迅全集》第 11 卷第 26 頁，人民文學出版社 1981 年版。

[24] 魯迅〈忽然想到‧六〉，見《魯迅選集》第 2 卷第 168 頁，人民文學出版社 1983 年 12 月版。

[25] 魯迅〈這個與那個〉，見《魯迅選集》第 2 卷第 224 頁，人民文學出版社 1983 年 12 月版。

[26] 魯迅〈文藝與政治之歧途〉，見《魯迅文華》第 4 卷第 969 頁，百家出版社 2001 年 1 月版。

將他自己也燒在裏面的，他的鄉土小說非頤指氣使地責難鄉民們的麻木愚昧，而是以哀其不幸怒其不爭的情感基調揭出病苦，同時魯迅常常反省自身所受的傳統文化的影響。魯迅在《寫在〈墳〉後面》中曾說：「……我的確時時解剖別人，然而更多的是更無情面地解剖我自己，……。」[27]魯迅真誠地反省自己所受到中國傳統文化的深刻影響，他說「別人我不論，若是自己，則曾經看過許多舊書，是的確的，為了教書，至今還在看。……但自己卻正苦於背了這些古老的鬼魂，擺脫不開，時常感到一種使人氣悶的沉重。就是思想上，也何嘗不中些莊周韓非的毒，時而很隨便，時而很峻急。」「因為我覺尋古人寫在書上的可惡思想，我的心裏也常有。」[28]魯迅將自己看作是在社會轉變途中的中間物。魯迅這種將自我視作與光陰偕逝的中間物思想，使魯迅對中國傳統文化的批判具有一種深人肯綮的深刻和堅韌執著的無畏，也使魯迅對其自我的解剖與反省始終不渝，這種解剖和反省甚至達到十分殘酷的境地。他說：「我自己總覺得我的靈魂裏有毒氣和鬼氣，我極憎惡他，想除去他，而不能。我雖然竭力遮蔽著，總還恐怕傳染給別人，我之所以對於和我往來較多的人有時不免覺到悲哀者以此。」[29]魯迅的散文詩集《野草》中就以一種抉心自焚的精神對自我的靈魂作了十分深刻的自剖和拷問。魯迅的鄉土小說創作在揭出國民性的種種病態中，也常常解剖自我的靈魂。1927 年茅盾在〈魯迅論〉中就指出，魯迅並不是一個站在雲端一味指斥世人愚笨卑劣的聖哲和超人，「他是實實地生根在我們這愚笨卑劣的人世，忍住了悲憫的熱淚，用冷諷的微

---

[27] 魯迅〈寫在《墳》後面〉，見《魯迅選集》第 2 卷第 106 頁，人民文學出版社 1983 年 12 月版。

[28] 魯迅〈寫在《墳》後面〉，見《魯迅選集》第 2 卷第 107 頁，人民文學出版社 1983 年 12 月版。

[29] 魯迅〈致李秉中〉，見《魯迅書信集》下，第 61 頁，人民文學出版社 1976 年 9 月版。

笑，一遍一遍不憚煩地向我們解釋人類是如何脆弱，世事是多麼矛盾！他決不忘記自己也分有這「本性上的脆弱和潛伏的矛盾。」「從魯迅的鄉土小說中我們也可看到魯迅對自己內在矛盾的解剖和批判。魯迅在抨擊中國幾千年的封建社會吃人本質的〈狂人日記〉中，顯然將自己的情感和視角置於被吃而又吃人的狂人之列，魯迅既暴露了家族制度和封建禮教的弊害，同時也深刻反省包括魯迅自己在內的「有了四千年吃人履歷」的國民，受封建傳統的深刻影響和壓迫，真切地渴望不吃人的社會和不吃人的人們的出現。〈故鄉〉是以魯迅歸鄉遷家為素材的，小說中的歸鄉的「我」雖不盡是魯迅自身的寫照，但卻寄寓了魯迅真實的思想與情感。小說在揭示和感慨「我」與閏土之間隔起的可悲的厚障壁，在深切期望拆毀人之間隔膜的高牆後，魯迅指出閏土的要香爐、燭臺是一種偶像崇拜，並說：「現在我所謂希望，不也是我自己手製的偶像麼？只是他的願望切近，我的願望茫遠罷了。」1921 年的魯迅還在探索之中尋求新路，雖然他執著地努力毀牆尋路，但如他自己所說的也不知走哪條路好，他常常徘徊在十字路口，因而當時對魯迅來說，他的希望也只是一種十分渺茫難以把握住的偶像了，魯迅真實地剖露了自己尷尬的內心與情狀，也祖現了魯迅一往無前毀牆尋路的執著精神。魯迅的《阿 Q 正傳》意在通過阿 Q 形象的描繪「寫出一個現代的我們國人的魂靈來」。1933 年魯迅在〈再談保留〉一文中說：「十二年前，魯迅作的一篇《阿 Q 正傳》，大約是想暴露國民的弱點的，雖然沒有說明自己是否也包含在裏面。」魯迅依了自己的覺察孤寂地寫出的《阿 Q 正傳》，顯然也將自己包含在內的，這種對國民性的揭示和批判顯然也包含著魯迅的自我解剖和批判。

魯迅對中國傳統文化的批判受到過嚴復、梁啟超、章太炎等文化批判先驅者的影響。然而在一種充滿了民族文化優越感和對外族的強烈仇視的時代氛圍中，他們對中國傳統文化的批判總顯得矛盾

重重、軟弱乏力，最終卻紛紛又回歸了傳統：康有為回到了尊孔之途，嚴復投回孔孟懷抱；梁啟超提出以中國固有之舊道德維持社會，章太炎從民族主義回歸國粹主義。「五四」新文化運動以一種決絕的姿態反思批判文化傳統，「五四」前夕關於東西方文化的論爭體現了「五四」新文化運動的先驅者們對中西文化價值體系全面整體的選擇和體認，陳獨秀的〈東西民族根本思想之差異〉從東西方民族根性之不同揭示中國傳統文化之弊端，李大釗的〈東西文明根本之異點〉從動的文明和靜的文明視角比較東西民族之差異，他們都努力從東西方文明的比照中揭示中國傳統文化和國民性的弊病，從而形成了「五四」時期反傳統的時代氛圍。受到過嚴復、梁啟超、章太炎等人影響的魯迅，他對中國傳統文化的體認和批判及對國民性問題的思考，包含著對自我精神的反思與解剖，因而自稱為歷史中間物的魯迅對傳統文化的批判比前人具有更為深刻的內涵和無畏的氣度，魯迅不僅以其犀利的雜文投入了對傳統文化的批判，而且以其生動形象的鄉土小說，深入到民族文化心理結構的深處，抓住中國傳統文化是奴性文化的核心，揭示民族文化心理的卑怯凌弱、節烈等第、中庸瞞騙等種種病態，給現代國人展示了一幅幅揭示傳統文化積弊的生動圖畫，和一面面觀照人們自我靈魂病態的形象鏡子，這使魯迅對中國傳統文化的批判和對國民性的探索，具有極為深刻和深遠的影響。

原載《中國人民大學學報》1995 年第 3 期

論魯迅的鄉土情結與鄉土小說

　　被譽為中國現代最早的鄉土文藝家的魯迅，他的小說創作與執著探索人生真諦建構愛的哲學的冰心不同，也與著意創作自敘傳小說抒發傷感情緒的郁達夫迥異。魯迅的小說創作有其獨特的題材選擇和情感表達，他以其「偏苦於不能完全忘卻」的記憶深處的故鄉的鄉鎮生活為主要創作素材，以故鄉鄉鎮中的下層人們為主要描寫對象，建構起他筆下獨特的魯鎮（未莊）世界，揭示了這個世界中上流社會的墮落與下層社會的不幸。魯迅成為中國現代鄉土文學的開拓者。魯迅這種獨特的創作選擇，固然緣於其清醒的為人生的啟蒙意識，但我們也不能忽略沉潛於魯迅心靈深處的鄉土情結，正是基於這種縈繞於心底難以排遣的情感積澱，魯迅才執著地步上了鄉土小說創作之路。

一

　　傑出的鄉土藝術家總是紮根於凝成其鄉土情結的那一片鄉土，執著地展示那片迷人的土地上的風土人情，憶寫土生土長的故園中的難忘人生，寄寓、抒寫對故土真摯的愛與恨，只有如此，他才能真正成為風格獨具富有魅力的鄉土藝術家。法國農民畫家米萊說：「我生為農民，也將以農民而死。我將待在自己的土地上，決

不讓出哪怕像木鞋那麼寬的地方。」[30]美國鄉土畫家魏斯說：「我的作品是與我生活的鄉土深深結合在一起的,但是我並非描繪這些風景,而是通過它來表現我心靈深處的記憶與感情。」[31]俄羅斯作家托爾斯泰說：「沒有我的雅斯納雅‧波良納,就沒有我的俄羅斯,就沒有我和俄羅斯那種血肉相連的關係。」[32]美國作家威廉‧福克納說：「我的像郵票那樣大小的故鄉本土是值得好好描寫的,而且即使寫一輩子,我也寫不盡那裏的人與事。」[33]是藝術家稔熟的一片小小的鄉土產生了他們洋溢著鄉土氣息地方色彩的鄉土藝術。

　　魯迅談及他的小說創作時說：「而歷來所見的農村之類的景況,也更加分明地再現於我的眼前。偶然得到一個可寫文章的機會,我便將所謂上流社會的墮落和下層社會的不幸,陸續用短篇小說的形式發表出來了。」[34]故鄉的農村鄉鎮的生活在魯迅的心靈深處留下了深深的烙印,交織著童年的歡愉、少年的酸辛、青年的悲哀、成年的探索,這決定了魯迅小說創作的題材選擇與情感表達。魯迅曾在其自傳中十分簡潔地敘述了他在故鄉童年和少年時代的生活：

> 我於一八八一年生於浙江紹興府城裏的一家姓周的家裏。父親是讀書的;母親姓魯,鄉下人,她以自修得到能夠看書的學力。聽人說,在我幼小的時候,家裏還有四五十畝水田,並不很愁生計。但到我十三歲時,我家忽而遭到了一場很大的變故,幾乎什麼也沒有了;我寄住在一個親戚家裏,有時

---

[30] 羅曼‧羅蘭《米萊傳》第 11 頁,人民美術出版社 1985 年 7 月版。
[31] 《美國畫家魏斯》,第 37 頁,人民美術出版社 1983 年 7 月版。
[32] 康‧洛穆諾夫《托爾斯泰傳》,第 77 頁,天津人民出版社 1981 年 3 月版。
[33] 斯通貝克〈威廉‧福克納與鄉土人情〉,《福克納中篇小說選》第 11 頁,中國文聯出版公司 1983 年 9 月版。
[34] 魯迅〈英譯本《短篇小說選集》自序〉,《中國現代作家談創作經驗》上冊,第 25 頁,1982 年 6 月版。

還被稱為乞食者。我於是決心回家，而我底父親又生了重病，約有三年多，死去了。我漸至於連極少的學費也無法可想；年底母親便給我籌辦了一點旅費，教我去尋無需學費的學校去，因為我總不肯學做幕友或商人，──這是我鄉衰弱了的讀書人家子弟所常走的兩條路。[35]

正是由於故鄉生活的這種獨特經歷，釀成了魯迅鄉土情結的複雜性，對故鄉的愛與憎交織，對故鄉人的哀與怒相融，去鄉與思鄉的痛楚，歸鄉與別鄉的惆悵，構成難以解開和平息的情感扭結、矛盾衝突。

童年的記憶對作家的創作具有舉足輕重的影響。弗洛伊德十分重視對藝術家童年經驗的關注和分析，他認為《哈姆雷特》是莎士比亞「童年時代對父親的感情復甦」[36]，《蒙娜麗莎》是達芬奇「對他童年時期母親的記憶」[37]。固然由於佛洛伊德誇大了情欲在生活和創作中的作用，使其理論假設中存在著某些缺陷，但他對藝術家童年經驗與創作關係的分析不乏精到之處。童年的魯迅，由於「並不很愁生計」的家境，留給他記憶深處童年的歲月是溫馨的。夏夜堂前桂樹下祖母膝下所聽到的迷人故事，清明掃墓鏡水畔烏石頭、調馬場所見到的清麗風光；他曾在安橋頭農村整日和農民的孩子一起釣魚捉蝦牧牛看鵝，他曾在正月裏聽章運水講述捕鳥刺豬撿貝殼觀跳魚；坐烏篷船赴社廟看社戲烙下永難忘懷的記憶，塗紅油彩捏鋼叉目連戲中扮鬼卒留下鮮明生動的印象……。童年生活留給魯迅的主要是甜美溫馨、歡愉純真的記憶，這奠定了魯迅對故鄉執著深沉的愛，以至於人到中年的魯迅還深情地說：「我有一時，曾經屢

[35] 〈魯迅自傳〉，《魯迅全集》第 8 卷，第 305 頁，人民文學出版社 1980 年版。

[36] 佛洛伊德〈〈俄狄浦斯王〉與〈哈姆雷特〉〉，見張喚民、陳偉奇譯《佛洛伊德美文選》，第 18 頁，知識出版社 1987 年月版。

[37] 佛洛伊德〈列奧那多‧達芬奇和他的童年的一個記憶〉，見張喚民、陳偉奇譯《佛洛伊德美文選》，第 84 頁，知識出版社 1987 年月版。

次憶起兒時在故鄉所吃的蔬果：菱角，羅漢豆，茭白，香瓜。凡這些，都是極其鮮美可口的；都曾是使我思鄉的蠱惑。後來，我在久別之後嘗到了，也不過如此；惟獨在記憶上，還有舊來的意味留存，他們也許要哄騙我一生，使我時時反顧。」[38]這些滿貯著思鄉蠱惑的蔬果，已成為一種寄寓著鄉情鄉思的象徵物，成為貯藏著魯迅童年溫馨記憶的意象了。無怪乎鄭伯奇也說：「愛鄉心的表現，不僅在這衝動的、一時的感情上，在微妙的感情裏，也滲入了不少的愛鄉心。故鄉的山川草木亭園常常縈繞著我們的夢想裏。不要緊的一種特別的食物也可以引起我們很豐富的故鄉的記憶。這種愛鄉心，這種執著鄉土的感情，這種故鄉的記憶，在文學上是很重要的。」[39]

倘若說沒有家庭的大變故，沒有「從小康人家而墜入困頓」的遭遇，那麼就不會有以後偉大的思想家、文學家、革命家的魯迅，他或成為步祖輩後塵的秀才舉人，或成為吟詠故鄉風物的田園詩人。科場舞弊案，使魯迅的一家從小康墜入困頓，魯迅在家庭的變故中更廣泛地接觸了社會，更深刻地思索著人生，他說「我以為在這途路中，大概可以看見世人的真面目」[40]。隨著祖父的入獄，魯迅開始了皇甫莊、小皋埠的寄居生活，受到冷漠奚落的眼光，遭到被稱為乞食者的侮辱；伴著父親的病，魯迅經常出入於當鋪和藥鋪，在侮蔑裏從當鋪高高櫃臺上接了錢，再到一樣高的櫃臺上買藥；隨著父親的去世，魯迅受到族中長輩們的欺凌，還傳出他偷偷變賣東西的流言，魯迅真正看到了社會的冷漠、世態的炎涼。倘若說童年魯迅從故鄉中更多地得到溫馨的愛的話，那麼少年魯迅從故

---

[38] 魯迅〈朝花夕拾・小引〉，見《魯迅自編文集・朝花夕拾》第 2-3 頁，天津人民出版社、香港炎黃國際出版社 1999 年 2 月版。

[39] 鄭伯奇〈國民文學論〉，《創造周報》第 34 號。

[40] 魯迅〈《吶喊》自序〉，見《魯迅選集》第 1 卷第 1 頁，人民文學出版社 1983 年 12 月版。

土上更多地學會了冷漠的僧，「S 城人的臉早經看熟，如此而已，連心肝也似乎有些了然。總得尋別一類人們去，去尋為 S 城人所垢病的人們，無論其為畜生或魔鬼」[41]。魯迅就帶著這種對故鄉人的憎惡的情感離開了故土，「走異路，逃異地，去尋求別樣的人們」[42]。少年時代的這種受盡冷漠和奚落的獨特遭遇，使魯迅對故鄉的憎惡之感成為一種主體情綜，而童年形成的對故土溫馨的愛成為被上述主體情綜壓抑的、處於次要地位的情感記憶，雖然鄉土情感仍然是魯迅心靈深處無法抹去的基本色彩。這就決定了魯迅以後小說創作的情感基調、表述方式和小說風格，他以揭示描寫鄉村社會裏人之間的冷漠關係與情感隔膜為其小說的基本母題，在極為冷靜的表述方式下卻包裹著一顆充滿鄉土情感的愛心，正如李長之早在 1935 年就指出的：「魯迅那種冷冷的、漠不關心的、從容的筆，卻是傳達了他那最熱烈、最憤慨、最激昂，而同情心到了極點的感情。」[43]

<h1 style="text-align:center">二</h1>

鄉土情結是一種難以擺脫情感積澱，尤其在離開故鄉的遊子心裏表現得更為濃烈。「無論什麼人，雖然性有男女之別，年有老幼之差，無論什麼人對於故鄉的土地，都有執著的感情。」[44]走異路逃異地的魯迅在初離故土置身他鄉之時，抑制不住的鄉愁鄉思在寫

---

[41] 魯迅〈朝花夕拾・瑣記〉，見《魯迅選集》第 1 卷第 431 頁，人民文學出版社 1983 年 12 月版。

[42] 魯迅〈《吶喊》自序〉見《魯迅選集》第 1 卷第 1 頁，人民文學出版社 1983 年 12 月版。

[43] 李長之〈魯迅作品之藝術的考察〉，1935 年 6 月 12 日天津《益世報》。

[44] 鄭伯奇〈國民文學論〉，《創造周報》第 34 號。

於 1898 年的〈戛劍生雜記〉中表現得如此濃烈：「行人於斜日將墮之時，暝色逼人，四顧滿目非故鄉之人，細聆滿耳皆異鄉之語，一念及家鄉萬裏，老親弱弟必時時相語，謂今當至某處矣，此時真覺柔腸欲斷，涕不可仰。」[45]去鄉的痛苦、思鄉的情愫濃郁熾烈，躍然紙上。1900 年 1 月魯迅從礦路學堂回家度歲，2 月返校後別情依依思鄉情長，他寫了三首惜別詩寄其弟，其中有「還家未久又離家，日暮新愁分外加。夾道萬株楊柳樹，望中都化腸斷花」的詩句，以楊柳化作腸斷花的幻覺將別家去鄉遊子的難捨難分之情表達得分外真摯生動。1901 年 4 月初魯迅又在〈別諸弟三首〉中抒寫其濃郁的鄉情鄉思。其中一首云：「夢魂常向故鄉馳，始信人間苦別離。夜半倚床憶諸弟，殘燈如豆月明時。」魯迅還在跋中寫道：「深秋明月，照遊子而更明；寒夜怨笛，遇羈人而增怨。此情此景，蓋未有不悄然以悲者矣。」魯迅在異鄉的求學生涯中，對故鄉的夢縈魂繞，對親人的深深眷戀，在情景交融哀婉悲怨的詩句中生動地抒寫了出來。1902 年魯迅赴日本留學後，在給友人的信函中也時常抒發思國思鄉之情，「曼思故國，來日方長」，「仙臺久雨，今已放晴，遙思吾鄉，想亦久作秋氣」[46]。此時「我以我血薦軒轅」的魯迅，已開始深深地思考民族的前途祖國的命運，思鄉與思國、愛鄉與愛國的情感已不可分割地糅合在一起，雖然思鄉戀故的情緒仍不時流露出來，但顯然已無他求學南京時那樣濃烈了。

　　1909 年魯迅回國後，先在杭州、後回紹興任教。他曾攀稽山香爐峰採集植物標本，曾登禹陵拓印禹陵碑帖；曾下東湖泛舟，曾上吼山嚐泉。魯迅曾組織家鄉的文學進步團體越社，辦《越鐸日

---

[45] 魯迅〈戛劍生雜記〉，見《魯迅全集》第 8 卷第 458 頁，人民文學出版社 1980 年版。

[46] 周芾棠〈鄉土憶錄──魯迅親友憶魯迅〉，第 135 頁，陝西人民出版社 1983 年 4 月版。

報》，出《越社叢刊》，曾與周作人一起輯錄《會稽郡故書雜集》，「書中賢俊之名，言行之跡，風土之類，多有方志所遺，舍此更不可見。用遺邦人，庶幾供其景行，不忘於故」[47]。魯迅以眷眷的鄉土之情為弘揚故鄉的文化而盡心盡力。鄉土情結始終凝結於魯迅的內心深處，童年的溫馨，少年的酸辛，凝結成愛與憎相交織的情感記憶，1928 年出版的散文集《朝花夕拾》，就著意抒寫這種難以忘卻的記憶，執意抒寫思鄉的蠱惑。1931 年魯迅身處白色恐怖的都市上海，在給友人的信中將他所處之地比作「真如處荊棘中」，又說：「時亦有意，去此危邦，而眷念舊鄉，仍不能絕裾徑去，野人懷土，小草戀山，亦可哀也。」[48]在對黑暗社會現實的憤懣之中透露出濃濃的思鄉之情。魯迅曾對馮雪峰說：「要寫農民，我回紹興去。」[49]他在晚年，還曾與許欽文相約，回紹興去看看「稽山鏡水」間的紅葉，看看故鄉熟悉的農民[50]。1936 年 10 月魯迅病重之時，他在給朋友的信中還流露出濃濃的鄉土之情：「倘能暫時居鄉，本為夙願；但他鄉不熟悉，故鄉又不能歸去。」[51]魯迅帶著故鄉不能歸去的深深憾意離別了人世。

　　故鄉在魯迅的心目中是如此可愛，卻又是那麼可憎，雖然魯迅如此地眷戀著故土，但他曾在 1919 年 11 月給許壽裳的信中說：「明年，在紹之屋為族人所迫，必須賣去，便擬挈眷居於北京，不再有越

---

[47] 魯迅〈《會稽郡故書雜》集序〉，《魯迅全集》第 10 卷第 32 頁，人民文學出版社 1981 年版。

[48] 魯迅〈致李秉中〉，見《魯迅書信集》上冊，第 270 頁，人民文學出版社 1976 年版。

[49] 周芾棠〈鄉土憶錄──魯迅親友憶魯迅〉，第 135 頁，陝西人民出版社 1983 年 4 月版。

[50] 周芾棠〈鄉土憶錄──魯迅親友憶魯迅〉，第 203 頁，陝西人民出版社 1983 年 4 月版。

[51] 魯迅〈致曹聚仁〉，《魯迅全集》第 13 卷第 648 頁，人民文學出版社 1981 年版。

人安越之想。而近來與紹興之感情亦日惡,殊不自知其何故也。」[52]雖然魯迅在《朝花夕拾·小引》中充滿深情地憶及滿貯著思鄉蠱惑的蔬果,但他在 1926 年的《馬上支日記》中卻說:「對於紹興,……我所憎惡的是飯菜。……究竟紹興遇著過多少回大饑饉,竟這樣地嚇怕了居民,彷彿明天便要到世界末日似的,專喜歡儲藏乾物品。」[53]魯迅對故鄉充滿了一種十分複雜矛盾的情感,溫愛與憎惡、眷戀與鄙視、悲哀與怨怒、希望與失望,都始終矛盾地交織在一起,這種複雜的情感基於魯迅童年時代的溫馨記憶和少年時代的酸辛經歷,又隨歷史嬗變社會發展中魯迅人生處境的變化和思想觀念的發展而變化發展,從中我們抑或可梳理出一條比較清晰的情感脈絡。

三

倘以榮格的心理學理論來分析,鄉土情結屬於一種集體無意識,它包容著人類祖先遺傳下來的生活和行為模式,貯藏著心靈初始生長演化的原始意象。「人從其往昔歲月的生活經歷中繼承了種種原始意象,這裏所指的往昔歲月既包括人類祖先的所有生活經歷,也包括其前人類或者其動物祖先的往昔歲月的一切生活經歷。」[54]自新石器時代由於原始農業的日益發達,原始人開始了較長期的定居生活,逐漸形成以農業經濟為基礎的聚落,血緣家庭和氏族社會的出現,使人類

[52] 魯迅〈致許壽裳〉,見《魯迅書信集》上冊,第 21 頁,人民文學出版社 1976 年版。

[53] 魯迅〈馬上支日記〉,見《魯迅選集》第 2 卷第 300 頁,人民文學出版社 1983 年 12 月版。

[54] 卡·霍爾、沃·諾德拜《榮格心理學綱要》第 33 頁,黃河文藝出版社 1987 年 7 月版。

的祖先產生了對於家園的依戀。自人類有了文學創作以來，抒寫對故土的思戀、對家園的追憶，就構成了滲透著鄉土情結的思鄉文學原型。《詩經》中就有這樣的詩句：「昔我往矣，楊柳依依。今我來思，雨雪霏霏。行道遲遲，載渴載饑。我心傷悲，莫知我哀！」托出了歸途遊子思鄉的渴望。《樂府》中也有這樣的詩章：「高高山頭樹，風吹葉落去。一去數千里，何當還故處。」抒發了羈旅之人歸鄉的渴望。無論是王維的「君自故鄉來，應知故鄉事。來日倚窗前，寒梅著花未」的叩問，還是家鉉翁的「曾向錢塘住，聞能憶蜀鄉。不知今夕夢，到蜀到錢塘？」的企望，無論是李白的「此夜曲中聞折柳，何人不起故園情」，還是盧綸的「不知何人吹蘆管，一夜征人盡望鄉」，或觸景生情，或托物言志，或登高望遠，或聞聲而慟，都感人至深地抒發了懷鄉、戀鄉、思鄉、念鄉的鄉井之情，思鄉戀土成為文學創作中的一個基本母題，形成一種凝聚著鄉土情結的文學原型。

魯迅的鄉土小說主要以歸鄉原型和思鄉原型展示其小說充滿了鄉土情感的獨特敘事視角和創作模式。倘若說〈狂人日記〉的「適歸故鄉，迂道往訪」「余昔日在中學校時良友」，僅為小說的日記體故事提供了一個展示的契機的話，那麼〈故鄉〉、〈祝福〉、〈在酒樓上〉、〈孤獨者〉等作品，都以闊別故鄉的主人公「我」返歸故土為敘事視角，在「我」的所見所聞所思中展開故事。歸鄉者歸鄉後心理情緒的波動起伏、情感與現實的矛盾衝突，成為作品著力描寫展示的一部分，甚至構成小說故事發展的一條主線。〈故鄉〉中闊別故鄉十餘年的「我」回歸家鄉，記憶中的故鄉已成為一個遙遠的美麗的夢，回歸故鄉的熱情、尋覓舊夢的渴望，與故園蕭瑟的景象、舊夢難圓的失望的矛盾，在歸鄉者心理上形成強烈的情感衝突。而記憶中的童年閏土和現實中的成年閏土身上從外貌到心態的巨變，成為激起歸鄉者心靈震撼與情感衝突的衝擊波，故鄉童年美麗的夢在閏土身上被激活，又在閏土身上被撞破。故鄉衰敗悲涼的

現實，在閏土身上得以生動具體的展示，而歸鄉者對故土的疏離與隔膜感，也主要基於並非記憶中的已經陌生了的閏土身上了。

在魯迅的鄉土小說中，歸鄉者常常又是去鄉者，故鄉已不再是羈旅者的精神家園，回到故土的遊子仍然是無家可歸的客子，「覺得北方固不是我的舊鄉，但南來又只能算一個客子」，因而歸鄉的目的是專為別鄉賣屋搬家而來的。〈祝福〉中的故鄉已無家、暫寓在魯四老爺宅子裏的剛歸鄉的「我」，在與魯四老爺的話不投機中、祥林嫂死去的信息中，就決計離開魯鎮。歸鄉者與故鄉已產生難以消除的陌生感與隔膜感，這是受過西方文明和文化思想影響的現代知識者與囿於中國傳統文化和思想的古老停滯的鄉鎮社會之間的對立。〈在酒樓上〉裏繞道尋訪故鄉的「我」，在熟悉的 S 城裏卻成了一個生客，只有酒樓下綻開著梅花茶花的廢園，才使「我」感到些許故土的暖意。〈孤獨者〉中的春初下午返歸 S 城的「我」，在為孤獨者魏連殳送葬後，自己也成了一個孤獨者，獨自在月光下潮濕的石路上漫步。在這些以歸鄉模式敘寫的作品中，歸鄉者都是為不被故鄉所接納認可的孤獨者，他們越想從舉止到情感去靠攏故鄉、尋覓舊夢，他們就越感悟到與故鄉的疏遠與隔膜，越堅定了故土難留探索新路的信念。

魯迅的散文集《朝花夕拾》大多以舊事重提的思鄉模式憶寫童年的往事，抒發鄉思之情，或回憶童年夏夜大桂樹下的聽故事，或敘寫兒時東關看五猖會的罕逢盛事，或勾畫活潑詼諧可怖而可愛的活無常，或描繪有人面獸、九頭蛇的《山海經》，洋溢著深深的鄉情鄉思。魯迅的文言小說〈懷舊〉可視作其鄉土小說的發軔之作，以一孩童的視角敘寫發生在古老鄉鎮的故事，在一場無中生有的風波中針砭了鄉民們愚昧麻木的心態。作品中孩童夏夜桐樹下納涼聽故事，舀水灌蟻穴的嬉戲，臥聽雨打芭蕉的入夢，都融入了魯迅對故鄉童年生活的思戀和回憶，帶著思鄉原型的色彩。〈社戲〉是典型的具有思鄉原型意味的小說。魯迅以身處都市先後兩次觀摩京戲

找座的窘迫處境、唱打的乏味感覺的敘述，牽起對兒時故鄉搖船看社戲的美好回憶：那宛轉悠揚的橫笛，那月下臨河的戲臺，那船頭觀戲的愜意，那船上煮豆的樂趣。進戲園觀京戲的難以忍耐與在野外看社戲的趣味盎然，形成極其鮮明的對照，托出了濃濃的思鄉之情，作品結尾「真的，一直到現在，我實在再沒有吃到那夜似的好豆，──也不再看到那夜似的好戲了」，抒發了童年美夢難再的深深憾意，凸顯了解不開的鄉土情結。

美國心理學家卡‧霍爾和沃‧諾德拜認為必須正確地理解榮格的原型理論，「不應該將原型看作是心靈中被完全印好的照片，不應該把它們看作是關於個體生活往昔歲月生活經驗的記憶意象」，他們認為原型倒更像是有待於被經驗沖洗的底片。正如榮格所指出的：「一個原始意象只有當其被人意識到並因此而被人用意識經驗的材料充滿時，它的內容才被確定下來。」[55]鄉土情結使魯迅的小說創作擇取了歸鄉與思鄉的文學原型，他意識到這種原始意象對抒發鄉井之情的重要意義，他將他獨有的意識經驗的材料去填滿，從而展示出魯迅鄉土情結的獨特風貌。

四

周作人在《魯迅小說裏的人物》中指出：「著者對於他的故鄉一向沒有表示過深的懷念，這不但在小說上，就是《朝花夕拾》上也是如此。大抵對於鄉下的人士最有反感，除了一般封建的士大夫

---

[55] 卡‧霍爾、沃‧諾德拜《榮格心理學綱要》第 36 頁，黃河文藝出版社 1987 年 7 月版。

以外，特殊的是師爺和錢店伙計（鄉下叫作「錢店官」）這兩類，氣味都有點惡劣。」[56]周作人的觀點雖有偏頗之處，但卻也真切道出了魯迅對故鄉人的憎惡之感。由於魯迅少年時代作為長子的特殊身分和經歷，由於魯迅後來執著於民族根性、民族命運的思考探索，魯迅筆下的鄉土呈現出與周作人迥異的選擇和趣味。轉入提倡「文藝只是自己的表現」的周作人，孜孜於對故鄉的野菜、烏篷船、菱角、紹興酒等鄉土風情風物的充滿溫馨的描述中，顯示了他個人本位主義的生活的藝術追求；而魯迅執著於以故鄉生活為基點，努力揭出病苦以引起療救的注意，著意畫出國民沉默的靈魂，表現了魯迅對故鄉對民族博大深沉的愛。

作為一種集體無意識的鄉土情結，是一種包容了人類祖先往昔歲月的生活經歷和情感體驗的原始意象，它刻入於作家的心靈結構中，「不過，其刻入的形式並不是滿載內容的意象形式，而是一種起初沒有內容的形式，這種形式僅僅相當於知覺和行為的某種類型的可能性」[57]。不同的作家均以其獨有的意識經驗材料去充實這種原始意象，呈現出不同的情感表達方式，從而使其作品展示獨特的藝術風格。魯迅的鄉土小說的永恒魅力和獨特風格正是基於他以豐厚獨到的內容注入鄉土情結這沒有內容的形式。

魯迅的鄉土情結中融鑄著熾熱的民族情感，這使他小說中鄉土之情的抒寫具有廣博的意義。1923 年鄭伯奇在〈國民文學〉一文中指出，鄉土文學是對一隅之地的鄉土情感的抒寫，認為「國民文學不是這樣狹小，它要把這鄉土感情提高到一個國民共同生活的境地上去。鄉土文學固然是很必要的，但是國民文學與寫實主義結合到某種程度上，它自然也可以發達。所以在現在提倡鄉土文學，不如先建設國民文

[56] 周遐壽《魯迅小說裏的人物》，第 109 頁，人民文學出版社 1981 年版。
[57] 卡·霍爾、沃·諾德拜《榮格心理學綱要》第 35 頁，黃河文藝出版社 1987 年 7 月版。

學，這是順序上必然的道理」[58]。鄭伯奇反對作家將創作情感僅僅囿於一隅鄉土，對當時的創作具有十分重要的意義，但他將鄉土文學與國民文學截然對立起來，顯然也不夠妥當。魯迅的一些小說可看作鄉土文學與國民文學的融合。魯迅站在新世紀的門檻上，在對現代西方文明和文化思潮的深刻了解吸收中，在對中華民族古遠的歷史和傳統文化作了深入研析後，他高屋建瓴，以世界現代文明為參照，矚目思索中華民族的現實和未來。他選擇了自己諳熟的故鄉人們的生活為描寫對象，將對民族現實的關注和對民族未來的焦慮落實在對魯鎮（未莊）社會的剖析描寫中，魯迅鄉土小說中蘊涵的情感，已不僅僅是對生於斯長於斯的故鄉一隅之地的思鄉戀土之情，而是已把「這鄉土感情提高到一個國民共同生活的境地上去」了，從故鄉人們平凡生活和心理性格的描寫中，展示民族的歷史與命運，呼喚民眾的覺醒與前行，因而魯迅筆下的阿 Q、閏土、祥林嫂、華老栓，可看作中華民族的代表，魯迅展示的魯鎮未莊，可視作中國社會的縮影，鄉土性和民族性，故鄉情和民族情，十分自然而又和諧地融匯於一體，顯示出比一味拘泥於抒寫思鄉戀鄉之情的鄉土作家的創作，有著更深厚的思想內涵和更高超的藝術境界。

魯迅的鄉土情結中凝聚著深沉的歷史意識，這使他小說中鄉土世界的展示呈現深邃的歷史意蘊。1928 年錢杏村認為魯迅筆下展現的是「死去了的阿 Q 時代」，他認為魯迅的小說「大多數是沒有現代的意味！不僅沒有時代思想下所產生的小說，抑且沒有能代表於的人物！」「他的大部分創作的時代是早已過去了，而且遙遠了」[59]。錢杏村以革命的化身站在左傾的立場上批判魯迅，表現出片面的過激傾向。然而從某個角度說，錢杏村也道出了魯迅小說的

---

[58] 鄭伯奇〈國民文學論〉，《創造周報》第 34 號。
[59] 錢杏村〈死去了的阿 Q 時代〉，《太陽月刊》1928 年 3 月號。

歷史意味，確切地說，魯迅的小說不僅屬於早已過去了的遙遠的時代，也屬於正在進行著的現代社會。魯迅對中國古代文學和文化的整理研究曾傾注了極大的熱忱，辛亥革命失敗後，魯迅曾於寂寞苦悶中一度埋頭於中國古代文化遺產的整理與研究。他說：「我於是用了種種法，來麻醉自己的靈魂，使我深入於國民中，使我回到古代去。」[60]正是由於魯迅的「回到古代去」，使他從中華民族的歷史和文化的深處去探尋民族積弊的病根，從而真正看清楚封建社會吃人的本質，奠定了魯迅一生執著於反封建的思想基礎，也決定了魯迅探索國民性問題的創作抉擇。魯迅曾明確指出：「讀史，就愈可以覺悟中國改革之不可緩了。雖是國民性，要改革也得改革，否則，雜史雜說上所寫的就是前車。」[61]由於魯迅有了豐厚的民族歷史與文化的研究與思考，有了廣博的西方現代文明與文化的汲取與參照，在他的具有濃郁鄉土色彩的鄉鎮生活的描繪中，呈現出歷史的厚度與深度。雖然魯迅極冷靜地寫下了他「眼裏所經過的中國的人生」，但這種人生卻是「默默的生長，萎黃，枯死了，像壓在大石底下的草一樣，已經有四千年」的人生[62]，雖然魯迅努力寫出「現代的我們國人的魂靈來」[63]，而這種魂靈正是「恃著固有而陳舊的文明，害得一切硬化」的魂靈[64]，從魯迅筆底鄉鎮社會的古老的風習中和阿Q、閏土們的麻木的靈魂裏，可以透視出中華民族古老的

---

[60] 魯迅〈《吶喊》・自序〉，見《魯迅選集》第 1 卷第 4 頁，人民文學出版社 1983 年 12 月版。

[61] 魯迅〈這個與那個〉，見《魯迅選集》第 2 卷第 224 頁，人民文學出版社 1983 年 12 月版。

[62] 魯迅俄文譯本〈阿Q正傳・序〉，見《中國現代作家談創作經驗》第 7 頁，山東人民出版社 1982 年版。

[63] 魯迅俄文譯本〈阿Q正傳・序〉，見《中國現代作家談創作經驗》第 7 頁，山東人民出版社 1982 年版。

[64] 魯迅〈《出了象牙塔之後》後記〉，見《魯迅全集》第 10 卷第 243 頁，人民文學出版社 1981 年版。

歷史與文化，也正是從這一點上說，錢杏村道出了魯迅小說屬於「早已過去了，而且遙遠了」的時代的歷史意味，但他卻漠視魯迅小說的現代色彩，魯迅正是矚目於現代立足於現代才「回到古代去」的，他又從歷史的深處走出，努力觀注社會現實，描寫現實人生，這正是作為清醒的現實主義者魯迅的偉大之處和深刻之處。

魯迅的鄉土情結中溶入了憎惡的情緒記憶，這使他小說中的情感表達顯現出冷漠的色彩。由於家庭大變故後的困頓中，少年魯迅受盡了奚落和侮辱，感受到世態炎涼，看見了世人的真面目，對故鄉的憎惡成為他心靈中最濃烈的情緒記憶，這種抹不去的記憶溶入了鄉土情結中，自然影響了他的鄉土小說創作。李長之曾指出：「寫農村，恰恰發揮了他那常覺得受奚落的哀感，寂寞和荒涼，不特會感染了他自己，也感染了所有的讀者。」[65]因而在魯迅小說中，常以冷漠的筆調憤懣的情感描寫鄉鎮社會下層人們受奚落被侮辱的場景，揭示批判缺少誠和愛的國民性：孔乙己的咸亨酒店裏被哄笑，祥林嫂的阿毛故事被煩厭，愛姑反抗離婚的孤立無援，連殳歸鄉奔喪的孤寂悲哀，單四嫂子的受侮辱被冷落，吹燈瘋子的被咒罵受拘禁，「哄笑和奚落，咀嚼著弱者的骨髓，這永遠是魯迅小說裏要表現的，……這是魯迅自己的創痛故」[66]。魯迅將自己少年時受奚落的體驗和憤懣移入小說中這些被侮辱者身上，冷冷地寫出這一幕幕平凡瑣屑人生的悲哀場面，溶入了少年時代的故土記憶，凸顯了對炎涼世態的憎惡情緒。在魯迅的鄉土小說中，除了〈社戲〉和〈故鄉〉中抒寫了故鄉童年的美好記憶外，大多數作品都刻意展示一個古老醜陋缺少溫愛的鄉土社會，無論是用寫實手法描出麻木者沒意識到的愚昧冷酷的社會環境，還是以歸鄉模式寫出歸鄉者難以

[65] 李長之〈魯迅作品之藝術的考察〉，1935 年 6 月 12 日天津《益世報》。
[66] 李長之〈魯迅作品之藝術的考察〉，1935 年 6 月 12 日天津《益世報》。

認同的衰敗冷漠的故鄉現實，魯迅都以解剖刀般的筆細細寫出，這當然與魯迅揭出病苦引起療救的注意的創作目的相關，更重要的是基於魯迅心靈深處那種受奚落的情緒記憶，這決定了魯迅鄉土小說創作獨特的表達方式和情感取向，因此魯迅的小說創作被人稱作「第一個，冷靜，第二個，還是冷靜，第三個，還是冷靜」[67]。但這並非說魯迅是一個缺乏鄉土情感的作家，魯迅對故鄉的憎也可以說正是緣於他對故鄉深沉的愛、對民族深沉的愛，他深切地希望故鄉的人們醒悟，認識和改變這種愚昧麻木的人生，爭得作為「人」的正當的生活和權益，「要除去於人生毫無意義的苦痛，要除去製造並賞玩別人苦痛的昏迷和強暴。我們還要發願：要人類都受正當的幸福」[68]。這正如李長之指出的：「魯迅那種冷冷的，漠不關心的，從容的筆，卻是傳達了他那最熱烈，最憤慨，最激昂，而同情心到了極點的感情。」[69]這才是真正道出了魯迅創作的底蘊。

魯迅鄉土情結中的熾熱的民族情感、深沉的歷史意識、憎惡的情緒記憶，奠定了魯迅鄉土小說憂憤深廣的藝術風格。

H・R・斯通貝克在〈威廉・福克納與鄉土人情〉一文中認為，鄉土人情是貫串福克納小說的「纖細而又剛強的一條紅線」，這根紅線「像真理一般強大，像邪惡一樣不可動搖，它比生命還要長久，越過歷史和傳統把我們同情慾與激情、希望與夢想以及憂患悲傷結合在一起」[70]。同樣，我們也可以說魯迅的鄉土小說中也貫串著鄉土情結這條紅線，魯迅由此而將歷史與現實、過去與未來、失望與

[67] 張定璜〈魯迅先生〉，1925年1月《現代評論》。
[68] 魯迅〈我之節烈觀〉，見《魯迅選集》第2卷第10頁，人民文學出版社1983年12月版。
[69] 李長之〈魯迅作品之藝術的考察〉，1935年6月12日天津《益世報》。
[70] 斯通貝克〈威廉・福克納與鄉土人情〉，《福克納中篇小說選》第11頁，中國文聯出版公司1983年9月版。

希望、憎惡與溫愛等結合在一起，使魯迅成為一個屹立於世界文學
之林的偉大的鄉土作家。

原載《魯迅研究月刊》1993 年第 6 期

論魯迅鄉土小說的反諷手法

　　三十年代李長之論及魯迅的「為農民畫肖像」的小說〈風波〉、《阿Q正傳》和〈離婚〉時就指出：「這三篇有一共同點，就是純粹客觀的態度，彷彿冰冷冷地，把見到的，就寫出來，一點也沒動聲色。……然而，我卻殊不覺其冰冷冷抱，恰恰相反，卻覺得有一種最大的同情，滾熱地激蕩於其中。」「魯迅那種冷冷的，漠不關心的，從容的筆，卻是傳達了他那最熱烈，最憤慨，最激昂，而同情心到了極點的感情。」[71]魯迅小說創作中筆調的冷漠從容和傳達的情感的熱烈憤慨激昂形成了很大的反差，這種敘事狀態與創作意圖、藝術效果之間的悖反，我們稱之為反諷。構成魯迅鄉土小說藝術魅力的特點之一是反諷手法的嫻熟運用。

　　出自於古希臘戲劇中的一種角色類型的反諷，原指那些口是心非佯裝無知、說盡傻話卻揭示了真理的戲劇角色。後來反諷成為西方修辭學中的一種修辭格，指用與本意相反的話語表達本意的手法。作家常常為避免直接表示出他對所描寫對象的態度，而利用詞句與語境之間的悖反構成反諷效果，從而將意思表達得更為婉轉和深刻。二十世紀，西方新批評派將反諷概念借用於他們的新批評體系中，美國新批評派代表人物克林斯・布魯克斯1948年在其著名的論文〈反諷與「反諷詩」〉中，對反諷的概念作了闡釋：「反諷，是承受語境的壓力，因此它存在於任何時期的詩

---

[71] 李長之〈魯迅作品之藝術的考察〉，1935年6月12日天津《益世報》。

中，甚至簡單的抒情詩裏。」它是「一種用修正來確定態度的方法」，「是表達語境中各種成分從語境受到的那種修正的最一般的術語」[72]。他認為文本中詞語受到語境的壓力而意義發生扭曲，形成所言非所指的敘述效果，即為反諷。新批評派常以反諷來分析文學作品、尤其是詩歌的結構。雖然雄峙英美文學批評界幾十年的新批評派作為一個批評流派已成為了歷史，但新批評派注重文學作品的內在研究，運用一系列具體深入細緻的研究方法，使文學批評更切入文學本體，在現代文藝批評史上具有十分重要的意義和極為深遠的影響。本文擬從反諷的角度對魯迅的鄉土小說創作作些研究，意在從中探尋魯迅鄉土小說創作的永恒魅力之所在。

一

作為微觀的語言技巧的反諷手法大致可分為誇大的反諷、克制的反諷、悖論的反諷等類型。宏觀的藝術手法的反諷則大致可分為性格的反諷、結構的反諷、描述的反諷和主題的反諷等。本文試從宏觀角度探討魯迅鄉土小說的反諷藝術。

刻劃塑造人物性格是小說作家創作的主要目的之一，採用性格的反諷手法可以多側面立體地對人物進行描寫刻劃，使人物性格更為生動傳神。性格的反諷手法常在人物的行動和言語之間、或人物對現實的錯覺和現實之間、或人物的性格表象與內在特質之間構成巨大的反差，從而形成反諷的藝術效果。魯迅的〈狂人日記〉、〈長明燈〉和〈離婚〉十分獨特地運用了性格反諷的藝術手法。

---

[72] 轉引自趙毅衡《新批評》第 182 頁，中國社會科學出版社 1896 年 8 月版。

　　出現在〈狂人日記〉中的狂人是個「語頗錯雜無倫次，又多荒唐之言」的迫害狂病患者，無論其疑懼趙貴翁奇怪的眼色、路人張嘴的笑、街上女人打兒子「咬你幾口」的咒語，還是其害怕何先生揣一揣肥瘠的把脈、趙家的狗的看他兩眼、張著嘴白且硬的魚眼睛，都展示了一個十分具體生動實實在在的迫害狂病患者，其病的核心是怕被吃。魯迅在作品中象徵手法的運用卻揭示了人物內在的反封建的精神特質，狂人病症的起因在於其廿年以前踹了一腳古久先生的陳年流水簿子，其深深思考研究的結果是寫滿了仁義道德的沒有年代的歷史中「滿本都寫著兩個字『吃人』」。這種深入肯綮一鳴驚人的話語揭示了狂人這位反封建戰士的最為清醒的一面，這正是經過了辛亥革命失敗後一度沉溺於中國文學歷史古籍中的魯迅，經過他對中國的歷史和現實深深思索之後發自內心深處的反封建怒吼。小說使讀者感到振聾發聵似的清醒與振奮，無怪乎茅盾談及當時讀〈狂人日記〉的感覺是「只覺得受著一種痛快的刺戟，猶如久處黑暗的人們驟然看見了絢麗的陽光」[73]。作品中狂人表面的狂態與其本質的清醒構成了強烈的反諷效果，正如日本學者伊藤虎丸所指出的：「這篇不長的小說讓讀者清楚地看到，主人公『狂人』看來是正常的，周圍『正常』人看來卻實在是發狂。」[74]作品小序中敘寫的病癒的狂人的「赴某地候補矣」，又與清醒的反封建戰士構成了反諷，揭示了在中國「四千年來時時吃人的地方」人們難以擺脫吃人而又被吃的命運，只有將希望寄託在「沒有吃過人的孩子」身上。這既體現了魯迅對反封建的必要性艱巨性的深刻認識，也展現了魯迅當時毀滅過去寄希望於未來的進化論思想。〈長明燈〉中總含著悲憤疑

---

[73] 雁冰〈讀《吶喊》〉，1923 年 10 月 8 日《時事新報》副《文學》第 91 期。
[74] 伊藤虎丸〈〈狂人日記〉──「狂人」康復的記錄〉，見樂黛雲編《國外魯迅研究論集》，第 472 頁，北京大學出版社 1981 年版。

懼神情的老富的兒子，他的一心想吹熄吉光屯的長明燈，他的不
開廟門便放火的叫嚷，都刻畫了一個瘋態十足的瘋子形象，然而
透過這盞從梁武帝時點燃的長明燈的衰老封建傳統的象徵意味，
又突出了瘋子不妥協、不氣餒、最執著的反封建鬥士的本質，構
成了性格的反諷。因而傅斯年當時就撰文說：「瘋子是我們的老
師」，「我們帶著孩子，跟著瘋子走，——走向光明去」[75]。

　　與〈狂人日記〉、〈長明燈〉不同，〈離婚〉中的性格反諷是
在人物對現實的錯覺和現實之間的反差中展示出來的。小說開篇出
現在我們面前的愛姑是一個潑辣強悍敢於向封建夫權挑戰的鄉村
婦女形象，因丈夫有外遇要遺棄她，她勇於反抗，與夫家鬥了近三
年，甚至率兄弟們拆了夫家的灶，她不把出面調停的土財主慰老爺
放在眼裏，顯示了剛毅勇敢的反封建禮教的個性。然而在城裏的與
知縣大老爺換帖的七大人喚聽差的一聲吆喝中，愛姑數年築成的反
抗堤壩瞬間坍塌了，並從內心深處認錯和後悔，十分平和有禮有節
地接受了離婚的調停。愛姑此時顯露的性格的怯弱溫順與開篇的潑
辣強悍構成了極為強烈的反差，形成了性格的反諷，從而揭示了對
封建統治者存在著幻想、並受著封建傳統浸淫的愛姑反抗的孤獨與
無助，同時也揭露了在封建勢力封建傳統的淫威下中國婦女解放道
路的曲折與艱難。

　　小說是一種敘事性的文學樣式，描述的反諷是從敘事的方面產
生反諷效果的一種方法，即以描述者的語調與所描述的人物和事件
構成強烈的對照，從而產生反諷效果。魯迅的《阿Q正傳》、〈明
天〉、〈孔乙己〉就運用了描述反諷的藝術手法。《阿 Q 正傳》
發表以後，周作人就發表文章指出了作品中的反諷色彩。他說：「《阿
Q 正傳》裏的諷刺在中國歷代文學中最為少見，因為他多是反語，

---

[75] 傅斯年〈一段瘋話〉，見 1919 年 4 月《新潮》第 1 卷 4 號。

便是所謂冷的諷刺——『冷嘲』。」[76]這篇魯迅自稱為「實不以滑稽或哀憐為目的」的小說，卻以一種輕鬆滑稽的描述筆調敘寫了一個探索國民性弱點的悲劇故事，構成了強烈的反諷效果。小說的序中魯迅敘寫為阿Q作傳的緣由，立傳的英雄名人意味，與阿Q這樣一個「姓名籍貫有些渺茫」的社會最底層的小人物就構成反諷。魯迅闡明是為「要做一篇速朽的文章，才下筆」，立傳的為不朽與下筆為速朽又產生一種反諷效果。魯迅自稱他的文章「文體卑下，是『引車賣漿者流』所用的話」，又說「是因為陳獨秀辦了《新青年》提倡洋學，所以國粹淪亡，無可查考了」，用反諷筆法對當時的封建復古派們橫刺一槍。帶著對中國不覺悟的國民哀其不幸怒其不爭感情色彩的魯迅，卻以如此輕鬆的筆調努力描寫出「像壓在大石底下的草一樣，已經有四千年」的「沉默的國民的魂靈來」[77]，卻以如此滑稽的口吻著力敘述一個揭示國民性弱點和辛亥革命悲劇的沉重的故事。敘事者的語調與所敘述的事件形成如此強烈的對照，在反諷中產生了撼人心魄的藝術效果。

與《阿Q正傳》以第一人稱的敘事角度不同，〈明天〉以全知視角展開敘述，圍繞寶兒的病與死通過單四嫂子的行動和心理，展示一個悲哀的人生故事。魯迅故意以一種克制的十分冷漠的語調展開故事的敘述，這一方面與這個缺少誠和愛的冷漠社會的氛圍相吻合，另一方面敘述語調的冷漠與故事敘述中顯示的作者對冷漠世界的憤懣構成了強烈的反諷效果。對於作者深深同情的主人公單四嫂子，魯迅卻一而再、再而三地以貶抑的語調說「他是粗笨女人」，對以別人的悲哀苦痛為快樂的老拱們，魯迅卻以褒揚的或平靜的語調予以描述。藍皮阿五乘人之危的侮辱寡婦，魯迅卻寫「但阿五有

---

[76] 仲密《阿Q正傳》，1923年3月19日《晨報副刊》。

[77] 魯迅〈俄文譯本《阿Q正傳》序〉，見《中國現代作家談創作經驗》上冊，第7頁，山東人民出版社1982年版。

點俠氣，無論如何，總是偏要幫忙」，對於人們的冷漠，魯迅只是
以十分超脫和平靜的語氣寫道：「……凡是動過手開過口的人都吃
了飯。太陽漸漸顯出要落山的顏色，吃過飯的人也不覺都顯出要回
家的顏色，——於是他們終於都回了家。」平平淡淡不動聲色地寫
來，將這個對於苦人涼薄的社會以及作者的憤懣不平，在反諷的描
述裏作了十分生動而深刻的揭示。作者將咸亨酒店裏老拱們的尋歡
作樂幸災樂禍，與隔壁單四嫂子家的冷寂悲哀苦痛煩惱構成強烈的
對照，形成了反諷。

　　茅盾將魯迅的〈孔乙己〉評為「是笑中含淚的短篇諷刺〈孔乙
己〉」[78]，道出了它的反諷色彩。魯迅擇取了一個十分獨特的敘事
視角，以咸亨酒店裏地位最低下的小伙計的視角展開故事的敘述。
這位「樣子太傻」的十二歲的小伙計回憶孔乙己時那種冷漠鄙視的
語調，突出了社會的冷漠和孔乙己地位的低下，一心想躋身於長衫
客行列的孔乙己，甚至遭到小伙計的嘲弄卑視。敘事者敘述的幾次
嘲弄孔乙己「店內外充滿了快活的空氣」的哄笑，卻突出了社會的
冷漠和殘忍，形成了強烈的反諷效果。「我到現在終於沒有見——
大約孔乙己的確死了。」小說結尾這句似乎隨意的含糊的話語，既
昭示了孔乙己悲慘的結局，更主要突出了社會對於苦人的涼薄，揭
示了這個缺少誠和愛的世界的無情和冷漠，真正受到魯迅針砭和嘲
笑的是由這些冷漠的看客們所組成的無情的社會。

　　結構是藝術家藝術構思的主要方面，結構的巧妙和妥貼能十分
生動自然地表達作家的思想情感。在創作中使作品結構中的某一部
分同另一部分構成反襯的對比，從而形成結構的反諷，也是作家常
採用的藝術手法。魯迅的〈藥〉、〈故鄉〉、〈社戲〉主要運用了
結構反諷的藝術手法。〈藥〉描寫了華、夏兩家的悲劇故事。華老

---

[78] 雁冰〈讀《吶喊》〉，1923 年 10 月 8 日《時事新報》副《文學》第 91 期。

栓為患癆病的兒子買藥治病無效，小栓終於可悲地死去；夏瑜為革命的政治理想英勇奮鬥，終於被反動派殺害。魯迅以一個人血饅頭將這兩家原本獨立的悲劇故事連在一起了，從而在結構上產生了反諷效果，革命者的鮮血成為了麻木愚昧群眾治病的藥，從而增強了作品的悲劇力量和藝術感染力，這十分完美地體現了魯迅的創作意圖：「〈藥〉描寫群眾的愚昧，和革命者的悲哀；或者說，因群眾的愚昧而來的革命者的悲哀；更直捷說，革命者為愚昧的群眾奮鬥而犧牲了，愚昧的群眾並不知道這犧牲為的是誰，卻還要因了愚昧的見解，以為這犧牲可以享用……」[79]〈故鄉〉以歸鄉遊子的視角敘寫故事。作者將記憶中溫馨美麗故鄉裏勇敢智慧的少年閏土形象，和現實中蒼涼蕭索故園裏麻木瑟索的中年閏土形象，在結構上形成強烈的反襯對比，突出地展示了在反動統治和封建禮教的壓迫下，鄉村農民的悲慘生活和麻木心態。小說中敘事主人公的侄子宏兒和閏土的兒子水生間無拘無束的交往，與「隔了一層可悲的厚障壁」的「我」與閏土的關係，構成一種鮮明的對比和照應，也形成結構上的反諷意味，從而將作者希望拆毀由古訓所築成的無形高牆、使後輩們之間沒有隔膜的思想，表達得分外真切生動。〈社戲〉以敘事者在北京戲園兩次觀京戲的窘迫乏味，與少年時在故鄉野外月夜泛舟看社戲的歡欣美麗，在結構上形成強烈的反諷對比，將作者濃濃的鄉井之情傳達得如此濃郁而傳神。

　　主題的反諷是作品表面上表述的主題思想與作品深層的涵義構成矛盾，產生一種與作家表面上作出努力完全相反的效果，從而形成反諷。魯迅的〈風波〉表面上寫魯鎮中的一場小小的辮子風波。七斤進城被剪去了辮子引起了一場風波，聽說皇帝坐龍庭了，皇帝要辮子，使丟了辮子的七斤十分忐忑不安，趙七爺「留

---

[79] 孫伏園〈談〈藥〉〉，1936 年 2 月《宇宙風》第 30 期。

髮不留頭，留頭不留髮」幸災樂禍的演說，使七斤一家感到大難臨頭的威脅，七斤在村人中「是一名出場人物」的地位一落千丈。「村人大抵迴避著，不再來聽他從城裏得來的新聞」，七斤嫂也時常叫他「囚徒」。然而過了十多日，沒聽到皇帝坐龍庭，丟了辮子的七斤又恢復了往日的平靜和尊嚴，「現在的七斤，是七斤嫂和村人又都早給他相當的尊敬，相當的待遇了」。一場虛驚以後，一切都恢復了以往的狀態。魯迅表面上寫了一幕富有諧趣的鄉村鬧劇，然而這與小說深層次的內涵形成了一種反諷，魯迅通過一根辮子的小小風波折射出了辛亥革命的大悲劇，從而也批判了國民性的愚昧和麻木，鬧劇與悲劇、諧趣與憤激構成了強烈的反諷效果。

　　反諷理論的先驅者索爾格認為，缺乏反諷精神的作家常將他們的主觀性與其所同情的人物或觀點認同，而充滿了反諷精神的作家總是與他們筆下的人物保持一定的距離。他認為莎士比亞就是一個充滿了反諷精神的作家。莎士比亞劇作表達的不是莎士比亞的主觀性，而是表現了整個世界，這就是居高臨下的反諷精神[80]。魯迅也是一位充滿了反諷精神的作家。他對下層社會的人們充滿了真誠的悲憫和同情，哀其不幸；同時也為他們的麻木愚昧而不滿和憤懣，怒其不爭。魯迅是站在一個思想家的高度去思考民族命運、去探索國民性弱點的，從這一點上說魯迅對下層社會的人們是以一種俯視的、居高臨下的反諷精神予以觀照描寫的，他與他作品中的人物始終保持著一定的距離。正如前面所說，反諷手法的運用，增加了作品語言表達的藝術張力，增強了作品的藝術感染力，使作家情感的表達更為含蓄深沉，並賦予作品的思想以一種迷人的深度，這大概也是當時其他鄉土作家的小說創作難以達到魯迅創作的藝術高度的原因之一。

---

[80] 轉引自趙毅衡《新批評》第 186 頁，中國社會科學出版社 1896 年 8 月版。

二

　　「五四」時期，在外國的各種文學流派、文學思潮的影響下，「五四」作家各取所需地擇取不盡相同的藝術手法進行創作。郁達夫選取與作品中人物認同的浪漫抒情的自敘傳手法，許地山採用具有異域情調和曲折故事的傳奇手法，而魯迅的小說創作則在清醒的現實主義的大旗下採用了反諷的藝術手法，這不僅與魯迅所受到的中外文學的影響有關，而且與魯迅對國民的哀其不幸而怒其不爭情感方式和進化論的思想關聯。

　　魯迅談及他的步入文學創作之路時曾說：「大約所仰仗的全在先前看過的百來篇外國作品和一點醫學上的知識」[81]，並說「我所取法的，大抵是外國的作家」[82]，「記得當時最愛看的作者，是俄國的果戈理和波蘭的顯克微支。日本的，是夏目漱石和森歐外」[83]。魯迅的小說創作明顯地受到這些作家的影響。周作人也曾指出：「《阿 Q 正傳》的筆法的來源，據我所知道是從外國短篇小說而來的，其中以俄國的果戈理與波蘭的顯克微支最為顯著，日本是夏目漱石，森歐外兩人的著作也留下不少的影響。果戈里的〈外套〉和〈瘋人日記〉，顯克微支的〈炭畫〉和〈酋長〉等，森歐外的〈沉默之塔〉，都已譯成漢文，只就這幾篇參看起來也可以得到多少痕跡；夏目漱石的影響，則在他的充滿反語的傑作〈我是貓〉。」[84]當時的周作人是十分了解魯迅的創作的，周作人所提及的這些作家

---

[81]　魯迅〈我怎麼做起小說來〉，見《中國現代作家談創作經驗》上冊，第 22 頁，山東人民出版社 1982 年版。

[82]　魯迅〈致董永舒〉，見《魯迅書信集》上冊，第 398 頁，人民文學出版社 1976 年版。

[83]　魯迅〈我怎麼做起小說來〉，見《中國現代作家談創作經驗》上冊，第 21 頁，山東人民出版社 1982 年版。

[84]　仲密《阿 Q 正傳》，1923 年 3 月 19 日《晨報副刊》。

和作品都程度不同的帶著反諷色彩，這影響了魯迅小說採用反諷的藝術手法。

被魯迅稱為「以不可見之淚痕悲色，振其邦人」的果戈里[85]，以其充滿反諷意味的作品揭露沙皇統治下俄國社會的黑暗現實，諷刺地主階級、下層官僚可笑可鄙的醜惡靈魂。果戈里的〈狂人日記〉以反諷之筆塑造了一位表面上是被壓迫而致瘋的狂人，實質上是沙皇統治下黑暗社會的清醒揭露者的形象。魯迅的〈狂人日記〉十分明顯地借鑒了果戈里小說中的性格反諷手法，塑造了一個清醒的反封建戰士的形象。果戈里的〈外套〉敘寫了受盡欺壓愚弄和凌辱的小職員悲慘屈辱的一生，作品以十分冷默的語調敘寫，作者寄予深切同情的小人物的描述反諷的手法，在魯迅的〈孔乙己〉、〈明天〉等作品中大約可尋覓到其所受影響的痕跡。

用幽默的筆法寫陰慘的事跡的波蘭作家顯克微支，他的創作成為魯迅小說反諷手法的楷模。周作人認為顯克微支的作品「事多慘苦，而文特奇詭，能出以輕妙詼諧之筆，彌足增其悲痛，視戈戈耳笑中之淚殆有過之，〈炭畫〉即其代表矣」[86]。〈炭畫〉以諷刺詼諧之筆描寫波蘭鄉村的一幕悲劇。羊頭村農民勒巳受企圖霸占其妻的流氓之騙賣身當兵，其美麗的妻子走投無路賣身救夫，最終卻喪命於丈夫的斧頭之下，事後羊頭村一切如故，小說揭示了波蘭鄉村社會的黑暗與腐朽。魯迅的《阿 Q 正傳》等小說就與〈炭畫〉的以幽默筆法寫陰慘事件的筆調和格局相似，寫出了村人的麻木和愚昧，產生了震撼人心的反諷效果。顯克微支的〈酋長〉以印第安黑蛇部落被白種人移民的斬盡殺絕，和 15 年後黑蛇部落的子遺隨馬

---

[85] 魯迅〈摩羅詩力說〉，見《魯迅文華》第 2 卷第 57 頁，百家出版社 2001 年 1 月版。

[86] 周作人〈關於〈炭畫〉〉，見鐘叔河編《知堂序跋》，第 214 頁，嶽麓書社 1987 年 2 月版。

戲團歸鄉、以走鋼絲博取白種人歡心的結構上的反諷，揭示民族悲慘的歷史和孑遺者麻木的靈魂。從魯迅的〈藥〉、〈故鄉〉等作品中或可見到〈酋長〉的結構反諷的影響。

　　被魯迅評為「諷刺有莊有諧，輕妙深刻」的日本作家森鷗外，擅長歷史小說創作，魯迅曾譯其小說〈沉默之塔〉。作品以冷默的語調敘寫一個悲劇故事。拜火教徒派希族人因循守舊，將一切外來的書籍都視為「危險的洋書」，禁止人們閱讀，並將看洋書的人都殺掉，將死屍送上沉默之塔天葬。魯迅評價森歐外的作品說：「他的作品，批評家都說是透明的智的產物，他的態度裏是沒有『熱』的。」[87]森歐外小說的這種「沒有『熱』的」冷漠的敘事語調和作者對於黑暗專制社會的強烈憤懣構成一種反諷，魯迅借鑒了森歐外的這種描述反諷的手法，在《阿Q正傳》、〈明天〉、〈孔乙己〉等作品中以冷漠的筆觸敘寫令人憤懣的故事，因而有人評價魯迅的小說：「他只是很冷然地去刻劃，去描寫，寫好了又冷然地給你們看，使你們看了失驚。」[88]

　　魯迅認為夏目漱石的作品「以想象豐富，文詞精美見稱」，並認為他的小說〈我是貓〉「輕快灑脫，富於機智」[89]。作品以一隻能說會道的貓為敘事者，以嘲諷的筆調譏刺了一些精神空虛自命清高毫無作為的知識份子，揭露了日本明治時期的社會黑暗。周作人認為此作「多理性而少熱情，多憎而少愛」，並說這種傾向在魯迅的〈狂人日記〉裏十分明顯，而且更為濃密[90]。

---

[87] 魯迅《〈現代日本小說集〉附錄關於作者的說明》，見《現代日本小說集》，上海商務印書館 1923 年 6 月版。

[88] 一聲〈第三樣世界的創造〉，見 1927 年 2 月 21 日《少年先鋒旬刊》第 2 卷 15 期。

[89] 魯迅〈《現代日本小說集〉附錄關於作者的說明〉，見《現代日本小說集》，上海商務印書館 1923 年 6 月版。

[90] 仲密《阿Q正傳》，1923 年 3 月 19 日《晨報副刊》。

　　魯迅的小說創作還深受俄國作家安特萊夫的影響。魯迅翻譯的安特萊夫的小說《謾》以一精神失常者的視角，揭示充斥著謊言和欺騙的世界的黑暗，這種表面的失常者與實質的清醒者之間的性格反諷，在魯迅的〈狂人日記〉和〈長明燈〉中都可見到。安特萊夫的小說〈齒痛〉描寫耶穌被釘上十字架時，商人般妥別忒正患齒痛，對於人類救世主的被害他無動於衷，卻哀傷自己的齒痛，而齒痛消除後他即和人們一起去觀看被釘死的耶穌。這種對救世主被害的冷漠和對自己齒痛的切膚之感構成一種強烈的反諷。魯迅的〈藥〉在小說結構上有著與〈齒痛〉相似的反諷構成，從而揭示了一幕救世者不為麻木群眾所理解的悲劇。魯迅的反諷手法的運用還受到了契訶夫的影響，有人評論說：「魯迅和契訶夫不但常常保持著冷靜的客觀敘述態度，而且還常常以平凡的色調描述高尚事物，以笑謔的口吻敘述悲劇的內容，以贊頌的言詞揭露卑劣的行徑，以誇耀的姿態顯示庸俗。」[91]這種所言非所指的手法構成了作品的反諷意味。

　　魯迅小說反諷手法的運用還受到中國晚清小說《儒林外史》和《鏡花緣》的影響。被魯迅評為「戚而能諧，婉而多諷」的諷刺小說《儒林外史》以似乎漫不經心的冷靜之筆畫出儒林眾生的形形色色病態醜態，「則無一貶詞，而情偽畢露」[92]。《鏡花緣》裏以海外奇國的奇異見聞譏刺當時的黑暗社會。這些作品都對魯迅小說中反諷手法的運用產生了一定的影響。

　　魯迅是帶著哀其不幸怒其不爭的情感來描寫他記憶中的故土的人們及其故事的。少年時代家庭的墜入困頓，使魯迅在故鄉備嘗冷漠和被奚落的人生遭遇，深深感受到世態的炎涼，魯迅是帶著對故鄉人的

[91] 王富仁《魯迅前期小說與俄羅斯文學》第 75 頁，陝西人民出版社 1983 年 10 月版。
[92] 見《魯迅自編文集‧中國小說史略》第 247 頁，天津人民出版社、香港炎黃國際出版社 1999 年 2 月版。

憎惡的情感走異路逃異地的。當魯迅在經歷了西方文化的洗禮以後，在深入地思考和探索了中國歷史和文化的積弊之後，他以啟蒙主義的精神以記憶深處難以忘懷的故鄉為模本，來描寫剖析國人的靈魂，他對故鄉的情感始終呈現出一種愛與憎相交織相矛盾的情感色彩，因而魯迅十分自然地採取了一種較為從容含蓄冷靜深沉的針砭手法——反諷，這使他對故鄉人麻木愚昧精神的揭示批判顯得更為冷靜和客觀，較少直接袒露自己外在的情感，然而在作品的內部卻依然流注著魯迅對故鄉人和對民族深沉熾熱的愛。這正如李長之在論及魯迅的小說〈祝福〉時指出的：「在這篇文章中，憤恨是掩藏了，傷感也隱忍著，可是抒情的氣息，卻彌漫於每一個似乎不帶情感的字面上。」[93]

　　《吶喊》、《傍徨》時期，進化論思想成為鼓舞魯迅向黑暗社會封建傳統鬥爭的主要精神力量，魯迅堅定地寄希望於明天、寄未來於青年。魯迅立意於以文學啟蒙民眾，但他常常處於重重的矛盾之中，他深深地企盼圍在古訓所築成的高牆裏的一切人眾會覺醒、走出、開口，但又怕驚醒了從昏睡入死滅的人們，「使這不幸的少數者來受無可挽救的臨終的苦楚」，又怕他們遭受「夢醒了無路可走」[94]的痛苦；魯迅努力揭出病苦以引起療救的注意，但又「並不願將自以為苦的寂寞，再來傳染給也如我那年青時候似的正做著好夢的青年」，因而在創作中魯迅努力「刪削些黑暗，裝點些歡容，使作品比較的顯出若干亮色」，並在編其小說集時「將給讀者一種重壓之感的作品，卻特地竭力抽掉了」[95]。遵循革命前驅者命令的魯迅，「因為那時的主將是不主張消極的」，因此魯迅說「所以我

---

[93] 李長之〈魯迅作品之藝術的考察〉，1935 年 6 月 12 日天津《益世報》。

[94] 魯迅〈《吶喊》自序〉，見《魯迅選集》第 2 卷第 5 頁，人民文學出版社 1983 年 12 月版。

[95] 魯迅〈自選集・自序〉，見《中國現代作家談創作經驗》上冊，第 18 頁，山東人民出版社 1982 年版。

往往不恤用了曲筆,在〈藥〉的瑜兒的墳上平空添上一個花環,在〈明天〉裏也不敘單四嫂子竟沒有做到看見兒子的夢」[96],魯迅在其小說創作中採用反諷手法,也使作品中展示的人和事不至於呈現過於淒慘悲哀的色彩、和給人以過多的重壓之感。阿 Q 在陣陣喝采聲中完成了他的「大團圓」,七斤在皇帝不坐龍庭的傳聞中忘卻了一場風波,在「大約孔乙己的確死了」的含含糊糊的話語中交待了孔乙己的結局,在探尋新路的渴望中完成了悲哀的故鄉之行的故事,這種被稱為「一種用修正來確定態度的辦法」,經過這種修正將悲哀的與幽默的、淒慘的與諧趣的、沉重的與輕松的等等因素,在反諷手法的運用中取得調和與平衡,從而也或可窺見以進化論思想為武器的啟蒙者魯迅的複雜內心和矛盾心理。

反諷常用來傳達與公開宣稱的意義不同而且常常相反的意義,與諷刺不同的是:作家使用反諷時總避免直接表示出他對待所描寫對象或事件的態度,而是努力利用詞句或事件與其上下文之間的差距而形成反諷效果。恩格斯曾經對德國詩人海涅作品中的反諷手法予以高度的評價:「在海涅那裏,市民的幻想故意被捧到高空,是為了故意再把他們拋到現實的地面。」[97]運用反諷手法是海涅揭示市民階級不切實際幻想的有力的藝術手段。同樣,魯迅鄉土小說中反諷手法的運用,對於魯迅揭示國民性的弱點,揭露上流社會的墮落和下層社會的不幸,起到了不可忽視的藝術作用,從而也增強了魯迅鄉土小說獨特的藝術魅力。

原載《學術月刊》1994 年第 10 期

---

[96] 魯迅《〈吶喊〉‧自序》,見《魯迅選集》第 2 卷第 5 頁,人民文學出版社 1983 年 12 月版。

[97] 恩格斯《詩歌和散文中的德國社會主義》,《馬格思恩格斯全集》第 4 卷 236 頁,人民出版社 1980 年版。

論魯迅鄉土小說的意象分析

　　錢理群先生在《心靈的探尋・引言》中認為：「進一步的深入研究，就可以發現：每一個有獨創性的思想家和文學家，總是有自己慣用的、幾乎已經成為不自覺的心理習慣的、反覆出現的觀念（包括範疇）、意象；正是在這些觀念、意象裏，凝聚著作家對於生活獨特的觀察、感受與認識，表現著作家獨特的精神世界與藝術世界。」[98]錢理群的《心靈的探尋》一書就是從魯迅的散文詩中捕捉意象進行深入開掘和探尋，從意象分析這一獨特的視角研究、把握魯迅獨特的精神世界與藝術世界的。魯迅小說中出現的意象顯然沒有《野草》中那麼集中、那麼飽含著奇詭深邃的詩意，然而我們對魯迅的鄉土小說的細細覽讀中，也發現為魯迅所慣用的融鑄著魯迅深刻思考和濃烈情感的意象，這些意象與小說中所描述的故事和情境融為一體。本文從魯迅鄉土小說中尋覓出三組意象進行剖析：黑屋子與月光，高牆與路，荒原與吶喊，以求對魯迅鄉土小說的思想內涵作更深入的研究和探析。

　　此外，西方結構主義批評理論強調「從混亂的現象背後找出秩序來」（列維・施特勞斯），他們關注事物之間關係的研究，認為任何一個系統的個體單位只有靠它們彼此間的聯繫才有意義，因而他們也著意從意象的相互關係中研究意象的深刻內涵和特徵，這被稱作「文本互涉關係」（Intertextuality）。現代意象批評也常吸取結構

---

[98] 錢理群《心靈的探尋》，第 19-20 頁，上海文藝出版社 1988 年 7 月出版。

主義的批評的「文本互涉」的觀點和方法，認為「文本中的某一意象的隱喻——象徵涵義只是在它與構成整個龐大文學、乃至文化傳統的諸文本的相互關係上才有意義」[99]。因此，本文也擬從文本的相互關係中探究魯迅鄉土小說中意象的獨特內涵和深邃意蘊。

黑屋子與月光

〈狂人日記〉以寫實和象徵相結合的手法，刻畫了一個表面上「語頗錯雜無倫次，又多荒唐之言」的狂態十足的狂人，而實質上是清醒的封建叛逆者的形象。小說開篇將月光視作主人公的開始發狂（實質上的醒悟）的契機：

> 今天晚上，很好的月光。
>
> 我不見他，已是三十多年；今天見了，……全是發昏；……不然，那趙家的狗，何以看我兩眼呢？
>
> 我怕得有理。

狂人發昏，似乎全由於不見月光的緣故；而很好的月光使發昏三十多年的狂人頓悟且精神分外爽快，產生了怕的感覺。從此狂人陷於看與被看、吃與被吃的思索與恐懼之中，月光在主人公的心態和遭遇中也似乎具有十分重要的意義與作用了。狂人在睡不著覺的晚上看出寫著「仁義道德」的歷史滿本都寫著「吃人」，在「天氣是好，月色也很亮了」的時候，狂人憤憤然地詰問「從來如此，便對麼？」對幾千年來的封建傳統和禮教提出強烈的質疑和否定，展

---

[99] 見汪耀進〈意象批評・前言〉，四川文藝出版社 1989 年 5 月出版。

示出狂人的清醒與執著。狂人因此被關進屋子裏，連想到園子裏去走走也被禁止。關於他在屋子裏的感覺，小說寫道：

> 屋裏面全是黑沉沉的。橫樑和椽子都在頭上發抖；抖了一會，就大起來，堆在我身上。

> 萬分沉重，動彈不得；他的意思是要我死。我曉得他的沉重是假的，便掙扎出來，出了一身汗。……

這裏黑沉沉的屋子顯然具有一種隱喻的意味，和魯迅在〈吶喊‧自序〉中與朋友金心異（錢玄同）的一段對話極其相似，反映了為民族的苦難和未來而憂患的一位現代先驅者對歷史和現實的清醒而深刻的認識。可以說〈狂人日記〉中的黑屋子的意象就如同〈吶喊‧自序〉中所描繪的「絕無窗戶而萬難破毀」的鐵屋子。不同的是，狂人已被月光驚醒，他雖然忍受著即將被吃的「臨終的苦楚」，但有著「毀壞這鐵屋的願望」。月光的出現隱喻著主人公的頓悟與清醒，因而小說中的黑屋子已不是萬難破毀的了，而是已在被驚醒了的狂人眼前動搖發抖。1925 年，魯迅在〈聰明人和傻子和奴才〉中，也描寫了一個潮濕而陰暗「四面又沒有一個窗」的黑屋子。從狂人在黑屋子裏的驚醒，到傻子的義憤填膺的破屋開窗，顯示了魯迅思想的發展和變化，而黑屋子始終是魯迅對黑暗而悲苦的中國社會的隱喻和象徵。〈明天〉中，單四嫂子在她相依為命的寶兒病逝後的孤寂中，感到「太大的屋子四面包圍著他，太空的東西四面壓著他，叫他喘氣不得」，她「不願意見這屋子，吹熄了燈，躺著」。這種為大而空的屋子壓著的感覺，與狂人為黑沉沉的屋子所堆壓的感覺甚為相似。在〈長明燈〉中，一心想吹熄吉光屯中從梁武帝時傳下來的長明燈的瘋子，被關進廟裏一間有粗木直柵的只有一小方窗的黑暗屋子裏。這些黑屋子，不就是黑暗冷漠的中國社會的寫照和象徵嗎？

高牆與路

〈故鄉〉在故鄉過去的溫馨美麗和現在的房蕭索荒涼的比照中，在項帶銀圈手捏鋼叉聰慧勇敢的童年閏土，與渾身瑟索沉默悲苦辛勞麻木的中年閏土的反差裏，突出故鄉的頹敗和情感的悲涼。小說的結尾寫道：

> 老屋離我愈遠了；故鄉的山水也都漸漸遠離了我，但我卻並不感到怎樣的留戀。我只覺得我四面有看不見的高牆，將我隔成孤身，使我非常氣悶；那西瓜地上的銀項圈的小英雄的影象，我本來十分清楚，現在卻忽地模糊了，又使我非常的悲哀。

小說中的「我」是帶著對故鄉深深的思戀回到故鄉的，然而離鄉之時卻背負著沉重的疏離感和被放逐感。作品中描繪的四面看不見的高牆顯然具有隱喻意義，人物所悲哀的也正是由這堵無形高牆帶來的人與人之間的隔膜。閏土恭恭敬敬的一聲「老爺」讓「我似乎打了一個寒噤；我就知道，我們之間已經隔了一層可悲的厚障壁了」。這堵可悲的厚障壁就是魯迅所憎惡的「看不見的高牆」。「我」心目中本來十分清楚的小英雄的影象，因了這堵「高牆」而變得模糊和陌生。

魯迅在〈俄文譯本《阿 Q 正傳》序〉中一再談及這堵高牆。他說：「別人我不得而知，在我自己，總彷彿覺得我們人人之間各有一道高牆，將各個分離，使大家的心無從相印。」[100]魯迅將其視

---

[100] 魯迅〈俄文譯本《阿 Q 正傳》序〉，見《中國現代作家談文學創作經驗》

為是「古訓所築成的高牆」。他深切地期望拆毀這堵高牆，因此在〈故鄉〉的尾聲中，「我」真誠地期盼下一代的宏兒和水生「他們不再像我，又大家隔膜起來」。魯迅在其鄉土小說中多次著力描畫了這堵可詛咒的無形高牆：我們在〈藥〉的革命者夏瑜和華老栓之間，在〈祝福〉的悲苦的祥林嫂和魯鎮幸災樂禍的人們之間，在落魄的孔乙己和咸亨酒店的酒客之間，都可以看到這堵高牆森然可怖地矗立著。雷·韋勒克談及意象時認為：「『意象』一詞表示有關過去的感受上、知覺上的經驗在心中的重現或回憶，而這種重現和回憶未必一定是視覺上的。」[101]我們因此而可以說，魯迅小說中的「高牆」意象是魯迅有關過去的感受上和知覺上的經驗在其心中的重現或回憶。魯迅在《吶喊·自序》中談及其少年時代的「偏苦於不能全忘卻」的生活回憶：「我有四年多，曾經常常，──幾乎是每天，出入於質鋪和藥店裏，年紀可是忘卻了，總之是藥店的櫃臺正和我一樣高，質鋪的是比我高一倍，我從一倍高的櫃臺外送上衣服或首飾去，在侮蔑裏接了錢，再到一樣高的櫃臺上給我久病的父親去買藥。……」[102]少年魯迅在質鋪和藥房所面對的高高的櫃臺，顯然是魯迅小說中反覆出現的高牆意象的原版。魯迅少年時代在高高的櫃臺前所感受到的世態的炎涼、人心的隔膜深深烙入他的心底，因此，其鄉土小說中的「高牆」意象，不過是重現其過去的感受上、知覺上的經驗而已。

在〈故鄉〉的尾聲中，魯迅以富有哲理的抒情筆調展示出悲涼的故鄉之行以後的新境界，使小說灰暗的格調中閃現出一縷亮色：

上冊，第 7 頁，山東人民出版社 1982 年版。

[101] 韋勒克、沃倫《文學理論》第 201 頁，三聯書店 1984 年 11 月出版。

[102] 魯迅〈吶喊·自序〉，見《魯迅選集》第 2 卷第 1 頁，人民文學出版社 1983 年 12 月版。

　　我在朦朧中，眼前展開一片海邊碧綠的沙地來，上面深藍的天空中掛著一輪金黃的圓月。我想：希望是本無所謂有，無所謂無的。這正如地上的路；其實地上本沒有路，走的人多了，也便成了路。

　　主人公內心深處難以抹去的童年記憶和對希望的思辨闡釋，給人以深刻哲理啟迪和形象的情感體驗。魯迅在此描繪的「路」，也具有「一剎那間所表現出來的理智與情感的複合物」的意象色彩了，它形象地告訴人們，希望之路就在探索者的腳下。在創作〈故鄉〉前夕，魯迅在〈隨感錄六十六‧生命的路〉中也以「路」為意象闡釋了相同的人生哲理：「什麼是路？就是從沒路的地方踐踏出來的，從只有荊棘的地方開闢出來的。」[103]在人生的旅途和社會的征途上，魯迅就是一個執著的不倦的探路者。在小說集《彷徨》的扉頁上，魯迅就引用了屈原《離騷》中「路漫漫其修遠兮，吾將上下而求索」的詩句，托出了魯迅在彷徨中依然不屈地探路前行的堅定信念與執著精神。魯迅自稱自己是社會轉變途中的與光陰偕逝的歷史中間物，「五四」時期的魯迅以進化論個性解放的思想探索新路，他認為「中國覺醒的人，為想隨順長者解放幼者，便須一面清結舊帳，一面開闢新路」。魯迅努力在向封建的道德禮教歷史傳統的清結舊帳中，為下一代開闢新路，他「自己背著因襲的重擔，肩住了黑暗的閘門，放他們到寬闊光明的地方去」[104]。「五四」時期執著的探路者魯迅有時仍不知新的生路在何方，「有時，彷彿看見那生路就像一條灰白的長蛇，自己蜿蜒地向我奔來，我等著，等著，

---

[103] 魯迅〈隨感錄六十六‧生命的路〉，見《魯迅自編文集‧熱風》第73頁，天津人民出版社、香港炎黃國際出版社1999年2月版。
[104] 魯迅〈我們現在怎樣做父親〉，見《魯迅選集》第2卷第25頁，人民文學出版社1983年12月版。

看看臨近，但忽然便消失在黑暗裏了」[105]。魯迅在〈娜拉走後怎樣〉中說：「人生最苦痛的是夢醒了無路可以走。做夢的人是幸福的；若沒有看出可走的路，最要緊的是不要去驚醒他。」[106]「五四」時期的魯迅或許可以說正是這樣一位夢醒了有時卻無路可走的苦痛的尋路者。魯迅渴望自己能為下一代開路，為年輕人引路，然而他曾十分坦誠地說：「但不幸我竟力不從心，因為我自己也正站在歧路上，——或者，說得較有希望些：站在十字路口。站在歧路上是幾乎難於舉足，站在十字路口，是可走的道路很多。我自己，是什麼也不怕的，生命是我自己的東西，所以我不妨大步走去，向著我自以為可以走去的路；即使前面是深淵，荊棘，狹谷，火坑，都由我自己負責。然而向青年說話可就難了，如果盲人瞎馬，引入危途，我就該得謀殺許多人命的罪孽。」[107]在〈寫在《墳》後面〉中，魯迅也表述過相同的思想。1927 年以前的魯迅始終在努力探路尋路，常常有站在十字路口不知應當怎樣走的迷惘和困惑，然而卻始終腳踏實地地不屈前行。散文詩〈過客〉中的那位無論前面是花還是墳、都執著努力孤身前行的困頓倔強的過客，便是魯迅探路精神的生動寫照。

　　魯迅的以知識份子為主角的鄉土小說中，大多刻畫了一些探路者的形象。這些探路者可分為尋覓希望之路的探路者和偏向別處走的探路者兩種類型。前者大多執意否定歷來所走的路，努力尋覓一條希望之路。如〈在酒樓上〉繞道訪故鄉的「我」在故鄉變異為一個生客；〈孤獨者〉中「坦然地在潮濕的石路止走」的歸鄉者「我」，

---

[105] 魯迅〈傷逝〉，見《魯迅選集》第 1 卷第 248 頁，人民文學出版社 1983 年 12 月版。

[106] 魯迅〈娜拉走後怎樣〉，見《魯迅選集》第 2 卷第 30 頁，人民文學出版社 1983 年 12 月版。

[107] 魯迅〈北京通信〉，見《魯迅選集》第 2 卷第 175 頁，人民文學出版社 1983 年 12 月版。

受到鄉紳們辦的《學理周報》的攻擊;〈故鄉〉中尋夢故園的「我」,在故鄉的衰敗中感受到人間的隔膜。他們執著前行,探尋一條希望之路,這類形象融入了魯迅的主體感受和自我心態。後者大多也曾為探索新路而奮鬥過、努力過,但是「中國各處是壁,然而無形,像『鬼打牆』一般,使你隨時能『碰』」[108],他們在古訓築成的高牆前屢屢碰壁,因而失去了奮鬥的勇氣,或向別處走去,或回歸原途。「環境是老樣子,著著逼人墮落,倘不與這老社會奮鬥,還是要回到老路上去的。」[109]〈孤獨者〉中的魏連殳,曾被人們視為可怕的新黨,最終卻躬行其「先前所憎惡,所反對的一切」,當了軍閥的顧問。〈在酒樓上〉的呂緯甫,曾是個精悍敏捷的改革者,他到城隍廟裏去拔神像的胡子,「連日議論改革中國的方法以至於打起來」,幾經坎坷竟成了一個教「子曰詩云」以糊口的空虛無聊的混世者。魯迅的這些作品在對知識份子的不同的人生道路的敘寫和思索中,突出了小說〈故鄉〉所要表述的毀牆尋路的基本主題。

荒原與吶喊

〈孤獨者〉中,「我」給魏連殳送葬後,步出大門走在圓月朗照下潮濕的石路上:

> 我快步走著,彷彿要從一種沉重的東西中衝出,但是不能夠。耳朵中有什麼掙扎著,久之,久之,終於掙扎出來了,

---

[108] 魯迅〈「碰壁」之後〉,見《魯迅自編文集‧華蓋集》第 72 頁,天津人民出版社、香港炎黃國際出版社 1999 年 2 月版。

[109] 魯迅〈集外集拾遺補編‧關於知識階級〉,《魯迅雜文全集》第 1031 頁,河南人民出版社 1994 年 12 月版。

隱約像是長嗥，像一匹受傷的狼，當深夜在曠野中嗥叫，慘傷裏夾雜著憤怒和悲哀。

魯迅刻意描寫在黑暗的社會氛圍和魏連殳的悲劇人生所帶來的壓抑中，「我」內心以一匹受傷的狼在深夜曠野中的長嗥來表達對這黑暗和壓抑的悲哀和憤怒。這段描述給人印象深刻的是荒原意象和吶喊意象。魯迅在〈吶喊・自序〉中談及在日本創辦《新生》雜志流產後的感觸時說：「我感到未嘗經驗的無聊，⋯⋯後來想，凡有一人的主張，得了贊和，是促其前進的，得了反對，是促其奮鬥的，獨有叫喊於生人中，而生人並無反應，既非贊同，也無反對，如置身毫無邊際的荒原，無可措手的了，這是怎樣的悲哀呵，我於是以我所感到者為寂寞。」[110]這置身於無邊荒原的叫喊的情形，與〈孤獨者〉描寫的深夜在曠野中嗥叫的情境何其相似。不過〈吶喊・自序〉中努力突出先覺者在不為世人理解的處境中的落寞，而〈孤獨者〉中著意抒寫孤獨者在黑暗社會壓抑下的憤懣。

歷史的事實告訴我們，先覺者常常是孤獨的。他們能以深刻的思想和敏銳的眼光洞察歷史與現實的種種弊端，他們因超前的思想和大膽的舉動往往被眾人視為異類；他們不僅與社會對立，而且不為民眾所理解。他們注定了一度成為荒原上的孤獨者。作為先覺者的魯迅，他曾經就是這樣一位孤獨者。魯迅以「內心衝動所獲得的最充分的表現或解釋」的意象——荒原與吶喊來抒發他這種不為世人所理解而產生的落寞憤激之感。

魯迅將中國幾千年的封建社會看作是「無聲的中國」，他說：「人是有的，沒有聲音，寂寞得很。——人會沒有聲音的麼？沒有，

---

[110] 魯迅〈吶喊・自序〉，見《魯迅選集》第 1 卷第 3 頁，人民文學出版社 1983 年 12 月版。

可以說：是死了。倘要說得客氣一點，那就是：已經啞了。」[111]魯迅認為中國應該發出真的聲音，「必須有了真的聲音，才能和世界的人同在世界上生活」[112]。魯迅自認為他的創作是「為衝破這寂寞才寫的」，「是有時不免吶喊幾聲，想給人們去添點熱鬧」[113]，給「雖在寂寞中」的戰士「喊幾聲助助威」。1919 年魯迅在日本作家武者小路實篤的小說《一個青年的夢》的譯者序中說，中國「現在還沒有多人大叫，半夜裏上了高樓撞一通警鐘。日本卻早有人叫了。他們總之幸福」。魯迅將武者小路實篤的創作視為驚醒沉睡世人的吶喊。魯迅也以先覺者的姿態在中國這無聲的寂寞世界裏發出了吶喊。他說：「在我自己，本以為現在是已經並非一個切迫而不能已於言的人了，但或者也還未能忘懷於當日自己的寂寞的悲哀罷，所以有時候仍不免吶喊幾聲，聊以慰藉那在寂寞裏奔馳的勇士，使他不憚於前驅。」[114]魯迅以自己的吶喊驚醒在鐵屋子裏從昏睡入死滅的人們，毀壞這鐵屋，成為真的人，因而魯迅將自己的第一部小說集取名為《吶喊》。魯迅小說中描寫的一些先覺者也對寂寞的世界發出了振聾發聵的吶喊：〈狂人日記〉中狂人的「將來容不得吃人的人，活在世上」，「救救孩子」，〈藥〉中夏瑜的「這大清的天下是我們大家的」，〈長明燈〉裏瘋子的「吹熄他」、「我放火」等等，都有如荒原上的雄獅吼叫，傳達出先驅者寂寞的心音。

---

[111] 魯迅〈無聲的中國〉，見《魯迅自編文集·三閑集》第 4 頁，天津人民出版社、香港炎黃國際出版社 1999 年 2 月版。

[112] 魯迅〈無聲的中國〉，見《魯迅自編文集·三閑集》第 9 頁，天津人民出版社、香港炎黃國際出版社 1999 年 2 月版。

[113] 魯迅〈《阿 Q 正傳》的成因〉，見《中國現代作家談文學創作經驗》上冊，第 9 頁，山東人民出版社 1982 年版。

[114] 魯迅〈吶喊·自序〉，見《魯迅選集》第 1 卷第 5 頁，人民文學出版社 1983 年 12 月版。

意象定式與主題展示

　　英國意象批評家辛·劉易斯認為：「同詩人一樣，小說家運用意象來達到不同程度的效果，比方說，編一個生動的故事，加快故事的情節，象徵地表達主題，或者揭示一種心理狀態。」他指出：「我們越來越多地發現詩的真理更多的來自意象的碰撞，而不是意象的協調。」[115]他指出了小說家運用意象進行小說創作的意義和意象設置與主題展示的關係。現代小說家們在小說創作中屢屢使用意象，在意象的運用中，不同的作家有他自己獨特的意象定式。魯迅鄉土小說中的意象大多是景物意象。他常採用二元對立的意象定式，關注意象之間的衝突和碰撞，而不在意於意象之間的協調與和諧。黑屋子和月光、高牆和路、荒原和吶喊都是一組組具有強烈的衝突意味的意象。每一組意象中，前者努力隔絕、阻斷後者，而後者則全力透入、衝破前者，這是兩種力量的搏擊。黑暗的與光明的，禁錮的與開放的，壓抑的與抗爭的，通過這一組組對立的意象之間的衝突和碰撞，隱喻著新的思想觀念、求索精神、抗爭意識與舊的文化傳統、社會習俗、民族心理的矛盾鬥爭。

　　辛·劉易斯認為，「不論是在詩歌還是文章中，組織意象的原則是意象與主題的和諧；意象為主題照亮道路並幫助展示它，逐步讓讀者了解主題，而另一方面，主題又反過來制約意象的定式。」[116]魯迅鄉土小說中創造的黑屋子與月光、高牆與路、荒原與吶喊這些二

---

[115] 辛·劉易斯〈意象的定式〉，見《意象批評》第 108 頁，四川文藝出版社 1989 年 5 月出版。

[116] 辛·劉易斯〈意象的定式〉，見《意象批評》第 110 頁，四川文藝出版社 1989 年 5 月出版。

元對立的意象定式，就有助於魯迅鄉土小說主題的展示。結構主義的文本互涉關係理論認為：「每一意象的意義完全在於它與其它意象的關係。意象並沒有『實質性』的意義，只有『關係上』的意義。」[117] 根據文本互涉的理論和魯迅鄉土小說中二元對立的意象定式的特點，我們可以看到魯迅鄉土小說所展示的是一個黑暗冷漠孤寂的世界，在這世界裏充滿著衝突和矛盾，充滿著苦痛與悲哀。我們所擇取的三組意象分別從先覺者與庸眾、知識者與民眾、啟蒙者與被啟蒙者的關係之間展示主題。在黑屋子與月光的意象組合中，魯迅著意從農民的生存狀態和精神狀態的視角，提出毀壞黑屋子驚醒沉睡者的深刻思索，展示出改造靈魂的主題，然而在麻木者與驚醒者之間仍然存在著由昏睡入死滅的可悲的人們。在高牆與路的意象組合中，魯迅努力從知識份子的歷史命運與道路的視角，提出了毀牆尋路的人生思考，展示出探索新路的主題，然而在高牆與路的停滯與前行之間仍然有著荷戟獨彷徨的時候。在荒原與吶喊的意象組合中，魯迅力圖從先覺者的職責和處境的視角，提出先覺者不憚於前驅的吶喊的不為理解無可措手的憂憤悲哀，展示出啟蒙民眾的主題，然而在吶喊於並無反應的生人中仍有著自以為苦的寂寞的悲哀。這三組意象分別從農民、知識者、啟蒙者的視角，提出改造靈魂、探索道路、啟蒙民眾的重要主題，大致概括了魯迅鄉土小說創作的獨特與深刻的思想內涵。

原載《魯迅研究月刊》1995 年第 11 期

---

[117] 轉引自汪耀進〈意象的批評·前言〉，四川文藝出版社 1989 年 5 出版。

論魯迅鄉土小說的民俗色彩

　　魯迅是中國現代鄉土文學的開拓者，他的鄉土小說具有十分濃郁的民俗色彩，他鄉土小說中的茶館酒店的場景、祝福祭祀的禮儀、賽神社戲的民俗、出殯祭墳的風習等的描繪，都使魯迅的鄉土小說洋溢著撲鼻的鄉土氣息和獨特的地方色彩，展示出魯迅筆下鄉土社會中人們的生存方式和文化心理，從而更為生動地表達了魯迅為人生改良人生的創作主旨。

一

　　別林斯基認為：「『習俗』構成著一個民族的面貌，沒有了它們，這民族就好比是一個沒有面孔的人物，一種不可思議、不可實現的幻象。」[118]任何一個民族都有著她獨特的習俗，這種融匯了精神和物質、文化和歷史的具有地方性、傳承性的民俗，成為人們社會生活的重要組成部分，因而文學史上許多著名作家的創作中都細緻地描述眾多與民俗相關的內容：果戈里的成名作《狄康卡近鄉夜話》將烏克蘭民間故事神話傳說同現實生活的描寫交織在一起，充滿了樂觀幽默的氣氛。屠格涅夫的《獵人筆記》將鄉村生活和民俗風情自然景觀的描寫

118　《別林斯基選集》第 1 卷 27 頁，時代出版社 1958 年版。

融為一體，洋溢著抒情散文的氣息。莎士比亞的《威尼斯商人》中猜選首飾盒風習的描寫，托馬斯‧哈代的《還鄉》中化妝啞劇民俗的敘述，都使作品具有濃郁的民俗色彩，從而也加強了作品的藝術感染力。

　　魯迅的鄉土小說具有十分濃郁的民俗色彩，魯迅努力尋覓捕捉與小說中的人物故事相關聯的浙東民俗，並將其十分和諧、恰到好處地置於作品的藝術氛圍故事情節之中。與沈從文常常在作品的開篇用細膩的工筆畫筆法鋪敘湘西山寨的民情風習、突出山民的淳樸敦厚雄強剽悍的生活環境和邊民心理不同，魯迅的鄉土小說常以十分儉省的寫意筆法，將對浙東鄉鎮習俗的描寫十分自然地契入作品的敘寫中，或構成鄉土氣息濃郁的故事背景，或成為意蘊深刻的情節主幹，或形成發人深省的小說細節，從而展示出一個缺少誠和愛的鄉土社會和鄉民們麻木的心態，這使魯迅的鄉土小說滿溢著浙東鄉鎮獨特的地方色彩。

　　魯迅的〈祝福〉、〈風波〉、〈孔乙己〉都以生動的民俗描繪，構成故事情節展開的背景，展示了一個鄉土氣息濃郁的鄉土社會。〈祝福〉的開篇將故事置於新年之際歡樂熱鬧的祝福背景中，送灶的爆竹聲，幽微的火藥香，展示了村鎮的新年氣象。魯迅十分生動地描述了祝福的禮儀：

> 這是魯鎮年終的大典，致敬盡禮，迎接福神，拜求來年一年中的好運氣的。殺雞，宰鵝，買豬肉，用心細細的洗，女人的臂膊都在水裏浸得通紅，有的還帶著絞絲銀鐲子。煮熟之後，橫七豎八的插些筷子在這類東西上，可就稱為「福禮」了，五更天陳列起來，並且點上香燭，恭請福神們來享用；拜的卻只限於男人，拜完自然仍然是放爆竹。年年如此，家家如此，──只要買得起福禮和爆竹之類的，──今年自然也如此。

　　魯迅將忙碌歡愉的祝福的禮儀寫得栩栩如生。魯迅將祥林嫂受盡精神折磨後倒斃於祝福之夜的歡樂氛圍中，不僅展示了鄉土氣息濃郁的魯鎮的風習風貌，揭示了具有濃厚封建色彩古老封閉的鄉土社會，而且為祥林嫂悲劇故事的敘寫設置了一個樂景寫哀獨特的藝術背景，使被封建禮教的「無主名無意識的殺人團」摧殘致死的祥林嫂的故事，更具有撼人心魄的悲劇力量。

　　在〈風波〉的開篇，魯迅描繪了一幅極具民俗色彩的民俗畫，夏日太陽落山後的臨河土場上，人們在自家門口潑些水放下小桌子和矮凳，「老人男人坐在矮凳上，搖著大芭蕉扇閒談，孩子飛也似的跑，或者蹲在烏桕樹下賭玩石子。女人端出烏黑的蒸乾菜和松花黃的米飯，熱蓬蓬冒煙」。周作人認為「這都零碎而簡潔地寫出民間在夏天吃飯的情形來」，並認為這是值得注意的鄉村民俗的資料[119]。魯迅為小說的故事設置了一個平和溫馨的鄉村土場的背景，卻在這獨特的鄉村社會舞臺上上演了一幕人生的鬧劇，激起了一場不小的辮子風波，從而揭示了鄉民精神的愚昧和麻木。在〈孔乙己〉的開篇，魯迅簡潔地描述了魯鎮酒店獨特的格局，和酒客們飲酒的情狀。這種魯鎮酒店風習的描寫為孔乙己的故事設置了古風猶存的鄉鎮背景，也為孔乙己的悲劇命運展示了一個等第森嚴的社會環境。李長之認為：「魯鎮和咸亨酒店，是在這篇作品裏開始介紹給讀者。就在簡單的和從容的筆底下，已經寫出令人覺得十分幽默，然而十分親切，又十分悲哀荒涼的光景。」[120]魯迅的〈祝福〉、〈風波〉、〈孔乙己〉中，都以簡潔傳神的筆描繪了具有濃郁地方色彩的風俗畫的背景，為作品故事的展開、人物性格和命運的敘寫，設置了充滿鄉土氣息的獨特的社會環境和文化背景。

---

[119] 周作人《魯迅小說裏的人物》，第 30 頁，人民文學出版社 1957 年 8 月版。
[120] 李長之〈魯迅作品之藝術的考察〉，1935 年 6 月 12 日天津《益世報》。

　　魯迅的〈藥〉、〈離婚〉、〈長明燈〉、〈社戲〉中的民俗描寫成為小說故事的核心，通過極具民俗色彩故事的敘寫，揭示民俗故事中所蘊涵的深邃意蘊和深厚情感。〈藥〉以人血饅頭醫治癆病的習俗為主要故事情節，從而揭示以革命者的鮮血治病的人們的愚昧與麻木。〈離婚〉敘寫鄉土社會中長老權力統治下對一樁離婚糾紛的調解，小說中鄉村紳士們調解的場面、互換紅綠帖的離婚程式等，都充滿了民俗色彩，揭示了在封建勢力把持的鄉村社會中婦女反抗的無助和乏力。〈長明燈〉中在吉光屯社廟裏從梁武帝時代點起的長明燈，具有鮮明的民俗意味，作品通過瘋子欲吹熄長明燈和村人們全力阻撓和拘押瘋子，以象徵的手法塑造了一位反封建的勇士形象，展示了封閉停滯的封建鄉土社會的冷漠和愚昧。〈社戲〉以抒情的筆觸憶寫孩提時期月夜搖船去看社戲為主要故事情節，那朦朧的月色、婉轉的橫笛、豆麥的清香，那臨河的戲臺、黑胡子的老生、咿咿呀呀唱的小旦、紅衫的小丑、坐唱的老旦，在一幅鄉氣勃郁的風俗畫中透出作者濃濃的鄉情鄉思。

　　魯迅的鄉土小說充滿了民俗色彩，除了在小說背景的設置、情節的構成中民俗描寫具有重要的意義以外，小說中的細節描寫中也可見魯迅對浙東民俗的生動描繪，從而加強了作品的民俗色彩和鄉土風味。〈藥〉中清明上墳化紙錠祭齋飯民俗的描寫，〈明天〉中入殮出殯燒符咒置愛物風習的描述；〈風波〉裏以斤數作小名的習俗和女孩裹腳的陋習的描寫；〈長明燈〉裏查黃曆定出行的風習和鄉紳們聚會議事的場景的描述；《阿 Q 正傳》中押牌寶的場景、用香燭賠罪的風習、遊街示眾的情景的描寫；〈孤獨者〉中穿白跪拜做法事的大殮儀式、門貼寫明死者性別年歲和避忌的斜角紙風習的描述；〈社戲〉中出嫁了的女兒回娘家消夏的習俗的描寫；〈離婚〉中離婚糾紛中拆灶的風習的描述，如此等等，都使魯迅的鄉土小說更為生動真切，洋溢著具有浙東民俗色彩的鄉土氣息。

二

　　民俗學家鍾敬文認為：「民俗，不管在文明的或文化不發達的民族裏都是人民社會生活的一個重要部分，我們很難想象：一個民族或部落的社會生活裏會沒有什麼民俗而能夠兀然生存的。換一句話說，民俗是人類各集團的共同生活裏具有普遍性和重要性的一種社會現象。」[121]魯迅的鄉土小說努力描述浙東民俗這種具有普遍性和重要性的社會現象，使魯迅的鄉土小說具有濃郁的民俗色彩和鄉土氣息。

　　魯迅鄉土小說濃郁的民俗色彩基於魯迅獨到的民俗觀，即魯迅對民俗的重視和偏愛。魯迅的小說創作如他自己所說的不太關注風月的描寫，但他卻特別看重風俗畫的價值和描繪。魯迅在給友人的信中曾一再提及風俗畫的意義。1934 年魯迅在致陳煙橋的信中說：「我的主張雜入靜物，風景，各地方的風俗，街頭風景，就是如此，現在的文學也一樣。有地方色彩的，倒容易成為世界的，即為別國所注意。」[122]魯迅將作品中風俗的描繪看作是作品地方色彩的重要因素之一，從而使作品具有世界性的價值和意義。魯迅在給羅清楨的信中說：「我想：先生何不取汕頭的風景，動植，風俗等，作為題材試試呢。地方色彩，也能增加畫的美和力，自己生長其地，看慣了，或者不覺得什麼，但在別地方人，看起來是覺得非常開拓眼界，增加知識的。……而且風俗圖畫，還於學術上也有益處的。」[123]可見魯迅對風俗畫的重視和推崇。1934 年魯迅在給友人的信中解釋未去觀摩奧國人的美術作品展時說：「報上說是外國風景，倘是風俗，我便去看了。」[124]可見魯迅對風俗畫的偏

---

[121] 鍾敬文《民俗學入門·序》，中國民間文藝出版社 1984 年版。
[122] 《魯迅全集》第 12 卷，第 391 頁，人民文學出版社 1981 年版。
[123] 《魯迅全集》第 12 卷，第 308 頁，人民文學出版社 1981 年版。
[124] 《魯迅全集》第 12 卷，第 325 頁，人民文學出版社 1981 年版。

愛。雖然魯迅這些對風俗推崇的言論都是針對美術創作而發的,但從中也同樣可見魯迅在文學創作中關注風俗描寫的原因了。周作人談及魯迅的創作時曾說:「著者對於他的故鄉一向沒有表示過深的懷念,這不但在小說上,就是《朝花夕拾》上也是如此。……但是對於地方氣候和風物也不無留戀之意……。」[125] 應該說魯迅對於故鄉是充滿了深深的懷念之情的,這種懷念是對故鄉的關愛與憎惡交織在一起的。魯迅對故鄉風物習俗的留戀偏愛是勿容置疑的,因而使魯迅的鄉土小說充滿著民俗色彩。

　　魯迅鄉土小說濃郁的民俗色彩得益於魯迅對故鄉民俗文化的濡染。具有吳越文化傳統的紹興鄉鎮流傳著諸多具有地方色彩的鄉風民俗,魯迅自幼就受到這些民俗文化的濡染,他神往於故鄉狂放豪奢的迎神賽會,他忘不了故鄉臨河戲臺上熱鬧歡快的社戲,他癡情於故鄉描寫世故人情充滿滑稽趣味的目連戲,他摯愛活潑「鬼而人,理而情,可怖而可愛的無常」,他喜歡穿大紅衫子黑色長背心「比別的一切鬼魂更美」的女吊。童年時代的魯迅,去安橋頭外婆家他常和農民的孩子一起去看社戲、釣魚釣蝦牧牛看鵝,夏夜納涼常聽母親給他講故事唱山歌猜謎語哼小曲。魯迅在病逝前夕甚至還十分清晰地記得,他在十餘歲時曾在目連戲中扮過臉塗油彩手執鋼叉的義勇鬼,與大人們一起「一擁上馬,疾馳到野外的許多無主孤墳處,環繞三匝,下馬大叫,將鋼叉用力的連連刺在墳墓上,然後拔叉馳回,上了前臺,一同大叫一聲,將鋼叉一擲,釘在臺板上」[126]。可見童年時期故鄉的民俗給魯迅留下了極為深刻的印象。因而魯迅在其散文集《朝花夕拾》中以充滿鄉情鄉思的筆憶寫故鄉的種種風俗:給他童年帶來快樂的繪圖的《山海經》,使童年魯迅感到不解

---

[125] 周作人《魯迅小說裏的人物》,第 109 頁,人民文學出版社 1957 年 8 月版。
[126] 魯迅〈女吊〉,見《魯迅全集》第 6 卷第 616 頁。

和掃興的繪圖的《二十四孝圖》；兒時罕逢的盛事「五猖會」，人而鬼情而理的活無常。因而魯迅在其鄉土小說中細緻地繪描故鄉民俗，甚至為了使作品中民俗的描繪更為真實生動，魯迅還常常細心地作一些民俗調查，他曾在夏夜納涼時請家中的工友講述《龍虎鬥》的「手執鋼鞭將你打」是怎樣唱的，又問做目連戲時男吊死鬼怎樣七七四十九吊，女吊死鬼怎樣「奴奴本是良家女，呵呀，苦呀，天哪」歡吊，還問如何押牌寶。這些魯迅都細心地詢問靜靜地細聽，後來都用在《阿 Q 正傳》等作品中[127]。可見故鄉民俗文化的濡染對魯迅鄉土小說的民俗色彩具有舉足輕重的影響。

　　魯迅鄉土小說濃郁的民俗色彩也與魯迅深沉的鄉土情結相關。倘若沒有對故鄉的摯愛，魯迅就不會以充滿鄉思的筆觸在他的散文中一再憶寫故鄉的鄉風民俗，倘若沒有對故鄉的戀情，魯迅就不會以飽含鄉情的語言在他的小說中細心描繪故土的民風習俗。魯迅在《朝花夕拾·小引》中就意味深長地傾吐了他深深的鄉井之情：「我有一時，曾經屢次憶起兒時在故鄉所吃的蔬果：菱角，羅漢豆，茭白，香瓜。凡這些，都是極其鮮美可口的；都曾是使我思鄉的蠱惑。後來，我在久別之後嘗到了，也不過如此；唯獨在記憶上，還有舊來的意味留存。他們也許要哄騙我一生，使我時時反顧。」[128]雖然少年魯迅在家庭大變故後受盡了故鄉人的奚落和冷眼，真正看到了世態的炎涼和社會的涼薄，從而走異路逃異地去尋求別樣的人們，但魯迅對故鄉深深的思念眷戀之情仍時時湧上心頭。雖然在鄉土小說創作中魯迅是以哀其不幸怒其不爭的情感基調去描寫故鄉人的生活狀態和精神狀態的，但魯迅內心深處故鄉之情是永難割斷

---

[127] 周芾棠《鄉土憶錄——魯迅親友憶魯迅》，第 18 頁，第 19 頁，陝西人民出版社 1983 年版。

[128] 魯迅《朝花夕拾·小引》，見《魯迅自編文集·朝花夕拾》第 2-3 頁，天津人民出版社、香港炎黃國際出版社 1999 年 2 月版。

的，甚至魯迅在病逝前夕還流露出故鄉又不能回去的深深憾意[129]，
正是因為魯迅內心深處的鄉土情結，才使魯迅的鄉土小說充滿了濃
郁的民俗色彩。

三

　　亞歷山大‧H‧克拉普在 1930 年出版的《民俗學學科研究》
中指出：民俗學是努力從民間生活方式和語言中，建立起一門人類
種族的「精神史」[130]。這就告訴我們民俗是一種具有地方性傳承性
的生活方式，它包含著民間的精神生活，從而構成特定地域民族的
具有傳統文化色彩的精神歷史。魯迅的小說創作立足於啟蒙民眾，
立足於畫出國人的靈魂，魯迅對具有種族精神意義的民俗的關心與
描繪與其小說創作的主旨十分吻合，這就構成了魯迅鄉土小說的民
俗色彩的民族心理剖示和批判的意義和價值。魯迅努力畫出在古訓
築成的高牆裏沉默的國民的魂靈來，因而魯迅的鄉土小說在具有民
俗色彩的小說背景、故事情節和作品細節的敘寫中，揭示針砭鄉民
們的麻木愚昧和社會的冷漠涼薄。在〈習慣與改革〉一文中，魯迅
曾談及列寧將「風俗」和「習慣」都包括在文化之內，並且以為改
革這些很困難。魯迅說：「我想：但倘不將這些改革，則這革命即
等於無成，如沙上建塔，頃刻倒壞。」並指出：「別的事也如此，
倘不深入民眾的大層中，於他們的風俗習慣，加以研究，解剖，分
別好壞，立存廢的標準，而於存於廢，都慎選施行的方法，則無論

[129] 見《魯迅全集》第 13 卷，第 684 頁。
[130] 見林驤華等編著《文藝新學科新方法手冊》，第 135 頁，上海文藝出版社
　　 1987 年 5 月版。

怎樣的改革，都將為習慣的岩石所壓碎，或者只在表面上浮遊一些時。」[131]魯迅將風俗習慣的存廢視作社會改革的能否開展、革命的成功與否的必要條件，可見魯迅先生對風俗習慣的重視和關注，對於傳統的陋俗惡習，魯迅執著地予以針砭批判，對於民間的良風民俗，魯迅以充滿深情的筆觸詠之歎之（如〈社戲〉中對社戲的描寫）。魯迅鄉土小說中的民俗描寫大多具有深刻的國民性批判的意義，無論是〈藥〉對以人血饅頭治病習俗的描寫，〈離婚〉對鄉村中離婚糾紛調解場面的描寫，還是〈祝福〉中女人勞作卻只限男人跪拜的祝福禮儀的敘寫，〈孔乙己〉中長衫客短衣幫涇渭分明的飲酒情狀的敘寫，都在揭示缺少誠和愛的鄉鎮社會環境中，剖露人們麻木愚昧的精神世界和心理性格。在小說細節的描寫中，〈風波〉裏女孩纏足的陋習的勾勒，〈祝福〉中祥林嫂捐門檻贖罪的風習的描寫，〈故鄉〉裏潤土要香爐燭臺的信仰的勾勒，〈長明燈〉中鄉民們查黃曆定出行的古風的描寫，都體現了魯迅對傳統隨俗中所蘊函的鄉民們的麻木心態的批判。

　　民俗是一種人相習代相傳的社會現象，有人認為風俗反映了一個民族對生活的摯愛，將風俗視為民族感情的重要組成部分[132]。風俗的存在與相傳與一個民族獨特的文化傳統和生活形式有著密切的關聯，風俗不僅寄寓著深刻的文化內涵，而且有時具有一定的審美意義，魯迅也認為民俗的描畫能增加作品的美與力。西北黃土高原引吭高歌信天游的高亢，江南水鄉端午節龍舟競渡的壯美，都有其獨特的審美風韻。小說創作中對民俗的關注和描繪也一定程度影響著作品的審美風格。沈從文的小說創作特別鍾情於民俗的描繪，他著意描繪湘西山寨神巫跳儺的場景、青年男女對

---

[131]《魯迅全集》第 4 卷，第 224 頁。
[132] 汪曾祺〈談談風俗畫〉，見《鐘山》1984 年第 3 期。

歌相戀的習俗、用刀對付仇敵聯結朋友的風氣、迎春節野宴飲酒狂歡的風俗，這種展示了湘西山民淳樸剽悍民風的習俗的描繪，使沈從文的湘西小說呈現出幽野粗獷的審美風格。魯迅的鄉土小說中描繪的大多是一些具有濃郁的儒家文化色彩的民風習俗，森嚴的封建等級，傳統的封建禮儀，古老的迷信習俗，傳統的倫理道德，都浸透於魯迅筆下所描繪的諸多浙東民俗中，無論是大殮出殯的習俗，還是飲酒喝茶的風習；無論是祝福祭祀的傳統，還是結婚離婚的風俗，大多呈現出一種沉鬱滯重的灰暗色彩，從而使魯迅的鄉土小說具有一種與沈從文的湘西小說不同的古樸凝重的審美風格。

鍾敬文認為：「今天我國的民俗學，似乎負有這樣的任務：用科學的方法，盡可能收集流傳在廣大群眾當中的生活、文化活動現象（包括跟那些相關的思想感情和想象的現象），加工整理研究，借以闡明一向不被重視的（過去長時期內不為學者所記錄和談論的），真實的民眾的文化活動及精神狀態和特點──這種活動和狀態等，主要是指長期歷史的，但也包括現在的。」[133]他指出了作為一門獨立的學科的民俗學的任務。魯迅的鄉土小說中對民俗的描繪是基於魯迅對故鄉民俗的細緻了解調查和精心研究基礎上，他小說中民俗的描繪生動形象情態逼真，從民俗學角度來說還具有一定的民俗學的意義和價值。魯迅的鄉土小說描述了多種多樣的民俗形式，從鄉裏社會的習俗慣制（如鄉村議事、制裁和調解等），到人生儀禮的民俗形式（如弔喪、殯儀和送葬等）；從婚姻的民俗形式（如買賣婚、離婚等），到歲時節日的民俗形式（如農事節日、祭祀節日和慶賀節日等）；從迷信的民俗形態（如祭祀類迷信、禁忌類習俗等），到遊藝的民俗形式（如演社戲、押牌寶等），都生動

---

[133] 轉引自烏丙安《中國民俗學》，第 18 頁，遼寧大學出版社 1985 年 8 月版。

豐富栩栩如生，魯迅的鄉土小說展示了一幅幅生動形象的浙東風俗畫民俗畫，也具有浙東民俗志的意義。

　　魯迅鄉土小說中對民俗的描繪使其作品具有濃郁的民俗色彩，也使魯迅的鄉土小說呈現出獨特的地方色彩和濃濃的鄉土氣息，從而魯迅的鄉土小說成為享譽世界屹立於世界文學之林的文學佳作。

原載《安徽大學學報》1996 年第 3 期

影響與開拓

──論魯迅對賴和小說的影響

　　被譽為臺灣新文學奶母的賴和，以其質樸優宛的白話小說揭示日據時期臺灣下層人們的屈辱生活和病態心理，抨擊殖民地當局對百姓的殘酷壓榨無理欺淩，從而奠定了臺灣新文學的基石。他是臺灣「第一個把白話文的真正價值具體地提示到大眾之前」的作家，在臺灣新文學的成長中他熱情地扶植培養了許多文學青年，他既是「臺灣新文藝園地的開墾者，同時也是養育了臺灣小說界以達於成長的保姆」[134]。

　　作為中國新文學一部分的臺灣新文學是在「五四」新文學的影響下成長起來的，賴和的創作十分明顯地受到魯迅的影響。在寫實手法、創作主題、文體形式、諷刺筆調諸方面，都可窺見魯迅作品對賴和創作的影響。

---

[134] 守愚〈小說與瀚雲〉，《臺灣文學》3 卷 2 號。

一

　　臺灣與大陸一水相隔，海峽兩岸文學的傳統一脈相連，臺灣的新文學是在大陸的「五四」新文化運動的直接影響下誕生的。由蔡元培題寫「溫故知新」的〈臺灣青年〉1920 年 1 月的創刊，昭示著臺灣新文化運動開始步入啟蒙階段。1923 年白話報〈臺灣民報〉的創辦，正式揭開了臺灣的新文學運動。該報轉載了胡適、陳獨秀倡導文學革命的文章，發表提倡白話文倡導漢文改革的論說，並轉載魯迅、郭沫若、周作人、冰心等人創作的文學作品，其中轉載最多的是魯迅的作品。自 1925 年元月至 1926 年 2 月的一年多時間裏，〈臺灣民報〉51 期中竟有 20 期分別轉載了魯迅的作品或譯作，計有〈鴨的喜劇〉、〈故鄉〉、〈犧牲謨〉、〈狂人日記〉、〈魚的悲哀〉、〈狹的籠〉、《阿 Q 正傳》等篇作品，壯大了當時臺灣新舊文學論戰中新文學的聲勢，同時也啟迪了臺灣新文學的創作。賴和是較早受到魯迅作品影響的臺灣作家。從醫的賴和，曾於 1917 年 1919 年間在廈門博愛醫院服務，其間賴和「受五四運動的沖擊，深感民族自決的重要性，尤其對啟迪民智的重要性有進一步的看法，文學不再認為是某一階層人士的專利品，對白話文的推動遂一己之力」[135]。在大陸「五四」新文化運動和魯迅作品的影響下，1925 年 8 月賴和在〈臺灣民報〉發表了他的第一篇白話文作品〈無題〉，描述婚非所愛、愛不能婚的悲哀。1926 年 1 月發表了他的第一篇白話小說〈鬥鬧熱〉，這成為臺灣新小說的奠基之作。此後賴和為臺灣當時「文學革命之呼聲漸起，新舊思想之沖突日烈」而由衷地高興和歡呼，他撰文提倡「舌頭和筆尖的合一」的「多少能認識自我，能

---

[135] 梁景峰〈賴和是誰？〉，見《賴和作品選集》，中國廣播電視出版社 1987 年 4 月版。

為自己說話，能與民眾發生關系」的新文學作品[136]。他說：「我們要唱道（倡導）平民文學、普及民眾文化的這一種藝術運動，那富有普遍性的新文學是頂適用的工具，所以我們敢把她紹介給大家們。」[137]倘若說大陸「五四」時期周作人的功績主要在於理論的倡導和建樹，魯迅的功績主要在於創作的實績的話，那麼臺灣新文學誕生時期理論的倡導的主要功臣是張我軍，創作實績的代表者則是賴和。賴和在其忙碌的行醫和編輯工作之餘，不輟於他的小說創作，寫出了〈一桿「秤仔」〉、〈不如意的過年〉、〈可憐她死了〉、〈惹事〉、〈半作〉等近二十篇有影響的白話小說，「賴和氏有許多佳作，成為臺灣創作界的領袖」[138]。賴和一生十分崇拜魯迅，喜愛魯迅的作品。1943 年初賴和病逝前夕，友人楊雲萍去臺北帝大附設醫院探望時，病篤的賴和仍十分深情地與友人談到魯迅。楊雲萍追憶當時情狀時說：「話說得起勁，就講到魯迅，便談到〈北平箋譜〉了。……」[139]幾天以後賴和便與世長辭了。林瑞明認為：「身處日本殖民統治下的賴和，終其一生未曾見過魯迅，但深受魯迅影響。」[140]

二

賴和的小說創作受到魯迅小說的寫實手法的影響。

---

[136] 賴和〈讀臺日報的〈新文學之比較〉〉。

[137] 賴和〈開頭我們要明瞭地聲明著〉。

[138] 梁景峰〈賴和是誰？〉，見《賴和作品選集》，中國廣播電視出版社 1987 年 4 月版。

[139] 見林瑞明〈石在，火種是不會絕的〉，《魯迅研究月刊》北京 1991 年第 10 期。

[140] 見林瑞明〈石在，火種是不會絕的〉，《魯迅研究月刊》北京 1991 年第 10 期。

　　被譽為中國現代小說之父的魯迅，以深沉的民族憂患意識和深刻的歷史意識，以自覺的啟蒙精神冷靜客觀地寫下他眼中所經過的中國的人生，意在以此改良社會改良人生，他的創作大多以其故鄉紹興鄉鎮的下層人們生活為模本，魯迅直面人生大膽地看取人生，寫出他們的血和肉來，真切平實地寫出上流社會的墮落和下層社會的不幸。魯迅繼承了中國文學「敢於如實描寫，並無諱飾」的寫實主義傳統，汲取了俄國和東歐的現實主義創作的藝術營養，以其具有中國現代小說史上裏程碑意義的小說創作，開拓了中國新文學的現實主義主潮。魯迅的一些小說問世之時，就有人指出魯迅的小說「多為赤裸裸的寫真，活現出社會真實的背影」[141]，魯迅的小說創作努力寫出故鄉下層人們悲慘的生活遭遇和苦痛的生存狀態精神狀態。魯迅真切地揭示在封建禮教封建道德壓迫摧殘下鄉村婦女的悲慘人生：一心守節的單四嫂子失去了寄託著她理想的明天和未來的兒子，孤獨地在寂靜的夜晚渴望夢中與她的寶兒相見（〈明天〉）；再醮重寡的祥林嫂被人們視作不祥之物失去了做奴隸的地位，淒涼地倒斃於祝福之夜的雪地上（〈祝福〉）。魯迅冷靜地描述在封建傳統官紳政治淫威奴役下鄉村農人的苦難境遇：勇敢聰慧的少年潤土，在黑暗社會生活負累的壓迫磨難下，變成了一個愁苦瑟索的木偶人（〈故鄉〉）；勤勞能幹的雇農阿 Q，在辛亥革命後沒有大變動的鄉鎮，糊裏糊塗地被誣為搶案的主犯押上了法場（《阿正 Q 傳》）。魯迅深刻地敘寫鄉鎮下層知識者的悲哀命運：一心想躋身長衫客之列的孔乙己在科舉場上屢試不中，卻釀成好吃懶做和偷竊的壞習性，最終在冷漠的世界中被人打折了腿離開了人世（〈孔乙己〉）；意氣風發敏捷精悍的激進者呂緯甫，十幾年後卻成了一個疲憊頹唐敷敷衍衍模模糊糊的落伍者（〈在酒樓上〉）。魯迅的小說大多以客

---

[141] 丫生〈讀《吶喊》〉，1923 年 10 月〈學燈〉。

觀冷靜的寫實手法揭示下層人民的苦難人生不幸遭遇的同時，對趙太爺、魯四老爺、七大人等為代表的上流社會作了抨擊。魯迅的小說顯示了執著徹底的反封建精神。

被稱作「無畏無懼，不欺不詐地，正確表現了臺灣現實的作家」的賴和[142]，在魯迅作品的影響下，走的也是一條現實主義的創作道路，他也在繼承中國文學的現實主義傳統中汲取外國文學的有益營養，以客觀寫實的筆調，將日據時期臺灣下層人們的不幸和上流社會的墮落生動地描寫了出來，顯示出其強烈的反帝反封建的思想，在臺灣新文學的發展途中拓開了一條現實主義的大道。鐘肇政、葉石濤在《光複前臺灣文學全集》中評價賴和的創作時指出：「他替臺灣的新文學豎起了第一面反帝反封建的旗幟，並且啟示了此後臺灣小說所應走的社會寫實方向。」[143]

賴和以啟迪民智喚起民眾為己任，他滿懷著人道主義精神執著地「以民眾為對象」進行創作，努力反映「現社會待解決、頂要緊的問題」[144]，在他的筆下表現出日本殖民地時代臺灣社會各階層的生活。同魯迅一樣，賴和關注著臺灣農家婦女的不幸遭遇和悲劇命運。〈可憐她死了〉中被窮困的父母賣給阿跨仔官當童養媳的阿金，公公和丈夫在一場罷工運動中被毆打致死，她辛勤勞作仍無力贍養婆婆，只好將自己賣給本街財主為妾，懷了身孕後她便遭遺棄，後去河邊洗衣在腹痛眩暈中不幸跌下河淹死。〈惹事〉中刻苦地洗衣做針線以「自己一隻手骨（手）在維持一家」的寡婦，由於曾拒絕衙門裏大人的調戲，而被大人誣為偷雞賊而遭到打罵，並被巡查押進衙門。賴和的創作努力真實地揭露殖民地社會中臺灣農人們的悲苦命運。「勤儉、耐苦、平和、順從的農民」秦得參，因病失去了

---

[142] 王錦江〈賴懶雲論〉，〈臺灣時報〉201 號，1936 年 8 月。
[143] 見臺灣遠景出版社 1979 年出版的《光複前臺灣文學全集》第一卷：賴和簡介。
[144] 賴和〈讀臺日報的〈新文學之比較〉〉。

耕地，借錢借秤去做賣菜的小生意，因不善應付巡警的勒索刁難，不僅秤被巡警折斷，還被定為違反度量衡規則之罪監禁三日。出獄後的秦得參憤懣於人不如畜的生活，憤而夜刺一警吏後自盡（〈一杆「秤仔」〉）。勤勞安份老實巴交的蔗農添福，盡心栽培加倍勞作獲得了甘蔗的大豐收，盤算著以賣掉甘蔗的錢給兒子娶媳婦。然而制糖公社在苛刻的購蔗規定中百般挑剔克扣斤兩，將添福 50 萬斤甘蔗克扣成 30 餘萬斤，致使添福到手的錢款還掉肥料、種苗等的開支，已所剩無幾了，替兒子娶親的美夢也幻滅了。小說寫出了臺灣在殖民主義經濟機構的壓迫下豐收成災的畸型現實。賴和的小說也描述了一些鄉鎮知識者的不幸與苦難。〈歸家〉中學成歸鄉的「我」，在與故鄉的生疏和隔膜中，感受到故鄉的頹敗和教育的無奈。〈阿四〉中由醫學校畢業的阿四，在殖民地政策的歧視下深感不平，從醫院憤而辭職後成立抗日的文化協會，從事民眾的啟蒙運動。〈善訟人的故事〉中無私無畏為民請命的林先生，因財主志舍霸佔山林勒索百姓，使當地人們處於「生人無路，死人無土，牧羊無埔，耕牛無草」的困境，林先生憤而辭去財主家管帳的職務，控告志舍強占山地的罪狀，為聲張正義而寧死不屈的林先生，雖因志舍的賄賂衙門而一再敗訴，甚至被捕入獄，但終於在百姓的幫助下打贏了官司。賴和的小說創作無論是敘寫臺灣鄉村婦女的不幸遭遇，還是描繪農人的苦難人生，還是揭示鄉鎮知識者的坎坷經歷，他都以冷靜客觀的寫實手法進行敘寫，透露出作家直面人生的真誠質樸和無畏執著。

魯迅的小說常在以現實主義為主的手法中融入了象徵的藝術手法，在〈狂人日記〉、〈長明燈〉等小說中，以象徵的手法塑造狂人、瘋子表像下的最清醒的反封建鬥士的形象，從而突出魯迅作品深刻的反封建主旨。與魯迅的小說不同，賴和的小說常以嚴峻樸實的寫實主義的手法，在〈不如意的過年〉、〈辱？！〉、〈不幸之賣油

炸檜的〉等作品中，以譏諷的筆調勾畫日本殖民政府的政治工具員
警的橫行霸道殘忍跋扈欺壓百姓、醜惡嘴臉卑劣行徑，從而突出賴
和作品強烈的反帝愛國思想。

三

　　被譽為民族魂的魯迅先生，一生執著地進行著探索和改造國
民性艱巨而偉大的工作，他的小說創作竭力探索人們的靈魂，努
力揭示國民性的弱點，畫出沉默的國民的魂靈來。魯迅的小說創
作在揭示鄉村社會中人們悲苦的人生不幸的運命時，竭力剖露人
物麻木的靈魂愚昧的心態，這使魯迅的小說具有十分深刻的歷史
意蘊和文化色彩。〈藥〉通過華老栓以革命者的鮮血為兒子小栓治
病不愈的故事，揭示了民眾的愚昧麻木和對革命的隔膜。〈風波〉
通過鄉村土場上鄉民七斤丟失辮子而引起的一場風波，揭示了鄉
民們渾渾噩噩的人生和奴性心理。《阿 Q 正傳》畫出了自尊自大
自卑自賤畏強凌弱麻木健忘的精神勝利法的典型阿 Q 的形象。〈孔
乙己〉通過咸亨酒店中酒客們對孔乙己的哄笑，剖露社會對於苦
人的涼薄。〈明天〉在對紅鼻子老拱、藍皮阿五等人對孤苦的寡婦
單四嫂子的覬覦欺凌中，揭示人們缺少誠和愛的冷漠內心。〈祝福〉
以魯鎮人們對祥林嫂悲哀故事的煩厭和對其額角傷疤的嘲弄，針
砭了世人的病態心理無愛的人生。茅盾 1927 年在〈魯迅論〉中就
指出：「這些『老中國的兒女』的靈魂上，負著幾千年的傳統的重
擔子，他們的面目是可憎的，他們的生活是可以咒詛的，然而你
不能不承認他們的存在，並且不能不凜凜地反省自己的靈魂究竟

是否完全脫卸了幾千年傳統的重擔。」[145]魯迅小說的深刻之處和
發人深省的意義也就在此了。

　　受到魯迅作品影響的賴和，也將改變國民的精神放在首位，立
足於努力用文藝改變民眾精神。在他的小說創作中，揭示臺灣下層
人們的苦難與不幸時，努力剖露他們心靈的麻木和精神的病態，意
在「把還在沉迷的民眾叫醒起來」[146]。賴和的小說〈鬥鬧熱〉以在
迎神賽會中因孩子之間惹事而引起街鎮之間費錢費力的鬥鬧熱，通
過這場「無意義的競爭」，揭示人們的愚昧和麻木。〈豐作〉中的蔗
農添福辛勤耕作，一心渴望甘蔗豐收獲得獎勵金，制糖公社發表了
新的採伐規則激起蔗農們的不滿，他們一起去向公社交涉，而添福
卻不敢參加，「他恐驚恐怕因這層事，叛逆公社，得獎勵金的資格
會被取消去」。添福對這場鬥爭一直取旁觀的態度，然而這仍未能
擺脫添福豐收成災的厄運。小說在揭示了添福不幸和不平的遭遇
中，也批判了添福懦弱卑怯的心理性格。〈赴會〉敘寫了主人公「我」
去霧峰參加文化協會理事會途中的所見所聞，在揭露了民生的疾苦
中，也針砭了鄉民們的麻木心態。作品中描寫進香客長途勞苦跋涉
在進香求佛中求得精神的慰藉，「他們嘗盡現實生活的苦痛，乃不
得不向無知的木偶祈求不可知的幸福，取得空虛的慰安」。〈惹事〉
描寫衙門裏的大人因調戲寡婦不成而懷恨在心，借機誣陷寡婦偷雞
肆意打罵後將其送進衙門。熱血青年「我」經過調查研究瞭解到寡
婦受冤的真相，決意為她打抱不平，並努力排斥有種種劣跡的大
人，他努力奔走遊說，要人們抵制甲長會議的召開，人們表面都贊
成並為大人的作為而憤懣，然而到開會的那天他們卻都來參加會議
了，「我」感到「已被眾人所遺棄，被眾人所不信，被眾人所嘲弄」，

---

[145] 茅盾〈魯迅論〉，《小說月報》第 18 卷第 11 期，1927 年 11 月。
[146] 賴和〈希望我們的喇叭吹奏激勵民眾的進行曲〉。

憤而當眾揭露大人的種種劣跡，最後得罪了大人遠走他鄉避難。小說針砭了那些畏首畏尾卑怯懦弱人們的自私麻木。〈歸家〉中勾勒的故鄉人折除舊廟重築新廟的作為，〈辱？！〉中描寫的看客們在戲臺前觀看俠義英雄戲排除生活中的悲哀不平的心態，都一定程度上對鄉民的麻木愚昧作了揭露和針砭。

賴和的小說還在生動地描寫民眾的卑怯懦弱性格和求神拜佛的作為中，揭示鄉民的精神弱點，在對日據時期臺灣鄉民麻木心態的批判中，也抨擊了殖民地社會的黑暗與腐敗。賴和的小說中還描寫了一些具有反抗意識鬥爭精神的鄉民，〈一杆「秤仔」〉中在奴隸生活壓迫中忍無可忍刺殺巡警後自盡的秦得參，〈善訟人的故事〉中在東家的淩辱中憤而辭職不屈地投訴財主志舍霸佔山場勒索百姓的林先生，〈豐作〉中湧向制糖公社事務室交涉采蔗規則的蔗農們，〈善訟人的故事〉中憤怒地打入縣衙門救出為民請命而被監禁的林先生的民眾們等。賴和借著這些作品充分表現出殖民地解放的問題以及他的反抗精神。

四

魯迅的小說創作博采眾家取其所長，以其作品表現的深切和格式的特別開拓了中國現代小說創作之路，使中國現代小說的創作步入了現代化的曆程。賴和是深受魯迅影響的作家，魯迅小說的文體形式、藝術構思等也對賴和的小說創作產生了直接的影響。

有人認為：「二十年代見知於臺灣文壇的魯迅作品中，〈故鄉〉的階段性意義及影響可能較其他幾篇來得深遠。……〈故鄉〉對鄉土人物的悲憫，顯然呼喚起人們集體潛意識裏一種切身而親近的感

覺。」[147]抒情詩般的〈故鄉〉，以闊別故鄉的歸鄉者「我」的敘事視角敘寫故事，將記憶中美麗溫馨的故鄉和現實中荒涼頹敗的家園作了比照，將勇敢活潑的童年閏土與麻木瑟索的中年閏土作了對比，從而揭示了鄉村社會頹敗中鄉民的麻木和愚昧，以及接受了進步思想的知識者與停滯古老的鄉村、精神麻木的鄉民之間的隔膜。賴和的小說〈歸家〉十分明顯地受到〈故鄉〉的影響。作品也以歸鄉者第一人稱「我」的自知視角敘寫故事。作品描述在學校畢業後的「我」，抱著怕被故鄉遺棄的心情回歸故裏，「十幾年的學生生活，竟使我和故鄉很生疏起來」，這種生疏和隔膜使「我」「便愈覺社會和自己的中間，隔有一條溝在」。與〈故鄉〉中的歸鄉者憶起少年時代一起玩耍的小夥伴閏土相似，〈歸家〉中的主人公「在無聊得無可排遣的時候，我想起少時的朋友來。啊朋友，那些擲干樂（陀螺）、放風箏、捉蟋蟀、拾田螺的遊伴，現在都怎樣了？」賴和在小說中也寫出少年朋友們的變化，有的在做苦力小販，見到「我」很親密地招呼；有的已躋身於紳士階層，卻十分冷淡地面對「我」的寒暄。與〈故鄉〉相似，賴和在〈歸家〉裏也努力寫出故鄉的衰敗和悲涼，透露出今不如昔的感慨。小說描述故鄉的街上已不常聽見賣豆花、賣雙膏潤等小攤販的小銅鑼的聲音，聖廟被拆得七零八落較以前荒廢多了，賣圓仔湯的和賣麥芽羹的小攤販訴說著「現在的景況，一年艱苦過一年」的悲苦境遇，譴責著殖民地政策下只教日語不學國語的畸型的學校教育，感歎著「現在十幾個錢，怎比得先前的一個錢，永過是真好！」「永過實在是真好，沒有現實這樣員警。」這種遊子歸鄉今不如昔的敘事形式和藝術構思，顯然受到了魯迅〈故鄉〉的影響與啟迪。

---

[147] 〈魯迅對當代臺灣文學的影響〉，見《文學報》第 553 期，1991 年 10 月 31 日。

　　賴和的〈鬥鬧熱〉的構思與魯迅的〈風波〉相似,描繪鄉鎮社會中一場無謂的風波、一幕無意義的鬧劇,從而揭示和針砭鄉民們的麻木心態和病態心理。與〈風波〉相似,〈鬥鬧熱〉的開篇也著意描繪這一場風波發生的充滿了鄉俗氣息的背景。賴和描繪了洞簫悠揚晚風嫋嫋明月高掛的市街上,門口前騎樓下人們團團圍坐閑談的場景,與〈風波〉起首所描繪的臨河土場上夏夜暮色裏農家圍坐門口的情景十分相似。〈風波〉描寫由七斤丟失辮子趙七爺出現而引起的一場風波,〈鬥鬧熱〉則是因本街的孩子去中街舞青龍被人無端打罵而激起街民之間鬥鬧熱的風波。為了爭體面街民們募捐籌款儉腸捏肚也要壓倒對方,鬥鬧熱一夜的花費要千元,這「實在是無意義的競爭」。與〈風波〉相似,賴和也在人物的對話中交代這幕鬧劇的發生與發展,在市長的調停下,鬥鬧熱的雙方才將這場無意義的鬧劇收了場。與〈風波〉不同的是,魯迅在作品中刻畫了七斤、趙七爺、七斤嫂等個性鮮明的人物形象,折射出對辛亥革命批判的重大主題。而賴和的〈鬥鬧熱〉缺少人物性格的生動刻畫,只是通過這場無意義的鬧劇,批判了人們的麻木心理而已。

　　魯迅收於〈華蓋集〉中的〈犧牲謨〉可以作為一篇諷刺小說來讀,作品以會話體的形式,以一個饑腸轆轆只穿一條破褲奄奄一息的男子,問闊綽的「同志」求助卻遭到刻薄的揶揄嘲弄,最後被趕走的故事,譏刺那些表面上道貌岸然提倡犧牲主義、實際上卑劣虛偽男盜女娼者的醜惡嘴臉。作品以面對奄奄一息的闊綽者單邊的話語刻畫人物形象、交代故事情節。受到轉載於〈臺灣民報〉上〈犧牲謨〉的影響,賴和的〈一個同志的批信〉也採取了相近的會話體的形式和受難的同志被遺棄的構思,刻畫了卑劣虛偽者嘴臉。作品以主人公施灰收到已關進監牢病重的舊日同志許修寄來一封求助信後的獨語,在樂園尋歡作樂時對伴飲女服務生說的話語,以及面對官府大人募捐時說的話語,揭示富裕者施灰寧願在樂園的伴飲妓

女身上大把大把地花錢，而置獄中病篤的同志而不顧，最後將捨不得拿出去的錢款捐給了官方。與魯迅的〈犧牲謨〉相似，賴和也以會話體的單邊的話語來勾勒人物形象交代故事情節，寫出與〈犧牲謨〉相似的思想主題。不同是魯迅〈犧牲謨〉全篇均以單邊的會話構成，而〈一個同志的批信〉中，除了三分之二以單邊的會話以外，還用了敘述性的語言交代情節。

五

　　魯迅是一位幽默大師，他的《阿 Q 正傳》、〈肥皂〉、〈高老夫子〉等小說都是幽默諷刺的傑作。為〈臺灣民報〉轉載的《阿 Q 正傳》是魯迅幽默諷刺的典範之作。魯迅的《阿 Q 正傳》以反諷的筆調敘寫阿 Q 悲哀的人生故事，以阿 Q 虛幻的精神上的勝利和實質上失敗的精神勝利的描繪，揭示和批判國民性的弱點，作品中對趙太爺、假洋鬼子之流也作了譏刺和針砭。《阿 Q 正傳》是一部耐人尋味百讀不厭的具有世界性意義的諷刺佳作，賴和小說中諷刺手法的運用，受到《阿 Q 正傳》等作品的影響。

　　許覺民在論及賴和小說的藝術特色時指出：「賴和先生是一位現實主義作家，藝術技巧和表現方法則不拘一格。他的作品採取魯迅式的白描、諷刺等。」[148]賴和的〈不如意的過年〉就是一篇受到《阿 Q 正傳》影響的諷刺小說。作品運用反諷的筆調刻畫人物敘寫故事，通過對主人公查大人心理狀態的細致描繪和所作所為的簡

---

[148] 許覺民〈臺灣新文學的奠基者——賴和先生〉，見《賴和短篇小說選》，時事出版社 1984 年 12 月版。

潔勾勒，刻畫了一個蠻橫卑劣殘忍跋扈的日本員警的形象，從而諷刺針貶了殖民統治的黑暗與殘忍。小說描寫歲暮之時查大人因收到年禮的意外地減少和輕薄而十分憤慨，心裏認為是其管轄內的人民不怕他看不起他的結果，他決意努力恢復他的威嚴，於是對於「行商人取締的峻嚴，一動手就是人倒擔頭翻；或是民家門口，早上慢一點掃除，就被告發罰金；又以度量衡規矩的保障，折斷幾家店鋪的『稱仔』」。受到嚴酷取締的民眾的溫馴服從使查大人感到不能嚴厲儆戒一下他們的不滿足。「這可以說是社會的幸福，始得留著這樣勤敏能幹的行政官。」新年的查大人，在長官那兒拜過年後，在回衙門的路上，在過「本來默許的賭錢季節」沒抓到賭徒，卻只抓了一個看熱鬧的孩子，他就打罵孩子逼問賭錢者，旁人為孩子抱不平，為了做官的尊嚴查大人明知孩子受委屈還是將孩子抓進了衙門。作者以反諷之語寫道「做官的不會錯，現在已經成為定理。所以就不讓錯事發生在做官的身上。那個兒童總須有些事實，以表明他罪有應得，要他供出事實來，就須拉進衙門取調審問。這是法律所給的職權。」「查大人為公心切，不惜犧牲幾分鐘快樂。」回到衙門的查大人令兒童跪在一邊自己飲酒作樂去了，「隨後就被夜之神所捕虜，呼呼地鼾在睡牢中，電光映在臉上，分明寫出一個典型的優勝者得意的面容。」小說以《阿Q正傳》式的反諷筆調，刻畫出一個驕橫殘忍貪婪的精神勝利者的形象。

賴和的〈惹事〉也以辛辣的諷刺筆調，通過一場「雞仔風波」揭露橫行霸道魚肉鄉民的員警大人的醜惡嘴臉。由於員警主人的勢力，他的雞也十分驕橫囂張，在菜農的菜園裏覓食，將蔬菜毀壞了不少，菜農奈何它們不得，「只想借腳步聲要把雞嚇走」。出了菜園的雞群又大搖大擺地走進寡婦的草房，雞母竟跳上桌覓食踩翻竹籃扣住了一隻雞仔。小說以諷刺之語寫道：「大家要知道，這雞群是維護這一部落村莊，保護這區域裏的人民幸福，那衙門裏的大人日

據下臺灣人對員警的尊稱所飼的，『拍（打）狗也須看著主人』，因為有這樣關系，這群雞也特別受到人家的畏敬。」調戲寡婦不成的大人竟誣寡婦偷了他的雞，在打罵寡婦後押著手捧雞仔的寡婦去了衙門。小說以小見大見微知著，以一隻雞仔透露出查大人的驕橫霸道，顯示出賴和精巧的諷刺手法。1936 年王錦江就在〈臺灣時報〉上撰文論及〈惹事〉時指出：「這一篇作品所給予我們的感動，是夏目漱石〈少爺〉中的幽默，加上略微沖淡了的魯迅的辛辣所混合的味道。這種既幽默又辛辣的描寫，正是賴懶雲所喜歡的典型，卻可說在這一篇中描寫得最為生動、多彩。」[149]

在魯迅小說諷刺手法的影響下，賴和嫻熟地運用諷刺之筆，譏刺日據時期臺灣社會的種種醜惡現象和卑劣人物。〈蛇先生〉以幽默的筆調描述一位西醫不屈不撓地尋求醫蛇咬的秘方而最終一無所獲的故事。〈棋盤邊〉通過「第一等人烏龜老鴇，唯兩件事打雀燒鴉」的無聊生活的描寫，譏刺了舊士紳們的空虛與落伍。〈赴了春宴回來〉通過赴了春宴歸途中主人公在人力車上的心理活動，諷刺了沉緬「在肉香、酒香、還有女人的柔情媚態的包圍中」的所謂「聖人之徒」的知識者的無聊空虛。魯迅和賴和的小說都從平常人平常事中去發掘捕捉可卑可笑之處，從而予以辛辣的譏嘲和諷刺。魯迅的作品戚而能諧婉而多諷，在悲喜劇交融中將諷刺與幽默交織，將諷刺藝術發揮到爐火純青的境界。賴和的作品粗拙中見質樸、平易中現鋒芒，在淡然平樸的敘寫中透露出針砭社會譏刺人生的諷刺力量，呈現出賴和小說的諷刺藝術已臻圓熟之境。

受到魯迅鄉土小說的影響，賴和的小說創作也努力追求臺灣的鄉土色彩，在對鄉風民俗的描繪、土語俗語的運用中，溢出濃郁的鄉土色彩。與魯迅的鄉土小說不同，魯迅的鄉土小說在對鄉民的苦

---

[149] 王錦江〈賴懶雲論〉，《臺灣時報》201 號，1936 年 8 月。

難的生存狀態和病態的精神狀態的描繪刻露中，呈現出魯迅小說優憤深廣冷峻深沉的藝術風格。賴和的小說創作在對日據時代的臺灣下層人們苦難人生、奮力抗爭的敘寫揭示中，呈現出賴和小說質樸平實悲慨優婉的藝術風采。與魯迅的小說相比，賴和的作品常缺少對人物性格生動的刻畫，過於矚目於事件的進展過程，臺灣的方言土語有時用得過多，影響了讀者順暢的閱讀和接受，賴和的小說顯然缺乏魯迅作品的精警與凝煉。賴和是深受魯迅影響的臺灣新文學的先驅者，他從魯迅的作品中汲取精神力量和藝術營養，以自己的創作實績奠定了臺灣新文學的基石。

原載《文藝理論與批評》1995 年第 5 期

論魯迅與基督教文化

　　被譽為中國新文學先驅的魯迅先生，以西方文化作為其啟蒙民眾變革社會的思想武器，作為其探索民族積弱與病態的參照系。在魯迅所接觸、汲取的西方文化中，基督教文化也是魯迅所熱心關注、深入探究的，魯迅以「拿來主義」的精神辯證地對待基督教文化，基督教文化對魯迅的個性與思想都有著十分深刻的影響。魯迅的摯友內山完造先生在魯迅先生的追悼會上說：「魯迅先生，是深山苦行的一位佛神。」[150]在此，我們似乎也可以說：魯迅先生是一位為拯救世人而受難的基督。

一

　　作為中國文化偉人的魯迅，他以豁達的胸襟開放的心態面對中外文化傳統，早在 1907 年魯迅就在〈文化偏至論〉中提出：「外之既不後於世界之思潮，內之仍弗失固有之血脈，取今復古，別立新宗。」[151]在對東西方文化傳統的深入探究中，魯迅十分關注對宗教

---

[150] 徐梵澄〈星花舊影——對魯迅先生的一些回憶〉，《魯迅研究資料》第 11 輯，第 171 頁，天津人民出版社 1983 年版。

[151] 魯迅〈文化偏至論〉，見《魯迅文華》第 2 卷，第 52 頁，百家出版社 2001 年版。

文化的研究，他不僅購買諸多的佛家經典，深研佛學，還購進了不少有關基督教的書籍，他曾於 1925 年、1928 年先後兩次購買了《新舊約全書》、《聖經》[152]，他收藏了陳垣著的研究天主教教士東來歷史的《元也里可溫考》、傳教士馮秉正譯述的記載聖人行事聖教警言的《聖年廣益》等著作，並收藏了不少有關《聖經》故事的外國版畫、連環畫，從魯迅著譯中所涉略的有關基督教的歷史、典故、意象、詞語等，均可見基督教文化對魯迅的不可忽略的影響。

　　魯迅對基督教文化採取了客觀辯證的態度，在對基督教歷史的考察中，在指出中世紀基督教對科學精神、思想自由的壓抑時，也肯定希伯來文化的璀璨莊嚴及深遠影響。在〈文化偏至論〉中魯迅指出：「……已而教皇以其權力，制御全歐，使列國靡然受圈，如同社會，疆域之判，等於一區；益以梏亡人心，思想之自由幾絕，聰明英特之士，雖摘發新理，懷抱新見，而束於教令，胥緘口結舌而不敢言。」[153]魯迅道出宗教統治下思想、言論自由深受壓制的狀況，因而魯迅對路德的宗教改革甚為推崇。魯迅在對基督教歷史的回溯考察中得出了如下的結論：「當舊教盛時，威力絕世，學者所見，大率默然，其有毅然表白於眾者，每每獲囚戮之禍。遞教力墮地，思想自由，凡百學術之事，勃焉興起，學理為用，實益遂生，故至十九世紀，而物質文明之盛，直傲睨前此二千餘年之業績。」[154]魯迅充分肯定了宗教改革對整個歐洲社會、思想等諸方面帶來的深刻影響。魯迅在考察基督教的歷史時，能十分辯證地看待、評判基督教在歷史與文化中的重要作用。在〈科學史教篇〉中，魯迅談及科

---

[152] 見《魯迅日記》1925 年 2 月 21 日，1928 年 12 月 12 日。

[153] 魯迅〈文化偏至論〉，見《魯迅文華》第 2 卷，第 40 頁，百家出版社 2001 年版。

[154] 魯迅〈文化偏至論〉，見《魯迅文華》第 2 卷，第 41-42 頁，百家出版社 2001 年版。

學的歷史時揭露中世紀宗教的黑暗狀況時卻說：「蓋中世宗教累起，壓抑科學，事或足以震驚，而社會精神，乃於此不無洗滌，薰染陶治，亦胎嘉葩。」[155]魯迅認為宗教雖壓制了科學，卻胚胎孕育了社會精神的花朵。在〈摩羅詩力說〉中，魯迅盛贊希伯來文化的深刻影響：「……次為希伯來，雖多涉信仰教誡，而文章以幽邃莊嚴勝，教宗文術，此其源泉，灌溉人心，迄今茲未艾。」[156]在該文中魯迅以其豐富的基督教文化的知識，介紹英國詩人彌爾頓的取材於《聖經》故事的史詩《失樂園》，細緻地介紹《失樂園》故事在《舊約》中的原型。魯迅熱情地推薦拜倫以《聖經》中該隱與亞伯之爭的故事寫成的歌劇《該隱》，在對《聖經》故事的引述中，魯迅盛贊拜倫的「無不張撒旦而抗天帝，言人所不能言」的魄力和膽識。魯迅在其文言論文〈破惡聲論〉中提出「形上之需求」的宗教信仰的合理性，認為：「雖中國志士謂之謎，而吾則謂此乃向上之民，欲離是有限相對之現世，以趣無限絕對之至上者也。人心必有所馮依，非信無以立，宗教之作，不可已矣。」[157]魯迅指出了宗教在人們精神要求和寄託中存在的必要性和積極意義。

　　魯迅對基督教文化採取了批判地吸取的眼光，在對基督教教義的考察中，魯迅否定、批判了基督教的創世說、天國說、奇蹟說等教義，而肯定推崇基督的救世精神。魯迅認真地考察了基督教的起源，指出：「希伯來之民，大觀天然，懷不思之義，則神來之事與接神之術興，後之宗教，即以萌蘖。」[158]魯迅道出了當人類在自然

---

[155] 魯迅〈科學史教篇〉，見《魯迅文華》第 2 卷，第 26 頁，百家出版社 2001 年版。

[156] 魯迅〈摩羅詩力說〉，見《魯迅文華》第 2 卷，第 56 頁，百家出版社 2001 年版。

[157] 魯迅〈破惡聲論〉，見《魯迅文華》第 4 卷，第 719 頁，百家出版社 2001 年版。

[158] 魯迅〈破惡聲論〉，見《魯迅文華》第 4 卷，第 719 頁，百家出版社 2001

力面前無法解釋和擺脫外部壓迫的異己力量，即將人的本質加之於自然力，從而在自然力的神話中萌生了宗教，這與馬克思主義對宗教本質的闡釋吻合。對基督教的創世說，魯迅認為：「《創世紀》開篇，即云帝以七日作天地萬有，搏埴成男，析其肋為女。」魯迅指出這只不過是「亦彷徨於神話之歧途，詮釋率神閟而不可思議」，為「景教之迷信」[159]。在談及瑞典生物學家林奈的《天物系統論》在動植物系統分類的成就時，指出其在物種理論上的偏頗：「仍襲摩西創造之說也，《創世紀》謂今之生物，皆造自世界開闢之初，故《天物系統論》亦云免諾亞時洪水之難，而留遺於今者，是為物種，凡動植種類，絕無增損變化，以殊異於神所手創云。」因而魯迅贊同法國科學家蘭麻克《動物哲學》一書中所說的觀點：「動植諸物，與人類同，無不能注解以自然之律；惟種亦然，決非如《聖書》所言，出天帝之創造。」[160]魯迅對基督教創世說的否定批評可見之。

基督教努力向世人描畫彼岸世界的理想，要求人們在現實世界中努力行善贖罪，以獲得拯救而步入天國，因此耶穌傳教之始即宣告：「天國近了，你們應當悔改。」[161]基督教認為獲得拯救者的靈魂可以升入天堂與上帝同享永福。魯迅卻說：「從前海涅以為詩人最高貴，而上帝最公平，詩人在死後，便到上帝那裏去，圍著上帝坐著，上帝請他們吃糖果。在現在，上帝請吃糖果的事，是當然無人相信的了。」[162]魯迅顯然否定基督教的天國說，而肯定人們為改變社會而作的現世努力。1925 年魯迅在給許廣平的信中說：「記得

年版。

[159] 魯迅〈摩羅詩力說〉，見《魯迅文華》第 2 卷，第 8 頁，百家出版社 2001年版。

[160] 魯迅〈人之歷史〉，見《魯迅文華》第 2 卷，第 12 頁，百家出版社 2001 年版。

[161]《馬太福音》第 4 章第 17 節。

[162] 魯迅〈對於左翼作家聯盟的意見〉，見《魯迅自編文集·二心集》，第 52 頁，天津人民出版社、香港炎黃國際出版社 1999 年 2 月版。

有一種小說裏攻擊牧師，說有一個鄉下女人，向牧師歷訴困苦的半生，請他救助，牧師聽畢答道：『忍著吧，上帝使你在生前受苦，死後定當賜福的。』其實古今的聖賢以及哲人學者之說，何嘗能比這高明些。他們之所謂『將來』，不就是牧師之所謂『死後』麼。」[163] 魯迅否定基督教對彼岸世界的描述，而努力關注現實人生。

在基督教早期的教義中，復活的教義被視為諸教義中最重要的，耶穌的復活是為了拯救世人脫離罪孽，耶穌在拯救世人中常出現起死回生之神跡。1927 年 2 月 18 日魯迅在香港基督教青年會的講演中，遣責當時中國的文化專制主義使國內寂然無聲時說：「要恢複這多年無聲的中國，是不容易的，正如命令一個死掉的人道：『你活過來！』我雖然並不懂得宗教，但我認為正如想出現一個宗教上之所謂『奇蹟』一樣。」[164] 雖然魯迅這是針對白色恐怖下無聲的中國現狀所說，但魯迅對基督教的復活奇蹟的否定是顯而易見的。

魯迅否定基督教的創世說、天國說、奇蹟說等，卻從基督教文化中汲取基督的救世精神。魯迅曾在〈渡河與引路〉中表示：「耶穌說，見車要翻了，扶他一下。Nietzsche 說，見車要翻了，推他一下。我自然是贊成耶穌的話，但以為倘若不願你扶，便不便硬扶，聽他罷了。此後能夠不翻，固然很好，倘若終於翻倒，然後再來切切實實的幫他抬。」[165] 作為十九世紀著名哲學家的尼采，以其生命哲學、人的哲學抨擊基督教文化傳統，呈現出執著的反傳統的批判精神，他提倡權力意志和超人學說，反對對一切失敗者、柔弱者的同情、憐憫，認為這樣會使柔弱者繼續生存下來、強者得不到發展，

[163] 魯迅〈兩地書‧二〉，《魯迅全集》第 11 卷，15 頁。人民文學出版社 1981 年版。

[164] 魯迅〈無聲的中國〉，見《魯迅自編文集‧三閒集》，第 4-5 頁，天津人民出版社、香港炎黃國際出版社 1999 年 2 月版。

[165] 魯迅〈渡河與引路〉，見《魯迅雜文全集》第 919 頁，河南人民出版社 1994 年 12 月出版。

世界上的人將越來越弱，這會害了人類社會。魯迅以「見車要翻了，推他一下」揭示尼采哲學的特徵。基督教提倡基督對世人的救贖，基督以自己的犧牲使眾人獲得拯救。魯迅以扶車的比喻表述其對基督的救贖精神的推崇，然而魯迅反對有悖於對象意志的「硬扶」，魯迅認為「硬扶比抬更為費力，更難見效。翻後再抬比將翻便扶，於他們更為有益」。可見魯迅更關注是拯救的效果，而看輕拯救的過程，這是與魯迅的啟蒙主義思想相吻合的。

綜上所述，魯迅受到了基督教文化頗為深刻的影響，他以其「拿來主義」的態度客觀辯證地觀照基督教的歷史，肯定基督教文化在人類文明、文化發展史上的巨大成就和意義，批判中世紀宗教對科學、思想自由等方面的壓制、摧殘，在對基督教創世說、天國說、復活說等的否定中，推崇基督的救世精神。從總體上說魯迅對宗教的態度正如其摯友許壽裳在《亡友魯迅印象記》中所說：「他的信仰是在科學，不是在宗教。」[166]

二

在基督教文化中，耶穌基督是一位為拯救世人而獻身的救贖者形象，他為了拯救罪孽的人類而受難，被受盡折磨和嘲弄而釘死在十字架上，這成為《聖經》中最撼動人心的悲壯的一幕，釘在十字架上受難的基督形象已成為基督教的一種標志。《聖經》中的四福音書中都有耶穌之死這一幕的描述。魯迅對《聖經》中基督之死這

---

[166] 許壽裳《亡友魯迅印象記》，見魯迅博物館、魯迅研究室、魯迅研究月刊、北京出版社選編《魯迅回憶錄》上冊，第 247 頁，北京出版社 1999 年出版。

一幕十分偏愛，他曾收藏了德國畫家塔爾曼作的《耶穌受難圖》八幅，搜集出版了比利時畫家麥綏萊勒作的木刻連環畫《一個人的受難》二十五幅，展示了有關耶穌的生平和受難的傳說，魯迅在畫冊〈序〉中說：「耶穌說過，富翁想進天國，比駱駝走過針孔還要難。但說這話的人，自己當時卻受難（Passion）了。」[167]《聖經》中耶穌受難給魯迅以極為深刻的印象，他甚至指出：「馬太福音是好書，很應該看，猶太人釘殺耶穌的事，更應該細看。」[168]魯迅的散文詩集《野草》中的〈復仇（其二）〉直接從《聖經》中耶穌之死的章節中取材。《聖經》中耶穌的受難是由上帝命定的，他的受難是為了他的復活，是為了對世人的救贖，《聖經》中耶穌一再預言他將受難的情景：「從此，他教訓他們說：『人子必須受許多的苦，被長老、祭司長和文士棄絕，並且被殺，過三天復活。』」[169]「耶穌對門徒說：『人子將要被交在人手裏。他們要殺害他，第三日他要復活。』」[170]在《聖經》中耶穌是以一種實行拯救的責任意識到受難的臨近而坦然地面對最後的審判和受難的，《聖經》中著重描述耶穌被害的過程。神學家漢弗雷・卡本特談及耶穌時指出：「我們無法確切知道誰該為耶穌的被捕、審判和死亡負責，也無法知道他赴死時心中想些什麼」。[171]魯迅在〈復仇（其二）〉中，在引用《聖經》的原文時，進行了再創造，突出了耶穌受難時的心理感受和復仇心態，塑造了一個為民眾而獻身卻不為民眾理解的孤獨的英雄形象，這與《聖經》中的基督原型顯然已有了質的區別。魯迅早在 1908 年寫的〈文化

---

[167] 魯迅〈《一個人的受難》序〉，見《魯迅雜文全集》第 495 頁，河南人民出版社 1994 年 12 月出版。

[168] 魯迅〈寸鐵〉，見《魯迅雜文全集》第 1009 頁，河南人民出版社 1994 年 12 月出版。

[169] 《馬可福音》第 8 章第 31-33 節。

[170] 《馬可福音》第 9 章第 30-32 節。

[171] 漢弗雷・卡本特《耶穌》，第 182 頁，人出版社 1987 年 6 月出版。

偏至論〉中就指出歷史上「卓爾不群之士，乃反窮於草莽，辱於泥塗」的狀況，「一梭格拉第也，而眾希臘人鴆之，一耶穌基督也，而眾猶太人磔之，後世論者，孰不云繆，顧其時則從眾志耳」[172]。因而魯迅提出了「掊物質而張靈明，任個人而排眾數」的主張。魯迅在〈復仇（其二）〉中，更進一步形象地闡釋了他的這種見解：

> 看哪，他們打他的頭，吐他，拜他……
>
> 他不肯喝那用沒藥調和的酒，要分明地玩味以色列人怎樣對付他們的神之子，而且較永遠地悲憫他們的前途，然而仇恨他們的現在。
>
> ……叮叮地響，釘尖從腳背穿透，釘碎了一塊骨，痛楚也透到心髓中，然而他們自己釘殺著他們的神之子了，可咒詛的人們呵，這使他痛得舒服。
>
> …………
>
> 他在手足的痛楚中，玩味著可憫的人們的釘殺神之子的悲哀和可咒詛的人們要釘殺神之子，而神之子就要被釘殺了的歡喜。突然間，碎骨的大痛楚透到心髓了，他即沉酣於大歡喜和大悲憫中。

魯迅十分細緻地剖露了耶穌受難時的複雜心理和那種深入心髓的痛楚，表露出對那些耶穌為之奮鬥卻戲弄摧殘他的人們和悲憫和咒詛。魯迅以其獨特的創造寫出了《聖經》中所沒有的基督的最為深刻的痛楚。英國神學家詹姆士‧里德在《基督的人生觀》中談

---

[172] 魯迅〈文化偏至論〉，見《魯迅文華》第 2 卷，第 47 頁，百家出版社 2001 年版。

及基督的受難時指出：「在這不尋常的死寂般的寧靜中，一連串的聲音傳到他耳朵裏——詛咒、冷笑、嘲笑、狂笑。對基督富於情感和敏感的心靈來說，一句冷酷的話對他就是一次無情的打擊，更何況這麼多的冷嘲熱諷。正是這些把他送上十字架的他自己的人民又給他增添了這樣的痛苦，而這些人民則是他竭盡全力去幫助和拯救的人民。他為幫助和拯救這些人民全部奉獻出了自己。所以，沒有人能夠懷疑基督已經進入了我們人類所有痛苦經驗的最深處。」[173]《聖經》中的耶穌的被釘死在十字架上是為了他的復活，他以其悲壯的死去證實他的預言，證明他為拯救世人而獻身。魯迅並不關注耶穌的復活，他截取了耶穌受難的這一段，並冠之以「復仇」之題，突出了進入人類所有痛苦經驗最深處的耶穌，對四周的敵意世界的悲憫、仇恨與詛咒，以此來作為向這黑暗世界的復仇。魯迅是將受難的基督視作為一個為民眾謀福音而反遭凌辱迫害的精神界戰士來刻劃的。在〈隨感錄六十五·暴君的臣民〉中魯迅就指出「暴君治下的民，大抵比暴君更暴」時舉例說，「巡撫想救耶穌，眾人卻要求將他釘上十字架」[174]，魯迅執意針砭殘暴的庸眾。魯迅所關心的並非是耶穌受難時的救贖意義和受難後的復活奇蹟，而努力關注耶穌受難時救群眾而卻為群眾所害的內涵，魯迅從中挖掘表述了「向庸眾宣戰」的意味，這種思想魯迅曾在不少文章中一再提及。在魯迅的人生道路上，他真誠地為啟蒙民眾拯救民族而奮鬥而努力，他曾任勞任怨一往情深地幫助扶植了許多文學青年，卻受到其熱情幫助過的人的攻擊，這使魯迅分外氣憤。他曾說：「……我先前何嘗不出於自願，在生活的路上，將血一滴一滴地滴過去，以飼別人，雖自覺漸漸瘦弱，也以為快活。而現在呢，人們笑我瘦弱了，

---

[173] 詹姆士·里德《基督的人生觀》，第 12 頁，三聯書店出版社 1989 年 5 月版。
[174] 魯迅〈隨感錄六十五·暴君的臣民〉，見《魯迅雜文全集》第 114 頁，河南人民出版社 1994 年 12 月出版。

連飲過我的血的人,也來嘲笑我的瘦弱了……於是也乘我困苦的時候,竭力給我一下悶棍,……這實在使我憤怒,有時簡直想報複。」[175]魯迅的這種被自己嘔心瀝血相助的人嘲笑、折磨的情境,與耶穌的受難十分相似,這種復仇的心情與魯迅〈復仇(其二)〉中如出一轍。魯迅反對基督教的寬恕之說,他贊成痛打落水狗,對於仇敵魯迅絲毫不予寬恕。魯迅贊佩基督的犧牲精神,反對基督的寬恕思想。魯迅以決不寬恕的復仇精神面對仇敵面對世界,這與《聖經》中耶穌被釘上十字架時還為處死他的人祈禱要求赦免他們的情景截然不同。「耶穌被釘上十字架時,他自願地接受了所有的惡意中傷和殘酷行為,並把其中有毒的成份去掉,把惡意中傷與殘酷行為變為具有奇蹟般性質的愛與寬恕。」[176]魯迅卻要努力「制強敵的死命」[177],因而就有了〈復仇(其二)〉中的耶穌面對受難的「大歡喜」、「大悲憫」、「仇恨」、「咒詛」;也有了〈復仇〉裏「在廣漠的曠野上,裸著全身,捏著利刃,然而也不擁抱,也不殺戮」,使四面奔來的路人們「無戲可看」;也有了〈頹敗線的顫動〉中裸身於荒野的老婦人,以頹敗的身軀顫動的無詞言語,表達對為其犧牲而遭其「冷罵和毒笑」的人的復仇。這種復仇精神魯迅在〈復仇(其二)〉中表達得十分生動和深刻。在〈復仇(其二)〉的尾聲中,魯迅寫道:

> 上帝離棄了他,他終於還是一個「人之子」;然而以色列人連「人之子」都釘殺了。
>
> 釘殺了「人之子」的人們的身上,比釘殺了「神之子」的尤其血污,血腥。

---

[175] 魯迅〈兩地書・九五〉。
[176] 詹姆士・里德《基督的人生觀》,第 15-16 頁,三聯書店出版社 1989 年 5 月出版。
[177] 魯迅〈兩地書・二四〉。

基督教誕生以後，關於基督的神性和人性的問題就引起了論爭，「在耶穌神人問題的鬥爭中，基督教還是最終傾向於把耶穌說成是神而不是人，耶穌是神性而不是人性為主」[178]。魯迅在〈復仇（其二）〉中，顯然是將受難的耶穌當作「人之子」描繪的，他關注的是耶穌身上的人性，而非神性，因而魯迅親自選印出版的麥綏萊勒的連環畫《一個人的受難》，突出表現的正是作為人之子的耶穌的受難，而殺害人之子的卻是一些掛著信奉神之子招牌的偽士們。

三

魯迅反對基督教的原罪、寬恕、神跡等教義，卻十分推崇基督充滿著愛與犧牲的救世精神，這構成了魯迅憂國憂民救國救民的崇高思想偉大人格形成的因素之一。魯迅在日本留學時就曾與摯友許壽裳一起探索「中國民族中最缺乏的是什麼」的問題，當時魯迅認為「我們民族最缺乏的東西是誠和愛」[179]，因而魯迅以後的創作執著地描畫抨擊這種缺乏誠和愛的人生狀態，魯迅以滿腔的熱誠和愛心全力思考探索民族強盛之路。魯迅在〈我們現在怎樣做父親〉一文中批判了傳統的封建倫理觀念，反對父親對於子女的權利思想，倡導義務思想，認為：「所以我現在心以為然的，便只是『愛』。」魯迅明確地指出：「所以覺醒的人，此後應該將這天性的愛，更加擴張，更加醇化；用無我的愛，自己犧牲於後起新人。」[180]「五四」時期的魯迅雖然以進化論

---

[178] 張步仁《西方人學發展史綱》，第 124 頁，江蘇人民出版社 1993 年 3 月出版。
[179] 許壽裳《懷亡友魯迅》，見魯迅博物館、魯迅研究室、魯迅研究月刊、北京出版社選編《魯迅回憶錄》上冊，第 443 頁，北京出版社 1999 年出版。
[180] 魯迅〈我們現在怎樣做父親〉，見《魯迅選集》第 2 卷第 20 頁，人民文學出版社 1983 年版。

作為其與黑暗社會封建傳統鬥爭的思想武器，然而從他提出的「自己背著因襲的重擔，肩住了黑暗的閘門，放他們到寬闊光明的地方去；此後幸福的度日，合理做人」[181]等見解中，確乎可見到基督的充溢著愛與犧牲的救世精神對魯迅的深刻影響，魯迅以這種偉大的精神執著地為拯救民族和祖國而勇於犧牲，他以「我以我血薦軒轅」的氣度去追求去努力，他「將血一滴滴地滴過去，以飼別人，雖自覺漸漸瘦弱，也以為快活」[182]，魯迅以這種充滿著愛與犧牲的救世精神去從事文學的啟蒙事業，去扶植幫助諸多的文學青年。魯迅的這種救世精神固然也從釋迦牟尼的犧牲自我普渡眾生的精神中有所汲取，但也受到了基督的犧牲自我救贖世人的基督人格的影響。

「五四」時期的魯迅，以進化論思想作為其與黑暗社會作鬥爭的精神力量和思想武器，他深信「將來必勝於現在，青年必勝於老年」，從「立人」的思想出發，魯迅表現出對孩子的特殊關愛和期盼，這裏固然有著進化論「生存競爭，適者生存」的因素，然而魯迅的「以幼者為本位」的思想也受到了基督教文化的影響。在《聖經》中小孩子被視為天國裏最大的，耶穌告誡人們：「你們若不回轉，變成小孩子的樣式，斷不得進天國。所以，凡自己謙卑像這小孩子的，他在天國裏就是最大的。」[183]耶穌對那些責備要見耶穌的小孩的門徒說：「讓小孩子到我這裏來，不要禁止他們，因為在天國的正是這樣的人。」[184]魯迅的以幼者為本位的見解與耶穌的以幼者為大的思想十分相似。魯迅曾推崇歐美家庭的「大抵以幼者弱者為本位」[185]。在抨擊缺少愛情的

---

[181] 魯迅〈我們現在怎樣做父親〉，見《魯迅選集》第 2 卷第 15 頁，人民文學出版社 1983 年版。

[182] 魯迅〈兩地書·九五〉。

[183] 《馬太福音》第 18 章第 1-5 節。

[184] 《馬太福音》第 19 章第 13-15 節。

[185] 魯迅〈我們現在怎樣做父親〉，見《魯迅選集》第 2 卷第 18 頁，人民文學出版社 1983 年版。

婚姻時魯迅指出：「我們還要叫出沒有愛的悲哀，叫出無所可愛的悲哀，……我們要叫到舊帳勾消的時候。舊帳如何勾消？我說，『完全解放了我們的孩子！』」[186]魯迅認為「將來是孩子的時代」[187]。基於這種「以幼者為本位」的思想，魯迅在〈狂人日記〉中，借狂人之口叫出：「沒有吃過人的孩子，或者還有？救救孩子……。」在〈故鄉〉中魯迅以充滿溫愛的筆描繪少年閏土與迅哥兒親密無間的童年，在〈社戲〉中魯迅敘寫鄉野間少年人搖船觀社戲趣味盎然的情景。

　　魯迅的散文詩劇〈過客〉塑造了一位不顧孤獨勞頓勇往直前探索前行的過客形象，他「赤足著破鞋」，「黑色短衣褲皆破碎」，「狀態困頓倔強」，卻不顧勞累執意前行，無論前面是墳還是花，他從能記事的時候起就在這麼走，他不要任何的布施、義無反顧地踉蹌地昂然前行。魯迅所創造的這位中國的西緒福斯與基督教文化相關。在〈娜拉走後怎樣〉中魯迅揭示了娜拉走後的「不是墮落，就是回來」的結局時說：「我們無權去勸誘人做犧牲，也無權去阻止人做犧牲。況且世上也盡有樂於犧牲，樂於受苦的人物，歐洲有一個傳說，耶穌去釘十字架時，休息在 Ahasvar 的簷下，Ahasvar 不准他，於是被了咒詛，使他永世不得休息，直到末日裁判的時候。Ahasrar 從此就歇不下，只是走，現在還在走。走是苦的，安息是樂的，他何以不安息呢？雖說背著咒詛，可是大約應該是覺得走比安息還適意，所以始終狂走的罷。」[188]這種不安息只是走的 Ahasvar 的傳說，啟迪了魯迅塑造了這樣一位執著前行的過客形象，魯迅將其在人生道路上執著追求探索的勇氣、毅力和精神，寄寓在這位困

---

[186] 魯迅〈隨感錄四十〉。見《魯迅選集》第 2 卷第 126 頁，人民文學出版社 1983 年版。

[187] 魯迅〈現在的屠殺者〉，見《魯迅選集》第 2 卷第 132 頁，人民文學出版社 1983 年版。

[188] 魯迅〈娜拉走後怎樣〉，見《魯迅選集》第 2 卷第 34 頁，人民文學出版社 1983 年版。

頓倔強的過客身上。魯迅在〈寫在《墳》後面〉中曾說人生的終點是墳，「問題是在從此到那的道路。那當然不只一條，我可正不知那一條好，雖然至今有時也還在追求」[189]。魯迅自稱為與光明偕逝的歷史中間物，他說：「我自己，是什麼也不怕的，生命是我自己的東西，所以我不妨大步走去，向著我自以為可以走去的路；即使前面是深淵，荊棘，狹谷，火坑，都由我自己負責。」[190]魯迅身上充溢著這樣一種執著探索勇往直前義無反顧的過客精神，魯迅在散文詩劇中塑造的過客形象雖然不安息只是走的情狀與 Ahasvar 相似，但前者的走充滿了一種積極的主動的探索精神，而後者的走緣於一種消極的被動的受懲罰的意味。

　　「五四」以執著的精神否定舊文化舊傳統，以開放的氣度面對外來文化，對基督教文化人們一度也持甚為寬容的有選擇地接受的態度，但 1922 年仍掀起了「非宗教大同盟」的反基督教運動，陳獨秀撰文投入這場反教運動中，表達了對基督教的敵視態度，周作人等則撰文主張信教自由，胡適則表露了一種調和的態度。在這一場反教運動的論爭中，魯迅以十分冷靜的態度面對之，幾乎未見他有關此的片言只語。魯迅是以寬容而審慎的態度面對基督教文化的，在對基督教的歷史和思想作了深入細緻地分析批判中，努力吸取有益的精華部分，這也成為魯迅向黑暗社會鬥爭的精神力量，從而也構成其為拯救祖國和民族而甘願犧牲自我的人生態度和救世精神，正是基於此，我們說魯迅先生是一位為拯救世人而受難的基督。

原載《上海師範大學學報》1996 年第 3 期

---

[189] 魯迅在〈寫在《墳》後面〉，見《魯迅選集》第 2 卷第 106 頁，人民文學出版社 1983 年版。

[190] 魯迅〈北京通信〉，見《魯迅選集》第 2 卷第 175 頁，人民文學出版社 1983 年版。

悖論式的人物與悖論式的思想

——論魯迅《野草》的詞語悖反、
母題悖論和藝術張力

　　魯迅是二十世紀中國最痛苦的靈魂之一，《野草》形而上地展示了魯迅的靈魂。《野草》時期的魯迅處在「大矛盾、大醞釀，準備大飛躍」[191]的非常時期，其思想中各種成分含混蕪雜，有時幾乎處於一種對立悖反的狀態，鑄就了《野草》「某種影子似的東西」[192]。有學者指出：「魯迅是一個悖論式的人物，也具有悖論式的思想。」[193]《野草》以其詞語的悖反、母題的悖論等顯示出悖論式的思想，增加了魯迅散文詩的藝術張力，使散文詩《野草》成為最具內涵的藝術精品。

一

　　魯迅的《野草》中充滿了悖反式的詞語，常常將兩個截然對立意義相反的詞語並置，構成一種奇異含混的內蘊。

[191] 許傑《〈野草〉詮釋》，第 56 頁，天津百花文藝出版社 1981 年版。

[192] 竹內好《魯迅》，李心峰譯，第 5 頁，浙江文藝出版社 1986 年版。

[193] 汪暉《反抗絕望——魯迅及其文學世界》，第 24 頁，河北教育出版社 2000年版。

〈野草·題辭〉歷來被稱為「解題之篇」、「全書之窗」[194]。開篇「當我沉默著的時候，我覺得充實；我將開口，同時感到空虛」。「沉默」與「開口」、「充實」與「空虛」構成了悖反，詞語之間在並列中互相抵牾、悖逆，「多種衝突著的兩極建立起一個不可能邏輯地解決的悖論漩渦」[195]。文章末尾：「我以這一叢野草，在明與暗，生與死，過去與未來之際，獻於友與仇，人與獸，愛者與不愛者之前作證。」在一連串對立的詞語中，表達出複雜而深邃的內涵。這種詞語修辭方式類似於詩歌中常用的「悖謬」手法，將兩對或幾對相反或相對的詞語並置、排列在一起，從而使語義內部產生含混、模糊的陌生化效果。它在表面上看來有時似乎違反了生活的邏輯，但實際上卻符合心理世界的複雜真實，在一定程度表現出「荒誕」的色彩，「它本質是一種分裂。它不存在於對立的兩種因素的任何一方，它產生於它們之間的對立」[196]。

上述〈題辭〉中的兩個例句存在著細微的差異：前者以反義詞形態出現的詞語組合方式，可稱之「完全否定式」，它大體呈現異己性水火不相容的反義對立；後者以詞語、短句對峙並置形態的詞語組合方式，我們稱為「完全悖言式」，它的對立悖反多表現在詞語外在形式表層，並非語義層面的相反相對。粗略統計，在《野草》的全部篇章中，「完全否定式」詞語結構方式主要集中在：〈影的告別〉（天堂、地獄，光明、黑暗），〈復仇〉（擁抱、殺戮），〈復仇（其二）〉（悲憫、咒詛），〈希望〉（希望、絕望，青春、遲暮），〈風箏〉（春溫、冬肅），〈死後〉（生存、死亡），〈一覺〉（生、死）等少數幾個篇章；而「完全悖言式」構詞類型幾乎覆蓋《野草》全部篇章。像新舊合璧、寓莊於諧的「擬古的新打油詩」（〈我

---

[194] 王乾坤《魯迅的生命哲學》第 316 頁，人民文學出版社 1999 年版。
[195] 李歐梵《鐵屋中的吶喊》，尹慧瑉譯，第 111 頁，嶽麓書社 1999 年版。
[196] 卡繆《西緒福斯神話》，第 333 頁，中國文聯出版公司 1985 年版。

的失戀〉），奇特復仇方式「無血的大戮」（〈復仇〉），失卻任何寬慰可能性的「無怨的恕」（〈風箏〉），寓貶於褒、挾帶強烈諷刺及反撥意味的「好地獄」（〈失掉的好地獄〉），蘊藏無窮內蘊的「無詞的言語」（〈頹敗線的顫動〉），實則有物、作為無形「場域」存在的「無物之物」（〈這樣的戰士〉）等等。但是，無論是「完全否定式」，還是「完全悖言式」，它們都「突破了日常語言的樊籬，違背了邏輯語言的規範，超越了一般語言學能指與所指的關係，從而於『非言非默』、『不言之言』的巨大張力中凸顯出一種堪稱『言與無同一』的無語言層面」[197]。

在「完全否定式」、「完全悖言式」之外，《野草》還有介乎兩者之間的第三種詞語結構類型，我們姑妄稱之「組合式並置」。如「不擁抱，也不殺戮」的「復仇」（〈復仇〉）；「我」偷生在「不明不暗的這『虛妄』中」（〈希望〉），以及在文章標題中，「聰明人和傻子和奴才」，「記念幾個『死者和生者和未生者』」等等這樣「奇奇怪怪，不同凡響的詞彙和不同凡響的詞的措置」[198]。

「詞語悖反」，嚴格意義來講，屬於詩歌常用的一種修辭手法。「悖反」之「悖」，意指「悖謬」，主要是形式上的「悖」，「悖反」之「反」，我們傾向做「反諷」理解，它表示的是：所說的話與所要表達的意思恰好相反。這是一種由於遭受特定語境壓力，造成詞語意義扭曲而形成能指與所指斷裂、對立的語言現象。

當然，詞語悖反之於《野草》的意義，不單單作為一種修辭手段，而在於由它產生語言「陌生化」詩學效果帶給讀者奇異的審美感受。俄國形式主義的理論代表人物什克洛夫斯基指出，日常消息性語言，即作為一種普通生活、交際形態的語言，只是單純以傳達

---

[197] 常立霓〈不可言說的言說──魯迅與殘雪的言說比較〉，見《上海魯迅研究》第 149 頁，上海文藝出版社 2006 年年版。
[198] 霍克斯《結構主義和符號學》，第 223 頁，上海譯文出版社 1987 年版。

和交換實用性信息為目的，遠遠不足以引起人們探究語言韻味的興趣，而「陌生化」則要求「損壞」、「扭曲」語言一般性「標准」和「規範」，使普通語言超常性組合、變形、顛倒、拉長、縮短，營造出迥異於普通語言的「陌生化」效果，從而形成接受者的「審美延留」，「使人感受事物，使石頭顯出石頭的質感」[199]，而文學真正存在的特殊美質也就「包含在其使體驗『陌生』的那一傾向之中」[200]。

《野草》作為魯迅最具個人化的心靈式文本，「無詞的言語」式的「自言自語」（「獨語」）[201]，從根本向度上決定了魯迅選擇「詞語悖反」這樣最為契合內心情感波瀾的語言載體和情感媒介。這大大地拓展出一般性散文詩語言的空間，呈現出獨樹一幟的陌生化審美風格。如：「於浩歌狂熱之際中寒，於天上看見深淵。於一切眼中看見無所有；於無所希望中得救。」（〈墓碣文〉）「又於一剎那間將一切並合：眷念與決絕，愛撫與復仇，養育與殲除，祝福與咒詛……」（〈頹敗線的顫動〉）諸多反義詞或對立語的組合並置，甚至根本違逆現實情感邏輯的表達方式，混沌動態的語勢和變幻奇詭的語態，呈現出一種獨特的陌生化境界。

《野草》以其獨特的語言陌生化特徵，切合了俄國形式主義者的文學主張。「詞語悖反」之於魯迅，並非刻意玩弄某種技巧，而是他內心鬱積矛盾情愫的不擇地而流，是他藝術才能渾然天成的顯現。

---

[199] 什克洛夫斯基《作為技巧的藝術》，第 12 頁，廣西師範大學出版社 1997年版。

[200] 托尼·本奈特《形式主義與馬克思主義》，第 8 頁，麥休與辛格出版有限公司 1979 年版。

[201] 錢理群、溫儒敏、吳福輝《中國現代文學三十年》第 52 頁，北京大學出版社 1998 年版。

二

綜觀《野草》全書，無論它多麼隱晦曲折，我們仍然可以從中感受到彌漫在言語間生命的「精、氣、神」，一種思想自由的舞蹈，一種生命掙扎的矛盾。我們概括出《野草》中六對悖論母題予以分析：沉默與開口、黑暗與光明、希望與絕望、理想與現實、愛與憎、生與死。

沉默與開口

「當我沉默著的時候，我覺得充實；我將開口，同時感到空虛。」〈題辭〉首句充滿矛盾和悖論，象徵性概括了魯迅生命書寫和言說的困境。魯迅後來在〈三閒集‧怎麼寫——夜記之一〉、〈《野草》英文譯本序〉中曾多次提及這種困境。

維特根斯坦說「凡可以說的都可以清楚地說，而對於不可說的東西必須保持沉默」[202]。「不可說」之物等同於「虛無」嗎？如果不是，那麼，又該如何言說？既然「不可說」，魯迅又為什麼偏要打破沉默？金岳霖認為：「說『不可說』：在一方面我們認為這類話為無意義，然而在另一方面，我們認為有意義，則在一方面說不得的話在另一方面仍要說。」[203]有學者把這種沉默/開口之間的斷裂解釋為，魯迅個體自我真切生命體悟和新文化所需要的「他人的話語」之間的斷裂、衝突、妥協和調和，「魯迅面對他人的話語的壓力，則是主動地將自己內心的經驗收縮在一個邊緣的位置，或最大程度地壓抑自己，保持『沉默』」[204]。可是，魯迅作為一個擁有強

---

[202] 維特根斯坦《邏輯哲學論》，第 17 頁，北京大學出版社 1988 年版。
[203] 金岳霖《金岳霖學術論文選》，第 341 頁，中國社會科學出版社 1990 年版。
[204] 薛毅《無詞的言語》，第 4 頁，學林出版社 1996 年版。

烈社會責任感和歷史使命感的啟蒙主義者，他清醒地意識到，言說
（開口）畢竟是現代知識份子最基本的生存方式和自我價值實現途
徑。「沉默呵，沉默呵，不在沉默中爆發，就在沉默中滅亡。」只
要存活於世，作為現代知識份子便不可能永遠保持沉默狀態。換言
之，現代知識份子如果真正患上「失語症」，生命的意義與價值必
將失去。

於是，在言說與沉默、個人獨語和他人的話語的對立悖反之
間，魯迅在〈立論〉中展現了「說謊的得好報，說必然的遭打」的
可怕一幕，然而「打哈哈」的老於世故表面上似乎是主體的自主言
說，無疑又在暗示著「他人的壓力繼續存在，並造成主體的失語」[205]。
這樣沉默和開口的矛盾就內化成為主體與他者、個體與群體之間隔
膜的高牆。沉默、開口（言說）乃至「獨語」只能轉化為虛妄的存
在，「建立起一個不可能邏輯地解決的悖論漩渦」[206]。詞語悖反式
表達不再希圖將無可表達的東西予以表達，只是掙扎著將可表達的
話語向著悖逆性的極限推進，生命行走在分裂崩潰的邊緣。

黑暗與光明

〈影的告別〉中「然而黑暗又會吞並我，然而光明又會使我消
失」的矛盾悖反，昭示了生命選擇過程中兩難困境和彷徨心態。有
資料表明，〈影的告別〉最初的構思意在清掃靈魂中的「毒氣和鬼
氣」[207]。艾伯、李歐梵、李天明等研究者對此都作過研究[208]。

[205] 薛毅《無詞的言語》，第 7 頁，學林出版社 1996 年版。
[206] 李歐梵《鐵屋中的吶喊》，尹慧珉譯，第 111 頁，嶽麓書社 1999 年版。
[207] 孫玉石《〈野草〉研究》，第 44 頁，中國社會科學出版社 1982 年版。
[208] 詳見李天明（加拿大）《難以直說的苦衷──魯迅〈野草〉探秘》，第 59 頁，
人民文學出版社 2000 年版。艾伯斷言「影」是「作者的替身」；李歐梵認
為「影」是「詩人的另一自我」；李天明則認為「影」是一種佛洛伊德意義

在黑暗與光明的夾縫之間,「影」作為靈魂和自我的衝突、抵牾變得無可避免,由此引起的在生命的兩難困境中的內心矛盾和掙扎也異常的慘烈,而「影」的「不願彷徨於明暗之間」、「我將在不知道時候的時候獨自遠行」,最終宣告了生命存在的「去蔽」和「敞亮」。

「影」無論是沉沒於黑暗,還是消失於光明都不過是本真的生命狀態,而影的告別則基於這樣一種生命的自覺和本真律動。「其實,『影』不是『寧願』被黑暗吞沒,而是『只能』被黑暗吞沒。」[209]於是,生命走向大澄明,無所謂黑暗和光明,無所謂天堂和地獄、悲觀和樂觀,生命在毀滅的當下走向永生。這正好對應魯迅的生命理性:「我的反抗,卻不過是與黑暗搗亂。」[210]「此後如竟沒有火炬,我便是唯一的光,倘若有了炬火,出了太陽,我們自然心悅誠服地消失,不但毫無不平,而且還要隨喜讚美這炬火或太陽;因為他照了人類,連我都在內。」[211]

在《野草》中,無獨有偶,懷揣「永不凍結,永得燃燒」願望的「死火」,同樣面臨走出冰谷「燒完」和遺棄冰谷「凍滅」的象徵主義式兩難和矛盾糾葛,而最終寧可「燒完」也不「凍滅」的主動選擇,富有哲理地折射出主體內在生命搏鬥的軌跡,揭示出「戰士真我」的堅毅韌性品質。普羅米修斯從天國竊來火種到凡間,世界陰暗被驅除,自己卻天天忍受上帝之鷹啄噬的痛楚;「我」將「死火」從象徵性的冰谷中救出,免遭嚴寒冰凍,自己卻隕身大石車的車輪下,無論竊火者還是救火者都在同一精神平臺獲取等值的高度。

上綜合一體的魯迅自我對於他本人的告別。

[209] 李國濤《〈野草〉藝術談》,第 7 頁,山西人民出版社 1982 年版。

[210] 《魯迅全集》第 11 卷,第 79 頁,人民文學出版社 1981 年版。

[211] 《魯迅全集》第 1 卷,第 325 頁,人民文學出版社 1981 年版。

絕望與希望

「絕望之虛妄，正與希望相同。」（〈希望〉）這著名的詩句引自匈牙利詩人裴多菲的〈希望之歌〉。據說，在寫作〈希望〉之前，魯迅早已將它譯出，但又不願意把它發表。他向別人解釋這樣做的原因在於，不願意這首詩的消極思想毒害當時的青年[212]。從這個憶述出發，可以洞悉魯迅引用此詩的主觀意圖。問題在於，信念式希望和事實性絕望並不一定截然對立、不可共存。

王乾坤一針見血地指出，魯迅生命存在的真實背景，「不在於希望，而恰恰首先在於他正視沒有希望（絕望），並且敢於『無所謂』希望」[213]。在此，希望和絕望消弭了對立分明的界限，化身為「虛妄」的存在，一切都只在相對性中獲得存活。這事實上也是「希望」之「我」陷入邏輯兩難處境以及生命悲劇發生的內在根源。

置身分外寂寞的時代中，「我」動用全部的身心力量扛起「希望之盾」抗拒暗夜襲來，卻不幸耗盡了「我的青春」，隨之寄予厚望的「身外的青春」也隱遁無形。在內外交困之下，我毅然決然地進行生命另外一種突圍。然而，就在「我」單槍匹馬地肉博時，真正的悲劇發生了，「我的眼前又竟然沒有真的暗夜」。失去暗夜，意味著失去了對手，甚至可以說，「我」由此失去了生命存在和對陣博鬥的邏輯前提，「很明顯這一系列兩難的設置是魯迅借以探討自己內心緊張的手段。他似乎依違且掙扎於希望和絕望的兩極」[214]，

---

[212] 孫玉石《〈野草〉研究》，第 56 頁，中國社會科學出版社 1982 年版。

[213] 王乾坤《魯迅的生命哲學》第 178 頁，人民文學出版社 1999 年版。

[214] 李天明《難以直說的苦衷──魯迅〈野草〉探秘》，第 70 頁，人民文學出版社 2000 年版。

而在這種類乎存在主義的矛盾旋渦中,「我」應該如何劃定內在自我和外在現實的界限並獲取與生命困窘對等的意義呢?

魯迅生命中無數希望漸次破碎在現實的銅牆鐵壁前,迸發出絕望的精神煙火,這種絕望包藏希望的屍骸殘片,進而消解、腐蝕絕望本身。正如竹內好所說:「絕望正是在自己本身產生希望的唯一途徑。死中有生,生也不過是走向死亡。」[215]

新生的可能性包孕在絕望的恐懼體認中,而徹底意義上的「絕望」又似乎只是漂移不定的陰影。絕望中的希望並不足以從一個確定基點切實把握,對絕望的否定和反抗也不在於具體客觀事實。於是,生命不由自主地跳躍進入一種全新的自由天地,它在價值層面和生命的自我選擇取向上以「反抗」的姿態矗立。這在以悲觀作不悲觀、以無可為為可為、「明知前面是墳而偏要走」[216]的「過客」形象上得到淋漓盡致的展現。

愛與憎

〈復仇〉、〈復仇(其二)〉是《野草》中寫於同一天的唯一同名篇章,它們共同呈現魯迅式「愛憎不相離,不但不離而且相爭」的生命情感悖論[217]。與犧牲者生命同構的先覺者,在落寞、悲憤之餘,由愛轉憎,終至趨於心理發展的頂端——復仇。然而,這是一種怎樣的「復仇」呢?〈復仇〉主人公「對立著,在廣漠的曠野之上,裸著全身,捏著利刃,然而也不擁抱,也不殺戮,而且也不見有擁抱或殺戮之意」。〈復仇(其二)〉裏的「人之子」則拒絕喝沒藥調和的善意的酒,痛徹肺腑地播弄自己內心的傷口,在近乎宗教

---

[215] 竹內好《魯迅》,李心峰譯,第 7 頁,浙江文藝出版社 1986 年版。
[216] 《魯迅全集》第 11 卷,第 442 頁,人民文學出版社 1981 年版。
[217] 《魯迅全集》第 10 卷,第 173 頁,人民文學出版社 1981 年版。

的氛圍裏咀嚼死亡神聖與崇高的詩意。這些從不同層次揭示出魯迅式愛與憎情感蘊含豐富而複雜的心理內容，也在一定程度上折射出魯迅作為先覺者在特殊歷史語境下異常尷尬的處境。

「先驅者已經實現了現代人的強大個性，與民族大多數基本尚未進入人的現代化進程的愚昧狀態的反差，先驅者已經注意到歷史必然要求，與事實上沒有實現，並且暫時看不到實現希望的反差。」[218]「兩個巨大的歷史反差」的存在，宿命地決定了先驅者抱人道主義理想意欲拯救眾生而不得不同時面對封建專制馴化下民眾不可救藥的劣根性，甚至只能「將天性的愛，更加擴張，更加醇化，用無我的愛，自己犧牲於後起新人」[219]，而這種復仇和犧牲的合二為一，猶如一枚硬幣的兩面，構成魯迅個性心理的一個明顯特徵，即被虐和復仇[220]。復仇的快意蕩漾在犧牲和被棄的悲憤波濤之上，復仇的對象恰恰是夢寐以求的拯救對象。這樣的復仇，便變得不該復仇、無可復仇。復仇的快意渴求讓位於「無血的殺戮」的無奈，復仇變成了一個不及物動詞，一種喪失了對象且帶有極度自虐傾向的「自戕式行為」，或精確地稱之為「消極的復仇」[221]。即無論「明與暗，生與死，過去與未來」，還是「友與仇，人與獸，愛者與不愛者」都不能因為「擁抱」（愛）而消除對立渾然合一，而「殺戮」（憎或復仇）又難以實施。但是，「真正偉大的復仇者，必定是偉大的犧牲者」[222]。在不憚前驅的先覺者心靈最深處，悲憤與復仇的情感漩流洶湧澎湃的同時，就不能不奔瀉著愛的潛流。「愛的大纛」與「憎的豐碑」以其獨特的悖論方式共同構成魯迅生命的底蘊。

[218] 錢理群《心靈的探尋》，第 112 頁，北京大學出版社 1999 年版。
[219]《魯迅全集》第 1 卷，第 135 頁，人民文學出版社 1981 年版。
[220] 吳俊《魯迅個性心理研究》，第 99 頁，華東師範大學出版社 1992 年版。
[221] 蘇雪林《我論魯迅》，第 12 頁，臺灣臺中中文星書店 1967 年版。
[222] 錢理群《心靈的探尋》第 119 頁，北京大學出版社 1999 年版。

理想與現實

　　1925 年 1 月 18 日至 2 月 24 日，魯迅在短短一個月時間連續寫的三篇詩作〈雪〉、〈風箏〉、〈好的故事〉有大致相通的表現結構和情感脈絡，即生命在發展過程中追求完滿的理想和客觀現實限制之間的矛盾衝突。具體表現為兩種形態：一是回憶和回憶的斷裂（這裏的斷裂，主要指「現在」和「回憶」情境形成對比或悖論結構，並非概念或邏輯意義層面的）。在〈雪〉中，魯迅先是欣然神往江南的雪的「滋潤美豔之至」，但一轉眼又近乎殘酷地道出這「滋潤」終於「消散」、「美豔」落入「褪盡」的結局。〈風箏〉裏，記憶深處「春日的溫和」和現實北京「嚴冬的肅殺」二者矛盾對立。與人們喜歡在童年美好記憶中尋找心靈安慰的做法背離，魯迅卻對年少無知「精神虐殺」的一幕耿耿於懷，甚至於在「無怨的恕」中，兀自讓自己的心永遠「沉重著」，「一並也帶著無可把握的悲哀」。

　　二是夢和夢的幻滅。〈好的故事〉中，詩人在農曆年正月初五鞭炮繁響的祥瑞氣氛裏做了一個美麗的夢。夢裏眾多絢爛多姿的風景交融並錯：從一天雲錦、萬顆奔星、晶瑩閃耀的日光，到澄碧小河中的遊魚，以及兩岸的農人、村女、野花、新禾、雞、狗、樹、茅屋、竹、塔在河裏的倒影，猶如交響樂中不同的聲部，交織融和，譜成一支繁複歡快的生命華美樂章。李歐梵評價說「〈好的故事〉是純粹的幻想，是這部噩夢式的集子裏的唯一的好夢」[223]。可就是這麼個不可多得的好夢，仍然逃脫不了夢醒時分殘酷的本相——詩人想撿拾一些夢破的「碎影」的渺小理想也宣告徹底失敗。

---

[223] 李天明《難以直說的苦衷——魯迅〈野草〉探秘》第 144 頁，人民文學出版社 2000 年版。

　　至此，在理想的烏托邦性質與現實的堅硬、冷酷之間，在夢和幻滅的悲哀中，升騰起來生命的理想和現實之間「不絕的不調和，不斷的衝擊和糾葛」；在回憶和回憶斷裂的裂痕深處，形成巨大的「精神的傷害」[224]。當然，魯迅以其率真的生命抉擇印證了超越目的、重視過程、矚目理想、更加執著現在的清醒現實主義的生命哲學本色。《野草》最後化用杜牧〈遣懷〉「十年一覺揚州夢」詩句作結，其象徵性寓意恐怕也在於此。

生與死

　　生與死，是魯迅創作的母題之一。生與死的悖論即使從敘述內容來講，也毫無疑問是貫串《野草》的母題。《野草》24 篇中，有75％的篇章直接提到了「死」，剩餘不多的幾篇也大半以「死」為題材。這種不惜違背「不知生，安知死」儒學傳統而對死亡的頻繁書寫，顯然有其獨特的心理內涵。夏濟安在《黑暗的閘門》中認為「魯迅似乎並不是對死亡本身，而是對作為衰老象徵的死亡感到恐怖」。這形象地體現為，他對生命力的壓抑和生命力衰亡的嚴重憂慮，如：「我」魂靈的手「顫抖」、頭髮的「蒼白」（〈希望〉）；「滋潤美豔」的江南的雪的「消釋」、「褪盡」（〈雪〉）；「血不夠了」的過客生命困頓悲愴（〈過客〉）；老婦人只能在口唇間「露出」無詞的言語（〈頹敗線的顫動〉）；只有「知覺」尚在、運動神經卻「廢滅」的一個人的半死不活（〈死後〉）；「戰士」在「無物之陣」中「善終」（〈這樣的戰士〉）等。

　　當然，《野草》中的死亡也並非全部都是生命體衰老的象徵。〈一覺〉開頭句中加雙引號的「生」與「死」，以及〈題辭〉裏面我「大

---

[224] 《魯迅全集》第 13 卷，第 30 頁，人民文學出版社 1973 年版。

歡喜」於「過去的生命」的「死亡」與「腐朽」都是明顯的例子。
撇除生理意義上的生、死不說，這裏的「死」更多地意味著擺脫，
是告別，是奮飛，是置之死地的生命兩難情境下「生」的起點。

　　但是，生命「必死性」（墳）結局的永恒存在，必然在和生命的
自然性起點（生）相互依存的同時，構成一對終極悖反的矛盾。這
對矛盾在不同的狀態裏面有不一樣的表現樣式。《野草》以其悖論形
式出現，這本身昭示出它們之間極為緊張對立的危機狀態。這種危
機產生的起因很多，它既可以由生命內在的生死對抗性本身引起，
也可以由外在生存環境的脅迫引發（如社會意識形態的鉗制、物質
性生存的困窘等）。對於魯迅，我們傾向於認為這主要不在於外在因
素的作用，更多地源於他對虛無生命存在的不滿以及在人生「必死
性」結局下，對生命意義與價值的痛苦追求和不懈探索。《野草》的
全部篇章幾乎都可以從或正或反的路向皈依到這個思想核心上來。

三

　　《野草》中，從詞語悖反，到母題悖論，使《野草》充滿著藝術
張力。有人認為《野草》在整體上已經內涵一種「魯迅精神生命的結
構與蹤跡」的有機聯繫，他「試圖透視、對峙某類事物而同時向著另
一類事物，試圖超越某種生命地帶而到達另一種生命地帶」[225]。這個
結論大體是不錯的，問題在於，這種對立性結構原則擴張到字、詞、
句、段、篇而無處不在，這使得原本可能鮮明的主題意旨和明確的

[225] 彭小燕〈存在主義視野下的《野草》：魯迅超越生存虛無，回歸「戰士真我」的「正面決戰」（上）〉，《中國現代文學叢刊》，2006 年第 5 期，第 6-12 頁。

臧否指向某種蕪雜、混沌的境地，從而獲得文本豐富性內涵的同時，必然在一個更高的層面呈現出不可邏輯解決的悖論漩流。而這種糾纏、互逆、內旋的對立性因素被某種超乎尋常的力量囊括在一個共同的「言語場」，它們又為什麼沒有成為相互之間自身反對自身的解構和瓦解性因素呢？換句話說，存在什麼樣的穩定性力量將糾纏、互逆、內旋的對立性因素整合在作品內在結構中。

在《野草》研究中，以出色的藝術直覺把握這一點並付諸文字的，首推日本魯迅研究專家竹內好。他說，自己隱約感到魯迅小說含有的各種傾向當中，「至少有一種本質上的對立，可以認為是不同質的東西的混合」。並表示這種用語言不容易斷然說清楚的「對立」，「並不是說它沒有中心，而是說有兩個中心。它們既像橢圓的焦點、又像平行線，是那種既相分、又相斥的作用力的東西」[226]。在他的理解看來，這「由兩個東西奇妙地糾纏在一起的中心」並沒有在魯迅的小說中完滿體現出來，「兩個中心」的真正連接在於《野草》。

竹內好印象主義文學批評，作為個人獨特體悟，本身或許不具備清晰的學理判斷色彩，但確實觸摸到了魯迅作品中「某種根源性的東西」。它魂魄一般奔突、遊移在《野草》的字與字、詞與詞、句與句、段與段乃至篇章之間，從而形成了某種強大而不可抗拒的向心力，「一個勁地朝某種統一運動著」。全部異質材料裹挾在這個高速旋轉的運動之中，然後在適宜的時機，匯聚成為一個衝突而非整合、流動不居而非靜態的文學結構空間。汪暉把這個運動的力量解釋為，魯迅基於獨特心靈邏輯之上的「明知前路是墳而偏要走」、「反抗絕望」的生命意志和生命哲學[227]。《野草》正是從這一維度建構了自己豐厚的思想內涵和充盈的藝術張力。

---

[226] 竹內好《魯迅》，第 91-92 頁，李心峰譯，浙江文藝出版社 1986 年版。
[227] 汪暉《反抗絕望——魯迅及其文學世界》，第 321 頁，河北教育出版社 2000 年版。

「張力」一詞，最早見於物理學，指的是事物之間或事物內部力的相互作用造成的一種緊張狀態。1937 年英美新批評派理論家艾倫‧退特在〈論詩的張力〉一文中首次把它引入文學批評領域。他認為，與科學的概念相反，文學語言的內涵與外延之間常常是不協調的，充滿了矛盾與對立[228]。後來，羅吉‧福勒主編的《現代西方文學批評術語詞典》將「張力」解釋為：「互補物、相反物和對立物之間的衝突和摩擦。」並認為「凡是存在著對立而相互聯繫的力量、衝突和意義的地方，都存在著張力」[229]。我國有學者把它稱為一種「非表達性的力量」[230]，它使得不可表達的東西化為表達，表達的可能性空間擴張到悖逆性的極限。我們認為，文學張力主要是一種語境的整體效應，它在各個相互聯繫的部分之間產生，凡當至少兩種異質的文學元素構成新的統一體時，各方非但不消除對立的關係，且在對立的狀態中自動生成相互抗衡、衝擊的運動的區域。它大致相當於現代物理學所謂的「場」或者中國古代文論中常說的「氣」。文章有了張力，《野草》充塞詩性文本空間的張力與詞語悖反（悖論、反諷）、母題悖論的藝術表達方式緊密相聯。

悖論生成的張力

悖論（Paradox）原是古典修辭學的一格，指的是「表面上荒謬而實際上真實的陳述」[231]。後來泛指一種將兩個矛盾的概念、事物或意象並置，從而使讀者在閱讀理解上造成意義衝突，在一個擴

---

[228] 趙毅衡《新批評文集》，第 117 頁，中國社會科學出版社 1988 年版。
[229] 羅吉‧福勒《現代西方文學批評術語詞典》，第 280 頁，四川人民出版社 1987 年版。
[230] 薛毅《無詞的言語》，第 8 頁，學林出版社 1996 年版。
[231] 趙毅衡《新批評文集》，第 313 頁，中國社會科學出版社 1988 年版。

大的意義疆域遊移的文學語言現象。T‧S‧艾略特認為詩歌「語言永遠做微小的變動，詞永遠並置於新的、突兀的結合之中」，大抵說的就是悖論在形式上的特點[232]。而在《野草》中，這樣的表達方式比比皆是。

　　充斥《野草》文本的詞語悖反帶來了文本意義的龐雜、多義和不確定，即通過有限的手段──有限的語言，表現了更為開闊的客觀世界和心靈空間。如〈秋夜〉的「兩株棗樹」、〈題辭〉的「沉默→充實」、「開口→空虛」。在〈秋夜〉，「牆外有兩株樹」是一種「從普通的生活中選取事件和場景」，然而「一株是棗樹，還有一株也是棗樹」。這樣別具一格的表達，卻是「以其非尋常狀態呈現於頭腦中」[233]。文字表層似平淡無奇，然而卻巧妙地安排了一個隱而不現的悖論結構，在這個深層結構裏面包孕了「索然寡味」和「驚異」兩種迥異的情感脈流，由此，平常事物變得不平常，散文式的事物開始充滿詩意的張力。在〈題辭〉，「沉默→充實」、「開口→空虛」以兩兩密集對立的形態聯綴在一個分句的句式組合軸上，便形成了一個典型的悖論語式，從而引發了雙向張力。在這個張力結構框定的疆域之內，魯迅生命書寫和言說困境的悖論主題達到最大限度的表達。這個悖論可以圖示如下：

---

[232] 趙毅衡《新批評文集》，第 319 頁，中國社會科學出版社 1988 年版。
[233] 趙毅衡《新批評文集》，第 318 頁，中國社會科學出版社 1988 年版。

雙向互動的悖論結構在這裏建構了一個內縮的張力區域，能指
A 與能指 C、能指 B 和能指 D 的排列式組合，對立並置，相反相
成，共同指向了某一種不確定的綜合性狀的所指（所指 AB、CD，
代指一種複雜、含混的綜合體（綜感））。事實上，這種張力的實現，
還與接受主體的閱讀經驗、審美修養、人生閱歷、心智健康等相關，
而不同個體基於文本之上的不同體驗則自然形成了張力格局大小
的差異性，它使得「仁者見仁、智者見智」成為某種可能，《野草》
無窮魅力相當部分來源於此。

反諷生成的張力

西方學者稱反諷（irony）有「臭名昭著的難以捉摸的性質」，
因為它「不僅有各種不同的表現形式，而且在概念上還不斷地在發
展」[234]。此處，著重談《野草》中作為一種語言技巧的反諷。簡單
地說，它指的就是一種所言非所指、實際意義和字面意義對立的語
言現象，「通常互相干擾、衝突、排斥、互相抵消的方面，在詩人
手中結合成一個穩定的平衡狀態」[235]。
　　一般而言，反諷作為一種言說主體意圖的不在場，取而代之的
則是一種相反的所指。而讀者在閱讀接受過程中通過激活潛在的
「召喚性結構」[236]，原來被遮蔽的意圖全部或部分地得以再現，從
而在文本內部形成了一個擴張。試舉《野草》中的幾種反諷類型，
分析如下：

---

[234] 轉引自：趙毅衡《新批評：一種獨特的形式主義文論》，第 178 頁，中國社
　　會科學出版社 1986 年版。
[235] 轉引自：趙毅衡《新批評：一種獨特的形式主義文論》，第 179 頁，中國社
　　會科學出版社 1986 年版。
[236] 朱立元《接受美學》，第 112 頁，上海人民出版社 1989 年版。

(一) 油滑型：……愛人贈我百蝶巾；回她什麼：貓頭鷹。（〈我的失戀〉）

(二) 正話反說型：一切鬼魂們的叫喚無不低微，然有秩序，與火焰的怒吼，油的沸騰，鋼叉的震顫相和鳴，造成醉心的大樂，布告三界：天下太平。（〈失掉的好地獄〉）

(三) 浪漫反諷型：有一偉大的男子站在我面前，美麗，慈悲，遍身有大光輝，然而我知道他是魔鬼。（〈失掉的好地獄〉）

(四) 悖論式反諷：眷念與決絕，愛撫與復仇，養育與殲除，祝福與咒詛……。她於是舉兩手盡量向天，口唇間露出人與獸的，非人間所有，所以無言的詞語。（〈頹敗線的顫動〉）

例 1，「百蝶巾」一般隱喻性地象徵著美滿幸福的愛情，貓頭鷹歷來被人們視為「不祥之鳥」，而它們被一種類乎暴力的東西強行扭結在一起，必然令人產生不對稱、不合常理的錯愕感和荒謬感。這樣，文本淺層的不合常理就與理性層面合乎常理的潛在要求達成隱秘的對立[237]，自然之間產生反諷的效果。例 2，鬼魂痛苦呻吟的叫喚，因為它的被規訓與遭受懲罰（有秩序），既然成為了使人沉醉的音樂，乃至標榜「太平盛世」的合法理由。可想而知，表層寓意背後的深刻的憤懣和不平。例 3，一切冠冕堂皇的美麗修辭，最後在句尾不經意的反戈一擊中土崩瓦解，正可謂「激情的熱水浴之後用反諷的涼水沖洗」。例 4，相容的事物集聚並置，一種含混、綜合的悖論情感交相互織，在言語的蒼白與無助遮蔽之下，內在升騰絕望的抗爭和莊嚴的控訴。《野草》中的絕大多數詩性文本正是這樣——在承擔語境的壓力之下，通過一種「拐彎抹角」[238]

---

[237] 石尚文、鄧忠強《〈野草〉淺析》，第 33 頁，長江文藝出版社 1982 年版。據兩位先生考證，遵循古代的習俗，作為信物「百蝶巾」的回贈，一般多是「鴛鴦鏡」之類。

[238] 趙毅衡《新批評文集》，第 320 頁，中國社會科學出版社 1988 年版。

的藝術表達方式，激發、誘導讀者創造性地填補意義空白，從而在反邏輯與合邏輯、反情理與合情理的對立中產生張力效果。

母題悖論的張力

　　英國十九世紀文學家德‧昆西在《自傳》中說道：「真理的所有有分量的方面……都是使人驚異的，都是悖論式的，我們不用費氣力去尋找悖論，相反忠於自己經驗的人，會發現他用全部力氣都難以把他所知的真理所包裹的悖論壓下去。」[239]無獨有偶，布魯克斯在分析唐恩的〈聖諡〉詩歌時把悖論式語言提高到了無與倫比的高度，他認為「所有能寫入偉大的詩篇的真知灼見明顯都必須用這種語言來表述。」[240]由此可見悖論語言對於詩歌的意義。

　　《野草》中沉默與開口、黑暗與光明、希望與絕望、理想與現實、愛與憎、生與死等六對陷入邏輯兩難境地的母題，即是一組主題級悖論。值得一提的是，它們仍然屬於「語境」對「陳述」的「歪曲」[241]，只不過這個「語境」已經是擴大了的作者的創作心理背景，而不是具體的「上下文」的語境，「陳述」也是宏觀的，不再拘囿在微觀句法上。因而，悖論方式之於《野草》就絕不僅僅只是一般的文學形式。

　　汪暉在對魯迅的小說進行文本解讀時認為，希望與絕望、光明與黑暗、生命與死亡等主題以相互嘲弄的方式形成了小說的一種結構原則，並籍此把小說明確的臧否指向呈現出某種複雜、含混的狀

---

[239] 趙毅衡《新批評——一種獨特的形式主義文論》，第 184 頁，中國社會科學出版社 1986 年版。
[240] 趙毅衡《新批評文集》，第 327 頁，中國社會科學出版社 1988 年版。
[241] 趙毅衡《新批評文集》，第 337 頁，中國社會科學出版社 1988 年版。

態[242]。我們認為，這個結論同樣適用於《野草》這樣的詩性文本，悖論的結構方式鑄就了《野草》一種根本性的敘述格局，作為一種敘述原動力的存在，它有效地分割文本的意義空間，並為其滑動劃定了大致的疆域，使主題悖論在豐富了文本深邃內涵的同時，又不至於成為文本敘事結構中自身反對自身的解構和瓦解性因素的根本保障。

對應於物理張力存在於靜止或相對靜止的狀態，文學張力則要求在不平衡態中追求平衡，一瀉千裏的不平衡態導致的只能是張力的消解，引而不發的相對靜止才有可能最終保證文學張力的存在。魯迅所謂：「我認為感情最烈的時候，不宜作詩，否則鋒芒畢露，能將『詩美』殺掉。」說得也正是這個道理[243]。沉默與開口、黑暗與光明、希望與絕望、理想與現實、愛與憎、生與死等 6 對悖論母題之於《野草》，形象地說，就類似於某種相互作用的而非單一方向運動的力量。它們的對立而非融合，恰恰在文本內部形成了一種勢均力敵的穩定性結構，「內部的壓力得到平衡並且相互支持。這種穩定性就像弓形結構的穩定性：那些用來把石塊拉向地面的力量，實際上卻提供了支持的原則──在這種原則下，推力和反推力成為獲得穩定性的手段」[244]。這一結構之下的矛盾衝突的包孕，表現出意義的多向度性追求，而文本背後的主體意志圍繞著主題不斷地展開自我糾纏、自我質問、自我省察，以致於最終萌發毀滅自我、涅槃重生的衝動。而文本的巨大張力也就藏匿在這一衝動之中，也

---

[242] 汪暉《反抗絕望──魯迅及其文學世界》，第 294 頁，河北教育出版社 2000 年版。在此，我們認為汪暉先生是把反諷、悖論混為一談的，事實上，它們確實難以區分。

[243] 《魯迅全集》第 11 卷，第 87 頁，人民文學出版社 1981 年版。

[244] 克利安斯·布魯克斯〈嘲弄──一種結構原則〉，見《現代美英資產階級文藝理論文選》（上），第 220 頁，作家出版社 1962 年版。

正是這一「衝動的平衡」才構成了《野草》「最有價值的審美反應的基礎」[245]。

悖論、反諷是基於這樣一個認識：世界在本質上是詭論式的，一種模棱的態度才能抓住世界的矛盾的整體性[246]。對《野草》而言，一方面，不同矛盾對立面呈現出消融一體的趨勢（基於魯迅直面現實的強大內驅力），表現為矛盾一方對其對立面的不斷克服；另一方面，就一定的階段而講，它們又協調在一起並依靠一種強大的張力來維持暫時的平衡。事實上，這種超越性的力量表現為魯迅基於獨特心靈邏輯之上的「明知前路是墳而偏要走」、「反抗絕望」的生命意志和生命哲學。

如前所述，兩難尷尬境遇的設置，使得《野草》生命主體置身對立悖反矛盾兩極之間彷徨於無地，並因此屈身在一個悲涼、陰暗、荒誕不經的時空背景以及生命力備受壓抑、無路可走的焦灼氛圍中，有如徐複觀所說：「……只是一片烏黑烏黑的感覺。」[247]然而，黑暗之中自有光明，《野草》之音也悲，卻有超人的昂揚。不可否認，「魯迅獨特的散文集向我們呈現了他難以透視的暗淡的心靈深層世界，這裏有魔鬼的身影遊蕩於衰敗荒廢的象徵性圖景中」[248]。但是貫穿《野草》各個噩夢始終的卻是生命最底層噴薄而發的抗爭意志，而且隨著各個夢幻篇章的推進與展開，反抗的旋律越來越高亢激昂。夏濟安指出《野草》中的人物都是「隱含著強烈情感力度的形象」[249]。林毓生則針對〈過客〉提出，過客身上所體現出來的是

[245] 轉引自：趙毅衡《新批評：一種獨特的形式主義文論》第 54 頁，中國社會科學出版社 1986 年版。
[246] 轉引自：趙毅衡《新批評：一種獨特的形式主義文論》第 183 頁，中國社會科學出版社 1986 年版。
[247] 徐復觀《徐復觀集》，第 58 頁，群言出版社 1993 年版。
[248] 吳俊《魯迅個性心理研究》第 59 頁，華東師範大學出版社 1992 年版。
[249] Hsia Tsi-an，The Gate Of Darkness，Seattle and London :university of

對「人類意志的意義的一種存在主義強調」[250]。魯迅似乎有意地在《野草》形象主體的內心深處，灌注生命的原始蠻力，即使是委棄如泥的生命表象（「過客」、「這樣的戰士」），也內在地奔湧、翻騰著一股試圖噴發、蒸騰的渾厚力量，而這種永恒性力量以「反抗」的姿態作為表征。作為生命個體無可逃脫的歷史責任，反抗黑暗的結果不論如何，不與黑暗妥協的意志都會在反抗的過程中閃光並賦予生命以悲劇性張力。

在此，我們無意迴避「絕望的魯迅」，而只是一味地誇大他的反抗形象。恰恰相反，我們始終堅信，魯迅的真正意義在於他身上烙刻的「明知道前面是墳而偏要走」的儒家精神氣概與歷史的悲劇自覺。《野草》中，生命被逼向無路可走的絕地深淵，主體內在的本質力量迸發出反抗絕望的戰叫。然而，即使是這種情境之下的「反抗」也只能是背負起沉重的「中間物」意識而來的悲劇自覺，無可避免地逐漸失卻固有的鋒芒與銳利，鈍化成為一種忍耐或折騰。這就賦予剛性的反抗更多韌性色彩，深沉厚重的悲劇性「掙扎」力量內蘊其中[251]。強大的心理落差、凄麗的靈魂拷問和痛苦戰叫，以及歷史命運的自覺擔當，匯聚成為《野草》濃厚悲劇性象徵氛圍，一種力圖從各式各樣的物質或精神羈絆下擺脫出來的掙扎感，一種尋找生命存在歸宿的持久熱情流淌在《野草》中，形成了一種悲劇性的張力空間。

原載《學術月刊》2010 年第 4 期

---

washing-ton press ，轉引自李天明（加拿大）《難以直說的苦衷——魯迅〈野草〉探秘》，第 200 頁，人民文學出版社 2000 年版。

[250] 李天明《難以直說的苦衷——魯迅《野草》探秘》，第 76 頁，人民文學出版社 2000 年版。

[251] 竹內好《魯迅》，李心峰譯，第 152 頁，浙江文藝出版社 1986 年版。

貓頭鷹與獅子

——魯迅與森歐外小說創作之比較

　　在魯迅人生經歷、思想發展、文學創作軌跡中，日本成為研究魯迅極為重要的領域，魯迅在日本七年多的留學生涯中，不僅受到了日本文化與文學的影響，也在日本接受了近代西方的思想與文化，從而為魯迅的成長與成熟起到了極為關鍵性的作用。「魯迅如果沒有留學日本的經歷，沒有受到過日本文化的熏陶，是不會產生後來的作品和思想的。」[252]魯迅在對日本文學的翻譯中，從 1919 年翻譯武者小路實篤的《一個青年的夢》之後，其翻譯的日本文學作品涉及夏目漱石、森歐外、有島武郎、二葉亭四迷、江口渙、菊池寬、廚川白村、鶴見祐輔、島崎藤村、芥川龍之介等數十位日本作家，魯迅在談到自己的小說創作時說當時他最喜歡讀的作家「日本的，是夏目漱石和森歐外」[253]。在 1923 年出版的《現代日本小說集》中，收有魯迅翻譯的森歐外的《遊戲》、《沉默之塔》。在魯迅與日本文學的比較研究中，鮮見魯迅與森歐外比較研究的成果。魯迅的小說創作與其喜歡讀的森歐外有什麼關係，魯迅到底受到森歐外哪些影響？

---

[252] 張夢陽《魯迅學在中國在東亞》，第 457 頁，廣東教育出版社 2007 年版。

[253] 魯迅〈我怎麼做起小說來〉，見山東師範大學中文系文藝理論教研室編《中國現代作家談創作經驗》上冊，第 21 頁，山東人民出版社 1982 年版。

　　沈尹默在回憶魯迅時說：「他在大庭廣眾中，有時會凝然冷坐，不言不笑，衣冠又一向不甚修飾。毛髮蓬蓬然，有人替他起了個綽號，叫作貓頭鷹。」[254]這是魯迅疾惡如仇執著地與一切惡勢力作鬥爭特徵的形象寫照。森歐外的女兒森茉莉說，父親身上有一頭獅子，意思是森歐外獨立不羈，具有一種勇猛的叛逆精神[255]。

一

　　在人生經歷上，魯迅與森歐外有頗多相似之處，他們都有留學國外棄醫從文的經歷。魯迅曾經介紹森歐外：「森歐外（Mori Ogai,1860）名林太郎，醫學博士又是文學博士，曾任軍醫總監，現為東京博物館長。他與坪內逍遙、上田敏諸人最初介紹歐洲文藝，很有功績。後又從事創作，著有小說戲劇甚多。」[256]祖上歷代是藩王侍醫的森歐外，1881 年畢業於東京大學醫學部，先入陸軍部軍醫學校任教，1884 年赴德國萊比錫大學留學研究衛生學，廣泛涉獵歐洲古今名著，深受叔本華、哈特曼唯心主義思想的影響。1888 年歸國後，歷任軍醫學校教官、校長、陸軍軍醫總監、陸軍省醫務局長等職。1890 年發表處女作短篇小說〈舞姬〉，後接連發表〈泡沫記〉、〈信使〉，構成其「留學三部曲」，被認為是日本浪漫

---

[254] 沈尹默在〈魯迅生活中的一節〉，見魯迅博物館、魯迅研究室、魯迅研究月刊編《魯迅回憶錄》（散篇上冊），第 248 頁，北京出版社 1999 年 1 月版。

[255] 轉引自高慧勤編選《森歐外精選集》，第 3 頁，北京燕山出版社 2005 年 4 月版。

[256] 魯迅〈現代日本小說集・附錄・關於作者的說明〉，見《魯迅全集》第 11 卷，第 576 頁，人民文學出版社 1973 年版。森歐外生卒為 1862-1922 年，見《辭海文學分冊》，第 316 頁上海辭書出版社 1979 年版。

主義文學的先驅。此後他近十五年未從事文學創作,至 1909 年重返文壇,現代題材的〈青年〉、〈遊戲〉、〈沉默之塔〉、〈雁〉和歷史題材的〈阿部家族〉、〈山椒大夫〉、〈魚玄機〉、〈高瀨舟〉等是其代表作。1916 年,森歐外辭去軍職,翌年任宮內省皇室博物館總長,1922 年因病逝世。

　　「文化是人類的共同財產,一個民族的文化生成後在其傳播過程中必然對其他民族產生一定的影響。」[257]森歐外的文化啟蒙思想影響了魯迅。自稱為「留洋歸來的保守派」的森歐外,留學德國期間廣泛涉獵歐美文學、文學名著,他研究叔本華和尼采等哲學思想,並深受哈特曼美學理論的影響。歸國後,有感於國內的因循守舊閉塞落後,森歐外以「戰鬥的啟蒙家」姿態進行了獨特的文化啟蒙工作。首先,他開始翻譯歐美文學作品,他翻譯了盧梭的《懺悔錄》、安徒生的《即興詩人》、歌德的《浮士德》、豪普特曼《寂寞的人》,其翻譯作品涉及易卜生、王爾德、鄧南遮、都德、福樓拜、愛倫坡、蕭伯納等。其次,他創辦文學評論刊物《柵草紙》、《目不醉草》等刊物,發表〈論柵草紙之本領〉,提出以西方美學與詩學為基礎,「以審美之眼光評論天下之文章,明其真偽,曉其優劣,以助自然之力,加速蕩滌之功」[258],在《柵草紙》上開展了為期 8個月的關於文學理想的論爭。再次,他創作文學作品,在反對封建傳統、揭露社會黑暗、追求個性解放中呈現出強烈的啟蒙精神。魯迅的翻譯、辦刊、創作與森歐外十分相似,都意在進行文化啟蒙。

　　森歐外的「留學三部曲」洋溢著反封建精神:〈舞姬〉中留學柏林的豐太郎救助無錢為父親下葬的女子愛麗絲,他們倆日久生

---

[257] 楊劍龍〈世界格局中都市文化比較研究的意義與方法〉,《上海師範大學學報》2007 年第 1 期。

[258] 轉引自高慧勤編選《森歐外精選集》,第 553 頁,北京燕山出版社 2005 年4 月版。

情，他卻為人讒言結交舞女而被斷絕了經濟支助，豐太郎在走投無路中離開了懷孕後精神失常的愛麗絲回國。〈泡沫記〉中日本畫家巨勢在酒吧買下受人欺凌賣花女全部的花，六年後巨勢邂逅已當模特的賣花女，她訴說因國王鐘情其母導致父逝母病的窘境，他們倆情投意合，少女卻因邂逅國王受驚落入湖中而死。〈信使〉中的日本軍官小林隨德國軍隊演習住宿於畢勞伯爵府，伯爵小姐伊達委託小林帶信給姑母國務大臣夫人，為了擺脫隨波逐流平庸的未婚夫，伊達小姐決定進宮當宮女終老一生。三篇作品都是愛情悲劇，在封建勢力傳統習慣的左右下，女主人公都落入了悲劇境地。〈信使〉中伊達小姐說「是雖生為貴族之女，但我也是人」，「我想衝破這習慣勢力，有誰會支持我呢」？作品中的主人公都為獲得自身的獨立而抗爭。

魯迅的小說充滿了反封建精神：〈傷逝〉中的子君受到啟蒙而背叛家庭與涓生結合，卻由於生存的壓力而最終離開，在封建家族的壓力下走向死亡。〈離婚〉中的愛姑因丈夫姘上小寡婦而遭遺棄，她奮力抗拒離婚，卻在鄉紳的調停中屈服。〈祝福〉中的祥林嫂為抗拒守寡後被迫再嫁而出門幫傭，卻被婆婆劫走強行嫁給深山裏的賀老六。〈明天〉中的單四嫂子一心守寡帶大兒子寶兒，寶兒的病逝讓她失去了明天。在魯迅的筆下，這些女性也都在封建勢力的左右下處於難以擺脫的悲劇命運。〈傷逝〉中的子君說：「我是我自己的，他們誰也沒有干涉我的權利！」魯迅作品中的這些悲劇女性為自身的獨立而抗爭，最終卻難以擺脫封建勢力的摧殘。

在文化啟蒙中，森歐外的小說努力揭露人們的心理病態：〈沉默之塔〉中派西族認為「當今全世界的文藝中只要稍有價值的作品，只要不是平庸至極的作品，沒有一篇是不危險的」，因此他們殺掉讀危險的洋書之人，將屍首運上高塔中，揭露了愚昧的精神狀態。〈遊戲〉中的文學家木村在衙門裏辦著乏味的公事，他對於一

切事抱「遊戲」的心情，報紙上批評他的作品「無一篇有情調」，並說他的壞亂風俗的藝術和官吏服務的規則「並無調和的方法」，他的使女躬行舌戰，「一遇主人出門，便跑到四近各處去饒舌」；同事小川是「衙門裏的饒舌家」，他將政治與藝術混為一談；甚至木村家附近店鋪主人也以「冷淡的裝著不相干的臉」對待他，認為「做小說的人是一種古怪人」，揭露出文學家木村生存的麻木氛圍。〈半日〉中的大學教授高山峻藏的夫人與婆婆不共戴天，曾帶孩子出走，高山峻藏特意取消了重要的約會守在家中，以防夫人帶孩子再度出走，揭示出人與人之間的隔膜。〈催眠〉中的磯貝醫生，將求醫的女病人催眠行不軌之事，大學教授大川涉君卻叮囑夫人「這種事洩露出去，渾身是嘴也說不清楚」，而容忍了磯貝的惡行。〈青年〉中的小泉純一，立志當一名作家，他從鄉村來到都市東京，卻險些沉淪於都市，終於「牢牢守住自己的精神自由」。〈杯子〉中「有七個姑娘各拿了一隻雕著『自然』兩字的銀杯，舀泉水喝。第八個姑娘拿出一個熔岩色的小杯，也來舀水。七個人見了很訝怪，由污蔑而轉為憐憫」[259]，她卻說「我的杯子雖不大，但我用自己的杯子喝」，贊賞獨立的個性。森歐外的小說在揭示人們心理病態中期望人們警醒，期望改變這種病態心理麻木人生。

　　受到森歐外的影響，魯迅創作的取材「多採自病態社會的不幸的人們中，意思是在揭出病苦，引起療救的注意」[260]。在魯迅的小說中，落魄的孔乙己遭到咸亨酒店裏人們的哄笑奚落（〈孔乙己〉），守寡的單四嫂子遭到紅鼻子老拱、藍皮阿五的欺凌（〈明天〉），祥林嫂再嫁家破人亡的苦痛成為魯鎮人奚落的談資（〈祝福〉），首善之區

[259] 魯迅〈現代日本小說集・附錄・關於作者的說明〉，見《魯迅全集》第 11 卷，第 577 頁，人民文學出版社 1973 年版。
[260] 魯迅〈我怎麼做起小說來〉，見山東師範大學中文系文藝理論教研室編《中國現代作家談創作經驗》上冊，第 22 頁，山東人民出版社 1982 年版。

的示眾引來諸多麻木的看客（〈示眾〉），都揭露出病態社會中的病態心理。魯迅說他的創作「要畫出這樣沉默的國民的靈魂來」[261]，因此魯迅勾畫了為進城被剪去辮子而煩惱的七斤，為皇帝坐龍庭要辮子而憂心忡忡（〈風波〉），為生活折磨得麻木落魄的閏土，將希望寄托在燭臺香爐中（〈故鄉〉），為生計問題折磨而精神勝利的阿Q，永遠處於恃強凌弱麻木健忘的境地（《阿Q正傳》），為兒子的病費盡心機的華老栓，卻將蘸革命者鮮血的饅頭治病（〈藥〉）。「從某種角度說，歷史越悠久的國度文化越燦爛的民族也有著更為沉重的歷史承載。」[262]魯迅在對於病態社會中不幸人們的人生與心態的描寫中，期望改變老中國兒女的精神狀態。

　　森歐外常將其自我的人生經歷放到了作品中，他的「留學三部曲」是以其留學德國的生活為素材，其中其與德國女郎愛麗絲的不幸戀情，成為〈舞姬〉素材的來源。魯迅的小說以其故鄉生活為基礎，也將其自我的人生經歷為素材，其與許廣平的戀愛經歷，成為〈傷逝〉素材的基礎。森歐外創作以「戰鬥的啟蒙家」姿態開展文化啟蒙，魯迅的創作「不過想利用他的力量，來改良社會」[263]。受到森歐外啟蒙精神的影響，魯迅在1933年寫的〈我怎麼做起小說來〉中，仍然說：「……說到『為什麼』做小說罷，我仍抱著十多年前的『啟蒙主義』，以為必須是『為人生』，而且要改良這人生。」[264]

---

[261] 魯迅〈俄文譯本《阿Q正傳》序〉，見山東師範大學中文系文藝理論教研室編《中國現代作家談創作經驗》上冊，第7頁，山東人民出版社1982年版。

[262] 楊劍龍〈白玉蘭與大蘋果：上海、紐約都市文化之比較〉，《上海師範大學學報》2008年第5期。

[263] 魯迅〈我怎麼做起小說來〉，見山東師範大學中文系文藝理論教研室編《中國現代作家談創作經驗》上冊，山東人民出版社1982年版，第21頁。

[264] 魯迅〈我怎麼做起小說來〉，見山東師範大學中文系文藝理論教研室編《中

二

也許是魯迅與森歐外的經歷相近、氣味相投，魯迅在日本的留學生涯中，他對森歐外的作品特別喜愛。在小說創作中，森歐外作品常常采取知識者的敘事視角，這影響了魯迅小說的構思與敘事。

森歐外的小說中常常以知識者第一人稱的角度敘寫故事：〈舞姬〉以留學生豐太郎「我」的角度敘寫一幕愛情悲劇。〈追儺〉敘寫「舞文弄墨」的「我」被邀請去「新喜樂」會館觀賞「撒豆驅鬼」的儀式。〈沉默之塔〉以強調「藝術的價值在意打破因襲」「我」的角度，敘寫派西族殺掉讀危險洋書之人運進塔裏的故事，在荒誕的色彩裏見出對於當局取締言論自由的憤懣。〈妄想〉以思索生死問題的主人公對於留學生涯的回憶構成線索，他讀外國小說，讀哈特曼、叔本華、施蒂納、尼采，他回國後所要追求的卻不見任何蹤影。〈殉情〉以作家「我」的口吻，講述菜館半夜裏神經衰弱的佐野殺死女侍阿蝶以後自盡的故事。〈百鬼物語〉以「我」接受朋友攝影愛好者蔀君的邀請，參加磨屋在寺島主辦的講鬼故事的「百鬼物語」晚會。〈奇妙的鏡子〉以作家「我」講述夢中靈魂出殼被定在閻魔廳的鏡子中的故事。〈雁〉以不善於交際的學生「我」回憶的方式，講述出生貧苦的小玉成了放高利貸者的外室，她暗戀每天散步走過她窗前的大學生岡田而難以表白的故事。森歐外的這些小說中的敘事者都為第一人稱的知識者，他們或是作家，或為學生，從他們的視角常常敘說人世間不平的事、悲哀的人生。

受到森歐外小說的影響，魯迅的許多小說也采取了第一人稱知識者的視角敘寫故事：〈一件小事〉以到京城謀生的「我」敘寫黃包車把帶倒了老女人，車夫扶著她走向巡警分駐所的故事。〈故鄉〉

以闊別故鄉的「我」回到故鄉所見所聞敘寫故事，突出了少年伙伴閏土的落魄、家鄉的頹敗。〈社戲〉以難以忍耐京戲乏味的「我」回憶在兒時搖船看社戲的趣味。〈祝福〉以回歸故土的「我」的視角，敘寫祥林嫂守寡被賣、兒子被狼吞噬丈夫病逝的苦難故事。〈在酒樓上〉以繞道訪問家鄉「我」的角度，敘說了曾經熱心中國改革的呂緯甫，成為了教子曰詩云落魄者的故事。〈孤獨者〉以回歸故鄉的「我」的口吻，講述原先是「新黨」的魏連殳墮落為軍閥的顧問、「躬行我先前所憎惡，所反對的一切」。〈傷逝〉以涓生手記的形式，用涓生第一人稱的敘事方式，敘寫了涓生與子君交往、相戀至分手的全過程，袒述了涓生內心的愧疚。〈頭髮的故事〉以曾留學國外「我」的視角，敘說了中國人與頭髮相關的故事，發出了「他們忘卻了紀念，紀念也忘卻了他們」的感慨。魯迅的這些小說中的敘事者也大多為第一人稱的知識者，或為教師，或為學生，從他們的視角敘說落魄的人生、悲慘的境遇。

森歐外與魯迅這些小說第一人稱敘事者的身上，往往有著作家自身的影子，森歐外小說中的留學生、作家形象常常有著森歐外自己的光與影；魯迅小說中的歸鄉者、謀生者形象常常有著魯迅自身的神與色。第一人稱知識者敘事者視角的採用，使他們的小說讀來流暢真切，具有生動感人的魅力。

三

森歐外曾談到他的歷史小說創作具有尊重歷史與擺脫歷史的兩種傾向：「我這樣做的動機很簡單。首先是我在查閱歷史資料的過程中，產生了尊重歷史『本來面目』的思想，並且開始討厭那種

任意篡改歷史的做法。」[265]森歐外寫了一些尊重歷史類型的歷史小說：〈阿部家族〉描述 1614 年春，左近衛少將兼越守中細川忠利病逝，其親信十八衛士為其殉死，彌一右門衛未獲准而殉死，其嫡子權兵衛不能直接繼承父業，在忠利忌日時權兵衛當場削髮並指桑罵槐，被繼承忠利之業的光尚監禁。阿部家族在權兵衛的山崎公館閉門固守，竹內數馬被光尚派去討伐，阿部家族或戰死或剖腹。〈佐橋甚五郎〉敘寫德川家康的侍童佐橋甚五郎，因與侍童蜂谷為能否擊中白鷺而打賭，並以隨身攜帶物品皆可下注，甚五郎擊中白鷺而蜂谷不兌現諾言，甚五郎殺死蜂谷奪其寶刀隱遁而去。後甚五郎戴罪立功殺死敵軍首領，因德川家康發話「此人不可放手任用」，甚五郎從此不知去向，後竟然成為朝鮮的使節。〈安井夫人〉敘說黑矮獨眼仲平的人生，其兄文治白淨俊俏，卻早逝，仲平勤奮苦讀，被任用為藩主的侍讀，30 歲時娶 16 歲的表妹佐代為妻，夫人勤儉持家孜孜勞作，仲平任職於書院部和侍讀部，70 歲時引退。

　　森歐外說：「我反對篡改『歷史的本來面目』，卻又在不知不覺中受到歷史的束縛，在這種束縛之下，我苦悶、掙扎，並且決意掙脫出來。」[266]〈山椒大夫〉中的三品官正氏獲罪被流放，其妻攜子女和女僕去探夫，路上為人販子所騙，兒女被賣到由良為奴，母親被賣到佐渡，姐安壽策劃讓弟弟廚子王上山砍柴時出逃，安壽投水自盡。廚子王出家，後患病的皇太後借廚子王的護身符而痊愈，還俗後的廚子王被任命為丹後國守，終於找到已瞎了的母親。森歐外說「我為擺脫歷史的束縛，創作了〈山椒大夫〉」[267]，他按照傳說

---

[265] 森歐外〈尊重歷史與擺脫歷史束縛〉，見高慧勤編選《森歐外精選集》，第 543 頁，北京燕山出版社 2005 年 4 月版。
[266] 同上。
[267] 森歐外〈尊重歷史與擺脫歷史束縛〉，見高慧勤編選《森歐外精選集》，第 546 頁，北京燕山出版社 2005 年 4 月版。

展開敘寫，「憑著想像，構思成文」[268]。〈魚玄機〉因讀到〈唐女郎魚玄機詩〉及附錄魚玄機傳略，而查閱諸多中國古籍而創作。小說採取倒敘的方式，先說「魚玄機殺人，給下了大獄」，再回敘能詩善藝的魚玄機結識聲名顯赫的溫庭筠，後成為通曉詩賦的富人李億之妾，卻因李億夫人問罪而將魚玄機送進咸宜觀為女道士。魚玄機卻因好客名聲在外結交諸多騷人墨客，魚玄機與偉岸少年陳某來往密切，魚玄機因懷疑陳某與其女婢綠翹關係曖昧而將綠翹掐死，被判處斬。〈高瀨舟〉敘寫被判刑發配上小島的犯人喜助，在小船高瀨舟上沒有絲毫的傷感，莊衛兵了解到喜助父母雙亡與弟弟相依為命，弟弟卻因生病讓哥哥養活而不安，他割喉自盡，當喜助將刀從弟弟頸上拔下時，被街坊老太太看見，喜助以殺人罪而被判刑，他卻因進監獄不用幹活能吃飽而欣喜。這些由歷史故事或傳說想像成篇的作品，努力擺脫歷史的束縛，在想象中謀篇布局，並塑造歷史人物形象，使其歷史小說創作有了更大的自由度。

魯迅在談到歷史小說創作時將其分為兩類：「博考文獻，言必有據者」與「只取一點因由，隨意點染，鋪成一篇」[269]。剔除魯迅歷史小說中某些「油滑」因素，魯迅的歷史小說創作大致可以分為「言必有據」與「隨意點染」兩類。魯迅的〈鑄劍〉、〈采薇〉、〈非攻〉等呈現出「言必有據」的特點。魯迅自認為「《故事新編》中的〈鑄劍〉，卻是寫得較為認真」[270]，「只給鋪排，沒有改動的」[271]。

[268] 森歐外〈尊重歷史與擺脫歷史束縛〉，見高慧勤編選《森歐外精選集》，第544頁，北京燕山出版社 2005 年 4 月版。

[269] 魯迅《《故事新編》序言》，見魯迅《故事新編》，第 II 頁。，人民文學出版社 1979 年 12 月版

[270] 魯迅〈致增田涉〉1936 年 3 月 28 日，見《魯迅書信集》下冊，第 1246 頁，人民文學出版社 1976 年版。

[271] 魯迅〈致徐懋庸〉1936 年 2 月 17 日，見《魯迅書信集》下冊，第 949 頁，人民文學出版社 1976 年版。

該小說的故事出自漢朝袁康的〈越絕外傳記寶劍〉、劉向的〈孝子傳〉、趙曄的〈吳越春秋‧闔閭內傳〉、晉朝干寶〈搜神記〉、曹丕〈列異傳〉等，以干將莫邪之子以劍與頭顱報殺父之仇的故事，在黑衣人以眉間尺的頭顱向楚王復仇的情節，禮贊執著的抗爭與復仇精神。〈采薇〉出自司馬遷的〈史記‧伯夷列傳〉、莊周的〈莊子‧讓王〉、韓非的〈韓非子‧奸劫弒臣〉、劉向的〈列士傳〉、韓愈的〈昌黎集‧伯夷頌〉等，魯迅以伯夷、叔齊兄弟逃到首陽山上不食周粟而餓死的故事，針砭了逃避現實不思反抗的隱士姿態。〈非攻〉出自墨翟的〈墨子‧公輸〉、呂不韋的〈呂氏春秋‧慎大覽〉、劉安的〈淮南子‧俯務訓〉等，魯迅以墨子為民請命捨身求法的故事，歌頌反對侵略苦幹實幹的精神。

魯迅的歷史小說「敘事有時也有一點舊書上的根據，有時卻不過信口開河」[272]，這便是「只取一點因由，隨意點染」的作品。〈奔月〉以〈淮南子‧覽冥訓〉關於嫦娥盜不死之藥得仙奔月的因由，鋪成對於背信棄義者逄蒙、成仙奔月的嫦娥的貶斥。〈理水〉以〈史記‧夏本記〉、〈孟子‧滕文公上〉等大禹治水的因由，點染成對於中國的脊梁埋頭苦幹大禹的歌頌，對於文化山上的高談闊論學者們的針砭。〈起死〉以〈莊子‧至樂〉中莊子至楚為因由，點染出莊子請司命大神讓一骷髏起死回生的故事，當起死後的骷髏拖住莊子要他賠衣物和包裹時，從束手無策的莊子身上批判了無生死、無是非、無利害的思想。〈出關〉以〈史記‧老子韓非列傳〉中孔子問禮於老子的因由，點染成老子出關在關上講學的故事，針砭了老子消極無為的思想。

魯迅歷史小說創作受到過森歐外的影響，其歷史小說的「言必有據」與「隨意點染」兩類，與森歐外關於歷史小說的「尊重歷史」

[272] 魯迅〈南腔北調集‧《自選集》自序〉，見《魯迅全集》第 4 卷，第 456 頁，人民文學出版社 1981 年版。

與「掙脫歷史」的說法類似，只不過魯迅所說的「隨意點染」的更為自由罷了，而森歐外的「掙脫歷史」類的小說，他自己說對於歷史的束縛「總感到擺脫得還不夠」[273]。魯迅的歷史小說中加入了諸多現代生活的細節，「從認真陷入了油滑的開端」，「所以仍不免時有油滑之處」[274]，「因此那些古代的故事經他改作之後，都注進新的生命去，使與現代人生出干系來了」[275]，在油滑中呈現出獨特現代批判色彩，成為魯迅此類歷史小說與森歐外的迥異處。

魯迅於 1902 年 3 月赴日本留學，至 1909 年 8 月回國，在日本 7 年多的歲月裏，受到了諸多日本作家的影響，森歐外是其中重要的一位，成為棄醫從文的魯迅的啟蒙老師之一，他從森歐外那裏接受叔本華、尼采等人的哲學思想，他從森歐外作品學習文學創作。魯迅評說森歐外的創作說：「他的作品，批評家都說是透明的智的產物，他的態度裏是沒有『熱』的。」[276]這種的態度也或多或少影響了魯迅的創作，因此有人評說魯迅的創作「就是純客觀的態度，仿佛冰冷冷地，把見到的，就寫出來，一點也沒動聲色」[277]。同為中日文學的巨擘，森歐外成為日本現代文學史上浪漫主義文學的先驅，魯迅則成為中國現代文學史上現實主義的開拓者。被描繪成貓頭鷹的魯迅，與被評說為獅子的森歐外，在他們身上獨立不羈的個性、與黑暗抗爭的叛逆姿態，是如出一轍的。

---

[273] 森歐外〈尊重歷史與擺脫歷史束縛〉，見高慧勤編選《森歐外精選集》，第 546 頁，北京燕山出版社 2005 年 4 月版。

[274] 魯迅《《故事新編》序言〉，見魯迅《故事新編》，第 I-II 頁，人民文學出版社 1979 年 12 月版。

[275] 魯迅〈現代日本小說集·附錄·關於作者的說明〉，見《魯迅全集》第 11 卷，第 582 頁，人民文學出版社 1973 年版。

[276] 同上，第 576 頁。

[277] 李長之〈魯迅作品之藝術的考察〉，見李宗英、張夢陽編《六十年來魯迅研究論文選》（上），第 151 頁，中國社會科學出版社 1982 年版。

第二編

走進魯迅的世界

「從紛擾中尋出一點閒靜來」

——論魯迅的《朝花夕拾》

　　被譽為「民族魂」的魯迅，以其小說對於國民性問題的深入思考與探索，以其雜文對於中國現實社會的深透揭示與批判，以其散文詩對於自我靈魂的深刻反省與解剖，體現出文化巨人、思想巨擘、文學巨匠魯迅熱情的啟蒙精神、執著的戰鬥精神、深沉的自我批判精神。「無情未必真豪傑」，魯迅並非如當時人們所說是以冷酷出名的，在他的散文集《朝花夕拾》中，可以見到魯迅充滿溫馨的柔情，在對於孩提時代生活的回憶、對於自我人生歷程的回溯、對於親朋好友往事的憶寫、對於故鄉民俗風情的描述中，祖現出魯迅情感的另外一面：對於童年生活的珍愛，對於坎坷人生的珍重，對於親情友情的珍視，對於鄉土之情的珍惜，展示出一位有情有意情真意摯的魯迅形象。魯迅在〈朝花夕拾‧小引〉的開篇說：「我常想在紛擾中尋出一點閒靜來，然而委實不容易。」這些散文就表現出魯迅「想在紛擾中尋出一點閒靜來」的願望，也透露出尋覓閒靜的「委實不容易」。

一

　　1927 年 5 月，魯迅在〈朝花夕拾·小引〉中說：「這十篇就是從記憶中抄出來的，與實際容或有些不同，然而我現在只記得是這樣。文體大概很雜亂，因為是或作或輟，經了九個月之多。環境也不一：前兩篇寫於北京寓所的東壁下；中三篇是流離中所作，地方是醫院和木匠房；後五篇卻在廈門大學的圖書館的樓上，已經是被學者們擠出集團之後了。」魯迅從 1926 年 2 月 21 日寫成這些回憶性的散文的第一篇〈狗·貓·鼠〉起，到 11 月 18 日寫成最後一篇〈范愛農〉，在這九個月之多的歲月裏，魯迅常常處於「紛擾」之中。1925 年在北京女子師範大學任教的魯迅經歷了女師大風潮。女師大學生為反對校長楊蔭榆的奴化教育與對學生的迫害，向教育部提出了撤換校長的請求，卻遭到司法總長兼教育總長的章士釗「整頓學風」的斥責，甚至解散北京女子師範大學，楊蔭榆變本加厲鎮壓風潮迫害學生，魯迅支持學生的正義鬥爭，參加了校務維持會，北京大學教授陳西瀅卻支持楊蔭榆，並寫文章污蔑學生運動、指責魯迅等人暗中鼓動學生鬧事，魯迅寫了〈忽然想到〉、〈並非閒話〉等文予以反擊與揭露。1926 年 3 月 18 日，為反對日本帝國主義軍艦駛入中國大沽口炮擊國民軍守軍，北京各界人士在天安門集會，後赴段祺瑞執政府請願，在國務院門前遭到槍擊鎮壓，死 47 人，傷 150 餘人，這就是震驚中國的「三一八慘案」，女師大學生劉和珍、楊德群也慘遭殺害。魯迅寫了〈無花的薔薇之二〉、〈死地〉、〈淡淡的血痕中〉、〈紀念劉和珍君〉等文章，揭露反動當局的罪行，深切悼念死難者。軍閥政府在慘案發生後就下達了通緝令，魯迅被列入名單中，4 月《京報》披露北洋軍閥政府通緝人員名單。為避免軍閥政府的迫害，3 月 26 日魯迅被迫避居北京西城，後移住山本醫院、德國醫院、法國醫院等地，有時住在「一間破舊什物的堆

積房」中，「夜晚在水門汀地面上睡覺，白天用麵包和罐頭食品充饑」，有時住在地下室。1926 年 7 月 9 日，國民革命軍誓師北伐。8 月 26 日魯迅離開北京赴廈門大學任教，聘期兩年，因受人排擠、也因不滿廈門大學的「不死不活」現狀，12 月憤而辭職。魯迅寫作《朝花夕拾》時期的生活，充滿著紛擾與鬥爭，魯迅卻「常想在紛擾中尋出一點閒靜來，然而委實不容易」。1935 年魯迅回憶他寫作《朝花夕拾》的境況時說：「直到一九二六年的秋天，一個人住在廈門的石屋裏，對著大海，翻著古書，四近無生人氣，心裏空空洞洞。而北京的未名社，卻不絕的來信，催促雜志的文章。這時我不願意想到目前；於是回憶在心裏出土了，寫了十篇〈朝花夕拾〉……」[1]魯迅的這十篇散文最初以「舊事重提」為名，先後發表在未名社的刊物《莽原》上。

在《朝花夕拾》中，魯迅以充滿生趣的筆觸憶寫其孩提時代的生活，親切而生動，洋溢著童年生活的溫馨與情趣。在〈狗‧貓‧鼠〉中，在闡釋其仇貓的原委時，生動地展現了兒童的心理與感受：幼時夏夜納涼時聽祖母講貓的故事的愉悅，正月十四熬夜等候觀看老鼠成親儀式的神往，豢養吃菜渣舔墨汁常在眼前遊行的隱鼠的驚喜。〈阿長與《山海經》〉中，以孩子的視角與心態來勾勒保姆長媽媽的形象，也寫出了兒童生活的情趣與情感：對長媽媽許多古怪規矩煩瑣道理的煩厭，對於長媽媽自說能站在城牆上抵禦炮火神力的敬意，對於長媽媽帶來繪圖的《山海經》的震悚與欣喜。〈五猖會〉中對於迎神賽會的焦急盼望，想扮演賽會上紅衣枷鎖的犯人出風頭的渴望，要坐船去東關看五猖會的欣喜，背出《鑑略》才能去看五猖會的忐忑。〈從百草園到三味書屋〉中，對於生趣盎然的百草園

---

[1]　魯迅〈故事新編‧序言〉，見《魯迅文華》第 1 卷，第 396 頁，百家出版社 2001 年版。

的描繪，對於美女蛇飛蜈蚣故事的複述，對於在百草園雪地上用竹
篩捕鳥雀的敘寫，對於在最嚴厲的三味書屋放聲讀書人聲鼎沸的描
寫，都充滿了童趣與童貞，洋溢著對於童年溫馨生活的留戀。

　　在《朝花夕拾》中，魯迅以真切自然的筆調回溯自我人生歷程，
率真而樸實，展示出坎坷人生的辛酸與執著。在〈父親的病〉中，
在敘述名醫為父親治病奇特的藥引時，表達了對庸醫貽誤病人的不
滿，也隱含著魯迅去日本學醫的初衷。在〈瑣記〉中，魯迅回憶了
他離開故鄉去南京求學的經歷。在憶寫父親去世後經濟的拮据中，
突出了對於故鄉人散布流言的憎惡，寫出了當年魯迅逃異路走異地
的必然。在憶及入南京江南水師學堂時，集中描述了學堂的「烏煙
瘴氣」：高年級學生的「像一隻螃蟹」「氣昂昂地走著」，淹死過學
生的游泳池被填平，「上面還造了一所小小的關帝廟」，「每年七月
十五，總請一群和尚到雨天操場來放焰口」，以超度淹死鬼的魂靈。
在說到考入江南陸師學堂附設礦路學堂時，敘述學堂「非常新鮮」
的課程，回憶看新書風氣流行時讀到赫胥黎《天演論》時的新奇感
受，回憶「一有空閒，就照例地吃侉餅，花生米，辣椒，看《天演
論》」的生活。還道出了出國留學的原委：「爬上天空二十丈和鑽入
地面二十丈，結果還是一無所能，學問是『上窮碧落下黃泉，兩處
茫茫都不見』了。所餘的還只有一條路：到外國去。」[2]在〈藤野
先生〉中，魯迅回憶了他在日本仙臺的留學生涯：住在監獄旁邊的
蚊子肆虐的客店，吃難以下嚥的芋梗湯，藤野先生的嚴厲與親切，
學生會幹事說藤野先生漏題的流言，觀看麻木的中國人看殺中國人
幻燈的刺激，與藤野先生惜別的依依，說出了魯迅當年棄醫從文的
原因。在〈范愛農〉中，在憶寫與范愛農的交往中，也寫出魯迅自

---

[2]　魯迅〈瑣記〉，見《魯迅選集》第 1 卷第 435 頁，人民文學出版社 1983
　　年版。

己的一段人生歷程。在日本留學時對國內秋瑾、徐錫麟被殺的義憤，在紹興中學堂任教員兼監學的情景，辛亥革命後的深深失望，「內骨子是依舊的，因為還是幾個舊鄉紳所組織的政府，什麼鐵路股東是行政司長，錢店掌櫃是軍械司長」，換湯不換藥的結果令人失望。由於同意做一張批評軍政府報紙的發起人，而惹上了麻煩，決計應朋友之邀去南京任職。這些散文通過對其自我人生歷程的回溯，將從 1898 年離開故鄉去南京求學、到日本留學、回國任教、到南京任職的經歷十分生動地勾勒了出來，成為研究魯迅的第一手資料。

在《朝花夕拾》中，魯迅以細膩真摯的文筆憶寫親朋好友往事，生動而真實，表現出對友朋的思念與真情。在〈狗‧貓‧鼠〉、〈阿長與《山海經》〉中憶寫了保姆長媽媽守舊熱情不乏狡點的性格。她所知道的許多令人不耐煩的規矩，她說的許多煩瑣之至的道理，她說的長毛將她們擄去脫下褲子站在城牆上禦敵，都道出了她的守舊性格。她為魯迅帶來心愛的寶書繪圖《山海經》，顯示出她的熱情真誠的個性。她的喜歡切切察察向人們低聲絮說什麼，她的不小心將隱鼠踩死了而對魯迅說是給貓吃了，也表現出她狡點的一面。但她青年守寡的孤孀的身世，又令人憐憫與悲哀。在〈百草園到三味書屋〉中，勾勒了「方正，質樸，博學」的先生的形象。「他是一個高而瘦的老人，須髮都花白了，還戴著大眼鏡」，他對學生的嚴厲，他對學生提怪異問題的「怒色」，他不常用的戒尺與罰跪的規則，他大聲朗讀課文的微笑與入神，都將這位三味書屋的先生的性格勾出。在〈父親的病〉、〈瑣記〉中，勾畫出衍太太兩面三刀狡點的個性。「她是一個精通禮節的婦人」，她知道在「我」父親臨死時，「將紙錠和一種什麼《高王經》燒成灰，用紙包了給他捏在拳頭裏」，並要求「我」大聲地叫父親。她鼓勵孩子們在冬天吃水缸裏結的冰，鼓勵孩子們比賽打旋子，大人出現時，她又大聲說「莫

吃呀，要肚子疼的呢！」「我叫你們不要旋，不要旋」。她對為沒錢煩惱的「我」說，可以拿母親的錢用，可以變賣家裏的東西，卻在外面傳布「說我已經偷了家裏的東西去變賣了」的流言。在〈藤野先生〉中，描畫了嚴厲熱情的藤野嚴九郎的形象。作為仙臺醫專的教師，留八字須黑瘦的藤野先生對於解剖學的歷史了如指掌，他平時雖然有些不修邊幅，對教學對學生卻非常認真負責，將「我」的講義收去檢查，還一一仔細地訂正增補。對於學生，他作不倦的教誨、熱心的希望與鼓勵，「他的性格，在我的眼裏和心裏是偉大的」。在〈范愛農〉中，描繪了范愛農固執落魄的性格。「這是一個高大身材，長頭髮，眼球白多黑少的人，看人總像在渺視。」在剛到日本時，由於去接他們的魯迅看到從他們的行李中檢查出繡花弓鞋、在火車上謙讓座位而搖頭，引起他對魯迅的討厭，以致於在討論問題時他專門與魯迅作對。他由於沒有了學費，便回國謀生，卻「又受著輕蔑，排斥，迫害，幾乎無地自容」，躲在鄉下教幾個小學生糊口。辛亥革命後，他每況愈下，到一個熟人家裏去寄食，後又走出在各處漂浮，大家都討厭他。「他很困難，但還喝酒，是朋友請他的」，一次他終於喝醉了酒，掉到河裏淹死了。魯迅通過對親朋好友往事的憶寫，揭示出特定歷史時期中人物的性格與命運。

在《朝花夕拾》中，魯迅以充滿地方色彩的語言描述故鄉的民俗風情，奇異而有趣，透露出濃郁的鄉情與鄉思。在〈無常〉中，描繪迎神賽會出巡的場景：拿著鋼叉的鬼卒、拿著虎頭牌的鬼王、活潑而詼諧的活無常。集中勾勒了「鬼而人，理而情，可怖而可愛」的無常。目連戲中「粉面朱唇，眉黑如漆」的活無常，因阿嫂哭得悲傷他暫且將堂房阿侄還陽半刻，而遭到閻羅的責難。「一切鬼眾中，就是他有點人情」，「他爽直，愛發議論，有人情」，而為人們所喜愛。文章對於無常的描繪，充滿著生動的民俗氣息。在〈五猖會〉中，描述迎神賽會的盛景：稱為「塘報」的騎馬孩子，胖大漢

揭起一條很長旗的「高照」，還有「高蹺」、「抬閣」、「馬頭」、扮紅衣枷鎖犯人的孩子，還勾勒了五猖廟裏五猖的神像。在〈二十四孝圖〉中，描述二十四孝圖的「鬼少人多」的情景，表示出對於「孝」的懷疑與針砭：「……才知道『孝』有如此之難，對於先前癡心妄想，想做孝子的計劃，完全絕望了。」尤其對於「老萊娛親」「郭巨埋兒」的描述，在充滿了民俗意味的圖畫的展示中，表述了對於虛偽的封建倫理道德的針砭。在〈阿長與《山海經》〉中，對於正月初一吃福橘道恭喜鄉俗的敘說，對於除夕辭歲長輩給後輩壓歲錢習俗的描述；〈從百草園到三味書屋〉中，對於美女蛇與飛蜈蚣故事的複述，對於雪地上用竹篩捕鳥雀的描寫；等等，都充滿著民俗氣息地方色彩。

　　魯迅的《朝花夕拾》以「舊事重提」的方式，對於過去的往事做了生動而真切的憶寫，是魯迅「在紛擾中尋出一點閒靜來」之作，魯迅的《朝花夕拾》卻以其對於自我過往生活與經歷的真切憶寫，充滿了真情真意，具有其獨特的風格。

二

　　魯迅「想在紛擾中尋出一點閒靜來，然而委實不容易」，這種尋求閒靜與委實不容易構成了《朝花夕拾》較為複雜的矛盾，也成為其主要的藝術特徵：往事的憶寫與現實的憤懣交織，真摯的抒情與辛辣的反諷交錯，民俗的敘寫與民俗的考證結合，形成了《朝花夕拾》真摯樸實與激憤詼諧並舉的藝術風格。

　　以舊事重提為總標題的這十篇散文，是魯迅「想在紛擾中尋出一點閒靜來」的作品，作品的題材都是「從記憶中抄出來的」，都是魯

迅對於自己過去生活的憶寫：豢養隱鼠的驚喜，百草園裏的生趣，聽祖母講故事的迷戀，得到繪圖的《山海經》的震悚，觀看《二十四孝圖》的迷惑不解，期盼看五猖會的焦慮，凝望活無常出現的興奮，父親為病魔所折磨的苦痛，離鄉去異地求學的經歷，在日本留學生活的艱辛，回國辛亥革命中的失望，等等，都是魯迅對往事的憶寫。魯迅是一位執著於現實的作家，雖然他「想在紛擾中尋出一點閒靜來」，但是，他不會如三十年代的周作人那樣力避政治追慕隱逸，也不會像三十年代的林語堂那樣推崇性靈追求閒適，魯迅所執著於現實的稟性，使他常常在對於往事的憶寫中，按捺不住地對於現實生活中的不滿表示憤懣與針砭，就如同他的歷史小說集《故事新編》中一樣，在對於歷史故事的敘寫中常常以油滑的手段表達對現實的不滿與針砭。在〈狗・貓・鼠〉中，魯迅始終將矛頭對準了污蔑學生運動的陳西瀅之流。在文章開篇，魯迅就以「以子之矛攻子之盾」的方式，擷取陳西瀅等人文章中的話語來譏刺他們，顯示出魯迅對於學生運動的鮮明態度與對陳西瀅等人的揭露針砭。在文章結尾，魯迅說對於貓的鬧得人心煩的嗥叫，他已經從先前的打轉變為趕。他接著說：「小小平靜，即回書房，這樣，就長保著禦侮保家的資格。其實這方法，中國的官兵就常在實做的，他們總不肯掃清土匪或撲滅敵人，因為這麼一來，就要不被重視，甚至於因失其用處而被裁汰。」從趕貓而聯想到中國官兵的作為，對於官兵的這種清匪撲滅敵人的方式作了深刻的揭露。在〈無常〉中，魯迅在考察無常的形象時，卻將陳西瀅文章中攻擊魯迅的話語擷來，對於陳西瀅等橫刺幾槍。又說：「他們──敝同鄉『下等人』──的許多，活著，苦著，被流言，被反噬，因了積久的經驗，知道陽間維持『公理』的只有一個會，而且這會的本身就是『遙遙茫茫』，於是乎不得不發生對於陰間的神往。人們大抵自以為銜些冤抑的；活的『正人君子』們只能騙鳥，若問愚民，他就可以不假思索地回答你：公正的裁判是在陰間！」文中有引號的均取之於

陳西瀅攻擊魯迅的文章中，在對於陳西瀅等的譏刺中，也對於缺少公理的陽間社會作了針砭。在〈二十四孝圖〉的開篇，魯迅就以憤懣的口吻說：「我總要上下四方尋求，得到一種最黑，最黑，最黑的咒文，先來詛咒一切反對白話，妨礙白話者。」「只要對於白話來加以謀害者，都應該滅亡！」然後，魯迅又對陳西瀅等予以譏刺針砭。在對於中國兒童讀物的粗拙的不滿中，憶寫過去所見《二十四孝圖》的疑惑不解，對於封建倫理的虛偽、將肉麻當有趣，作了犀利的針砭。魯迅在對於往事的憶寫中常常透露出一點閒靜氣息，而在對於現實生活裏的憤懣中，卻使這些散文充滿了批判精神。

　　魯迅在〈朝花夕拾‧小引〉中說：「我有一時，曾經屢次憶起兒時在故鄉所吃的蔬菜：菱角，羅漢豆，茭白，香瓜。凡這些，都是極其鮮美可口的；都曾是使我思鄉的蠱惑。後來，我在久別之後嘗到了，也不過如此；惟獨在記憶上，還有舊來的意味留存。他們也許要哄騙我一生，使我時時反顧。」魯迅這些「從記憶中抄出來的」散文，在對於童年往事的憶寫中，在對故鄉人生的回憶中，充滿了深深的鄉情，透露出濃郁的鄉思，使文章充滿了真摯的抒情色彩。如〈阿長與《山海經》〉中，魯迅在寫了長媽媽令人不耐煩的規矩、元旦古怪的儀式、買來繪圖《山海經》後，魯迅以充滿了深情的抒情筆調寫道：「我的保姆，長媽媽即阿長，辭了這人世，大概也有了三十年了罷。我終於不知道她的姓名，她的經歷；僅知道有一個過繼的兒子，她大約是青年守寡的孤孀。仁厚黑暗的地母呵，願在你的懷裏永安她的魂靈！」繪圖《山海經》曾經給魯迅的童年帶來無限的樂趣，魯迅對於長媽媽的謝意與同情，就在這段充滿深情的抒情話語中道出。在〈父親的病〉中，魯迅在敘述庸醫貽誤對於父親病的診治後，描寫生命之火熄滅時的父親，充滿了愧疚的抒情意味：「父親的喘氣頗長久，連我也聽得很吃力，然而誰也不能幫助他。我有時竟至於電光一閃似的想道：『還是快一點喘完了罷……。』立刻覺得這思想就不該，就是

犯了罪；但同時又覺得這思想實在是正當的，我很愛我的父親。便是現在，也還是這樣想。」對於父親為病魔所折磨苦痛的憐憫，希望讓父親早點擺脫折磨的渴盼，都使語言充滿了抒情意味。在敘說衍太太要求「我」大聲叫喊瀕臨死亡的父親後，魯迅以非常內疚後悔的語氣寫道：「我現在還聽到那時的自己的這聲音，每聽到時，就覺得這卻是我對於父親的最大的錯處。」對於這叫聲使病篤的父親不能平靜的離世，道出魯迅內心深深的愧疚。在〈瑣記〉中，魯迅憶寫因家境落魄而導致流言四起，魯迅道出他走異路投異地的原委：「好。那麼，走罷！但是，那裏去呢？S 城人的臉早經看熟，如此而已，連心肝也似乎有些了然。總得尋別一類人們去，去尋為 S 城人所詬病的人們，無論其為畜生或魔鬼。」言語中充滿著對於 S 城人冷漠的憤懣，充滿了憤世嫉俗的色彩。在〈藤野先生〉中，魯迅憶寫藤野先生對於他的關心與幫助，憶寫與藤野先生告別時的依依惜別。在結尾處，魯迅深情地寫道：「他所改正的講義，我曾經訂成三厚本，收藏著的，將作為永久的紀念。不幸七年前遷居的時候，中途毀壞了一口書箱，失去半箱書，恰巧這講義也遺失在內了。責成運送局去找尋，寂無回信。只有他的照相至今還掛在我北京寓居的東牆上，書桌對面。每當夜間疲倦，正想偷懶時，仰面在燈光中瞥見他黑瘦的面貌，似乎正要說出抑揚頓挫的話來，便使我忽又良心發現，而且增加勇氣了，於是點上一枝煙，再繼續寫些為『正人君子』之流所深惡痛絕的文字。」以充滿了抒情的話語，抒寫出對於藤野先生的真摯情感，表達出不辜負藤野先生教誨努力工作的決心。在《朝花夕拾》中，魯迅常常以辛辣的反諷對於所不滿與反對的事物予以譏刺針砭。美國新批評派代表人物克林斯‧布魯克斯在〈反諷與「反諷詩」〉中認為，「反諷，是承受語境的壓力」，是「一種用修正來確定態度的方法」[3]，他指出反諷是文

---

[3]　轉引自趙毅衡《新批評》第 182 頁，中國社會科學出版社 1986 年出版。

本中的詞語受到語境的壓力而意義發生扭曲，形成所言非所指的敘述效果，即為反諷。在〈狗‧貓‧鼠〉的開篇，魯迅在談到有人說他仇貓後，寫道：「我是常不免於弄弄筆墨的，寫了下來，印了出去，對於有些人似乎總是搔著癢處的時候少，碰著痛處的時候多。萬一不慎，甚而至於得罪了名人或名教授，或者更甚而至於得罪了『負有指導青年責任的前輩』之流，可就危險已極。為什麼呢？因為這些大腳色是『不好惹』的。怎地『不好惹』呢？就是怕要渾身發熱之後，做一封信登在報紙上，……」文章中有引號的話語，均擷自陳西瀅等人攻擊魯迅的文章中，魯迅用以子之矛攻子之盾的方法，達到反諷的效果，譏刺了陳西瀅等人對於學生運動的汙蔑。在〈阿長與《山海經》〉中，魯迅在憶寫小時侯阿長向他講述「長毛」將她這樣的婦女擄去脫下褲子排在抵禦敵人時，魯迅寫道：「這實在是出於我意想之外的，不能不驚異。我一向只以為她滿肚子是麻煩的禮節罷了，卻不料她還有這樣偉大的神力。從此對於她就有了特別的敬意，似乎實在深不可測；夜間的伸開手腳，占領全床，那當然是情有可原的了，倒應該我退讓。」小時候的魯迅，與長媽媽同睡一床，她常常伸開手腳「擠得我沒有餘地翻身」，而由於她的故事所說的「神力」，使少年魯迅敬意中退讓了，在成年時寫來卻充滿了反諷意味。在〈無常〉中，魯迅描繪了「鬼而人，理而情」的無常後，說：「吁！鬼神之事，難言之矣，只得姑且置之弗論。至於無常何沒有親兒女，到今年可很容易解釋了；鬼神能前知，他怕兒女一多，愛說閒話的就要旁敲側擊地鍛成他拿盧布，所以不但研究，還早實行『節育』了。」魯迅因陳西瀅在文章中含沙射影地說魯迅「家累日重」、「用蘇俄金錢」等，在談到無常沒有子女時，以反諷之語譏刺陳西瀅。在〈父親的病〉中，魯迅說到陳蓮河名醫醫治水腫病所開的藥方為「敗鼓皮丸」：「這『敗鼓皮丸』就是用打破的舊鼓皮做成；水腫一名鼓脹，一用打破的鼓皮自然就可以克服他。清朝的剛毅因為憎恨『洋鬼子』，預備打他們，練了些兵

稱作『虎神營』，取虎能食羊，神能伏鬼的意思，也就是這道理。」
魯迅用了似乎十分平靜的話語，道出「名醫」治病的離奇，卻透露出
對於庸醫誤人的反諷之意。在〈瑣記〉中，魯迅回憶在江南水師學堂
的生活，說到游泳池淹死了學生被填了，並在上面「造了一所小小的
關帝廟」。「只可惜那兩個淹死鬼失了池子，難討替代，總在左近徘徊，
雖然已有『伏魔大帝關聖帝君』鎮壓著。辦學的人大概是好心腸的，
所以每年七月十五，總請一群和尚到雨天操場來放焰口，一個紅鼻而
胖的大和尚戴上毗盧帽，捏訣，念咒：『回資羅，普彌耶吽！唵耶吽！
唵！耶！吽！！！』我的前輩同學被關聖帝君鎮壓了一整年，就只在
這時候得到一點好處，──雖然我並不深知是怎樣的好處。所以當這
些時候，我每每想，做學生總得自己小心些。」在似乎十分真切的憶
寫中，道出學校烏煙瘴氣的氛圍，充滿了反諷的色彩。在〈藤野先生〉
中，魯迅敘寫學生會幹事無中生有地污蔑藤野先生想魯迅透露考題，
並給魯迅寫匿名信。魯迅寫道：「中國是弱國，所以中國人當然是低
能兒，分數在六十分以上，便不是自己的能力了：也無怪他們疑惑。」
反諷之意，躍然紙上，充滿了魯迅在異國所受到歧視凌辱的憤懣。《朝
花夕拾》中，真摯的抒情與辛辣的反諷交錯，顯示出魯迅愛憎分明的
態度，在對於往事的閒靜敘寫中，透露出魯迅深深的鄉情鄉思；在對
於現實生活中醜陋現象的反諷中，表現出魯迅執著的鬥爭精神。

　　《朝花夕拾》中，魯迅十分生動地描述了諸多紹興地方的民
俗，並且將民俗的敘寫與民俗的考證相結合，這也構成了《朝花夕
拾》的又一特點。魯迅對於藝術中的風俗的描繪特別重視，1934
年他在給畫家陳煙橋的信中就說：「我的主張雜入靜物，風景，各
地方的風俗，街頭風景，就是為此，現在的文學也一樣。有地方色
彩的，倒容易成為世界的，即為別國所注意。」[4]注重地方色彩、

---

[4]　《魯迅全集》第 12 卷第 391 頁，人民文學出版社 1981 年版。

關注民俗描繪，成為魯迅創作中的一個特點，在他的小說創作中是如此，在他的散文創作中同樣如此。在〈狗‧貓‧鼠〉中，魯迅憶寫他小時候床前帖著的兩張花紙，「一是『八戒招贅』，滿紙長嘴大耳，我以為不甚雅觀；別的一張『老鼠成親』卻可愛，自新郎新婦以至儐相，賓客，執事，沒有一個不是尖鰓細腿，像煞讀書人的，但穿的都是紅衫綠褲」。「八戒招贅」與「老鼠成親」的畫，充滿了民俗色彩。在〈阿長與《山海經》〉中，魯迅描述除夕新年的民俗：「辭歲之後，從長輩得到壓歲錢，紅紙包著，放在枕邊，只要過一宵，便可以隨意使用。睡在枕上，看著紅包，想到明天買來的小鼓，刀槍，泥人，糖菩薩……然而她進來，又將一個福橘放在床頭了。」壓歲錢的習俗、新年的玩具、吃福橘的民俗，都透露出濃郁的地方色彩。在〈無常〉中，魯迅生動地描述在目連戲中「鬼而人，理而情」的無常形象，充滿了民俗的生趣。在〈五猖會〉裏，魯迅細膩地敘寫迎神賽會繁盛的場景。魯迅在對於這些傳統民俗的生動憶寫中，透露出其濃郁的鄉情鄉思。執著於反封建的魯迅，他對於具有封建色彩的陋習是非常深惡痛絕的，在《朝花夕拾》中，魯迅常常對於這些陋習予以針砭。在〈阿長與《山海經》〉中，魯迅對於長媽媽所說的諸多的「不耐煩的」規矩與道理，表示出厭煩。在〈父親的病〉中，對於「精通禮節」的衍太太吩咐給瀕臨死亡的父親換衣服，「又將紙錠和一種什麼《高王經》燒成灰，用紙包了給他捏在拳頭裏」，並且讓魯迅大聲叫喚父親，這種給父親的死加深痛苦的作為，使魯迅一直感到十分內疚。在〈二十四孝圖〉中，魯迅憤然地譴責具有民俗色彩的圖畫中所透露出的封建意味，並執意針砭這種具有肉麻虛偽矯情色彩的「孝」行。在〈瑣記〉中，魯迅對於江南水師學堂填平泳池造廟鎮鬼念經超度鬼魂的民俗，作了深刻的批判。《朝花夕拾》中，魯迅在敘寫各種民俗時，常常以學者的姿態，對民俗作深入的考證。如在〈無常〉中，魯迅說到迎神賽會中

的無常，又說《玉曆鈔傳》上的無常，再談到印度佛經裏是否有無常，又說到目連戲中的無常，生動而豐富。在《朝花夕拾》的後記中，魯迅又對無常的畫像作了周密的考證，通過《玉曆鈔傳》的《北京龍光齋本》、《鑒光齋本》、《天津思過齋本》、《石印局本》、《南京李光明本》、《杭州瑪瑙經房本》、《紹興許廣記本》、《廣州寶經閣本》、《翰元樓本》等的考證，對於無常的形象做考證性的補充。在〈二十四孝圖〉中，魯迅在說到「老萊娛親」時，提到師覺授《孝子傳》中的描述；說到郭巨埋兒時，又提到劉向的《孝子傳》的說法。在《朝花夕拾》後記中，魯迅又細緻地進行考證，以肅州胡文炳《二百冊孝圖》、同治十一年的《百孝圖》、民國九年的《男女百孝圖全傳》等，考證對於「老萊娛親」的不同畫法。這種對於民俗的考證，使魯迅散文的民俗描寫更加嚴謹。

在中國現代文壇上，常常將散文分為「載道派」與「言志派」。周作人說：「言他人之志即是載道，載自己的道亦是言志」，「言志派的文學可以換一名稱，叫做即興的文學，載道派的文學也可以換一名稱，間作賦得的文學。古往今來有名的文學通是即興文學。」[5]大概由於魯迅執著於現實的鬥爭精神，大概由於魯迅將雜文視為匕首與投槍，人們大都將魯迅的散文歸入載道派一類。魯迅的《朝花夕拾》卻努力「常想在紛擾中尋出一點閒靜來」，在對於自身往事的憶寫中，也充滿了「言志」的色彩，但是在當時魯迅想尋覓閒靜「然而委實不容易」，魯迅在尋覓閒靜中總不忘現實，又使這些散文充滿了「載道」意味，因此可以說，魯迅的《朝花夕拾》是言志與載道的結合，將中國現代散文的寫作拓展進一個新的境界。

原載《魯迅研究月刊》2001 年第 4 期

---

[5]　見周作人《中國新文學大系‧散文一集》導言。

寂寞中的吶喊

──魯迅《吶喊》新論

　　魯迅是帶著啟蒙主義精神從事文學創作的，他的小說立足於為人生、改良人生，努力「揭出病苦，引起療救的注意」，因此，小說集《吶喊》中的作品，就充分表達了魯迅的這種創作態度與文學觀念。魯迅將中國這幾千年的封建古國看作「無聲的中國」，認為「人是有的，沒有聲音，寂寞得很」，魯迅從「立人」的視角提出中國應該發出真的聲音，「必須有了真的聲音，才能和世界的人同在世界上生活」[6]。從某種角度說，《吶喊》正是魯迅對於這個無聲中國振聾發聵的吶喊。魯迅自認為他的創作是「為衝破這寂寞才寫成的」[7]，「是有時不免吶喊幾聲，想給人們去添點熱鬧」[8]，給「雖在寂寞中」的戰士，「也來喊幾聲助助威」[9]。以先覺者的姿態，以「立人」的目的，魯迅在中國這個寂寞的無聲世界裏發出了吶喊。在《吶喊‧自序》中，魯迅說：「在我自己，本以為現在是已經並

---

[6]　魯迅〈無聲的中國〉，見《魯迅選集》第 2 卷第 437 頁，人民文學出版社 1983 年版。

[7]　魯迅〈致青木正兒〉，見《魯迅書信集》下卷，第 1070 頁，人民文學出版社 1976 年版。

[8]　魯迅《〈阿 Q 正傳〉的成因》，見《中國現代作家談創作經驗》上冊第 9 頁，山東人民出版社 1982 年版。

[9]　魯迅〈自選集‧自序〉，見《中國現代作家談創作經驗》上冊第 16 頁，山東人民出版社 1982 年版。

非一個切迫而不能已於言的人了，但或者還未能忘懷於當日自己的寂寞的悲哀罷，所以有時候仍不免吶喊幾聲，聊以慰藉那在寂寞裏奔馳的猛士，使他不憚於前驅。至於我的喊聲是勇猛或是悲哀，是可憎或是可笑，那倒是不暇顧及的；但既然是吶喊，則當然須聽將令的了，……」[10]在小說集《吶喊》中，魯迅以其獨特的吶喊，或揭示封建禮教，或針砭麻木靈魂，或抨擊冷漠社會，或謳歌誠和愛，呈現出執著的反封建精神，是「五四」時期寂寞中的吶喊。

一

魯迅在〈吶喊‧自序〉的開篇說：「我在青年時候也曾經做過許多夢，後來大半忘卻了，但自己也並不以為可惜。所謂回憶者，雖說可以使人歡欣，有時也不免使人寂寞，使精神的絲縷還牽著已逝的寂寞的時光，又有什麼意味呢，而我偏苦於不能忘卻，這不能忘卻的一部分，到現在便成了《吶喊》的來由。」[11]魯迅將這「偏苦於不能忘卻」的「精神的絲縷還牽著已逝的寂寞的時光」視為《吶喊》的「來由」，在《吶喊‧自序》中魯迅就仔細地回憶這些偏苦於不能忘卻「寂寞的時光」了：小康人家而墜入困頓所受到的奚落，觀看中國人被槍斃鏡頭拍手喝彩聲中的震驚，籌辦文藝雜志《新生》流產後的落寞……。魯迅將這種寂寞感比作「獨有叫喊於生人中，而生人並無反應，既非贊同，也無反對，如置身毫無邊際的荒原，

---

[10] 魯迅〈吶喊‧自序〉，見《魯迅選集》第 1 卷第 5 頁，人民文學出版社 1983 年版。

[11] 魯迅〈吶喊‧自序〉，見《魯迅選集》第 1 卷第 1 頁，人民文學出版社 1983 年版。

無可措手的了，這是怎樣的悲哀呵，我於是以我所感到者為寂寞」。魯迅甚至這般描繪這種寂寞：「這寂寞又一天一天的長大起來，如大毒蛇，纏住了我的靈魂了。」「只是我自己的寂寞是不可不驅除的，因為這於我太痛苦。」[12]魯迅將中國社會比喻為一間「鐵屋子」，將以啟蒙精神進行的文學創作比喻為「大嚷起來」，驚起鐵屋子中「從昏睡入死滅」的人們，盼望他們起來「毀壞這鐵屋子」[13]，因此魯迅開始了文學創作，以其獨特的吶喊描寫寂寞、衝破寂寞。

魯迅的白話小說創作是以執著的反封建姿態出現在文壇上的，他的〈狂人日記〉以獨特的藝術手法，塑造了一個表面上狂態十足、實際上十分清醒的封建叛逆者的形象，魯迅自認為作品「意在暴露家族制度和禮教的弊害」[14]，出現在我們面前的狂人，患「迫害狂」病症，「語頗錯雜無倫次，又多荒唐之言」，他始終處於怕被「看」、怕被「吃」的狀態中：趙貴翁怪異的眼色，路人張著嘴的笑，小孩子的議論，他認為他們「似乎怕我，似乎想害我」。街上女人打兒子時憤憤之語「老子呀！我要咬你幾口才出氣」，佃戶說狼子村打死一惡人挖心肝炒吃，狂人卻想：「他們會吃人，就未必不會吃我。你看那女人『咬你幾口』的話，和一伙青面獠牙人的笑，和前天佃戶的話，明明是暗號。」甚至端進的一碗蒸魚，狂人的眼中「這魚的眼睛，白而且硬，張著嘴，同那一伙想吃人的人一樣」。對於前來給他看病把脈的醫生，狂人卻想：「其實我豈不知道這老頭子是劊子手扮的！無非借了看脈這名目，揣一揣肥瘠：因這功勞，也分一片肉吃。」狂人執著地勸說他的大哥不要吃人。學過醫

[12] 魯迅〈吶喊·自序〉，見《魯迅選集》第 1 卷第 1-2 頁，人民文學出版社 1983 年版。
[13] 魯迅〈吶喊·自序〉，見《魯迅選集》第 1 卷第 5 頁，人民文學出版社 1983 年版。
[14] 魯迅〈中國新文學大系·小說二集導言〉，《中國新文學大系導論集》第 125 頁，上海書店 1982 年影印。

的魯迅,將這個患迫害狂病的狂人的病態寫得十分生動逼真。但
是,魯迅通過象徵的手法,卻塑造了一位封建叛逆者的形象。小說
中說到趙貴翁時,狂人想:「我同趙貴翁有什麼仇,同路上的人又
有什麼仇;只有廿年以前,把古久先生的陳年流水簿子,踹了一腳,
古久先生很不高興。」這「古久先生的陳年流水簿子」就具有一種
象徵意味,象徵著根深蒂固的封建文化傳統,而狂人的「踹了一腳」
卻導致了他後來的怕被「看」與怕被「吃」的遭遇。而最表現出狂
人清醒一面的是他對中國歷史「吃人」的發現:「我翻開歷史一查,
這歷史沒有年代,歪歪斜斜的每頁上都寫著『仁義道德』幾個字。
我橫豎睡不著,仔細看了半夜,才從字縫裏看出字來,滿本都寫著
兩個字是『吃人』!」這種深刻的發現與揭示,也正是出於魯迅對
中國文化與歷史的研究與思考。魯迅在給友人的信中說:「後以偶
閱《通鑒》,乃悟中國人尚是吃人民族,因成此篇。此種發現,關
係亦甚大,而知者尚寥寥也。」[15]

　　魯迅筆下的狂人實在是一個為環境所不相容的寂寞者,他在這
吃人的寂寞世界裏發出了大聲的吶喊:他對從來如此的吃人倫理提
出了強烈的質疑:「從來如此,便對麼?」這振聾發聵式的吶喊,
是對於幾千年來封建禮教的懷疑與否定。他對人們呼喊:「你們可
以改了,從真心改起!要曉得將來容不得吃人的人,活在世上。」
他反思自身:「我未必無意之中,不吃了我妹子的幾片肉,現在也
輪到我自己,⋯⋯有了四千年吃人履歷的我,當初雖然不知道,現
在明白,難見真的人!」狂人將中國社會視為「四千年來時時吃人
的地方」,是一個為吃人與被吃的倫理所規範的地方,是一個缺少
不吃人的「真人」的地方。因此,狂人大聲吶喊:「沒有吃過人的

15　魯迅〈致許壽裳〉,見《魯迅書信集》上卷,第 18 頁,人民文學出版社 1976
　　年版。

孩子，或者還有？救救孩子……」這一方面與魯迅的「立人」思想相關，另一方面也與魯迅所接受的進化論思想吻合。魯迅在小說的文言文楔子中，說狂人「然已早愈，赴某地候補矣」，卻道出痊愈了的狂人又歸入吃人的行列中了，揭示出擺脫封建禮教桎梏的艱難。茅盾談到讀〈狂人日記〉的感覺，「只覺得受著一種痛快的刺戟，猶如久處黑暗的人們驟然看見了絢麗的陽光」[16]。日本學者伊藤虎丸認為：「這篇不長的小說讓讀者清楚地看大，主人公『狂人』看來是正常的，周圍『正常』人看來卻實在是發狂。」[17]魯迅在與朋友談到〈狂人日記〉時，他說：「我自己知道實在不是作家，現在的亂嚷，是想鬧出幾個新的作家來，──我想中國總該有天才，被社會擠倒在底下，──破破中國的寂寞。」[18]狂人的吶喊，衝破了「五四」文壇的寂寞。

在〈白光〉中，魯迅通過對於妄想狂患者陳士成落榜、掘寶與落水而死的描寫，抨擊了釀成主人公悲劇的封建禮教。小說中的陳士成是巨富落魄了的後裔，他一心想走科舉發跡之路。他對於自己前程的構想是：「雋了秀才，上省去鄉試，一徑聯捷上去，……紳士們既然千方百計的來攀親，人們又都像看見神明似的敬畏，……屋宇全新了，門口是旗竿和扁額，……要清高可以做京官，否則不如謀外放。」這種輝煌的前景迫使他在考場上拼搏了十六回，卻還是名落孫山。小說描寫了他看榜的焦灼與落榜後的精神刺激。看榜時未見自己的名字，陳士成「臉色越加變成灰白，從勞乏的紅腫的兩眼裏，發出古怪的閃光」，「他不自覺的旋轉了覺得渙散了的身

[16] 雁冰〈讀《吶喊》〉，1923 年 10 月 8 日《時事新報》副《文學》第 91 期。
[17] 伊藤虎丸〈〈狂人日記〉──「狂人」康復的記錄〉，見樂黛雲編《國外魯迅研究論集》第 472 頁，北京大學出版社 1981 年 10 月版。
[18] 魯迅〈致傅斯年〉，見《魯迅書信集》上卷，第 23 頁，人民文學出版社 1976 年版。

軀，惘惘的走向歸家的路」。他將學堂裏的學童們放回了家，對於考官們的「有眼無珠」感到憤然，甚至覺得連一群雞也在嘲笑他。他構想中的輝煌「是倒塌了的糖塔一般的前程躺在他面前」，孤寂的陳士成處在一片寂寞之中了：遇到縣考，鄰居們就會及早關了門，「最先就絕了人聲，接著是陸續的熄了燈火」，陳士成不做晚飯，卻還在「房外的院子裏徘徊，眼裏頗清淨了，四近也寂靜」。在這樣寂靜的夜晚，他想到了祖母說過的祖宗在屋子裏埋過銀子的事，想到「左彎右彎，前走後走，量金量銀不論斗」的謎語，他又開始實施掘寶的行動。他在房間裏桌子下挖掘，掘到的卻只有鏽銅錢、碎磁片、爛骨頭。他又想到白天街上有人說「到山裏去」的話，他走出屋子來到城門前，在寂靜的黎明中他發出了吶喊：「『開城門來──』含著大希望的恐怖的悲聲，遊絲似的在西關門前的黎明中，戰戰兢兢的叫喊。」尋寶的陳士成最終淹死在離西門十五里的萬流湖中，渾身衣服也給人剝光了。魯迅通過主人公神志恍惚細膩的心理描寫，從官迷心竅、財迷心竅的妄想狂陳士成的悲哀故事中，針砭了導致主人公可悲結局的封建禮教。

李長之在談到魯迅的小說創作時說：「寫農村，恰恰發揮了他那常覺得受奚落的哀感，寂寞和荒涼，不特會感染了他自己，也感染了所有的讀者。」「哄笑和奚落，咀嚼著弱者的骨髓，這永遠是魯迅小說裏要表現的，……這是魯迅自己的創痛故。」[19]在十三歲後的家庭變故中，魯迅看見了世人的真面目，感受到了世態的炎涼、人情的淡薄，因此他將這種「受奚落的哀感，寂寞和荒涼」移入創作中，表現「哄笑和奚落，咀嚼著弱者的骨髓」，抨擊缺少溫愛、充滿奚落的冷漠社會。〈孔乙己〉是魯迅最喜愛的作品，採取以咸亨酒店中「樣子太傻」「專管溫酒」的小伙計的視角，來描寫

---

[19] 李長之〈魯迅作品之藝術的考察〉，載 1935 年 6 月 12 日天津《益世報》。

孔乙己的悲哀人生，寫出「一般社會對於苦人的涼薄」[20]，以抨擊
這冷漠的社會。孔乙己是與環境格格不入的孤寂者，在咸亨酒店
裏，有站著喝酒的短衣幫，有穿著坐著喝酒的長衫客，而孔乙己卻
是「站著喝酒而穿長衫的唯一的人」，「穿是雖然是長衫，可是又髒
又破，似乎十多年沒有補，也沒有洗」。小說先描述咸亨酒店的冷
漠氛圍，「掌櫃是一副凶臉孔，主顧也沒有什麼好聲氣，教人活潑
不得」，而孔乙己的到來，卻引起人們的笑聲。小說集中描寫人們
對孔乙己的三次哄笑：第一次笑他偷了何家的書，孔乙己以「竊書
不能算偷」爭辯，「引得眾人都哄笑起來」；第二次笑他「怎的連半
個秀才也撈不到」，孔乙己「顯出頹唐不安模樣，臉上籠上了一層
灰色」，「眾人也都哄笑起來」；第三次掌櫃取笑他偷丁舉人家東西
被打折了腿，他辯解說是自己跌斷的，「此時已經聚集了幾個人，
便和掌櫃都笑了」。始終想躋身長衫客行列的孔乙己，卻為小伙計
瞧不起，卻受盡奚落哄笑，在魯鎮孔乙己是無足輕重的，「孔乙己
是這樣的使人快活，可是沒有他，別人也便這麼過」。孔乙己被打
折了腿，脫下了長衫，「穿一件破夾襖，盤著兩腿」來酒店喝酒，
最後他是「在旁人的說笑聲中，坐著用這手慢慢走去了」。魯迅通
過人們對於孔乙己的哄笑，針砭了「一般社會對於苦人的涼薄」。
在〈明天〉中，魯迅通過單四嫂子的悲慘人生，針砭這冷漠的社會。
前年守寡的單四嫂子，靠紡棉紗「養活他自己和他三歲的兒子」，
兒子寶兒是她的明天。然而，寶兒病了，單四嫂子抱著去求醫，寶
兒終於死了，安葬了寶兒後的單四嫂子陷入無盡的孤寂中。小說在
描寫單四嫂子的悲哀故事時，突出地描寫這冷漠的社會。紅鼻子老
拱、藍皮阿五對單四嫂子垂涎，藍皮阿五借幫助抱孩子欺負單四嫂

---

[20] 孫伏園〈魯迅先生二三事・〈孔乙己〉〉，見魯迅博物館魯迅研究室選編《魯
迅回憶錄》第 85 頁，北京出版社 1999 年版。

子，王九媽對寶兒病情不置可否的點頭搖頭，「凡是動過手開過口的人都吃了飯」，吃過飯的人「終於都回了家」，留下單四嫂子一個人單獨面對「太靜，太大，太空」的屋子。小說的結尾以魯鎮的寂靜，寫出單四嫂子無望的明天：「這時的魯鎮，便完全落在寂靜裏。只有那暗夜為想變成明天，卻仍在這寂靜裏奔波；只有幾條狗，也躲在暗地裏嗚嗚的叫。」守節的單四嫂子，等待她的是永遠無望的明天，在這個寂靜的「還有些古風」的魯鎮，充滿了對於弱者欺凌的冷漠。魯迅通過對於孔乙己、單四嫂子的悲哀人生的描寫，對於冷漠無情的魯鎮社會作了深刻的揭露與針砭。

「五四」前後，魯迅一方面執著於「立人」的倡導，期盼中國產生精神界的戰士；另一方面努力探索國民性的弱點，針砭國人麻木的靈魂，「要畫出這樣沉默的國民的魂靈來」[21]。小說〈藥〉通過革命者夏瑜的血成了華老栓為兒子治病的藥，針砭民眾麻木的靈魂，也指出了革命者與民眾之間的隔膜。小說明寫茶館主人華老栓給兒子買人血饅頭給兒子治病，暗寫夏瑜為民眾的犧牲，並將因病而逝的小栓與因革命被殺的夏瑜埋在相對的墳地裏。不為群眾所理解的夏瑜是一位寂寞的革命者，他在寂寞的世界裏大聲吶喊：「這大清的天下是我們大家的。」魯迅自己談到這篇作品時說：「〈藥〉描寫群眾的愚昧，和革命者的悲哀；或者說，因群眾的愚昧而來的革命者的悲哀；更直接說，革命者為愚昧的群眾奮鬥而犧牲了，愚昧的群眾並不知道這犧牲為的是誰，卻還要因了愚昧的見解，以為這犧牲可以享用……」[22]在〈風波〉中，魯迅以 1917 年張勳復辟為背景，通過一根辮子的去留，寫出民眾的麻木心態。幫人撐船的

---

21 魯迅〈俄文譯本《阿Q正傳》序〉，見《中國現代作家談創作經驗》上冊，第 7 頁，山東人民出版社 1982 年版。

22 孫伏園〈魯迅先生二三事·藥〉，見魯迅博物館魯迅研究室選編《魯迅回憶錄》第 77 頁，北京出版社 1999 年版。

七斤，因為見多識廣在村裏「已經是一名出場人物了」，他進城被剪去了辮子，聽說「皇帝坐了龍庭了」要辮子，七斤為此而憂心忡忡。「有遺老臭味」茂源酒店的主人趙七爺又說「留髮不留頭，留頭不留髮」，引起七斤嫂對七斤的不滿和責罵，村人們也都迴避著七斤。過了十多日，從城裏回來的七斤告訴七斤嫂皇帝不坐龍庭了，「現在的七斤，是七斤嫂和村人又都早給他相當的尊敬，相當的待遇了」。麻木的七斤們關心的只是一根辮子，關心的只是自身的生存與安危，而對於張勳復辟的國家大事漠不關心。〈頭髮的故事〉通過主人公 N 先生的獨白，道出了「他們忘卻了紀念，紀念也忘卻了他們」的現實。以 N 先生的口，寫出辛亥革命後無辮之得意，因缺少辮子而引起的麻煩，對笑罵他假洋鬼子的以手杖打去的悲哀，勸阻學生不要剪辮的口是心非，都寫出了人物複雜而麻木的心理。〈故鄉〉中的閏土，原是項帶銀圈手捏鋼叉勃勃生氣的「小英雄」，但被「多子，饑荒，苛稅，兵，匪，官，紳，都苦得他像一個木偶人了」，他揀的東西裏有一副香爐和燭臺，他盼望神佛會庇護他苦難的人生。〈端午節〉中的方玄綽是首善學校的教員，兼任衙門裏的官員，他自命清高安分守己，教員們為欠薪而聯合索薪，他卻無動於衷，甚至認為「欠斟酌，太嚷嚷」。衙門裏官俸也被欠，使方玄綽欠賒度日，衙門的同僚們索薪，他「照例的並不一同去討債」，他以「差不多」來慰藉自己，「瞞心昧己的故意造出來的一條逃路」，在方玄綽的身上，也可見出麻木的靈魂來。最有代表性的是《阿 Q 正傳》了，魯迅在 1933 年說：「十二年前，魯迅作的一篇《阿 Q 正傳》，大約是想暴露國民的弱點的，雖然沒有說明自己是否也包含在裏面。」[23]魯迅以阿 Q 的人生經歷構成作品的

---

[23] 魯迅〈再談保留〉，見《魯迅文華》第 3 卷，第 667 頁，百家出版社 2001 年版。

敘事結構。阿 Q 是未莊中一個「真能做」的雇工，「割麥便割麥，舂米便舂米，撐船便撐船」，然而他卻一貧如洗，姓名籍貫都茫然，單身漢的阿 Q 無房無地，住在土穀祠，沒有固定的職業，靠打短工度日。因為他想同吳媽「睏覺」，導致了「戀愛悲劇」，以致於沒人雇他做工，生計成了問題的阿 Q，進城謀生做了幫小偷在洞外接應的「小腳色」。回村後的阿 Q 本反對革命，後因為窘困的處境所迫居然也大嚷造反，倒引起人們的敬畏，假洋鬼子卻不准他革命。最後，阿 Q 卻被當作一場搶劫案主犯，糊裏糊塗地被押上了法場，小說努力勾畫出阿 Q 的精神勝利法。所謂精神勝利法，是指人們在遇到失敗或處於不利的情況下，不肯正視現實，以自尊自大、自輕自賤、麻木健忘、畏強凌弱等手段老獲得虛幻的精神上的優勝，掩蓋實質上的失敗，其實質是善於從奴隸生活中尋出「美」來。阿 Q 以「我們先前——比你闊多啦」、「我的兒子會闊得多啦」表現出自尊自大；阿 Q 被人打敗了，他以「我是蟲豸」來自輕自賤，賭贏的錢不見了他自打嘴巴「轉敗為勝」，表現出其能夠自輕自賤；被假洋鬼子哭喪棒打了、要與吳媽睏覺惹出麻煩、畫圓圈而不圓的煩惱、被押上法場的膽怯，他都一會兒就忘卻了，表現出他的麻木健忘；他懼怕趙太爺、懼怕假洋鬼子的哭喪棒，但他卻去欺負小尼姑；他鬥不過王胡，卻想欺負「又瘦又乏」的小 D，表現出他的畏強凌弱。作品通過對阿 Q 的精神勝利法的描寫，突出其精神的麻木，暴露了國民性的弱點。

　　在日本時期，魯迅常常與許壽裳討論中國民族性的問題，在談到中國民族最缺乏的是什麼時，他們「覺得我們民族最缺乏的東西是誠和愛，——換句話說：便是深中了偽詐無恥和猜疑相賊的毛病」[24]。

---

[24] 許壽裳《我所認識的魯迅·回憶魯迅》，見魯迅博物館魯迅研究室選編《魯迅回憶錄》第 487 頁，北京出版社 1999 年版。

魯迅在他的小說中，有些作品就努力謳歌誠和愛。〈一件小事〉以一位具有「誠和愛」的車夫的行為，來針砭「我」的冷漠。北風正猛的早上，「我」坐人力車去 S 門，車把兜著一個花白頭髮女人的破棉背心，使她慢慢跌倒頭破出血了，「我料定這老女人並沒有傷，又沒有別人看見」，便要車夫照樣拉車趕路。車夫卻扶起了老女人走向了巡警分駐所，這使「我」「覺得他滿身灰塵的後影，剎時高大了，而且愈走愈大，須仰視才見」，這種充滿了人道精神的「誠和愛」，「教我慚愧，催我自新」。〈兔和貓〉中，魯迅通過給院落裏帶來無窮趣味的兔為貓所害經過的描寫，謳歌了充滿了愛的馴良動物兔，譴責了殘害弱小生命的貓。〈鴨的喜劇〉中，主張自食其力的俄國盲詩人愛羅先珂，欲聽聽蛙聲而排遣身處北京的寂寞，在院子裏的荷池中放養了蝌蚪，卻被後來買的小鴨所食，在「鴨的喜劇」中，勾勒出愛羅先珂誠和愛的性格。〈社戲〉中，魯迅以對比的手法，在北京先後兩次在戲園看京戲的受窘乏味敘述後，烘托出孩提時坐篷船去趙莊看社戲的欣喜，在對於濃郁的鄉情鄉思的抒寫中，突出了對於誠和愛的人生的追慕與謳歌：孩子之間的親密無間，「即使偶而吵鬧起來，打了太公，一村的老老小小，也決沒有一個會想出『犯上』這兩個字」。

　　魯迅在《吶喊》中揭示封建禮教、針砭麻木靈魂、抨擊冷漠社會、謳歌誠和愛，以強烈的反封建的精神，努力進行著對於民眾的啟蒙，是「五四」時期寂寞世界裏的吶喊。

二

　　魯迅在〈中國新文學大系·小說二集導言〉中說：「在這裏發表了創作的短篇小說的，是魯迅從一九一八年五月起，〈狂人日

記〉,〈孔乙己〉,〈藥〉等,陸續出現了,算是顯示了『文學革命』的實績,又因那時的認為『表現的深切和格式的特別』,頗激動了一部分青年讀者的心。」[25]《吶喊》的出版,構成了魯迅小說憂憤深廣的風格,對當時的小說創作具有典範作用。

《吶喊》以開放型的現實主義手法,顯示出魯迅執著於現實的啟蒙精神。「揭出病苦,引起療救的注意」的魯迅,以直面現實與人生的姿態從事小說創作,《吶喊》主要是以清醒的現實主義手法進行創作的,無論是勾勒孔乙己、單四嫂子等身處的冷漠的魯鎮社會,還是揭示華老栓、七斤、阿 Q 等人的麻木靈魂;無論是刻畫狂人似狂卻醒的反叛性格、陳士成渴望掘寶發跡的妄想心理,還是描述車夫、愛羅先珂等誠和愛的個性,都努力「真誠地、深入地、大膽的看取人生並且寫出他的血和肉來」[26]。魯迅以「雜取種種人,合成一個」的典型化手法,塑造了諸多具有典型色彩的人物形象,開拓了中國現代文學現實主義的主潮。魯迅的小說創作並不僅僅是現實主義的,他以一種開放的姿態從事創作,汲取了象徵主義、浪漫主義等藝術手法。〈狂人日記〉以象徵主義的手法,塑造了一個執著的封建叛逆者形象,作品中的「古久先生的陳年流水簿」、「黑屋子」等,都具有鮮明的象徵色彩。〈藥〉中的「藥」與「病」都具有象徵意味,對於「華」家、「夏」家的描寫,也帶著「華夏」的象徵意味。〈狂人日記〉中狂人對於吃人歷史的憤懣、對於不吃人未來的渴望,都帶著浪漫主義的色彩。〈一件小事〉中對於車夫形象的仰視與謳歌、〈社戲〉中對於看社戲抒情色彩的憶寫,〈故鄉〉尾聲中對於路的哲理性思考等,都呈現出濃郁的浪漫氣息。

---

[25] 魯迅〈中國新文學大系‧小說二集導言〉,《中國新文學大系導論集》第 125 頁,上海書店 1982 年影印。

[26] 魯迅〈論睜了眼看〉,見《魯迅選集》第 2 卷第 90 頁,人民文學出版社 1983 年版。

　　茅盾在〈讀《吶喊》〉中說：「在中國新文壇上，魯迅君常常是創造『新形式』的先鋒；《吶喊》裏的十多篇小說幾乎一篇有一篇新形式，而這些新形式又莫不給青年以極大的影響，必然有多數人跟上去試驗。」[27]魯迅以新穎多樣的藝術格局，構成《吶喊》的另一個特點。〈狂人日記〉以日記體的形式，以心理自敘的方式刻畫狂人形象。〈孔乙己〉用咸亨酒店小伙計的視角，敘述孔乙己的人生遭際。〈藥〉以明暗線交織的藝術構思，寫出華家夏家的悲劇故事。〈頭髮的故事〉用主人公獨白的形式，勾畫出國民性的麻木。〈故鄉〉用主人公歸鄉視角，在今昔對照中揭示故鄉衰敗中人物的麻木靈魂。〈阿 Q 正傳〉以人物傳記的體式，寫出國人的魂靈。〈白光〉用人物受刺激後幻聽幻覺的描寫，寫出主人公為官與財而癲狂而滅亡的結局。〈社戲〉以看京戲與觀社戲的對照，寫出前者的乏味、後者的有趣。魯迅小說創作的這種探索與成功，使他的創作常常具有形式的開拓意義與價值。

　　魯迅的小說注重白描手法的運用，這也成為《吶喊》的特點之一。魯迅談到白描時闡釋說：「『白描』卻並沒有秘訣。如果要說有，也不過是和障眼法反一調：有真意，去粉飾，少做作，勿賣弄而已。」[28]魯迅的小說就是以樸實簡潔的傳神筆觸，寫人、敘事、畫境。這尤其表現在「點睛」式的寫人、「寫意」式的畫境。如〈故鄉〉中以肖像的變化寫出閏土精神的變化，以一聲老爺的稱呼寫出人與人的隔膜。〈孔乙己〉中，以「是站著喝酒而穿長衫的唯一的人」，交代孔乙己的地位、處境與性格，對於他那件「又髒又破」的長衫的簡潔描繪，更突出了人物落魄的處境。〈藥〉中，以「華大媽在枕頭底下掏了半天，掏出一包洋錢，交給老栓，老栓接了，抖抖的裝入衣

27　雁冰〈讀《吶喊》〉，1923 年 10 月 8 日《時事新報》副刊《文學》第 91 期。
28　魯迅〈作文秘訣〉，見《魯迅文華》第 3 卷，第 478 頁，百家出版社 2001年版。

袋，又在外面按了兩下」，寫出經濟的拮据、買藥的重要，將人物的慎重其事的心理也和盤托出。魯迅的小說不太細緻地描寫環境，他常常用中國畫寫意式的筆調，簡潔地勾勒環境，尤其注重對於民俗意味的環境的勾勒，為情節的展開、人物的塑造，設置獨特的背景與氛圍。如〈孔乙己〉的開篇對於酒店格局的交代、喝酒風習的敘述；〈藥〉的結尾對於清明祭墳場景的勾勒；〈風波〉的開篇對於夏夜土場吃飯納涼場景的描繪；〈故鄉〉尾聲中對於金黃圓月碧綠沙地的勾勒，等等，都可以見到魯迅小說白描手法獨到處。

1924 年 1 月成彷吾在談到《吶喊》時說：「近半年來的文壇，可謂消沉到極處了。我忍著聲音等待震破這沉默的音響到來，終於聽到了一聲宏亮的吶喊。在我未曾直接耳聞這一聲宏亮的吶喊之先，我先聽到了一陣嘈雜的吶喊和呼聲，這種呼聲對於提醒人們遲鈍的注意力是必要的，然對於我這種吞聲等著的人，卻有點覺得嘈雜而可厭。然而我終於聽到一聲宏亮的吶喊了，這便是魯迅的《吶喊》一部小說集。」[29]魯迅的《吶喊》是「五四」時期一聲振聾發聵的吶喊，它衝破了文壇的寂寞，喊出了具有啟蒙色彩的反封建的強烈呼聲。

原載《忻州師範學院學報》2001 年第 5 期

---

[29] 成彷吾〈《吶喊》的評論〉，見李宗英、張夢陽編《六十年來魯迅研究論文選》上冊第 21 頁，中國社會科學出版社 1982 年版。

揭示華夏民族雙重的精神悲劇

──讀魯迅的〈藥〉

　　國民性的探索是魯迅「五四」前後執著思考與探究的重要問題，他將「揭出病苦，引起療救的注意」作為其小說創作的主要目的[30]，顯示出作為中國「五四」新文化運動先驅者魯迅的啟蒙主義思想。魯迅創作於「五四」前夕的小說〈藥〉，通過華老栓夫婦買人血饅頭為兒子小栓治癆病的故事，展示出華老栓等人對於夏瑜革命的隔膜，在揭示出老中國兒女們的精神麻木的同時，也透露出革命者疏離了民眾的悲劇，是華夏民族雙重的精神悲劇。

　　小說以精巧謹嚴的藝術構思、真切生動的場景展示、簡潔傳神的人物勾勒、內涵豐富的語言表達，使小說成為一篇極具悲劇色彩的藝術精品。

病與藥──華夏兩家的悲劇

　　「五四」時期的魯迅，常常以「哀其不幸，怒其不爭」的姿態描述老中國兒女的不幸命運、麻木靈魂，期望他們能夠從中國傳統

---

[30] 魯迅〈我怎麼做起小說來〉見《中國現代作家談創作經驗》上冊，第 22 頁，山東人民出版社 1982 年版。

封建倫理道德所築成的鐵屋子中走出，甚至毀壞這鐵屋子，爭得作為人的正當的地位和權利。在小說〈藥〉中，魯迅仍然以這種姿態與情感描述華老栓的悲劇故事。小說的核心情節是華老栓為患癆病的兒子華小栓買藥治病，魯迅以全知的敘事視角井井有條地敘寫買藥治病的全過程，從秋天半夜出門買藥，到早晨華老栓夫婦倆盯著兒子吃下藥，再到茶客們談吃藥，最後到第二年清明時節的上墳，透露出華老栓買的藥並沒能拯救兒子的命，華小栓還是死了。魯迅以哀其不幸的心情描寫華老栓家的悲劇，細緻地描寫為了診治兒子的病，華老栓夫婦將省吃儉用積攢下來的錢為兒子去買藥，並將拯救兒子的希望寄託在這買來的藥上，「他現在要將這包裏的新的生命，移植到他家裏，收獲許多幸福」，華老栓夫婦倆眼睜睜地看著小栓將藥吃下，「兩人的眼光，都彷彿要在他身裏注進什麼又要取出什麼似的」。華老栓夫婦倆恭恭敬敬地招待提供給他們買藥信息的康大叔，耐著性子聆聽茶客們談論小栓的病與藥。小說的尾聲中，華大媽的上墳透露出華小栓病逝的信息，在新墳前哭泣呆坐的華大媽身上溢出了華家悲劇的悲哀氣氛。與華家相似，夏家也失去了兒子夏瑜，與小栓的病逝不同，革命者夏瑜是為其伯父夏三爺告發被捕押上刑場斬首的。與小說直接敘寫華家的悲劇不同，魯迅間接地交代了夏家的悲劇故事。小說通過康大叔的口交代了夏四奶奶的兒子夏瑜被捕入獄的情形，夏三爺因告發侄子而獲得了二十五兩賞銀，夏瑜卻在獄中向獄卒宣傳「這大清的天下是我們大家的」，因為夏瑜家中只有一個老娘，家境十分貧寒，獄卒在他身上榨不出油水而責打夏瑜，夏瑜終被押上刑場斬首。小說結局中夏四奶奶上墳與華大媽的邂逅，將兩個失去了兒子的女性的悲痛聯繫在一起，在同病相憐式的勸慰中使小說中悲劇的氣氛越來越濃。在華小栓的身上是肉體的病——癆病，在夏瑜的身上卻也有著某種病態，那是與民眾疏離的狀態，他的革命思想與舉動並不為眾人所理解，他的

伯父告發了他，獄卒不理解他，茶客們說他「簡直是發了瘋了」，連他的母親夏四奶奶為他上墳遇到別人「慘白的臉上，現出些羞愧的顏色」，覺得給被衙門斬首的兒子上墳有點見不得人，而且夏瑜被殺後「親戚本家早不來了」，革命者與民眾的隔膜成為了夏瑜身上的一種病態，魯迅也期盼有一種藥能夠診治這種病症。

魯迅在談到〈藥〉時，曾經說：「〈藥〉描寫群眾的愚昧，和革命者的悲哀；或者說，因群眾的愚昧而來革命者的悲哀；更直捷說，革命者為愚昧的群眾奮鬥而犧牲了，愚昧的群眾並不知道這犧牲為的是誰，卻還因了愚昧的見解，以為這犧牲可以享用，增加群眾中的某一私人的福利。」[31]在小說的構思中，魯迅十分巧妙地以一個人血饅頭將華家、夏家原本互不相關的兩個悲劇聯繫在了一起，在具有民俗意味的吃人血饅頭醫治癆病的故事中，將革命者與民眾的疏離、民眾對於革命者的隔膜十分生動地抒寫了出來，革命者夏瑜為了民眾而獻身，華老栓夫婦卻將革命者的鮮血當作診治癆病的藥，在鮮血淋漓驚心動魄的情節中突出了作品深邃的主題。小說對於華家、夏家兩個家庭失去兒子情節的構思，具有一定的象徵意味，華夏兩家的悲劇也是中華民族精神悲劇的象徵，小說以精巧謹嚴的藝術構思揭示出華夏民族雙重的精神悲劇。

從刑場到墳場——民眾的生存空間

美國文學理論家利昂・塞米利安談到小說創作時指出：「小說有兩種寫法：場景描繪和概括敘述。場景描繪是戲劇性的表現手

---

[31] 孫伏園〈魯迅先生二三事・〈藥〉〉見魯迅博物館、魯迅研究室、《魯迅研究月刊》選編《魯迅回憶錄・專著（上冊）》第 77 頁，北京出版社 1999 年 1 月版。

法，概括敘述則是敘事陳述的方法。」[32]「一個場景就是一個具體行動，就是發生在某一時間『某一地點的一個具體事件；場景是在同一地點』在一個沒有間斷的時間跨度裏持續著的事件。……故事的生動和令人信服的真實感部分地決定於場景的描繪。通過場景的描繪，讀者更會感到彷彿身臨其境。」[33]場景描繪在小說創作中具有十分重要的意義，魯迅的小說創作常常以場的展開為特點，構成其小說戲劇性的結構，他的小說常常將故事的背景置於酒肆、茶館、街頭、土場等公共場景中，以便於在民眾的生存空間中敘寫故事、展現性格，場景的展示使魯迅的小說充滿了生動與形象。〈藥〉就以真切生動的場景展示展現了小說中民眾的生存空間，在具有民俗意味的場景中揭示出老中國兒女們的麻木心理。

在小說中圍繞著買藥、吃藥、上墳等，魯迅以生動的筆觸展示民眾生存的場景，從丁字街頭的刑場，到華老栓的茶館，再到西關外的墳地，在字裏行間揭示了民眾不理解革命者的麻木靈魂，針砭了精神麻木的看客。小說在描寫華老栓半夜來到丁字街頭的刑場買人血饅頭時，細緻地描繪看客們觀看殺人的場面：

> ……一陣腳步聲響，一眨眼，已經擁過了一大簇人。那三三兩兩的人，也忽然合作一堆，潮一般向前趕；將到丁字街口，便突然立住，簇成一個半圈。

> 老栓也在那邊看，卻只見一堆人的後背；頸項都伸得很長，彷彿許多鴨，被無形的手捏住了的，向上提著。靜了一會，似乎有點聲音，便又動搖起來，轟的一聲，都向後退；一直散到老栓立著的地方，幾乎將他擠倒了。

---

[32] 利昂・塞米利安《現代小說美學》第 6 頁，陝西人民出版社 1987 年 4 月版。

[33] 利昂・塞米利安《現代小說美學》，第 7 頁，陝西人民出版社 1987 年 4 月版。

　　魯迅先以全知視角觀照丁字街頭看客們蜂擁而至觀看殺頭的場景，在行刑隊伍走過後，三三兩兩的看客湧向刑場，在丁字街頭圍觀殺頭的場景。接著以老栓的視角觀看看客的動靜，以被捏住頸項的鴨的比喻，描寫觀看殺頭場景的看客們竭力伸長脖子的情景，又以動搖、後退的動向暗示看客為殺頭情景的驚嚇，惟妙惟肖地寫出了麻木的看客觀看殺頭的場景，表達了魯迅怒其不爭的心理。

　　小說描寫華小栓在茶館裏吃烤焦了的人血饅頭的場面，以細膩的筆觸寫出小栓與老栓夫婦不同的心態：

> 　　小栓撮起這黑東西，看了一會，似乎拿著自己的性命一般，心裏說不出的奇怪。十分小心的拗開了，焦皮裏面竄出一道白氣，白氣散了，是兩半個白面的饅頭。——不多工夫，已經全在肚裏了，卻全忘了什麼味；面前只剩下一張空盤。他的旁邊，一面立著他的父親，一面立著他的母親，兩人的眼光，都彷彿要在他身裏注進什麼又要取出什麼似的；便禁不住心跳起來，按著胸膛，又是一陣咳嗽。

　　老栓夫婦瞞住了小栓買人血饅頭，小栓並不知道所吃的是什麼，只知道母親所說的吃下去病便好了，他帶著一種奇怪的心態吃這藥，盼望著這藥能夠驅趕走他身上的病魔。老栓夫婦將治愈兒子癆病的希望全寄託在這個人血饅頭上，他倆全神貫注地看著小栓咽下這人血饅頭，他倆的希望與期待都注入了這個人血饅頭中，引起了小栓的緊張與咳嗽。在吃藥場景的描寫中表達了魯迅哀其不幸的情感。

　　在描寫華大媽、夏四奶奶上墳的情節時，魯迅先描寫墳地的場景：

> 　　西關外靠著城根的地面，本是一塊官地；中間歪歪斜斜一條細路，是貪走便道的人，用鞋底造成的，但卻成了自然的界

限。路的左邊，都埋著死刑和瘐斃的人，右邊是窮人的叢塚。
兩邊都已埋到層層疊疊，宛然闊人家裏祝壽時候的饅頭。

　　魯迅細緻地描寫西關外的墓地，尤其突出便道左右墳地的區別，封建社會的等第制度在死者的身上也得到了體現，封建倫理道德不僅控制著人們生存的空間，而且管制著人們死後的墳地，死刑與瘐斃者被埋入便道的左邊，而一般的死者則被埋進便道的右邊，且「兩邊都已埋到層層疊疊」，可見在那個時代死刑與瘐斃者之多，也可見民眾與革命者的隔膜之深，對於革命者的不理解甚至鄙視已成為一種倫理社會的共識，以致於在墳地裏人們用鞋底造成了一條自然的界限，更突出了對於革命者與民眾隔膜的不滿、對於民眾麻木心理的針砭。

可憐與瘋──革命者與看客

　　魯迅的小說刻畫了諸多性格鮮明的人物形象，他常常以簡潔的筆墨傳神地勾勒人物，使阿Q、祥林嫂、七斤、單四嫂子等都成為性格鮮明的典型人物。在〈藥〉中，魯迅以簡潔傳神的人物勾勒使小說具有發人深省的韻味，在革命者與看客的疏離中表達了魯迅的憐憫同情、憤懑針砭。

　　小說中魯迅設計了老栓茶館茶客們有關吃藥的一段議論，當康大叔說到夏四奶奶的兒子被關進監獄遭到獄卒阿義的打後，他竟然說阿義可憐時，茶客不解地說：「阿義可憐──瘋話，簡直是發了瘋了。」自〈狂人日記〉起，魯迅就在不少小說中描寫了瘋子的形象，在魯迅的筆下被社會視為瘋子的常常卻是清醒者，而那些自認為清醒者卻實在是精神病態者，〈狂人日記〉中的踢了一腳古久先

生的陳年流水簿的狂人、〈長明燈〉中一心想吹熄從漢武帝時就點
燃的長明燈的瘋子,都在象徵手法中呈現出社會叛逆者的清醒意識
和姿態。因此日本學者伊藤虎丸談到魯迅的〈狂人日記〉時就說:
「這篇不長的小說讓讀者清楚地看到,主人公『狂人』看來是正常
的,周圍『正常』人看來卻實在是發狂。」[34]傅斯年在談到魯迅的
〈長明燈〉時說:「瘋子是我們的老師」,「我們帶著孩子,跟著瘋
子走,——走向光明去」。[35]在〈藥〉中,魯迅擷取了革命者秋瑾
和其他革命家的經歷與遭際,以康大叔的話語勾勒出一個大義凜然
的反清革命者夏瑜的形象,在可憐與發瘋的評說中卻揭示了夏瑜的
清醒與茶客們的麻木。夏瑜是一位反清的革命志士,父親早逝,他
與母親相依為命,雖然過著十分清貧的生活,但是他卻將推翻不合
理的社會作為其自覺承擔的責任,他期望民眾覺醒,他期望民眾意
識到「這大清的天下是我們大家的」。由於伯父的告發,夏瑜被捕
入獄,但是他仍然執著地勸說獄卒阿義,企望從思想上啟蒙民眾,
卻並不為阿義所接受,甚至遭到阿義的責打。夏瑜終於在秋天的半
夜被押上刑場斬首,他死後卻被安葬在墳地裏死刑與庾斃者的一
邊,仍然與民眾隔著一條道。通過夏瑜的形象,魯迅提出了啟蒙民
眾的重要性與急迫性。在夏瑜墓地上一圈紅白花的出現表達了魯迅
對於革命志士的崇敬心情,也昭示著民眾被啟蒙的可能性。

　　在〈藥〉中,與間接勾勒夏瑜的形象不同,魯迅直接勾畫看客
的形象,以簡潔的筆墨傳神地勾勒看客的形象。華老栓夫婦是小說
中著力刻畫的麻木者,善良懦弱愚昧麻木是他們性格的主要特徵。
他們夫婦倆開了一家茶館勉強度日,兒子小栓的癆病是老栓夫婦倆
的心病,他們倆將節衣縮食省下的錢去買人血饅頭,期望能夠治好

[34] 伊藤虎丸〈〈狂人日記〉——「狂人」康複的記錄〉,見樂黛雲編《國外魯
迅研究論集》第 472 頁,北京大學出版社 1981 年 10 月版。
[35] 傅斯年〈一段瘋話〉,見 1919 年 4 月《新潮》第 1 卷第 4 號。

小栓的病。老栓半夜裏去買人血饅頭，內心充滿著忐忑，為了診治小栓的病老栓將一切置之度外。老栓在茶館裏恭恭敬敬地招待茶客們。善良勤儉的老栓夫婦卻有著不幸的命運，兒子的死給老栓一家帶來了不幸，因兒子的死上墳的華大媽老了許多，但是她對同樣不幸的夏四奶奶卻充滿了同病相憐的同情之心，勸說夏四奶奶別傷心了、早些回去。魯迅對於華老栓夫婦的不幸充滿著同情，但是又不滿於他們的麻木愚昧。小說中出現了不少茶客的形象，魯迅以簡潔的筆墨勾勒人物，傳神地勾畫出人格的性格，對於他們的麻木心態愚昧精神作了揭示。康大叔的粗俗霸道在對其衣飾言語的描寫中，生動地塑造了出來。康大叔的出場也帶著一種蠻橫粗俗之氣：「……突然闖進了一個滿臉橫肉的人，披一件玄色布衫，散著紐扣，用很寬的玄色腰帶，胡亂捆在腰間。剛進門，便對老栓嚷道：──『吃了麼？好了麼？老栓，就是運氣了你！你運氣，要不是我信息靈……。』」滿臉橫肉的康大叔的衣著顯然帶著地痞流氓的腔調，他談人血饅頭，說小栓的癆病，談夏三爺的告官，說夏瑜的被打，都帶著一種百無禁忌不可一世的霸氣。在小說簡約的勾勒中，花白胡子的卑怯麻木自以為是、駝背五少爺的無聊無知幸災樂禍、紅眼睛阿義的貪婪狠毒、夏三爺的奸詐毒辣，都在簡潔語言的勾勒中生動地描畫了出來，通過這些茶客形象的勾勒，魯迅揭示出國民性的麻木愚昧，也道出了真正可憐與發瘋者正是這些茶客們。

工筆與白描──神情逼肖的描寫

孫福熙在談到魯迅的小說時指出：「他的文章中沒有風月動人，沒有眉目傳情，他的描寫如鐵筆畫在岩壁上，生硬以外還夾著

尖利的聲音，使人牙根發酸或頭頂發火……」[36]魯迅小說的語言融白話與文言於一體，簡練勁硬生動傳神，給人以極為生動鮮明的感受。在小說〈藥〉裏，魯迅以內涵豐富的語言描景敘事，在工筆與白描的手法運用中，達到神情逼肖的境界。

在小說中，魯迅常常用工筆細緻地描繪特定的情境，使讀者能夠達到如臨其境的感覺。小說開篇描寫華老栓問華大媽拿錢準備去買藥的情景，魯迅運用了比較細緻的工筆：

> 「小栓的爹，你就去麼？」是一個老女人的聲音。裏邊的小屋子裏，也發出一陣咳嗽。

> 「唔。」老栓一面聽，一面應，一面扣上衣服；伸手過去說，「你給我罷。」

> 華大媽在枕頭底下掏了半天，掏出一包洋錢，交給老栓，老栓接了，抖抖的裝入衣袋，又在外面按了兩下；便點上燈籠，吹熄燈盞，走向裏屋去了。那屋子裏面，正在窸窸窣窣的響，接著便是一通咳嗽。老栓候他平靜下去，才低低的叫道：「小栓……你不要起來。……店麼？你娘會安排的。」

小說描寫華老栓半夜起身去為兒子買人血饅頭，以十分細緻的筆觸描寫取錢道別的情景，老夫妻倆心照不宣地瞞著兒子，因此老栓一說「你給我罷」，華大媽就伸手就往枕頭底下掏，說明華家家境並不寬裕，華大媽將錢珍藏在枕頭底下，昏暗的燈光使華大媽看不清，只能憑手的摸索掏了半天。老栓的動作是接過洋錢，「抖抖的裝入衣袋，又在外面按了兩下」，寫出了老栓的慎重其事，這洋

---

[36] 福熙〈我所見於〈示眾〉者〉，見李宗英、張夢陽編《六十年來魯迅研究論文選》第 41 頁，中國社會科學出版社版。

錢是他們省吃儉用節省下來的，這洋錢就如同兒子的命，因此老栓
生怕洋錢沒有藏好，在用手按了按以證實藏好了後，他才放心地點
燈籠吹燈盞。臨出門，老栓還不放心華小栓，走進裏屋探望兒子，
在描寫窸窸窣窣的響聲和咳嗽聲交代小栓準備起床後，以老栓告訴
小栓別起來作為其出門前的舉動，托出了作為父親的舐犢深情。

　　小說描寫墳地裏上墳的華大媽與夏四奶奶邂逅，描寫她們為在
夏瑜的墳頭上的花圈而吃驚時，魯迅精心描繪墳地上的場景：

> 微風早停息了；枯草支支直立，有如銅絲。一絲發抖的聲音，
> 在空氣中愈顫愈細，細到沒有，周圍便都是死一般靜。兩人
> 站在枯草叢裏，仰面看那烏鴉；那烏鴉也在筆直的樹枝間，
> 縮著頭，鐵鑄一般站著。

　　魯迅描寫春寒料峭的清明時分墳地上的情景，細緻地描寫微風
停息時如銅絲般的枯草的直立，尤其描寫一絲發抖的聲音的愈顫愈
細，突出了墳地裏的死一般的寂靜。兩位因兒子逝去而苦痛的婦人
站在枯草叢中，望著那站立在樹枝上的烏鴉，那烏鴉卻旁若無人似
的「縮著頭，鐵鑄一般站著」。魯迅以工筆十分細緻地描寫墳地裏
的場景，如一幅寫生畫將淒清悲涼的墳地描繪得分外淒涼傷感。

　　魯迅的小說創作尤其注重白描手法的運用，用魯迅的話說是
「有真義，去粉飾，少做作，勿賣弄」[37]，在〈藥〉中，魯迅常常
以簡潔洗練的白描手法描景、繪人、敘事，使小說中的描寫達到神
情逼肖的境界。小說描寫華老栓半夜去丁字街頭刑場買人血饅頭，
他內心實在十分膽怯忐忑，因此他在離刑場稍遠的地方等候著，小
說描寫老栓接人血饅頭時的情景：

---

[37] 魯迅〈作文秘訣〉，《魯迅自編文集·南腔北調集》第 228 頁，見天津人民出
版社、香港炎黃國際出版社 1999 年 2 月版。

「喂！一手交錢，一手交貨！」一個渾身黑色的人，站在老
栓面前，眼光正像兩把刀，刺得老栓縮小了一半。那人一隻
大手，向他攤著；一隻手卻撮著一個鮮紅的饅頭，那紅的還
是一點一點的往下滴。

老栓慌忙摸出錢，抖抖的想交給他，卻又不敢去接他的東
西。那人便焦急起來，嚷道，「怕什麼？怎的不拿！」老栓
還躊躇著；黑的人便搶過燈籠，一把扯下紙罩，裹了饅頭，
塞與老栓；一手抓過洋錢，捏一捏，轉身去了。嘴裏哼著說，
「這老東西……。」

魯迅以簡練的筆觸勾畫了一個劊子手的姿態，「一手交錢，一
手交貨」的言語揭示出劊子手的貪婪勢利，渾身黑色、刀樣的眼光、
攤著的大手，勾勒出劊子手的冷漠的神態。在老栓交錢接人血饅頭
的躊躇中，黑的人搶過燈籠、扯下紙罩、裹了饅頭、塞與老栓，不
同的動詞的運用將劊子手的蠻橫市儈都神情逼肖地勾畫了出來，如
一幅木版畫在簡潔的線條中將場景生動地繪出。

小說描寫華老栓拿著人血饅頭回到茶館的情景，簡潔的白描手
法卻使短短的篇幅中蘊涵著深意：

老栓走到家，店面早經收拾乾淨，一排一排的茶桌，滑溜溜
的發光。但是沒有客人；只有小栓坐在裏排的桌前吃飯，大
粒的汗，從額上滾下，夾襖也貼住了脊心，兩塊肩胛骨高高
凸出，印成一個陽文的「八」字。老栓見這樣子，不免皺一
皺展開的眉心。他的女人，從灶下急急走出，睜著眼睛，嘴
唇有些發抖。

半夜離家去買人血饅頭的華老栓，臨行前他讓小栓別起床，店
裏華大媽會安排的。太陽出來後，老栓回到家，顯然華大媽也並沒

有睡好，她早早就起床了，將店面收拾得十分乾淨。時辰尚早，店裏還沒有客人，只有小栓坐在桌前吃飯。魯迅簡潔地勾勒小栓吃飯的情狀，突出小栓的冒汗和瘦弱，描繪剛因買到藥的老栓見到兒子瘦弱的身影已展開的眉心又皺了起來。華大媽匆匆走出，因想知道老栓買藥的情況，她知道買的是人血饅頭，因此心情也不免有些緊張，便「睜著眼睛，嘴唇有些發抖」，勾勒出華大媽內心的焦慮和緊張。簡潔洗練的白描手法的運用，使小說在短小的篇幅神情逼肖的描寫中蘊涵著豐富的內涵。

魯迅的〈藥〉以對於華家、夏家悲劇故事的描寫，突出了魯迅對於國民性探索的主題，強調革命者對於民眾啟蒙的重要性緊迫性，小說在精巧謹嚴的藝術構思、真切生動的場景展示、簡潔傳神的人物勾勒、內涵豐富的語言表達中，表達了小說所表達的思想主題，使作品成為膾炙人口的經典之作。

原載《西南民族大學學報》2006 年第 4 期

揭示國民性病態的一面鏡子

——讀魯迅的〈祝福〉

　　在魯迅的小說中，由於〈祝福〉被搬上了舞臺，使祥林嫂成了一個家喻戶曉的形象，祥林嫂的悲劇故事引起了諸多觀眾的同情憐憫，卻鮮有觀眾思考魯迅提供的祥林嫂文本的內在涵義，那種對在封建倫理道德觀念浸淫下奴性性格的批判，那種對於缺少同情與愛的冷漠性格的針砭，那種對於怕承擔責任自私性格的反省，都使〈祝福〉成為揭示國民性病態的一面鏡子。對於國民性問題的探索是魯迅長期以來執著思考的問題，成為魯迅啟蒙思想的核心，〈祝福〉就是魯迅對於國民性問題思考的結晶，閱讀這篇內涵深邃的作品，讀者可以觀照反省自我性格上的病態，思考國民性的重大問題，以引起療救的注意。〈祝福〉作為一篇文學精品，魯迅以自知旁知的敘事視角、人物性格的生動塑造、傳神點睛的白描手法、樂景寫哀的氛圍烘托，建構了這樣一面極具藝術光彩的揭示國民性病態的鏡子，誘惑讀者在這面鏡子前徘徊思索。

一

魯迅的小說創作常常以歸鄉者第一人稱的敘事視角敘寫故事,〈故鄉〉、〈在酒樓上〉、〈孤獨者〉等作品都以歸鄉者的敘事視角展開敘寫,第一人稱的敘寫視角與口吻使讀者有一種親切真切的感受,歸鄉者與故鄉人的隔膜又往往成為這些小說所表達的主要情感基調,往往使作品充滿著一種哀婉悲涼的色彩。〈祝福〉也以歸鄉者第一人稱的敘事視角敘寫故事,也努力展示歸鄉者「我」與故鄉人的隔膜,小說在自知旁知的敘事視角中敘寫歸鄉者的所見所聞,在歸鄉者與故鄉人的隔膜中,在祥林嫂不幸的人生中,揭示國民性的病態,表達魯迅對於國民性問題的深入思考。小說是以第一人稱「我」的視角敘寫歸鄉者歸鄉的所見所聞,這構成了小說的主體結構,敘寫「我」與故鄉的隔膜就成為小說的情感基調。小說中的「我」是在舊曆年底回到故鄉魯鎮的,「雖說故鄉,然而已沒有家,所以只得暫寓在魯四老爺的宅子裏」,然而「我」與這個「講理學的老監生」是沒有共同語言的,魯四老爺是一個固守著封建禮教封建傳統的舊派人物,他大罵新黨、大罵康有為;而「我」卻是一個受到新思想影響的新知識份子,因此他們之間「談話是總不投機的了」。「我」去探望幾個本家和朋友,他們的「家中卻一律忙,都在準備著『祝福』」,顯然也沒有時間聊天敘談。「我」邂逅的祥林嫂卻詢問有無魂靈、地獄這些「說不清」的問題,使「我」處於尷尬的境地中。「往日同遊的朋友」「已經雲散」,「我」唯一牽念的只是「福興樓的清蒸魚翅」而已,在與故鄉的隔膜中,「我」決計離開故鄉魯鎮。小說以第一人稱的自知視角敘寫歸鄉者「我」歸鄉的所見所聞所感所思,突出了受到新思想濡染的知識者「我」與故鄉的隔膜。在歸鄉者歸鄉經歷的敘寫中,魯迅以旁知的視角講述了祥林嫂的悲劇故事,在作品的結構中以插敘的方式展開敘寫。小說

在敘寫「我」與魯四老爺話不投機中決計要走時，插敘了昨天遇見祥林嫂而不能安住的心理，複述了遇到祥林嫂時的情形，祥林嫂頭髮全白提竹籃挂竹竿純乎是一個乞丐的情狀，她詢問人死後究竟有沒有魂靈、有沒有地獄、死掉的一家的人能否見面的疑問，「我」疑惑忐忑的回答。在聞知祥林嫂的死訊後，以「我」的旁知視角插敘祥林嫂的悲劇故事，「然而先前所見所聞的她的半生事跡的斷片，至此也聯成一片了」。在插敘中，魯迅記敘了祥林嫂的坎坷經歷：丈夫死後她逃出來到魯四老爺家幫傭，魯四老爺家雇了一個「比勤快的男人還勤快」的女工；她的婆婆將她劫走嫁到深山野墺去，以收到的聘禮給第二個兒子娶媳婦，被捆到賀家墺的祥林嫂拼死抗婚；男人病逝、兒子被狼咬死後，祥林嫂又來到魯四老爺家幫傭，魯家認為祥林嫂是敗壞風俗的，祭祀時不准她沾手，祥林嫂以歷來積存的工錢在土地廟捐了門檻，魯家仍然不讓她碰祭品，使她的精神受到了很大的打擊，終被魯家打發走了，成了乞丐死在魯鎮祝福的時候。小說以旁知的視角以出逃、被劫、捐門檻、問魂靈順時序地敘寫祥林嫂的悲劇故事，突出了在封建倫理封建思想的浸淫下精神的愚昧與麻木。小說以自知視角敘寫主人公「我」的所見所聞，以旁知視角敘寫祥林嫂的悲劇故事，這使小說的結構自然嚴謹、敘事的語氣親切真摯，增強了作品的藝術感染力。

二

小說必須努力塑造性格鮮明的人物形象，魯迅的小說創作常常刻畫出具有獨特個性的人物。在〈祝福〉中，魯迅刻畫出祥林嫂、「我」、魯四老爺、柳媽等頗具個性的人物，使小說在人物性格的

生動塑造中凸顯出其獨特的藝術魅力。祥林嫂是小說中著力刻畫的一個人物，魯迅在這個人物身上寄寓了十分複雜的情感。祥林嫂勤勞能幹安分耐勞，她模樣周正手腳壯大，卻不幸死了丈夫，便離開嚴厲的婆婆逃出來給魯四老爺家幫傭，「她的做工卻毫沒有懈，食物不論，力氣是不惜的」，她比勤快的男人還勤快，四嬸十分滿意。魯迅細緻地寫出了祥林嫂性格中的奴性：「到年底，掃塵，洗地，殺雞，宰鵝，徹夜的煮福禮，全是一人擔當，竟沒有添短工。然而她反滿足，口角邊漸漸的有了笑影，臉上也白胖了。」魯迅曾經將中國的歷史分為兩種時代：「一，想做奴隸而不得的時代；二，暫時做穩了努力的時代。」[38]並說「但實際上，中國人向來就沒有爭到過『人』的價格，至多不過是奴隸。」[39]這種做穩了奴隸的心態被魯迅生動地勾勒了出來。祥林嫂卻被婆婆派人劫了回去，強行將她嫁到深山野墺，以獲得一注財禮為第二個兒子娶親。小說描寫祥林嫂的抗婚，被捆去嫁人時，「她一路只是嚎，罵，抬到賀家墺，喉嚨已全啞了」，在拜天地時一頭撞在香案上碰了個大窟窿，祥林嫂的抗婚其實也是遵循一女不嫁二夫從一而終的封建倫理道德。祥林嫂的丈夫卻不幸患傷寒而死，兒子阿毛被山裏的狼咬死，再度出現在魯四老爺家中的祥林嫂已經沒有原先那樣精神了，常常反覆向魯鎮的人們講述她的悲慘故事。祥林嫂為魯家祭祀時不准她沾手而感無奈，她為柳媽所說的死後到陰間兩個死鬼男人要爭她而深感苦悶，她將歷年來積存的工錢捐了土地廟的門檻，給千人踏萬人跨以贖罪，四嬸卻仍然不讓她碰祭品，這對她的打擊很大，她終於被趕出了魯家，成為了乞丐，她內心仍然想著一些問題：人死後有無魂

---

[38] 魯迅〈燈下漫筆〉，《魯迅選集》第2卷第79頁，人民文學出版社1983年12月版。
[39] 魯迅〈燈下漫筆〉，《魯迅選集》第2卷第78頁，人民文學出版社1983年12月版。

靈？是否有地獄？死掉的一家的人能否見面？她終於倒斃在祝福的鞭炮聲中。魯迅以同情的心情敘寫了祥林嫂的不幸人生，也寫出在封建禮教的浸淫下祥林嫂身上的奴性性格。

小說中的歸鄉者「我」是一個接受了新思想的知識者，他與講理學的魯四老爺話不投機，他往日同遊的朋友已經雲散，他在故鄉成了一個孤獨者，他或者一個人剩在書房裏，無聊賴地翻看案頭的書籍；或者觀看魯鎮的人們準備著祝福，看女人的臂膊在水裏浸得通紅。他面對祥林嫂人死了有無魂靈的詢問，揣摩著祥林嫂的內心，他想「人何必增添末路人的苦惱，為她起見，不如說有罷」，他回答說「也許有罷」，在祥林嫂追問是否有地獄時，他只得支吾著回答說「論理，就該也有。——然而也未必」，在祥林嫂再問死掉的一家人，是否能見面時，他膽怯地回答「實在，我說不清」。在「我」的心中，一方面怕增添末路人的苦惱，另一方面又怕負若幹的責任。在聞知祥林嫂的死訊後，他雖然以自己曾回答「說不清」寬慰自己，卻又偶然之間還有些負疚之感。他為祥林嫂的死感到憤懣，「然而在現世，則無聊生者不生，即使厭見者不見，為人為己，也還都不錯」，在這憤激之語中見出「我」對於社會的不滿、對於祥林嫂的同情。小說在對於「我」的刻畫中突出了知識者的彷徨與無助，也將「五四」新文化陣營潰散後魯迅自己彷徨孤寂的心態攝入其中。小說還刻畫了講理學的老監生魯四老爺的形象，雖然此時的魯迅並未以階級的意識去刻畫魯四老爺，卻將他置於封建傳統的視角予以勾勒的，勾勒出其頑固保守的封建衛道者的性格。魯四老爺大罵新黨、大罵康有為，顯示出其對於維新變法、辛亥革命竭力反對的態度。在他的書房案頭所放的《近思錄集注》、《四書襯》等理學家編著的書中，也可見出其思想中封建儒家傳統意識的根深蒂固。在魯四老爺對待祥林嫂的態度上，也可以見出其頑固的封建立場。當了寡婦的祥林嫂到魯家幫傭，「四叔皺了皺眉，四嬸已經知

道了他的意思，是在討厭她是一個寡婦」，他內心認為寡婦是不吉利的。當祥林嫂再嫁夫死兒逝後再次來到魯家時，「當她初到的時候，四叔雖然照例皺過眉，但鑒於向來雇用女工之難，也就並不大反對，只是暗暗地告誡四嬸說，這種人雖然似乎很可憐，但是敗壞風俗的，用她幫忙還可以，祭祀時候可用不著她沾手，一切飯菜，只好自己做，否則，不乾不淨，祖宗是不吃的」。這種視祥林嫂為敗壞風俗的說法，顯然是以封建倫理道德為規範的。當祥林嫂在祝福的時分倒斃後，魯四老爺竟然責怪道：「不早不遲，偏偏要在這時候，──這就可見是一個謬種！」可見魯四老爺始終將祥林嫂視作一個不吉利有礙封建傳統的謬種，其受到封建倫理道德浸淫之深可見之了。小說中出現的「善女人」柳媽是一個頗有意味的人物。她有一張打皺的臉、一雙乾枯的小眼睛，她是魯家準備祝福時雇來的幫手，她吃齋念佛吃素不殺生，只肯洗器皿。她詢問祥林嫂額角上的傷疤，她甚至對祥林嫂說：「祥林嫂，你實在不合算。」「再一強，或者索性撞一個死，就好了。現在呢，你和你的第二個男人過活不到兩年，倒落了一件大罪名。你想，你將來到陰司去，那兩個死鬼的男人還要爭，你給了誰好呢？閻羅大王只好把你們鋸開來，分給他們。」她讓祥林嫂到土地廟捐一條門檻，當作替身以贖罪。善女人柳媽似乎以善心勸說祥林嫂，但是卻給祥林嫂的精神套上了沉重的枷鎖，她以封建傳統的禮教看待祥林嫂的再嫁，她成為祥林嫂悲劇中「無主名無意識」的殺手。在祥林嫂與柳媽談天後，「似乎又即傳揚開去，許多人發生了新趣味，又老逗她說話了」，所談的大多是關於她額上的傷疤。在祥林嫂的悲劇中，實際上柳媽成為了封建禮教摧殘祥林嫂的幫凶。小說還勾勒了冷漠的魯鎮人，當夫死兒逝後的祥林嫂再度來到魯鎮後，在聽到祥林嫂嗚咽地說出的關於阿毛被狼咬死的故事，「男人聽到這裏，往往斂起笑容，沒趣的走了開去；女人們卻不獨寬恕了她似的，臉上立刻改換了鄙薄的神

氣，還要陪出許多眼淚來」。顯然女人們對於祥林嫂的再嫁和阿毛的死都有鄙視責怪的意思，雖然最初她們會陪著流淚。當祥林嫂反覆向人們訴說她悲慘的故事時，「後來全鎮的人們幾乎都能背誦她的話，一聽到就煩厭得頭痛」，她的悲哀「經大家咀嚼賞鑒了許多天，早已成為渣滓，只值得煩厭和唾棄」，在關於祥林嫂額頭傷疤的故事被傳開了後，魯鎮的人們就開始嘲笑她的這塊傷疤。祥林嫂的悲慘故事卻成為魯鎮人嘲笑的對象，國民性的麻木冷漠在魯鎮人對於祥林嫂的哄笑奚落中可見一斑了。〈祝福〉以人物性格的生動塑造成為揭示國民性病態的一面鏡子。

三

　　魯迅在〈祝福〉中以傳神點睛的白描手法刻畫人物，使小說在簡約的筆觸中凸顯出人物的鮮明性格與心理心態。魯迅將白描解釋為「和障眼法反一調：有真意，去粉飾，少做作，勿賣弄」[40]。魯迅抓住人物性格的特徵以簡潔的筆觸描寫人物，這在對祥林嫂性格與神態的刻畫中尤其突出。小說描寫祥林嫂初到魯鎮時，勾勒她的衣著和臉色，「頭上紮著白頭繩，烏裙，藍夾襖，月白背心，年紀大約二十六七，臉色青黃，但兩頰卻還是紅的」。小說勾畫出雖然當了寡婦，但是其身體、精神還很健康。當她被強行嫁到賀家墺夫逝兒死再回到魯鎮後，小說描寫她的神態的變化：「她仍然頭上紮著白頭繩，烏裙，藍夾襖，月白背心，臉色青黃，只是兩頰上已經

---

[40] 魯迅〈作文秘訣〉，見《魯迅文華》第 3 卷第 478 頁，百家出版社 2001 年 1 月出版。

消失了血色,順著眼,眼角上帶些淚痕,眼光也沒有先前那樣精神了。」衣飾如舊,神態卻大異,以白描的手法寫出祥林嫂在不幸人生的磨難中精神的變化。在祥林嫂捐了門檻魯家仍然不讓她碰祭品後,小說以白描的筆調描寫她的神態:「她像是受了炮烙似的縮手,臉色同時變作灰黑,也不再去取燭臺,只是失神的站著。直到四叔上香的時候,教她走開。這一回她的變化非常大,第二天,不但眼睛窈陷下去,連精神而已更不濟了。而且很膽怯,不獨怕暗夜,怕黑影,即使看人,雖是自己的主人,也總是惴惴的,有如在白天出穴遊行的小鼠;否則呆坐著,直是一個木偶人。不半年,頭髮也花白起來了,記性尤其壞,甚而至於常常忘卻了去淘米。」通過對祥林嫂臉色的變黑、失神的狀態、眼睛的窈陷、膽怯的情狀、呆坐的模樣、頭髮的花白、記性的變壞等,寫出其心靈上所受到刺激後精神的變異。魯迅描寫祥林嫂臨死前的情狀:「五年前的花白的頭髮,即今已經全白,全不像四十上下的人;只有那眼珠間或一輪,還可以表示她是一個活物。她一手提著竹籃,內中一個破碗,空的;一手拄著一支比她更長的竹竿,下端開了裂:她分明已經純乎是一個乞丐了。」頭髮的全白、眼珠的遲鈍、竹籃空碗、開裂的竹竿等,都寫出了精神崩潰的祥林嫂的慘狀。魯迅以傳神點睛的白描手法,將不同階段祥林嫂的神態心理勾勒了出來,並十分簡約生動地揭示出其在不幸的遭際與冷漠的境遇中心理精神的變化。

四

　　小說在敘寫祥林嫂的不幸命運、勾勒其麻木的靈魂之時,魯迅常常以樂景寫哀的氛圍烘托其悲慘的命運,使小說呈現出更加悲哀

淒慘的色彩。在中國古典名著《紅樓夢》中，就以賈寶玉的婚禮烘托林黛玉之死的悲哀，使林黛玉的命運顯得更為淒慘。在〈祝福〉中，魯迅十分細緻地描寫祝福喜慶的氛圍：那送灶震耳的爆竹聲、那準備祝福的熱鬧場面、那滿天飛舞的雪花落在積雪上瑟瑟的聲響，烘托出祥林嫂倒斃在雪地裏的悲慘遭遇。小說描寫準備祝福的情景：

> 這是魯鎮年終的大典，致敬盡禮，迎接福神，拜求來年一年中的好運氣的。殺雞，宰鵝，買豬肉，用心細細的洗，女人的臂膊都在水裏浸得通紅，有的還帶著絞絲銀鐲子。煮熟之後，橫七豎八的插些筷子在這類東西上，可就稱為「福禮」了，五更天陳列起來，並且點上香燭，恭請福神們來享用；拜的卻只限於男人，拜完自然仍然是放爆竹。年年如此，家家如此，──只要買得起福禮和爆竹之類的，──今年自然也如此。

在充滿著民俗色彩的準備福禮的場景描寫中，烘托出富人歡樂窮人愁的不同遭際，道出了封建禮教制約下男女的不平等禮遇，尤其突出了祥林嫂的悲慘命運。小說的尾聲中，魯迅細緻地描寫祝福的場景，展示出一種歡樂祥和的祝福氛圍：

> 我給那些因為在近旁而極響的爆竹聲驚醒，看見豆一般大的黃色的燈火光，接著又聽得畢畢剝剝的鞭炮，是四叔家正在「祝福」了；知道已是五更將近時候。我在朦朧中，又隱約聽到遠處的爆竹聲連綿不斷，似乎合成一天音響的濃雲，夾著團團飛舞的雪花，擁抱了全市鎮。我在這繁響的擁抱中，也懶散而且舒適，從白天以至初夜的疑慮，全給祝福的空氣一掃而空了，只覺得天地聖眾歆享了牲醴和香煙，都醉醺醺的在空中蹣跚，豫備給魯鎮的人們以無限的幸福。

　　在插敘了祥林嫂的悲慘故事後，「我」被爆竹聲而驚醒，又回到了現實生活中，「我」由畢畢剝剝的鞭炮聲中知道四叔家正在祝福了，在遠處連綿不斷的爆竹聲中，「我」覺得懶散而且舒適，將從白天以至初夜的疑慮一掃而空，在祝福醉醺醺的氛圍中，想象著豫備給魯鎮的人們以無限的幸福。在這段關於祝福氛圍的描寫中似乎意在淡忘祥林嫂的悲劇，但是在小說所描寫的祥林嫂的悲劇故事中，更烘托出其人生的悲哀與淒慘，在「我」懶散而且舒適的感覺中將知識者的麻木心態融入了魯迅對於國民性病態的批判主旨中，而「豫備給魯鎮的人們以無限的幸福」的結語帶著一種反諷的意味。

　　魯迅的小說創作努力畫出國民沉默的靈魂來，〈祝福〉就以魯迅以對於祥林嫂不幸命運的描寫，以對「無主名無意識殺人團」的社會氛圍的描寫，揭示出國民性的麻木與愚昧，小說以自知旁知的敘事視角、人物性格的生動塑造、傳神點睛的白描手法、樂景寫哀的氛圍烘托，建構了一面揭示國民性病態的鏡子。

原載《山東社會科學》2005 年第 3 期

男性視閾中的女性觀照

——讀魯迅的〈傷逝〉、葉聖陶的《倪煥之》

　　「五四」時期在反封建的歷史語境中提倡「人」的解放，倡導自由戀愛、婚姻自主，出現了許多反映青年男女愛情題材的作品，鼓舞了諸多青年掙脫封建倫理道德的束縛、追求自我愛情的幸福。魯迅的〈傷逝〉、葉聖陶的《倪煥之》是「五四」時代此方面生活的生動寫照，成為現代小說的經典之作。研讀這兩篇作品，總感覺其中有一種明顯的男性視閾，在男女主人公的戀愛過程中，在男主人公從熱戀到厭倦的感情變化中，尤其在女主人公的不幸命運的描寫中，都可見出男權社會遺留的意識與見解，呈現出一種對於女性脫離生活實際的苛求，在超脫現實的視閾中展現出男女之間的不平等，隱含著傳統男權社會觀念的某些影響。

一

　　〈傷逝〉是魯迅小說創作中唯一一篇描寫愛情的作品，以充滿傷感的抒情筆調抒寫了一個愛情悲劇故事。小說通過涓生與子君的

戀愛悲劇，道出了「自由固不是錢所能買到的，但能夠為錢而賣掉」的思想[41]，指出了經濟問題與女性解放的密切關聯。

小說中的涓生與子君是啟蒙者與被啟蒙者的關係，作為封建舊式家庭女子的子君，受到了具有新思想涓生的啟蒙，「談家庭專制，談打破舊習慣，談男女平等，談伊孛生，談泰戈爾，談雪萊」，半年後，子君大無畏地喊出了「我是我自己的，他們誰也沒有幹涉我的權利」。她接受了涓生的愛，涓生為那些「探索，譏笑，猥褻和輕蔑的眼光」而全身瑟縮，子君卻不畏懼那些眼光，她與其監護人叔叔斷絕了往來，他們倆在吉兆胡同一所小屋裏安下了一個溫馨的家。

婚後在安寧和幸福的凝固中，涓生漸漸流露出對於子君的不滿：「子君竟胖了起來，臉色也紅活了；可惜的是忙。管了家務便連談天的工夫也沒有，何況讀書和散步。我們常說，我們總還得找一個女工。」日夜為家務操勞的子君，「終日汗流滿面，短髮都粘在腦額上；兩隻手又只是這樣地粗糙起來」。涓生對子君說「愛情必須時時更新，生長，創造」。顯然，涓生期望子君從繁忙的家務中解脫出來，他們能夠依然如在熱戀中一般讀書、談天、散步。

在涓生失業後，子君顯得很淒然，在涓生的眼裏「這樣細微的小事情，竟會給堅決的，無畏的子君以這麼顯著的變化」，子君「沒有先前那麼幽靜，善於體貼了，屋子裏總是散亂著碗碟，彌漫著煙煤，使人不能安心做事」。失業後的涓生決定以鈔寫、教讀和翻譯為生，家庭卻已經失去了先前的幽靜。涓生憤然地想到：「加以每日的『川流不息』的吃飯：子君的功業，彷彿就完全建立在這吃飯中。吃了籌錢，籌來吃飯，還要餵阿隨，飼油雞；她似乎將先前所

---

[41] 魯迅〈娜拉走後怎樣〉，見《魯迅選集》第 2 卷第 32 頁，人民文學出版社 1983 年 12 月版。

知道的全都忘掉了，也不想到我的構思就常常為了這催促吃飯而打斷。即使在坐中給看一點怒色，她總是不改變，仍然毫無感觸似的大嚼起來。」在涓生的眼中，子君已經變得那樣粗俗不堪。在生活的拮据中，殺了油雞放了阿隨後，「她的勇氣都失掉了，只為著阿隨悲憤，為著做飯出神」。涓生的心中想：「她早已什麼書也不看，已不知道人的生活的第一著是求生，向著這求生的道路，是必須攜手同行，或奮身孤往的了，倘使只知道捶著一個人的衣角，那便是雖戰士也難於戰鬥，只得一同滅亡。」涓生懼怕與子君一同滅亡，他甚至想：「我覺得新的希望就只在我們的分離；她應該決然舍去，──我也突然想到她的死，然而立刻自責，懺悔了。」

　　小說中對於子君的描寫與設計，顯然更多的是男性視閾，建立小家庭以後，涓生對於子君漸漸產生不滿的主要是其忙碌於家務、忙碌於做飯，而不讀書、不談心，將先前所知道的全都忘掉了，已沒有先前的堅決與勇氣。其實，在男性視閾中，涓生顯然對於子君有許多苛求，這種苛求有著不合理之處：一、家庭的經濟狀況導致了子君為生存的努力與掙扎。作為鈔公文小職員涓生的經濟收入，並不能讓子君成為飯來張口衣來伸手的闊太太，她必須為生活而親自操勞，在涓生失業後更加重了生活的壓力，她不可能雇女工做家務而自己陪丈夫談天散步，「紅袖添香對譯書」的境界在這樣一個家庭中是不可能的。二、涓生對於子君的責難，與其對於愛情生活的反省有出入。在小說中，涓生反省道：「……回憶從前，這才覺得大半年來，只是為了愛，──而將別的人生的要義全盤疏忽了。第一，便是生活。人必生活著，愛才有所附麗。……」涓生責難子君「她早已什麼書也不看，已不知道人的生活的第一著是求生」。其實，小說中子君忙碌於家務、籌劃著吃飯，不就是為著生活、為著求生嗎？倘若沒有子君的操勞與籌措，這個家庭早就破裂了，何談愛情的更新、生長、創造呢？

〈傷逝〉雖然以類似於懺悔錄式的涓生手記形式敘寫這個愛情悲劇故事，但是這種悔恨與悲哀卻難以得到讀者的寬恕，在懺悔中仍然表白對於子君的愛顯得十分虛偽，他絕情地為了自己新的生路將子君逼上舊的死路，他想在孽風中尋覓子君當面說出悔恨和悲哀，或許僅僅是另一種遺忘和說謊。

二

葉紹鈞是文學研究會的代表作家，茅盾評價他的創作：「冷靜地諦視人生，客觀的地，寫實的地，描寫著灰色的卑瑣人生的，是葉紹鈞。」[42] 茅盾評價葉紹鈞的長篇小說《倪煥之》：「把一篇小說的時代安放在近十年的歷史過程中的，不能不說這是第一部；而有意地要表示一個人———一個富有革命性的小資產階級知識份子，怎樣地受十年來時代的壯潮所激蕩，怎樣地從農村到都市，從埋頭教育到群眾運動，從自由主義到集體主義，這《倪煥之》也不能不說是第一部。在這兩點上，《倪煥之》是值得讚美的。」[43] 小說將主人公倪煥之的人生置於辛亥革命到大革命失敗的歷史時期，將人物從教育救國到投身社會革命的歷程生動寫出，展示出知識份子在動蕩時代中的心路歷程、坎坷經歷。

小說描寫倪煥之的人生經歷時，用了諸多篇幅描寫倪煥之與金佩璋的戀愛生活。金佩璋是倪煥之中學時代同學金樹柏的妹妹，她

---

[42] 茅盾〈中國新文學大系小說一集・導言〉，見《茅盾論中國現代作家作品》第 29-30 頁，北京大學出版社 1980 年 1 月版。

[43] 茅盾〈讀《倪煥之》〉，見《茅盾論中國現代作家作品》第 158 頁，1980 年 1 月版。

在城裏的女師範讀書，學習認真熱衷於教育，與熱心於教育改革的倪煥之一見鍾情。他們倆在燈會上邂逅，談論教育界的弊端、立志教育改革的志向、學習與實踐合一新的教育觀念，「他直抒自己思想的歷程，他鼓勵她昂藏地趨向理想的境界」，他們融在情愛的網裏了。在倪煥之的理想教育受到挫折時，到學校農場探望的金佩璋認為是「希望太切，觀察太深」的緣故，他們談朋友、家庭、教育，「整個生命沐浴在青春的歡快裏」。在對於未來生活的憧憬中，倪煥之給金佩璋寫了一封求愛信，在金樹柏夫人的撮合下，「倪煥之和金小姐都幸福地沉浸在戀人的有玫瑰花一般色與香的朝著未來佳境含笑的生活裏」。在籌劃結婚時，兩人對結婚儀式有不同的打算，倪煥之反對婚禮的庸俗化，認為可以舉辦茶話會式的婚禮；金佩璋卻贊成用莊重的文明結婚禮儀。倪煥之雖然依從了，卻認為：「女性總是愛文飾，圖表面的堂皇；在爭持婚儀這一點上，金小姐也有同性通有的弱點。」在金佩璋懷孕了以後，嘔吐與困倦使她顯得心緒恍惚渾身困乏，倪煥之兼代了她在學校裏的一切事務。倪煥之感覺到：「大概是生理影響心理吧，佩璋的好尚，氣度，性情，思想等等也正在那裏變更，朝著與從前相反的方向。」「她留在家裏，不再關心學校的事：煥之回來跟她談自編的教本試用得怎麼樣了，工場裏新添了什麼金工器械了，她都不感興趣，好像聽了無聊的故事。她的興味卻在一件新縫的小衣服，或者一雙睡蓮花瓣兒那麼大小的軟底鞋。」她開始對街談巷語的各色新聞瑣事感興趣，倪煥之認為是妻子太空閒了，想讓她讀些書填補空虛的生活，金佩璋卻說她沒有這個福分，「叫我看書，還不是讓書來看我這副討厭臉相罷了」，因此倪煥之「他想她那種厭倦書籍的態度，哪裏像幾個月前還嗜書如命的好學者」。「這樣，佩璋已變更得非常厲害，在煥之看來，幾乎同以前是兩個人」。倪煥之心目中理想家庭生活，與眼前的現實構成了鮮明的反差：

什麼用適當的方法處理家務,使它事半功倍;什麼餘下的工夫就閱讀書報,接待朋友,搞一些輕鬆的玩藝,或者到風景佳勝的地方去散步;這些都像誘人的幻影一樣,只在初結婚的一兩個月裏朦朧地望見了一點兒,以後完全杳然。家庭裏所見的是摘菜根,破魚肚,洗衣服,淘飯米,以及佩璋漸漸消損的容顏,困疲偃臥的姿態等等,雖不至於發生惡感,可也並無佳趣。談起快要加入這個家庭的小生命,當然感到新鮮溫暖的意味;每一轉念想到所付出的代價,就只有暗自在心頭歎氣了。

他得到一個結論:他現在有了一個妻子,但失去了一個戀人,一個同志!幻滅的悲涼網住了他的心⋯⋯

詩意棲居的理想與世俗生活的庸常構成了鮮明的對比,閱讀書報、接待朋友、風景佳勝散步,與摘菜根、破魚肚、洗衣服、淘飯米形成了巨大的反差,倪煥之感慨他有了妻子而失去了戀人、同志。

在孩子誕生後,在掛滿了孩子尿片的屋中,倪煥之「不禁驚歎著想:哎,新家庭的幻夢,與實際相差得太遠了」!小說描寫倪煥之在被帶孩子的疲勞折磨後熟睡的金佩璋面前:

煥之看入睡的佩璋,雙眼都闔成一線,一圈青暈圍著,顯出一些紫色的細筋;臉色蒼白,不再有少女的光澤;口腔略微張開,嘴唇只帶一點兒紅意。他便又把近年來拋撇不開的想頭溫理一過:才一年多呢,卻像變化到十年以後去了。這中間真是命運在搗鬼!她這樣的犧牲太可憐了;你看這憔悴的顏色,而且,憔悴的又豈止是顏色呢!

倪煥之在被生活折磨得十分憔悴的妻子面前,懷想著少女時代的金佩璋,唏噓著她的變化,可憐著她的犧牲。雖然他想撫摩她的

創傷，安慰她的痛苦，改變她的生活，但是金佩璋已對丈夫的教育問題不感興趣了，他們倆幾乎已沒有了共同語言。在久別的朋友王樂山問到他新家庭的情況時，倪煥之居然回答說：「有什麼滿意不滿意？並在一塊兒就是了。新家庭呢，真像你來信所說的巢窟，是在裏邊存身，睡覺，同禽獸一樣的巢窟而已。」倪煥之對於家庭生活已徹底失望了。

倪煥之離開家庭來到上海投身群眾運動後，他讀到金佩璋的來信甚至「覺得有一種腐爛的滋味」，他將孩子的出生看作戀人變作妻子的原由，「孩子一來，就奪去了她的志氣」，他想象著如果沒有孩子他們能一起參加各種盛大集會「夫妻而兼同志」的驕傲與歡欣。金佩璋在倪煥之的心目中已經成為了少奶奶的標本：

> 然而真實的現在的她立刻湧現於腦際：皮膚寬鬆而多脂，臉上敷點兒朱，不及血色來得活潑，前劉海，掛在後腦的長圓髻；牽著孩子，講些花鳥蟲魚的故事給他聽；還同老太太或是鄰居不要不緊地談些柴米的價錢，時令的變遷，以及鎮上的新聞，等等，完全是家庭少奶奶的標本。

金佩璋在倪煥之的心目中已成為了一個憔悴而庸俗的少奶奶，完全沒有了初戀時的純潔與上進。小說的結尾中，在倪煥之病逝後，在設奠吊唁的時候，作家構想了一個金佩璋反省改變的情節：佩璋雖然哀哭，但並不昏沉，她的心頭萌生著長征戰士整裝待發的勇氣。她對冰如說：「盤兒快十歲了，無妨離開我。我要出去做點兒事；為自己，為社會，為家庭，我都應該做點兒事。我覺悟以前的不對，一生下孩子就躲在家裏。但是追悔也無益。好在我的生命還在，就此開頭還不遲。前年煥之說要往外面飛翔，我此刻就燃燒著與他同樣的心情！」

對於小說尾聲中金佩璋的這種變化，茅盾指出其中的缺憾：「最後一章寫倪煥之死後的倪夫人突然勇敢起來；這是作者信賴著『將來』的意識使他有這轉筆，然而和第二十四章開頭所描寫的倪煥之感念中的金佩璋比照起來，便覺得結尾的金佩璋的忽變是稍稍突兀些了。從二十四章到最後一章，中間相隔一年多，而又是極變幻的一年多，所以金佩璋思想的轉變是可能的，但是作者並沒在二十四章以後說起金佩璋的動靜，卻在結尾驀地一轉，好像一個人思想的轉變是『奇蹟』似的驟然可以降臨的，也就失之於太匆忙了。」[44]應該說這種轉變的突兀也根源於男性視閾的理想。

葉聖陶對於金佩璋形象的刻畫，顯然是以男性視閾觀照與衡量的，其中顯然有著諸多苛求與不合理之處，倪煥之對於婚後金佩璋變化的不滿，也表達出男性的自私與苛刻的一面。

三

魯迅的〈傷逝〉與葉紹鈞的《倪煥之》與他們自身的生活十分貼近，雖然魯迅否定小說是寫他自己的事[45]，但是這篇寫於 1925年的小說確實是有魯迅與許廣平戀愛生活的影子；《倪煥之》也有葉聖陶在用直吳縣縣立第五高等小學從事教育改革、與女子師範學校畢業的胡墨林婚戀生活的影子。雖然我們不能說涓生就是魯迅、

---

[44] 茅盾〈讀《倪煥之》〉，見《茅盾論中國現代作家作品》第 159-160 頁，1980年 1 月版。

[45] 魯迅在給韋素園的信中說到：「我還聽到一種傳說，說〈傷逝〉是我自己的事，因為沒有經驗，是寫不出這樣的小說的。哈哈，做人真愈做愈難了。」見《魯迅書信集》（上）第 121 頁，人民文學出版社 1976 年 8 月版。

倪煥之就是葉聖陶，但是我們可以說，在小說中的兩個男性主人公身上融入了作家自身的生活、情感、觀念等因素，有時他們的視閾與思想往往與作家有著某些方面的相近與切合之處，這就是男性視閾中的女性觀照。

兩篇小說的共同之處是都寫一對青年男女的戀愛故事，都是從自由戀愛到自主婚姻，都是婚後在男性主人公的視閾中女性主人公發生了變化，而引起男主人公的不滿與厭倦，而女主人公變化的根本在於忙碌於家務而忘卻了事業：子君忙碌於油雞、阿隨、做飯而什麼書也不看；金佩璋忙碌於孩子與街談巷語而不讀書，「讀書」成為了事業的象徵，不讀書成為了走向世俗乃至庸俗的症候。她們都被束縛於小家庭中而不能走向社會，雖然婚後的她們有著不求上進的弱點，但在男性主人公的視閾中她們都變成了目光短淺庸俗憔悴的黃臉婆。在男性視閾中，小說對於女主人公的這種觀照與描寫顯然顯得不夠公允，其中明顯具有傳統的性別態度。

美國哈佛大學教授卡羅·吉里根（Carol Gilligan）在談到女性在男性生命周期中的地位時，指出：「傳統性別角色暗示：愛和事業之間存在著不可調和的矛盾和衝突；女人是副格的，是『軟件』；而男人是主格的，是『硬件』，是世界的主宰。這種對性別角色的構架本身反映了一種不平等的失衡概念，它突出倡導利己主義，不重視個人與他人之間的聯繫合作；它強調支配性勞作生活方式，忽視互相依賴、互為依存的那種魚水溫情和愛的體貼。」[46]這種愛和事業之間的矛盾、男女不平等中的利己主義，在這兩篇作品中有著生動的反映。

---

[46] 卡羅·吉里根（Carol Gilligan）〈男性生命周期中的女性地位〉，見李銀河主編《婦女：最漫長的革命——當代西方女權主義理論精選》第 117-118 頁，生活·讀書·新知三聯書店 1997 年 5 月版。

在〈傷逝〉與《倪煥之》中，在男性視閾中「愛和事業之間存在著不可調和的矛盾和衝突」，雖然男主人公都希望愛和事業融合，都希望婚後的生活依然充滿著詩意充滿著浪漫，但是在這樣一個以男人為主格的視閾中，在男女不平等的失衡狀態中，女性與其生理、心理相關聯的生活態度，都被男性主人公視作變為粗俗庸俗的表現：婚後的子君「管了家務便連談天的工夫也沒有了，何況讀書和散步」，「做菜雖不是子君的特長，然而她於此卻傾注著全力」，在涓生失業後「子君的功業，彷彿就完全建立在這吃飯中」。懷孕後的金佩璋「興味卻在一件新縫的小衣服，或者一雙睡蓮花瓣兒那麼大小的軟底鞋」，「哪裏像幾個月前還嗜書如命的好學者」，生下孩子後更是成為了一個憔悴而庸俗的少奶奶，熱衷於給孩子講故事、關心著「柴米的價錢，時令的變遷」。在男性視閾中，家庭日常生活的柴米油鹽茶都被忽略了，子君的養油雞、養阿隨、做飯都被視為走向世俗的表現，金佩璋的縫衣服、做小鞋、談柴米都被看作庸俗，試設想一下，倘若沒有子君的傾注全力的操勞家務，怎麼會有「食品卻比在會館裏時好得多了」？如果沒有金佩璋的為著小生命的辛勤操持，怎麼會有盤兒「一旋身跑開來的活潑的姿態」？婚姻生活與戀愛時期有著諸多不同，這是實實在在的現實，小家庭的一切都需要有人去操持，何況這兩個家庭並非富貴人家，僅僅是一般的小職員、小學教師而已，更何況涓生後來還失業了，怎麼可能讓女主人如貴夫人般放下家務去陪伴男主人公談天、散步呢？在男性視閾中，女性這些合情合理的作為卻被視為不合理的了。

在〈傷逝〉與《倪煥之》中，在男性視閾中顯示出一種男女的不平等，也展現出男性主人公自私利己的一面。卡羅·吉裏根認為：「在男性生命周期中，女性形象和地位是哺育者、撫養人、照看者、賢內助、人際關係協調人。不過，當女性為男人提供照顧時，男人由於男性心理定勢及經濟等方面的原因，並不在意、珍惜這種關

懷。男性成人期個人成就和獨立的任務演變為他們對別人的操縱、控制、支配。」[47]小說中就描寫了男性生命周期中的女性形象，她們為男主人公提供了照顧與關懷，男主人公卻並不在意這一切，卻始終對於女主人公行使操縱、控制、支配的權利。涓生得到了子君的愛，婚後的他卻因為子君忙碌於家務而無暇陪伴他談天散步而不滿，在失業的困境中他只是想到「我一個人，是容易生活的」，「只要能遠走高飛，生路還寬廣得很」，他並沒有想到夫婦如何攜手同行克服困難，卻將子君看作「只知道捶著一個人的衣角」的累贅，認為「新的希望就只在我們的分離」，「為的是免得一同滅亡」，他明明知道子君離開他後，會面臨其父親「烈日一般的威嚴和旁人的賽過冰霜的冷眼」，就有可能是一條死亡之路，他卻為了自己的生路而不顧子君走向死路。他想象：「她勇猛地覺悟了，毅然走出這冰冷的家，而且，——毫無怨恨的神色。我便輕如行雲，漂浮空際，上有蔚藍的天，下是深山大海，廣廈高樓，戰場，摩托車，洋場，公館，晴明的鬧市，黑暗的夜……而且，真的，我預感得這新生面便要來到了。」以「我已經不愛你了」的表白，強行掰開子君捶著他衣角的手，為尋找自己的生路卻將子君逼上了死路。依依不捨離開家的子君，仍然深深地愛著涓生，她將「鹽和乾辣椒，麵粉，半株白菜」，幾十枚銅元，「這是我們兩人生活材料的全副，現在她鄭重地將這些留給我一個人，在不言中，教我借此去維持較久的生活」。在涓生與子君對待對方不同的態度中，我們可以見出自私與寬容、卑怯與勇敢、渺小與崇高的不同境界。倪煥之贏得了金佩璋的愛情，婚後的他卻為妻子籌劃新生命降生的忙碌而無意於陪伴他聊天散步而苦惱，幻滅的悲涼網住了他的心，他離開了家鄉和家

---

[47] 卡羅‧吉里根（Carol Gilligan）〈男性生命周期中的女性地位〉，見李銀河主編《婦女：最漫長的革命——當代西方女權主義理論精選》第 117 頁，生活‧讀書‧新知三聯書店 1997 年 5 月版。

庭,只身來到上海投入了革命群眾運動,隔十來天寫封家信,「纏綿的情話當然刪除了」,「家庭前途的計劃也不談了,現實的狀況已經明顯地擺在面前」,「剩下來的只有互相報告十天內的情況」。在涓生、倪煥之對於子君、金佩璋的不滿與態度中,充滿著男性生命周期中對於女性的不平等,也透露出男權社會中男性的自私利己的一面。

桑德拉・吉爾伯特和蘇珊・格巴於 1979 年出版的《閣樓上的瘋女人》一著中,研究了西方十九世紀前的男性文學中天使與妖婦兩種女性形象,認為這些形象背後隱藏著男性父權制社會對女性的歪曲和壓抑。在中國現代男性作家筆下,也出現了這樣兩類女性形象:許地山〈綴網勞蛛〉中的尚潔、〈商人婦〉中的惜官、郁達夫〈南遷〉中年輕的女孩 O、〈春風沉醉的晚上〉中的陳二妹、沈從文《邊城》中的翠翠、〈長河〉中的夭夭、孫犁〈荷花淀〉中的水生嫂、〈光榮〉中的秀梅,都有著天使般的美麗與純潔;魯迅〈故鄉〉中的楊二嫂、郁達夫〈她是一個弱女子〉中的李文卿、老舍《駱駝祥子》中的虎妞、趙樹理〈小二黑結婚〉中的三仙姑,都有著妖婦般的粗俗與潑辣,顯示出中國現代男性作家視閾中的女性觀照,一定程度上透露出男性父權制社會對女性的歪曲和壓抑。魯迅〈傷逝〉中的子君、葉聖陶《倪煥之》中的金佩璋,雖然不能歸入天使與妖婦兩類形象中,但是呈現出從天使向妖婦轉變的趨勢,多少隱藏著男性父權制社會觀念對女性的苛求與歪曲。

與男性視閾中的女性觀照不同,中國現代女性作家小說創作中的女性刻畫並不在意於愛情與事業的矛盾衝突:廬隱的《海濱故人》中的露沙在追求愛情生活中感到迷惘惆悵,她叩問說:「十年讀書,得來的只是煩惱和悲愁,究竟知識誤我?我誤知識?」凌叔華的〈酒後〉描寫了女主人公在酒後要求丈夫讓她一吻醉臥客廳的客人,丈夫猶疑後同意了她的要求,她卻取消了這種浪漫行為。丁玲的《莎

菲女士的日記》中的莎菲被人看作狷傲怪僻，不願為傳統的中庸之愛拉進小家庭中，也不願為市儈之愛套進錢眼之中，抱著及時行樂的態度對待人生。在這些女性作家的筆下，她們並沒有要求女主人公脫離世俗生活求學上進，而是將女主人公對於個人情感的追求置於首位，注重女主人公對於自我生活情趣的追求，在她們的人生中幾乎沒有情感與事業的衝突，而突出情感追求與現實生活的矛盾。

　　朱麗葉·米切爾在談到婦女的境遇時說：「歷史上婦女沒有進入關鍵的生產領域，不僅僅是在壓迫關係中她們的體弱所致，還由於她們在生育中的作用，婦女生育後需要脫離工作休息一段時間，但這並不是決定性的因素，而是婦女在生育中所起的作用。生育，至少在資本主義社會，已經變成男性在生產中作用的精神性『補充』，從這個觀念上講，生兒育女、操持家務已經成為女性的天職。由於家庭作為人類的基本組織結構表面上具有普遍性，所以上述觀念被強化了。」[48]這就道出了子君、金佩璋們在家庭生活中為丈夫們不滿與遭鄙視的原因，作為「副格」的她們並沒有進入關鍵的生產領域，而作為「主格」的丈夫們是家庭主要的經濟來源，雖然丈夫們將生兒育女、操持家務看作女性的天職，但是又期望妻子保持戀愛時的容顏與激情，期望妻子擺脫家務的重負、孩子的重擔，與丈夫保持熱戀中的情感與浪漫，其中顯然有著男性父權制社會意識對女性的苛求與歪曲。

　　　　　　　　　　　原載《南開大學學報》2005 年第 5 期

---

[48]　朱麗葉·米切爾(Juliet Mitchell)《婦女：最漫長的革命——當代西方女權主義理論精選》第 19 頁，生活·讀書·新知三聯書店 1997 年 5 月版。

「東方產生的最美的抒情詩」

——中日學者〈故鄉〉談

　　楊劍龍（以下簡稱「楊」）；工藤貴正（日本訪問學者，以下簡稱「工」）。

楊：魯迅是中國現代鄉土文學的開拓者，他的許多作品都充滿了濃郁的鄉土氣息，〈故鄉〉就是其中最有代表性的一篇。日本作家龜田勝一郎將〈故鄉〉譽為「東方產生的最美的抒情詩」。〈故鄉〉在二十年代鄉土文學的興盛中起了十分重要的作用。二十年代許多離開故鄉來到都市的文學青年，諸如許欽文、臺靜農、蹇先艾、王魯彥等，他們起初的創作並沒有關注鄉土生活，而大多以其身邊新奇的都市生活、學生生活、知識份子生活為題材，在閱讀了魯迅的〈孔乙己〉、〈風波〉、〈藥〉等充滿了鄉土氣息的作品，尤其是讀到了魯迅的〈故鄉〉之後，他們的鄉情被深深地撥動了，開始關注起鄉土生活與題材，從而逐漸走上了鄉土文學的創作之路。過去我們常常以階級分析的方法來對待文學作品，但文學常常表達一些人類共通的感情，諸如愛情、友情、鄉情等，我們不能片面地用階級分析的方法評析一切文學作品。魯迅的「棄醫從文」走上文學之路是立足於改變與振興民族精神，他是從思想啟蒙、從「大人類」的視角開始文學創作的。現象學的研究方法提出文學研究的「懸置」的觀點，現在我們借用這種方法，把前人對於〈故鄉〉研究的成果

置於一邊，以中日學者的不同視角來重新研讀〈故鄉〉，分析它究竟表達了怎樣的情感？又是以怎樣的手法予以表達的？為什麼說〈故鄉〉是「東方產生的最美的抒情詩」？

工：我第一次讀到〈故鄉〉是在中學時候，日本中學教材裏選了魯迅的〈故鄉〉，當時我就很喜歡，我為小說中的許多有趣的事所吸引：夏天的看瓜，冬天的捉鳥，海邊的撿貝殼，海裏的跳魚。當時我們學生討論得最激烈的卻是灰堆裏的碗碟到底是誰藏的，誰是作案者？當時我們都覺得是閏土所為，不是他又是誰？我們認定確實是閏土藏的，但是作品中的母親又對「我」說：「凡是不必搬走的東西，盡可以送他，可以聽他自己去揀擇。」作家自己也沒有講清楚，我們又解釋不了。我們大學讀中文系的時候，又讀了魯迅的〈故鄉〉，理解又深了一層，我對作品的第一個感覺是它關於「希望」的說法。日本詩人高樹光太郎在他的詩〈道路〉中寫道：「我前面本來沒有路，我自己走的時候就有路了。」我覺得這體現了日本人關於「路」的思想，與中國人的「路」的思想的不同。

楊：中日關於「路」的不同之處，您能展開說一說嗎？

工：日本人的「路」的思想是自己走的時候就有路了；而魯迅先生的「路」的意思是：「其實地上本沒有路，走的人多了，也便成了路。」即是許多人走時才成了路。另外，我覺得〈故鄉〉的描寫手法也是十分獨特的，小說從現在開始落筆，回溯過去，又回到現在，再插入片段，最後是對未來的期盼。

楊：〈故鄉〉採用了一種十分獨特的敘事結構。小說擇取了歸鄉者的敘事視角敘寫作品，第一人稱的歸鄉者的敘述讀來令人感到十分親切自然。作品採用了順時序的敘事結構敘寫作品，但又運用插敘的手法插敘閏土少年時的小英雄形象，作品中的「我」對於故鄉美麗的記憶，是在對少年閏土的回憶中被激活的，卻

又是在中年閏土的現實面前被撞破的。在小說的敘述中，我們還可以窺見隱含的情緒結構，魯迅的〈故鄉〉並不是一篇傳統的講故事的作品，而是一篇重在抒發情緒的作品，你用傳統的小說觀念去觀照，以情節的開端、發展、高潮、結局去分析，就有點捉襟見肘了。魯迅的〈故鄉〉是一篇努力抒發情緒之作，從中我們可以梳理出一條情緒發展的脈絡。作品最初透露闊別故鄉二十餘年的遊子歸鄉的急切之情，真如古詩所詳的「少小離家老大回，鄉音無改鬢毛衰」。然而臨近故鄉卻「近鄉情更重」，臨近故鄉望著陰晦天氣，這不是我二十年來時時記得的故鄉？這種感受像詩人聞一多的詩〈發現〉，詩作抒發了從異國他鄉回歸日思夜想的祖國時面對黑暗現實時的失望之情：「我來了，我喊一聲，迸著血淚，這不是我的中華，不對，不對！」〈故鄉〉中的歸鄉者可以說是一個尋夢者，尋覓過去故鄉美麗的夢，作品中的「我」又自我解嘲自我寬慰：「故鄉本也如此，雖然沒有進步，也未必有如我所感的悲涼，這只是我自己心情的改變罷了，因為我這次回鄉，本沒有什麼好心情。」翌日到了家裏，遇見了母親、侄子，「我」的心情顯然高興了起來，談到了搬家情緒又低落了下去，提及閏土在對往事的回憶中則充滿了溫馨。見到了楊二嫂、閏土，我的情緒又轉入了悲哀。小說結尾對於路的議論，使作品具有了一個有亮色的結局，這大概與魯迅當時認為文學創作「須聽將令」的觀念相關。整篇作品中，主人公「我」的情緒起起伏伏，構成了作品中一條隱含的情緒結構。

工：作品還有著一個「思鄉」的問題。美國學者若斯基認為：人的生活是過去、現在和將來聯繫在一起的。如果有人對現在的生活不滿意的時候，他就會想起過去生活中發生的愉快的事情，他就會覺得過去的生活與現在蕭索的荒村，這與「我」日思夜

想的記憶中的美麗故鄉的差別太大了，因此，回鄉者的「心禁不住悲涼起來」。這種今昔對比的方式就好像用望遠鏡觀察風景一樣，將過去的風景放大了，與現在荒涼的風景相比，過去的風景必定優美極了。從生活的過去、現在和將來的連續性看，這樣的今昔對比不是為了表達對現在的不滿，而是為了探索將來的理想生活。〈故鄉〉中的情感的抒寫大概也是這種境況，魯迅的〈社戲〉大概也與此相似。

楊：我認為〈故鄉〉可以看作是一篇散文化的小說，這是獨特的文體形式。這種文體形式與魯迅的〈風波〉、〈藥〉、〈明天〉等都不同，這些作品都有著完整的故事情節，沿襲了傳統小說的藝術形式，而〈故鄉〉則帶著明顯的散文化特徵。作品集敘事、抒情、議論於一體，這與中國傳統的小說截然不同。作品還具有深刻的哲理意蘊，對於人與人之間厚壁障的描畫，對於地上的路的思考，都使作品蘊涵著深刻的人生哲理。這大概也與魯迅擔心自己的作品太沉重的原因相關，他始終「並不願將自以為苦的寂寞，再來傳染給也如我那年青時候似的正做著好夢的青年」（魯迅《〈自選集〉自序》）。魯迅盡管在創作這篇作品時也還未真正找到路，他在作品中把希望寄託在水生與宏兒們的身上，他說：「我希望他們不再像我，又大家隔膜起來，他們應該有新的生活，為我們所未經生活過的。」這也體現了魯迅當時的進化論的思想。

工：日本學者升曙夢在《早稻田文學》上發表過一篇題為〈情緒文學與事實文學〉的論文，說情緒不是從外界滋生的，但情緒本身也受到了現實的影響，而現實也就體現到情緒裏。〈故鄉〉中主公公「我」的悲涼情緒的滋生，也與當時的現實生活相關。

楊：〈故鄉〉表達了一種複雜的情感和深邃的思想，那種尋覓故鄉舊夢與夢的幻滅情緒的更迭，那種對故鄉現實的失望與對故鄉

人未來的希望情感的交織，那種看不見的高牆的悲哀與尋覓新路的渴望，都呈現了作品中情感的複雜與思想的深邃。〈故鄉〉中的「我」是一個離開了故鄉二十餘年的現代知識份子，接受了現代新思想新觀念，他回歸停滯衰敗的故鄉，他是以新的視角與思想去觀照故鄉，必然與故鄉有著難以吻合的裂痕，他越是從情感上去靠攏故鄉，越是感受到與故鄉的隔膜與疏離。從某種角度說，〈故鄉〉中「我」與故鄉的隔膜與衝突，是現代文明現代思想與中國傳統文化傳統思想的衝突。

工：〈故鄉〉中的風景描寫也十分獨特，這種風景是一種印象式的風景，融匯著作家的情緒與感情。

楊：這在中國古典美學中稱為「移情」，即將創作者的情感移入所描繪的物象中，如中國古代詩人杜甫的詩句「感時花濺淚，恨別鳥驚心」。〈故鄉〉中的寫景也有移情的意味，如主人公回到家門口時，作家描繪道：「瓦楞上許多枯草的斷莖當風抖著，正在說明這老屋難免易主的原因。」寥寥幾筆，以荒涼的景色勾勒，托出歸鄉者悲涼的內心。〈故鄉〉中魯迅以簡潔的白描手法描景、繪人、敘事，在寫意畫式的景色勾勒中，以景寄情，以景抒情。對於人物的描寫，魯迅以傳神的肖像描寫突出人物的個性。諸如對少年閏土肖像的勾畫，「紫色的圓臉，頭戴一頂小氈帽，頸上套一個明晃晃的銀項圈」，突出少年閏土的健康活潑。魯迅勾畫中年閏土肖像：「他身材增加了一倍；先前的紫色圓臉，已經變作灰黃，而且加上了很深的皺紋；眼睛也像他父親一樣，周圍都腫得通紅，他頭上是一頂破氈帽，身上只一件極薄的棉衣，渾身瑟索著。」在比較中突出為「多子、饑荒、苛稅」等折磨的中年閏土的懦弱與麻木。在刻劃「豆腐西施」楊二嫂時，魯迅似乎借鑒了《紅樓夢》中刻劃王熙鳳時的手法，以人未到聲先到的描寫展示人物潑辣無視一切的性

格。接著簡潔地勾勒楊二嫂的肖像,「我吃了一嚇,趕忙抬起頭,卻見一個凸顴骨,薄嘴唇,五十上下的女人站在我面前,兩手搭在髀間,沒有系裙,張著兩腳,正像一個畫圖儀器裏細腳伶仃的圓規」。魯迅以白描的手法,以肖像的勾勒將一個充滿市儈氣的小市民形象栩栩如生地勾畫出來。

工：茅盾在分析〈故鄉〉時,主要認為作品說明了人與人之間的隔膜、不理解,這種隔膜主要是知識份子與農民之間的隔膜。〈故鄉〉中對「豆腐西施」楊二嫂的刻劃是十分有意思的,我認為如果作品中少了楊二嫂的形象,就會減少了許多趣味。作品中的知識者「我」為什麼對同是民眾的閏土與楊二嫂持截然不同的態度,對閏土「我」是「哀其不幸,怒其不爭」,而對楊二嫂則是採取一種嫌惡、憎惡的態度了,這是否因為作家魯迅身上有著傳統士大夫「重農輕商」的思想?

楊：〈故鄉〉是以魯迅自己生活中真實的事情為題材,魯迅 1919 年曾返回故鄉賣屋遷家北上,倘若我們將〈故鄉〉中的「我」與魯迅本人聯繫起來看,大概可以更清楚地看到魯迅對作品中人物的態度與情感。魯迅在其十三歲家庭大變故以前,家裏還「有四五十畝水田,並不很愁生計」,少年魯迅的生活也充滿了溫馨。家庭大變故後,魯迅受盡了人們冷漠奚落的眼光,遭到被稱為「乞食者」的侮辱,魯迅說「我以為在這途路中,大概可以看見世人的真面目」,魯迅是帶著對故鄉人極端憎惡的情感「走異路逃異地」的,魯迅對故鄉的情感是愛與憎交織,對故鄉人是哀與怒相融。在閏土與楊二嫂身上可以見出魯迅對故鄉這種複雜的情感,在少年閏土身上,寄寓了魯迅對故鄉的溫情,而在「豆腐西施」身上,卻表達了魯迅對故鄉人的憎惡的情感。在後來魯迅所寫的散文〈瑣記〉裏的衍太太身上可以見到楊二嫂的影子,衍太太的那種鼓勵孩子們在冬天比賽吃

冰、慫恿孩子們比賽轉圈，孩子跌倒了，她見到孩子的長輩卻謊說是她要孩子們不要轉，她傳播魯迅變賣家裏東西的流言等，這種刁滑庸俗的個性與楊二嫂十分相似。楊二嫂從某種角度說可以看作是魯迅所憎惡的故鄉人的代表，魯迅將對故鄉人的憎惡的情感寄寓在她的身上了，將對故鄉的愛卻是寄託在少年閏土的身上的，將對故鄉衰敗的無奈與對故鄉人麻木懦弱的不滿，寄寓在中年閏土的身上了。

工：1920 年日本的關口彌作翻譯了俄羅斯作家契里珂夫的小說〈田舍町〉，魯迅當時讀到了這篇作品，後來魯迅自己將此作品翻譯成〈省會〉。小說寫的是一個知識份子離故鄉二十年後回歸故裏鄉下的一個小鎮，他歸鄉的時候也是坐船，回到故鄉後他看到故鄉變化很大，已經不像他離開時那樣美麗，所以他懷念起少年時代的歲月。他孩提時的一個朋友已經當上了警察署的署長，他扣押無辜的農民、壓迫家鄉的百姓，令他感到十分失望。這篇作品的敘事視角、故事情節、語言等，都與魯迅的〈故鄉〉十分相似，魯迅的〈故鄉〉大概受到了契里珂夫作品的影響，我們可以用平行比較或影響比較的方法對這兩篇作品進行深入地研究。

楊：魯迅的〈故鄉〉能夠為日本讀者所喜歡，我想大概還由於作品中所呈現出的濃郁的鄉土氣息。如作品對於紹興民俗的描寫：戴銀項圈的習俗，大祭祀的民俗，五行缺土起名「閏土」的風習，夏夜看瓜路人摘吃瓜不算偷的民風，雪地支區捉鳥雀的嬉戲，作揖打拱的禮儀，戴氈帽繫裙的衣著形式等，都帶著紹興地方的獨特風味。另外，作品中對鄉鎮風景的描繪，也具有鄉土色彩:蕭索的荒村，老屋瓦楞，海邊的瓜地，別鄉時的黃昏等，都使作品洋溢著濃濃的鄉土色彩。

工：日本東京大學教授藤井省三曾經寫過一部著作，題目是《魯迅
　　〈故鄉〉的讀書史》（日本創文社 1997 年 11 月出版）。他從「國
　　民國家的視角來談魯迅的〈故鄉〉問世以來在中國作為教科書
　　七十餘年的讀書史，該著分為四部分：「知識階層的〈故鄉〉
　　──中華民國時期Ⅰ」、「教科書中的〈故鄉〉──中華民國時
　　期Ⅱ」、「作為思想政治教育的〈故鄉〉──中華人民共和國‧
　　毛澤東時代」、「改革開放時期的〈故鄉〉──華人民共和國‧
　　鄧小平時代」。該著論析了不同的歷史時期魯迅的〈故鄉〉為
　　不同的讀者的閱讀與理解的歷史。作者認為魯迅在北京生活時
　　住的是四合院，而他的家庭中卻使用兩種語言，魯迅的兩個弟
　　媳婦講的是日語，魯迅、朱安和他的母親講的是紹興話。中國
　　的國家也像個四合院一樣，如果語言不統一，國民的思想也統
　　一不起來。魯迅的〈故鄉〉可以說是白話文寫作的典範之作，
　　通順生動明白曉暢，對於白話文的傳播與統一，起到了十分重
　　要的作用。

楊：魯迅的〈故鄉〉對於二十年代鄉土文學的興盛起了十分重要的
　　作用，作品以第一人稱的歸鄉者的視角的敘事，這種散文化的
　　文體，使許多從鄉村來到都市的文學青年讀來都感到十分親切
　　自然，也同樣勾起了他們的鄉情鄉思。〈故鄉〉成為不少青年
　　作家創作的模本，他們都嘗試以魯迅〈故鄉〉的敘事視角和敘
　　事結構進行創作，以「遊子歸鄉今不如昔」的方式構思作品。
　　許欽文的〈父親的花園〉、蹇先艾的〈到家〉、臺靜農的〈棄嬰〉
　　等作品都是以這樣的方式結構作品的，許欽文以歸鄉遊子的視
　　角，以眼前父親的花園的凋敗，與過去父親花園的繁盛作比
　　照，透出故鄉衰敗今不如昔的感慨。蹇先艾以歸鄉遊子見到家
　　裏的老僕，老僕如今的委瑣與過去的生氣勃勃形成對比，突出
　　故鄉的衰敗好景不再的感歎。臺靜農以歸鄉遊子的視角敘述故

事，記憶中老友孟毅少年時的頑皮活潑，與現實中為生活所累成年孟毅的蒼老無奈，構成對比。這些都明顯地受到了魯迅小說〈故鄉〉的影響。他們受到魯迅〈故鄉〉的影響，抒寫了一種人類共通的情感──鄉土之情。〈故鄉〉以其獨特的文體形式、獨特的敘事結構、複雜的情感與深邃的思想、濃郁的鄉土氣息、簡潔的白描手法等，抒寫濃濃的鄉土之情，所以被人稱為「東方產生的最美的抒情詩」。

原載《魯迅研究月刊》1999 年第 1 期

寬容與復仇

——魯迅〈復仇（其二）〉與《聖經》之比較

　　作為文化旗手、文學巨匠的魯迅，他以其對於中國文化與文學的深入研究，以其對於西方文化與文學的批判汲取，構成了其廣博與深厚的文化與文學的知識結構。魯迅在向西方文化與文學的「拿來」過程中，基督教文化也成為其所熱心關注與研究的內容之一。他的散文詩集《野草》中的〈復仇（其二）〉就取材於《聖經》中的耶穌受難，但魯迅從其自身獨特的感受與理解出發，進行了再創造，刻畫了一個新的耶穌基督的形象，表達了魯迅對於社會與人生獨特的思考。

寬容與復仇

　　德國神學家莫爾特曼在《被釘在十字架上的上帝》一著中說：「耶穌在十字架上受難，是整個基督教神學的中心。它不是神學的唯一課題，但卻是進入神學問題的入口處和對塵世的回答。基督教所有關於上帝、關於創造、關於罪和死的陳說，都要指向這位被釘十字架者。基督教所有關於歷史、教會、信仰、拯救、未來和希望

的陳說，都來自這位被釘十字架者。」[49]耶穌被釘上十字架的受難
成為基督教神學的核心，耶穌為了拯救民眾坦然地面對受難與死
亡，他以其自身的苦痛和受難赦免了眾人的罪孽，寬恕了世人的罪
錯，基督耶穌被釘上十字架的受難成為《聖經》中最動人心魄悲壯
的一幕，《聖經》中的「四福音書」(《馬太福音》、《馬可福音》、《路
加福音》、《約翰福音》)都生動地敘述了耶穌受難的悲壯場景，雖
然對於耶穌被釘上十字架的描述有不盡相同之處，但呈現在我們面
前的耶穌基督都是一位充滿了博愛精神的形象，他的身上洋溢著濃
郁的寬容精神。

在《聖經》中，耶穌內心十分清楚他將去耶路撒冷受猶太長老、
祭司長和文士們所施之苦，他向門徒們預言他自己將被人殺害，並
於死後三天復活。耶穌也知道他的一個門徒即將出賣他，猶大的出
賣導致了耶穌的被捕，耶穌的隨從拔刀抵抗，並割掉了大祭司僕人
的一隻耳朵，耶穌卻對他的門徒們說：「收刀入鞘罷，凡動刀的，
必死在刀下。」[50]耶穌的門徒們只好離開他逃走了。耶穌就攜那人
的耳朵，把他治好了。祭司長與長老們將耶穌交給巡撫彼拉多處
置，彼拉多原本一再想放走耶穌，但眾人卻執意要將耶穌釘上十字
架。在耶穌被帶去各各他釘十字架的路上，許多百姓跟隨著耶穌，
很多婦女為他哭泣。在骷髏地，耶穌受盡了眾人奚落和折磨，被釘
上了十字架。耶穌始終以一種寬容的姿態面對苦難與折磨，他不僅
要求他的門徒們收起了刀，而且治好了前來抓他的大祭司僕人的耳
朵，甚至他還寬恕了譏誚他的兩個強盜，還為那些戲弄他打罵他、
將他釘上十字架的人們祈禱，這種寬容精神在耶穌基督身上已達極

---

49 莫爾特曼〈被釘在十字架上的上帝〉，見劉小楓主編《20 世紀西方宗教哲
學文選》上卷第 892 頁，上海三聯書店 1991 年 6 月版。

50 《馬太福音》第 26 章第 52 節，見《新舊約全書》第 40 頁，國基督教協會、
中國基督教三自愛國運動委員會 1988 年印。

致，在《聖經》中的耶穌就是愛與寬容的化身。有人在談到耶穌被釘上十字架時認為這是「最大的赦罪之愛」，「他是上帝愛的實踐，十字架是愛的集中表現，世人悖離上帝的罪是大的。但上帝的愛——赦罪的愛更大。看著十字架下那些兵丁和陰謀陷害他的人，耶穌沒有懷恨，沒有漫罵，只有可憐他們。因此在十字架上，耶穌所說的第一句話就是：『父啊！赦免他們，因為他們所作的他們不曉得。』這是何等寬大的胸懷！」[51]「耶穌在十字架上為罪人禱告，給罪人以希望，給沉淪中的人以新生的機會。上帝的愛是何等長闊高深！耶穌的心的何等奇妙莫測！」[52]《聖經》中受難的耶穌始終是一位博愛的寬容者，他以其對世人的愛、對上帝的愛去面對任何苦難與痛苦，去寬恕有罪之人犯下的任何罪錯。這正如神學家詹姆士‧里德所說的：「耶穌被釘上十字架時，他自願地接受了所有的惡意中傷和殘酷行為，並把其中有毒的成分去掉，把惡意中傷與殘酷行為變成具有奇蹟般性質的愛與寬恕。」[53]

　　魯迅以《聖經》中耶穌受難故事為題材，寫成了〈復仇（其二）〉，形成了與《四福音書》中截然不同的內涵。魯迅雖然贊賞耶穌基督的救世精神，但他不贊成耶穌的寬恕之說。他曾經說：「我要『以眼還眼以牙還牙』，或者以半牙，以兩牙還一牙，因為我是人，難於上帝的銖兩悉稱，如果我沒有做，那是我的無力，並非我的大度，寬恕了加害於我的敵人。」[54]魯迅在其逝世前一個半月寫的文章〈死〉中，又說：「損著別人的牙眼，卻反對報復，主張寬容的人，

---

[51] 孫彥理《耶穌的一生》第 291 頁，中國基督教協會教育委員會 1992 年 5 月出版。

[52] 孫彥理《耶穌的一生》第 292 頁，中國基督教協會教育委員會 1992 年 5 月出版。

[53] 詹姆士‧里德《基督的人生觀》第 16 頁，三聯書店出版社 1989 年 5 月版。

[54] 魯迅〈華蓋集續編‧學界的三魂‧附記〉，見 1926 年 2 月 1 日《語絲》周刊第 64 期。

萬勿與他接近……只還記得在發熱時，又曾經想到歐洲人臨死時，往往有一種儀式，是請別人寬恕，自己也寬恕了別人，我的怨敵可謂多矣，倘有新式的人問起我來，怎麼回答呢？我想了想，決定的是，讓他們怨恨去，我也一個都不寬恕。」[55]魯迅還以一種決絕的復仇精神面對怨敵，反對費厄潑賴精神，主張痛打落水狗。在〈復仇（其二）〉中，魯迅將充滿著寬容色彩的耶穌受難故事賦予了強烈的復仇精神。

在敘述耶穌被押解去釘十字架的路上的情景時，《聖經‧路加福音》中寫道：「有許多百姓跟隨著耶穌，內中有好些婦女，婦女們為他號咷痛哭。耶穌轉身對他們說，耶路撒冷的女子，不要為我哭，當為自己和自己的兒女哭。」[56]在〈復仇（其二）〉中，魯迅絲毫也沒顧及許多人為耶穌哭泣的情節，而執意關注耶穌四周敵意的氛圍：

> 看哪，他們打他的頭，吐他、拜他……
>
> 他不肯喝那用沒藥調和的酒，要分明地玩味以色列人怎樣對付他們的神之子，而且較永久地悲憫他們的前途，然而仇恨他們的現在。
>
> 四面都是敵意，可悲憫的，可詛咒的。

魯迅努力突出耶穌面對凌辱他的人們的仇恨心理，他不肯喝那有麻醉作用的酒，他要清醒地面對來臨的痛苦，他要清醒地面對凌辱他的人們，甚至細細地玩味以色列人如何對付他們的神之子。魯

---

[55] 見魯迅〈且介亭雜文末編‧附集‧死〉，見《魯迅雜文全集》第 901 頁，河南人民出版社 1994 年版。

[56] 《路加福音》第 23 章第 27、28 節，見《新舊約全書》第 119 頁，中國基督教協會、中國基督教三自愛國運動委員會 1988 年印。

迅簡潔地描寫耶穌四周敵意的環境：「路人都辱罵他，祭司長和文士也戲弄他，和他同釘的兩個強盜也譏誚他。」魯迅突出耶穌對於四面敵意的人們的仇恨與詛咒，這是一種令耶穌基督心碎的仇恨，這是一種令耶穌基督悲哀的詛咒，耶穌為拯救世人而受難，卻遭到人們的嘲弄與凌辱，這種境況魯迅曾經一再針砭過。早在 1908 年，魯迅在〈文化偏至論〉中就指出歷史上「卓而不群之士，乃窮於草莽，辱於泥塗」的境況。他舉例說：「一梭格拉第也，而眾希臘人鴆之，一耶穌基督也，而眾猶太人磔之，後世論者，孰不雲繆，顧其時則從眾志耳。」[57]在〈暴君的臣民〉中，魯迅提出「暴君治下的民，大抵比暴君更暴」的觀點時，說「巡撫想救耶穌，眾人卻要求將他釘上十字架」[58]。魯迅將耶穌基督視為一個孤獨的精神界戰士來看待的，這正如魯迅所說的「孤獨的精神的戰士，雖然為民眾戰鬥，卻往往為這『所為』而滅亡」[59]。魯迅在談到他的小說〈藥〉時，也曾說：「〈藥〉描寫群眾的愚昧，和革命者的悲哀；或者說，因群眾的愚昧而來革命者的悲哀；更直捷說，革命者為愚昧的群眾奮鬥而犧牲了，愚昧的群眾並不知道這犧牲為的是誰，卻還因了愚昧的見解，以為這犧牲可以享用，增加群眾中的某一私人的福利。」[60]魯迅反對對這些凌辱精神戰士耶穌的眾人的寬容與寬恕，而提倡對他們的復仇，這與魯迅「五四」時期提出的「向庸眾宣戰」的思想是一致的。

---

[57] 魯迅〈墳・文化偏至論〉，見《魯迅雜文全集》第 17 頁，河南人民出版社 1994 年 12 月出版。

[58] 魯迅〈暴君的臣民〉，見《魯迅選集》第 2 卷 141 頁，人民文學出版社 1983 年 12 月版。

[59] 魯迅〈這個與那個・捧與挖〉，見《魯迅雜文全集》第 174 頁，河南人民出版社 1994 年 12 月出版。

[60] 孫伏園〈魯迅先生二三事・〈藥〉〉見魯迅博物館、魯迅研究室、《魯迅研究月刊》選編《魯迅回憶錄・專著（上冊）》第 77 頁，北京出版社 1999 年 1 月版。

寧靜與焦灼

在《聖經》中，耶穌坦然地面臨即將來到的受難，他是秉承上帝的旨意，他為了拯救世人而獻出自己的生命，他甘願走上十字架。詹姆士·里德說：「基督從上帝手中領取了他的痛苦。在這個悲慘的時刻，基督說了一句話，打開了他的心門，是我們能夠窺見他心中的秘密。他說：『我的父親把這杯水給了我，我不應該把他喝下去嗎？』當這杯水從無限之愛的手中遞給他的時候意味著什麼呢？這杯水是上帝遞給他的，雖然其中滲進了人們的殘酷，但是，在這殘酷的後面，在這殘酷之中他看到的是上帝。這就是他遭受痛苦時的心靈寧靜的秘密。」[61]在耶穌走向十字架的過程中，他始終以一種十分寧靜的心態去對待一切的仇視與痛苦。他早就告訴了他的門徒們他的即將到來的受難：「你們知道，過兩天是逾越節，人子將要被交給人，釘在十字架上。」[62]逾越節前，耶穌知道自己離世歸父的時候到了，他細心地為門徒們洗腳。他心中十分清楚門徒猶大將要出賣他，卻坦然地與門徒們一起進最後的晚餐，耶穌還告訴門徒彼德：「今夜雞叫以先，你要三次不認我。」[63]當耶穌被捉時，他束手就擒，還讓門徒們放下刀。在被審時，耶穌一言不發什麼都不回答，甚至在他受到戲弄譏誚侮辱鞭打的時候。雖然他在受盡磨難後大聲喊出「我的神，我的神，為什麼離棄我？」但是，在

---

[61] 詹姆士·里德《基督的人生觀》，第 134 頁，三聯書店出版社 1989 年 5 月版。

[62] 《馬太福音》第 26 章第 2 節，見《新舊約全書》第 38 頁，中國基督教協會、中國基督教三自愛國運動委員會 1988 年印。

[63] 《馬太福音》第 26 章第 34 節，見《新舊約全書》第 39 頁，中國基督教協會、中國基督教三自愛國運動委員會 1988 年印。

耶穌被釘上十字架的整個過程中，耶穌始終是以一種十分寧靜的心態面對苦難、承受折磨。詹姆士‧里德談到耶穌的受難時說：「在他走向十字架的經驗中，對上帝之愛的最充分的信仰與最深的痛苦匯合在一起，然而，他心中卻沒有感覺到任何衝突。最後，是一個完全的寧靜，使他仰望蒼空，以最後的力氣說道：『父呵，我把我的靈魂交付到你手中。』」[64]《聖經》並未著意展示耶穌內心的苦痛，《聖經》中的基督面臨即將到來的受難，面對所遭到的侮辱與苦痛，他始終以寧靜的心態、坦然的姿態接受這一切。

　　有不少神學家努力想象耶穌被釘上十字架時的痛苦，艾曼麗修女提到這種情境時說：「耶穌以不可言傳的痛苦在十字架上忍受了極端的被人遺棄和心靈的孤寂。……他在無限的折磨中忍受了一個窮困、被壓榨的苦人兒，在最大的被遺棄中，毫無天人的安慰所忍受的諸般痛苦。那時只有信、望、愛單獨地存在那痛苦的曠野，他則毫無還報的展望，既缺意味、又乏興趣，黯淡無光地被人遺棄，而孤獨地在那裏喘息，沒有言詞能表達出這種痛苦。」[65]艾曼麗修女生動地描述耶穌所面臨的巨大的孤寂與痛苦。在〈復仇（其二）〉中，魯迅雖然也努力描繪耶穌被釘十字架時的痛苦，但是魯迅著力剖露的主要是面對受難時基督的心理感受與復仇心態，魯迅筆下受難的基督已經完全沒有了《聖經》中的那種寧靜與坦然，而充滿了一種濃郁的焦灼之感。神學家漢弗雷‧卡本特在談到基督受難時說：「我們無法確切知道誰該為耶穌的被捕、審判和死亡負責，也無法知道他赴死時心中想些什麼。」[66]魯迅卻著力描述耶穌在赴死

---

[64] 詹姆士‧里德《基督的人生觀》，第 137 頁，三聯書店出版社 1989 年 5 月版。
[65] 《耶穌基督受難與聖母痛苦》艾曼麗修女口述，葛蘭達奧代筆，傅文輝翻譯，第 228 頁，河北天主教信德室 1999 年 2 月出版。
[66] 漢弗雷‧卡本特《耶穌》第 182 頁，工人出版社 1987 年出版。

時心中的所思所想,描述耶穌在受難過程中的焦灼心理與心態,尤其突出其被釘上十字架時內心的體驗與感受:

> 丁丁地響,釘尖從掌心穿透,他們要釘殺他們的神之子了,可憫的人們呵,使他痛得柔和。丁丁地響,釘尖從腳背穿透,釘碎了一塊骨,痛楚也透到心髓中,然而他們自己釘殺著他們的神之子了,可詛咒的人們呵,這使他痛得舒服。

魯迅著意描寫耶穌被釘上十字架時的感受,在釘尖穿透了耶穌的掌心和腳背時,魯迅描寫那種透到心髓的痛楚,尤其描寫那種「痛得柔和」、「痛得舒服」的感受,以突出耶穌的那種復仇心態,以表達耶穌如何「玩味以色列人怎樣對付他們的神之子」,以表現耶穌怎樣「悲憫他們的前途,然而仇恨他們的現在」。在耶穌被釘上十字架以後,魯迅著意描繪耶穌的焦灼心理與感受:

> 四面都是敵意,可悲憫的,可詛咒的。

> 他在手足的痛楚中,玩味著可憐的人們的釘殺神之子的悲哀和可詛咒的人們要釘殺神之子,而神之子就要被釘殺了的歡喜。突然間,碎骨的大痛楚透到心髓了,他即沉酣於大歡喜和大悲憫中。

> 他腹部波動了,悲憫和咒詛的痛楚的波。

魯迅突出描寫耶穌對於釘殺他的人們的復仇,他要親眼清醒地觀看人們對於他的侮辱與折磨,他抱著一種哀其不幸怒其不爭的心態對待人們對他的戲弄與凌辱,魯迅突出地寫出耶穌內心十分複雜的心理與感受,悲憫與詛咒、痛楚與歡喜、大痛楚與大歡喜這一組組充滿矛盾與對立的詞組都交織著耶穌受難時的感受與體驗,呈現

出耶穌對於釘殺他的人們複雜焦灼情感：悲憫他們的前途，仇恨他們的現在。

與《聖經》中的耶穌以一種寬容的心態被釘上十字架過程中的寧靜心態相比較，魯迅筆底的耶穌以一種復仇的心理面對受難，耶穌在大痛楚、大歡喜、大悲憫中充滿了一種哀與怒相融匯的焦灼境界。

悲壯與悲鬱

在西方神學的發展過程中，神學家們對於基督耶穌的神性與人性有過持續不斷的論爭，這也成為世界文化史上最有爭議最富魅力的話題之一，「按照最粗略的劃分，古今學者對他的解釋有三種：一、耶穌是兼有神人二性的上帝之子，是世人的救主，這是基督教的正統教義。二、耶穌既非神亦非人，而是福音書作者——一些凝聚了初期基督徒普遍願望的文化人——有意無意地塑造出的神話形象……。三、耶穌不是神，卻是人，是在歷史上確曾生活過的真實人物，是基督教的偉大創始者。」[67]在基督教的歷史上，就基督兼有神性和人性的觀點，安提阿派強調耶穌的神性與人性的分裂，強調耶穌人性的一面；亞歷山大派強調耶穌神性和人性的合一，突出耶穌的神性的一面。有人認為：「在耶穌神人問題的鬥爭中，基督教還是最終傾向於把耶穌說成是神而不是人，耶穌是神性而不是人性為主。」[68]在《聖經》的四福音書中，耶穌的形象更多的是神性的形象，聖母的受聖靈感動的孕育，耶穌的為民眾醫治疑難病

---

[67] 梁工〈耶穌的一生・譯者序〉（〔法〕歐內斯特・勒南著《耶穌的一生》，梁工譯）第1-2頁，商務印書館2000年5月出版。
[68] 張步仁《西方人學發展史綱》，第124頁，江蘇人民出版社1993年3月出版。

症，耶穌的在海面上如履平地的行走，耶穌的以七個餅給四千人吃飽等等，都使耶穌基督充滿了神性色彩。

《聖經》中充滿著神性的耶穌為拯救民眾而甘願自己受難的境界，使耶穌被釘上十字架的場景充滿著悲壯的審美色彩。《馬太福音》27 章 50-55 節描述耶穌之死的景象：

> ……耶穌又大聲喊叫，氣就斷了。
>
> 忽然殿裏的幔子從上到下裂為兩半，地也震動。磐石也崩裂。墳墓也開了。已睡聖徒的身體多有起來的。到耶穌復活以後，他們從墳墓裏出來，進了聖城，向許多人顯現。百夫長和一同看守耶穌的人看見地震並所經歷的事，就極其害怕說，這真是上帝的兒子。[69]

耶穌為了拯救世人的死亡，使地為之震動、磐石為之崩裂、墳墓為之打開，一幅多麼奇特而悲壯的圖畫，充滿著愛心追求寬恕的耶穌基督之死充滿著獻身意味，洋溢著崇高悲壯的審美情趣。因此，法國神學家歐內斯特‧勒南談到耶穌之死時，就說：「隨著肉體的生命漸漸熄滅，他的靈魂變得清澈起來，一步步回到它所來自的天上。他再次獲得關於自身使命的觀念；他透過自己的死看到了世界的得救；他已無視自己腳下不忍卒睹的慘象。他已和天父深深地結為一體，在十字架上便開始過一種聖潔的生活；他將在人類心中一直過這種生活，永無終期。」[70]耶穌之死是走向復活的死，是走向使世界得救的死，耶穌為拯救世人獻身的場景充滿著悲壯色彩。

---

[69] 《馬太福音》，27 章 50-55 節，見《新舊約全書》第 43 頁，中國基督教協會、中國基督教三自愛國運動委員會 1988 年印。

[70] （法）歐內斯特‧勒南《耶穌的一生》（梁工譯），第 285 頁，商務印書館 2000 年 5 月出版。

在魯迅〈復仇（其二）〉中，魯迅並不著力勾畫耶穌的神性，而努力突出其人性的一面，努力將「神之子」的耶穌還原為「人之子」：

> 上帝離棄了他，他終於還是一個「人之子」；然而以色列人連「人之子」都釘殺了。
>
> 釘殺「人之子」的人們身上，比釘殺「神之子」的尤其血汙，血腥。

法國神學家歐內斯特・勒南在《耶穌的一生》一著中，細緻地分析耶穌被釘十字架時的心理，被宗教界稱為是離經叛道之說。他是將耶穌視為一個「人」來分析的。他說：「……所有我們能很有把握地斷言的，是在最後這些天中，耶穌承受著其使命對他巨大而無情的重壓。他的人性一度覺醒起來。他或許開始懷疑自己的事業。恐怖和疑慮控制了他，把他拋進一種比死亡更甚的精神崩潰狀態中。……或許在這個時候，一些這樣的感人記憶浮上了他的心頭。也許他想起加利利那常使自己清新爽快的清泉、他憩息於其下的葡萄樹和無花果樹，以及那些可能已答應愛戀他的年輕處女們？也許他在詛咒嚴酷的命運，抱怨它禁止自己得到其他人都能獲得的快樂？也許他因自己過於高貴的性情而悔恨？……」[71]。歐內斯特・勒南將耶穌作為一個常人來看待，在耶穌的受難中思考其複雜的心理心態，甚至揭示其內心的抱怨與悔恨，這顯然與作為神性的耶穌具有了完全不同的色彩，這必然為宗教界所不滿與鄙視。在魯迅的筆下也努力展示作為「人之子」的耶穌的心理心態，離開了上帝的耶穌，他仍然是一個「人之子」，然而以色列人連「人之子」

---

[71]　（法）歐內斯特・勒南《耶穌的一生》（梁工譯），第 4 頁，商務印書館 2000年 5 月出版。

也釘殺了。魯迅認為釘殺「人之子」的人們身上，比釘殺「神之子」的尤其血污、血腥，也就道出了魯迅更注重耶穌的人性、而忽視耶穌的神性，魯迅是將耶穌視為一個他所崇敬的精神界戰士的形象來勾勒的。因此，魯迅在作品中努力描寫耶穌在受難過程中的體驗與感受，描寫在被戲弄、被凌辱的耶穌在四面敵意的境遇中的大痛楚、大歡喜、大悲憫，間接地表達出魯迅在啟蒙意識主導下對於民眾的哀與怒，對於先覺者不為民眾所理解的焦灼心境，這使〈復仇（其二）〉呈現出與《四福音書》中耶穌受難場景悲壯色彩的不同風範，呈現出在悲慘之中充滿鬱憤的悲鬱情境。這正如英國神學家詹姆士‧里德在《基督的人生觀》中談及基督的受難時指出：「在這不尋常的死寂般的寧靜中，一連串的聲音傳到他耳雜裏──詛咒、冷笑、嘲笑、狂笑。對基督富於情感和敏感的心靈來說，一句冷酷的話對他就是一次無情的打擊，更何況這麼多的冷嘲熱諷。正是這些把他送上十字架的他自己的人民又給他增添了這樣的痛苦，而這些人民則是他竭盡全力去幫助和拯救的人民。他為幫助和拯救這些人民全部奉獻出了自己。所以，沒有人能夠懷疑基督已經進入了我們人類所有痛苦經驗的最深處。」[72]是耶穌努力去幫助與拯救的人們將耶穌釘上了十字架，這使耶穌的痛苦具有了悲憤的意味，魯迅將為幫助和拯救這些人民全部奉獻出了自己的耶穌的憤懣與詛咒突出地描繪了出來，使作品洋溢著悲鬱的色彩。

「五四」時期的魯迅，以一種執著的啟蒙意識從事文學活動，他以一種「揭出病苦，引起療救的注意」的思路從事文學創作，他深切地期望民眾從昏睡中覺醒，他熱切地呼喚中國出現精神界戰士，但是魯迅又常常有著不為民眾所理解的苦惱，這使他常常有身處曠野的吶喊得不到反響的寂寞之感。魯迅閱讀《聖經》，耶穌受

---

[72] 詹姆士‧里德《基督的人生觀》第 12 頁，三聯書店出版社 1989 年 5 月版。

難的情景給他留下了十分深刻的印象,因此他說:「馬太福音是好書,很應該看,猶太人釘殺耶穌的事,更應該看。」[73]魯迅將其啟蒙意識與啟蒙者不為民眾理解的苦惱,都寄寓在他筆下的耶穌身上,消弭了耶穌身上的寬容精神,賦予了耶穌一種復仇心態,在傳統的耶穌受難的故事中融入了新的內容,塑造出了耶穌這樣一個不為民眾所理解的精神界戰士的形象。

　　　　　　　　　　原載加拿大《文化中國》2005 年第 2 期

---

[73]　魯迅〈集外集拾遺補編·寸鐵〉,見《魯迅雜文全集》第 1009 頁,河南人民出版社 1994 年 12 月出版。

沿著天才的腳跡前行

——論魯迅對二十年代鄉土作家的影響

> 模仿可能說明作家對自己的力量有充分的自信，說明他希望
> 沿著某個天才的腳跡去發現一個新的世界，說明他渴望以謙
> 恭的態度掌握自己尊崇的範例，從而賦予他新的生命。[74]
>
> ——普希金

　　中國現代白話小說的創作是從魯迅開始，也在魯迅筆下成熟，魯迅是中國現代小說之父。在魯迅的小說創作中，最成功最有影響的是描寫他故鄉紹興農村和小城鎮生活的鄉土作品。1927 年茅盾在〈魯迅論〉中說魯迅的小說「大都是描寫『老中國的兒女』的思想和生活。……我們讀了這許多小說，接觸了那些思想生活和我們完全不同的人物，而有極親切的同情，我們跟著單四嫂子悲哀，我們愛那個懶散苟活的孔乙己，我們忘不了那負著生活的重擔麻木著的閏土，我們的心為祥林嫂而沉重，我們以緊張的心情追隨著愛姑的冒險，我們鄙夷然而又憐憫又愛那阿 Q……，這正是圍繞在我們的『小世界外的大中國的人生』！」茅盾提及的引起讀者強烈的情感共鳴、留給讀者深刻的印象的大多是魯迅的鄉土小說，魯迅「是

---

[74] 轉引自《比較文學研究資料》第 117 頁，北京師大出版社 1980 年版。

中國最早的鄉土文藝家，而且是最成功的文藝家」[75]，魯迅的小說不僅塑造了許多獨具個性的老中國兒女形象，而且展現了不少極富鄉土氣息地方色彩的風景畫風俗畫，魯迅成為中國現代鄉土小說創作的開拓者，在魯迅鄉土小說的直接影響下，形成了二十年代鄉土文學創作的熱潮。

　　蘇雪林在談及魯迅的小說時說：「自從他創造了這一派文學以後，表現『地方色彩』變成新文學界口頭禪，鄉土文學家也彬彬輩出。」[76]王魯彥、沈從文、馮文炳、許欽文、蹇先艾、臺靜農、許杰、潘漠華、王任叔、彭家煌等二十年代步入文壇的鄉土作家都受到魯迅鄉土小說的啟迪和影響，他們努力沿著天才的腳跡前行，以謙恭的態度掌握自己尊崇的範例，從而賦予他新的生命。

一

　　沈從文曾在〈學魯迅〉一文中指出魯迅先生「於鄉土文學的發軔，作為領路者，使新作家群的筆，從教條觀念拘束中脫出，貼近土地，挹取滋養，新文學的發展進入一新的領域，而描寫土地人民成為近二十年文學『主流』」[77]。沈從文明確地指出魯迅對鄉土文學創作的開拓之功。

---

[75] 蘇雪林〈阿Q正傳及魯迅創作的藝術〉，1934年11月5日《國文閒周報》第11卷第44期。
[76] 蘇雪林〈阿Q正傳及魯迅創作的藝術〉，1934年11月5日《國文閒周報》第11卷第44期。
[77] 沈從文〈學魯迅〉，見《沈從文文集》第11卷，第232-233頁，花城出版社1984年版。

　　「五四」時期許多自小生長在農村或鄉鎮的知識青年，受「五四」新潮的影響，受故鄉環境的逼迫，他們走異路逃異地來到都市，在落魄的生活處境中，在隔膜的都市文化裏，或受新文學的影響，或為生活所迫，開始走上他們的文學之路。由於當時以追求婚姻自主個性解放的知識青年為主角的身邊小說風靡文壇，剛叩響文學之門的文學青年們也大多以自己身處的還不太熟悉的城市生活為創作題材，對城市生活的隔膜感，對描寫對象的不熟悉，對創作素材的缺乏提煉開掘，藝術修養的貧乏淺薄，使他們的許多作品呈現出稚氣和淺陋的色彩。如許欽文初涉文壇寫的小說〈傳染病〉，敘述「我」的兄弟在北京患傳染病、「我」送他去治病的經過，像一篇敘事散文。後來寫的〈孔大有的吊死〉、〈工人朱有貴〉、〈孔長壽的死〉都是以工人生活為題材，由於他不熟悉工廠和工人的生活，後來魯迅為許欽文編第一部小說集《故鄉》時，刪去了這幾篇，並說「寫工人之兩篇，則近於失敗」。[78]臺靜農於 1924 年 7 月在北京大學當旁聽生時，發表了他的第一篇小說〈負傷的鳥〉，作品以青年學生的生活為題材，表現他們追求戀愛自由個性解放過程中的痛苦經歷，小說寫得較單薄，缺乏生活的厚度和時代色彩。馮文炳早期的處女作是寫於 1923 年的〈講究的信封〉，是寫「自己同北京大學同學向那時的北洋軍閥政府請願挨打的事情」[79]，作品帶著紀實性散文的色彩，缺少小說的韻味。初涉文壇的年青作家們大多以現時的身邊瑣事為素材作著小說創作的嘗試和探索，王任叔的短篇小說集〈監獄〉描寫知識青年的苦悶傷感，帶著濃郁的浪漫抒情色彩；王魯彥的短篇小說〈秋夜〉、〈狗〉，具有抒情的象徵意味，缺少小說藝術的凝重厚實；黎錦明的處女作〈僥倖〉揭露舊教育制度的弊

---

[78] 許欽文《魯迅日記中的我》，第 4 頁，浙江人民出版社 1979 年版。

[79] 馮文炳〈魯迅先生給我的教育〉，陳振國編《馮文炳研究資料》第 53 頁，海峽文藝出版社 1991 年版。

病，具有濃郁的自敘傳色彩；許傑的小說集《飄浮》雖描寫鄉村的故事，人物的心理卻帶著濃郁的都市化色彩。初登文壇的年青作家們的創作的稚氣和淺薄，不僅在於藝術修養的不足，更在於題材的選擇缺乏生活的厚度，素材的開掘缺少思想的深度。

　　在魯迅鄉土小說的影響下，在魯迅的扶植幫助下，這些自小生長在鄉村的青年作家們紛紛以憶寫故鄉的人事為創作題材，作品洋溢著濃郁的鄉土氣息和地方色彩，呈現出豐厚的生活底蘊。沈從文說：「由於魯迅先生起始以鄉村回憶做題材的小說，正受廣大讀者歡迎，我的用筆，因之獲得不少的勇氣和信心。」[80]馮文炳如饑似渴地閱讀魯迅的小說集《吶喊》，並說：「凡是本著悲哀或同情而來表現卑賤者的作品，我都喜歡。」[81]王任叔則說：「讀到魯迅的文章，大約是民國十年……從此，我的生命，彷彿不能和魯迅這兩個字分離了。」[82]跟魯迅先生學寫小說的許欽文，在魯迅鄉土小說的影響和魯迅的親切教誨下，寫出了〈瘋婦〉、〈石宕〉、〈鼻涕阿二〉等以故鄉紹興農村生活為題材的鄉土作品，引起了文壇的矚目。魯迅教導臺靜農「從熟悉的生活中取材」，經常指點甚至修改臺靜農的創作，臺靜農「將鄉間的死生，泥土的氣息，移在紙上」，寫出了以故鄉安徽霍丘農村生活為題材的〈拜堂〉、〈紅燈〉、〈新墳〉等膾炙人口的佳作。

　　魯迅的鄉土小說對農民命運的關注，對故鄉大地的深情，生動的人物刻劃，濃郁的鄉土氣息，使二十年代年青作家的創作受到了十分明顯的影響，他們紛紛將筆貼近了土地，沈從文描述在湘西那

---

[80]　沈從文〈沈從文小說選集・題記〉，見《沈從文選集》第 5 卷第 260 頁，四川人民出版社 1983 年版。

[81]　馮文炳〈魯迅先生給我的教育〉，陳振國編《馮文炳研究資料》第 53 頁，海峽文藝出版社 1991 年版。

[82]　王任叔〈邊風錄・我和魯迅的關涉〉。

片神奇的土地上發生的故事，蹇先艾敘寫著貴州遵義古城中山道上
的苦難人生，王魯彥描畫著浙江鎮海小城裏的風土人情，王任叔描
繪著奉化大堰鄉破屋下人們的苦難生活，馮文炳展現湖北黃梅城關
田園中的哀婉人生，許杰敘寫浙江天臺楓溪村的風情習俗⋯⋯身處
異地的年青作家們，都以故鄉的生活為創作題材，使二十年代的中
國文壇形成一股憶寫鄉土生活的熱潮。

二

　　魯迅是以深沉的憂患意識、清醒的啟蒙意識進行創作的。在 1933
年寫的〈我怎麼做起小說來〉中，他說：「談到『為什麼』做小說罷，
我仍抱著十多年前的『啟蒙主義』，以為必須是『為人生』，而且要
改良這人生⋯⋯所以我的取材，多采自病態社會的不幸的人們中，
意思是在揭出病苦，引起療救的注意。」抱著這種創作觀，魯迅在
他的小說中執意探索國民性問題，在他的鄉土小說中，努力勾畫揭
示閏土和阿 Q 們靈魂的麻木和精神的愚昧，希望能引起療救的注
意，希望「在將來，圍在高牆裏面的一切人眾，該會自己覺醒，走
出，都來開口的罷」[83]。魯迅的這種以啟蒙民眾為目的的為人生的創
作觀也自然而然地影響了二十年代的鄉土作家，使他們注意從病態
社會的不幸人們的生活中取材，努力揭出病苦，以引起療救的注意。
　　魯迅曾親自告誡許欽文，「變態社會造成不幸的人太多了，總
要揭出來，促進大家注意，才可以設法加以救治」[84]，並引導許

---

[83] 魯迅〈俄文譯木《阿 Q 正傳》序〉，見《中國現代作家談創作經驗》第 8
　　頁，山東人民出版社 1982 年版。
[84] 許欽文〈魯迅先生和我的〈神經病〉〉，《滇池》1979 年第 3 期。

欽文「注意反封建，攻擊舊社會黑暗的根源」[85]。許欽文在魯迅的教誨和魯迅鄉土小說的影響下，注意從鄉村社會中下層不幸人們生活中取材，或描寫在封建禮教束縛摧殘下鄉村勞動婦女的不幸遭遇（〈老淚〉、〈瘋婦〉等），或揭露在剝削制度的殘酷壓迫下故鄉貧苦農人的悲慘命運（〈石宕〉、〈難兄難弟〉等），努力揭示故鄉人的麻木愚昧的心理，抨擊給故鄉人帶來不幸的封建禮教和黑暗社會。

在魯迅鄉土小說中表現出的為人生的啟蒙主義創作觀的影響下，二十年代的鄉土作家們常常十分鮮明地告白自己與魯迅十分相近的創作主張。王任叔在小說集《破屋》的代序〈給破屋下的人們〉中說：「然而，你們竟甘心願意讓你們的運命無邊無際的永遠的黑暗過去了嗎——破屋下的人們呵，受傷的靈魂，你們是可憐的，使我時時想起了你們。」表達了作家對故鄉「破屋下的人們」的「哀其不幸，努其不爭」的創作情感，意在揭露破屋下黑暗的運命和受傷的靈魂，企盼他們的覺醒。許杰在小說集《飄浮》的自序中說：「我只覺得在我的眼睛裏看著的，是可憐的人太多了。我並沒有看到光看到愛，我只看到一些無可掙扎的灰色的人生。——他們都是無靈魂的，獸慾的，醜的，罪惡的。因此，我所把握住如果我能把握人生的話都是這種東西。」「實在說一句，因為現在的大多數的『兩腳動物』還沒有自己覺悟到是沉浮在灰色的人生中，聽大力的命運的支配著而受苦呢這便是無靈魂的人生。」吐露了作者對這些受苦的無可掙扎的人們的同情，對這些無靈魂的人生的憤慈，真誠地希望他們「自己覺悟到是沉浮在灰色的人生中」。

在這種為人生的啟蒙主義思想的指導下，二十年代的鄉土作家努力描寫故鄉人的不幸命運和悲慘遭遇，努力剖露沉浮在破屋

---

[85] 許欽文《魯迅日記中的我》，第 6 頁，浙江人民出版社 1979 年版。

下灰色的人生中的「受傷的靈魂」、「無靈魂的人生」。二十年代鄉土作家或描述在封建土地制度的壓迫下農民的悲慘命運（徐玉諾〈祖父的故事〉、臺靜農〈井〉、王任叔〈疲憊者〉等）；或敘寫在軍閥混戰土匪橫行中鄉民的淒慘遭遇（徐玉諾〈一隻破鞋〉、臺靜農〈新墳〉、王魯彥〈袖子〉等）；或展示在封建禮教熏陶摧殘下鄉村婦女的悲劇故事（廢名〈洗衣母〉、彭家煌〈喜期〉、許傑〈大白紙〉等）。在魯迅鄉土小說的影響下，二十年代的鄉土作家不僅著意展示鄉村社會下層人們的痛苦生活不幸遭遇，而且力圖剖露這些老中國兒女的「受傷的靈魂」，力圖從國民的心靈深處探尋民族悲劇的病根，使作品具有更加深刻的思想內涵和啟蒙意義。在二十年代鄉上作家筆下可以看到他們對麻木愚昧卑怯懦弱的國民心理的揭示，他們剖露了鄉民們在困苦悲慘的生活中的麻木平和逆來順受安於奴隸地位的心理（如潘漠華的〈人間〉、臺靜農的〈蚯蚓們〉、彭家煌的〈陳四爹的牛〉）。在魯迅鄉土小說的影響下，二十年代鄉土作家著力揭示國民性的冷漠自私缺乏同情心，古老的鄉土社會中的人們，常以幸災樂禍的心理嘲弄別人的不幸（臺靜農〈負傷者〉、王任叔〈疲憊者〉等），常用麻木不仁的眼光觀看殺頭示眾的場面（蹇先艾〈水葬〉、王魯彥〈袖子〉等），體現了鄉土作家們在為人生的啟蒙主義思想下，對中國國民性的剖露批判，這種出自揭出病苦以引起療救注意的啟蒙思想，意在使破屋下的民眾「從漠不關心的睡眠中驚醒過來，鼓舞他們投入行動，搖撼事物的久已牢固的基礎，革除軟弱無力的精神狀態，並且把人當作有道德、有智力的人，上升到一個更加崇高的領域中去」[86]。

---

[86] 〈詩人們的政治〉，見《西方文論選》下冊，第 71 頁，上海譯文出版社 1979 年版。

三

在中國現代小說史上，魯迅的小說創作具有創新和開拓意義，他在繼承中國古典小說藝術傳統的同時，又吸取了西方現代小說的藝術營養，創造了許多別開生面的小說藝術形式和藝術格局。茅盾在〈讀《吶喊》〉中說：「在中國新文壇上，魯迅君常常是創造『新形式』的先鋒，《吶喊》裏的十多篇小說幾乎一篇有一篇的新形式，而這些新形式又莫不給青年作者以極大的影響，欣然有多數人跟上去試驗。」[87]魯迅的鄉土小說以其新的藝術形式成為二十年代許多年青的鄉土作家創作的藝術模本，他們欣然跟上去試驗。

中國古典小說講究故事情節的曲折、首尾的完整，魯迅的小說借鑒西方小說的藝術形式，打破中國小說創作的傳統的藝術格局，創作了許多截取生活橫斷面的小說，使胡適「五四」以前在〈論短篇小說〉一文中提出的「用最經濟的文學手段，描寫事實中最精采的一段，或一方面」的短篇小說的理論，有了中國現代小說的藝術範例。魯迅的〈風波〉描寫江南水鄉夏日傍晚農家門口土場上，因農民出身的船工被人剪去辮子而引起的一場風波。〈明天〉描寫寡婦單四嫂子為寄託著她的「明天」全部生活意義的兒子治病，疾病終於奪去了寶兒的生命的故事。這兩篇作品都不去展示事件過程和人物生活的全部，而截取其最精采的一段。小說〈孔乙己〉、〈故鄉〉則擷取生活片斷，展示人物一生的悲慘命運。

二十年代步入文壇的鄉土作家們以魯迅的鄉土小說為模本，採用截取生活片斷的手法創作鄉土作品。許欽文的〈石宕〉截取巨石崩塌後釀成血淚斑斑慘劇的情狀，寫出了山村採石匠祖祖輩輩的悲慘生活。沈從文的〈柏子〉描繪水手柏子吊腳樓裏的尋歡作樂一幕，

---

[87] 雁冰〈讀《吶喊》〉，1923 年 10 月 8 日《時事新報》副《文學》第 91 期。

展示了湘西民族平凡卑微渾渾噩噩的人生。蹇先艾的〈水葬〉集中敘寫佃農駱毛被水葬的蠻野場面，剖露封建勢力和陋俗的殘忍及國民性的麻木愚昧。鄉土作家們的創作常常截取生活橫斷面描寫事實中最精采的一段。潘漠華的〈晚上〉和臺靜農的〈負傷者〉有與魯迅的〈孔乙己〉相似的構思，將主人公置於具濃郁鄉土風味的酒店茶館的環境中，以生活的片斷的描寫展示人物的不幸遭遇和悲慘身世。〈晚上〉截取主人公一個晚上的生活片斷，展示了在黑暗社會壓迫下高令由勤儉的農民變為酒鬼遊棍的墮落過程。〈負傷者〉通過妻子被惡霸霸占了的吳大郎在茶館遭到眾人的奚落嘲弄的情景的描寫，揭示了社會對於窮苦人的涼薄。王任叔的〈剪髮的故事〉模仿魯迅的〈風波〉，描寫「清朝變做民國」時主人公老牛剪去辮子而引起的鳳波。

　　中國古典小說基本以講故事人的口吻、以全知視角來鋪敘故事，魯迅的不少小說突破了傳統的全知視角，借鑒外國小說的藝術手法，或採用旁知視角，如〈孔乙己〉、〈祝福〉；或採用次知視角，如〈藥〉、〈離婚〉；或採用自知視角，如〈故鄉〉、〈社戲〉。這種嶄新的敘述角度和敘事結構給二十年代步入文壇的鄉土作家以新的啟迪。臺靜農的〈為彼祈求〉採用了似〈祝福〉的旁知視角，以作品中「我」見到一生為苦痛失望所占有的主人公陳四哥，然後憶及其坎坷悲哀的人生，最後以陳四哥的死訊激起「我」心靈的震撼作結，寫出了陳四哥悲哀苦痛的一生。許欽文的〈模特兒〉以旁知的角度講述了一個苦苦掙扎於封建制度下鄉村寡婦的悲婉故事。彭家煌的〈今昔〉以旁知者的視角敘寫了故鄉農民組織起來前後的迥異的精神面貌與生活。徐玉諾的〈在搖籃裏〉以自知視角真切地展現在兵匪的肆虐中故鄉人們的動蕩生活和凄慘遭遇。王魯彥的〈柚子〉以自知視角憤憤地揭示軍閥的草菅人命、民眾的麻木愚昧。徐玉諾的〈駱駝家〉和王魯彥的〈許是不至於

罷〉都通過不同人物的觀點來敘述故事，前者敘寫了農婦駱駝家的不幸命運，後者剖露了動盪時代裏鄉村有產者的心態。被日本作家龜井勝一郎譽為「是東方產生的最美的抒情詩」的魯迅的〈故鄉〉，以第一人稱的自知視角，以闊別故土的主人公「我」返回故鄉所見所聞展開故事，對記憶中故鄉的美麗繁盛的憶寫和眼前故園頹敗蕭瑟的描繪形成鮮明的對照，為當時許多鄉土作家所模仿，形成了一種遊子歸鄉今昔對照的敘事模式。許欽文的〈父親的花園〉以記憶中故園的盛景和回歸故土的凋敝現實作對比，在思鄉懷土的抒寫中沁出憶舊傷情顧影自憐的哀怨。蹇先艾的〈到家〉以歸鄉遊子眼中庭園的荒涼蕭瑟和記憶中家園的繁盛歡愉作對照，在人去屋空的描繪中透出鄉村的頹敗社會的動盪的現實。臺靜農的〈棄嬰〉、向培良的〈六封書〉等小說都以遊子見到夢縈魂繞的故鄉的衰敗景象中憶及故園過去的美麗歡悅，形成今不如昔的強烈對比，沁出悲涼的情韻。

　　沈從文曾說：「以被都市物質文明毀滅的中國中部城鎮鄉村人物作模範，用略帶嘲弄的悲憫的畫筆，塗上鮮明準確的顏色，調子美麗悅目，而顯出的人物姿態又不免有時使人發笑，是魯迅先生的獨造處。分得了這一部分長處，是王魯彥、許欽文同黎錦明。王魯彥把詼諧嘲弄拿去，許欽文則在其作品中，顯現了無數魯迅所描寫過的人物行動言語的輪廓；黎錦明在他的粗中不失其為細緻的筆下，又把魯迅的諷刺與魯彥平分了。」[88]魯迅小說的諷刺筆法為二十年代鄉土作家學習模仿。王魯彥的〈柚子〉「想以詼諧之筆出之的」，「但在玩世的衣裳下，還閃露著地上的憤懣」[89]，〈阿

---

[88]　沈從文〈論施蟄存與羅黑芷〉，見《沈從文選集》第 5 卷，第 285-286 頁，四川人民出版社 1983 年版。

[89]　魯迅〈中國新文學大系小說二集‧導言〉，《中國新文學大系導論集》第 135 頁，上海書店 1982 年影印。

卓呆子〉、〈阿長賊骨頭〉均學習魯迅的《阿 Q 正傳》，刻劃了阿
卓和阿長這兩個病態社會中不幸者的形象，「文筆之輕鬆滑稽，處
處令人絕倒，也有些彷彿《阿 Q 正傳》」[90]。許欽文的〈鼻涕阿二〉
學習魯迅的諷刺筆法，刻劃了一個在封建宗法社會環境中多苦多
難的鄉村婦女菊花的形象。許欽文的諷刺幽默筆調大多用來描寫
知識青年的婚戀故事和心理，諷刺了他們不切實際的愛的理想
（〈理想的伴侶〉、〈口約三章〉、〈重做一回〉、〈「原來就是你」〉等）。
黎錦明的諷刺筆法不常見，〈馮九先生的穀〉以調侃的筆調刻畫了
一個吝嗇而陰險的土財主的形象。沈從文以諷刺幽默的筆努力針
砭上流社會的墮落（〈八駿圖〉、〈某夫婦〉、〈紳士的太太〉等）。
王任叔的〈阿貴流浪記〉以魯迅的《阿 Q 正傳》為模本，以「嬉
笑怒罵的筆來寫」，通過主人公阿貴流浪上海的所見所聞，展示了
「五卅」期間都市的黑暗現實。王任叔的不少作品執意學習魯迅
的諷刺幽默筆法，或描寫破屋下人們的不幸遭遇，憐憫中夾雜著
詼諧的筆調（〈雄貓頭的死〉、〈疲憊者〉、〈白眼老八〉等）；或攝
下「鄉村的封建勢力的縮影與夫可笑的動作」[91]，諷刺中透露出
憤懣的情感（〈剪髮的故事〉、〈黃緞馬褂〉、〈隔離〉等）。彭家煌
的〈慫恿〉、〈陳四爹的牛〉在針砭鄉村的封建勢力和國民性的弱
點中，洋溢著濃郁的諷刺色彩。許傑的〈子卿先生〉、〈鄰居〉在
勾畫橫行鄉裏的土豪形象和剖露覬覦鄰居妻子的木匠金龍的心理
時採用了諷刺的趣劇筆調。在魯迅的諷刺手法的影響下，二十年
代鄉土作家紛紛嘗試模仿運用這種手法，為三十年代張天翼、沙
汀為代表的諷刺文學浪潮的興起，為四十年代諷刺暴露小說繁盛
拓寬了道路。

[90] 蘇雪林〈王魯彥與許欽文〉，見《蘇雪林文集》第 3 卷，第 312 頁，安徽文
藝出版社 1996 年版。
[91] 王任叔〈賣稿之前〉。

四

　　魯迅的小說創作突破了中國古典小說以情節為主的傳統，將刻劃人物的個性作為小說創作的主要目的，通過富有個性的人物的遭遇和命運的描寫，揭出病苦引起療救的注意。魯迅的鄉土小說塑造了阿Q、閏土、祥林嫂等頗具個性栩栩如生的人物形象，這些形象的出現不僅使二十年代步人文壇的鄉土作家們在小說創作中以單純的敘事逐漸轉人刻劃人物形象，而且在作品中出現了與魯迅筆下的人物性格相近的人物，形成了二十年代鄉土文學中的形象系列。

　　張天翼曾說過：「現代中國的作品裏有許多都是在重寫著《阿Q正傳》。」[92]老舍也說過：「像《阿Q正傳》那樣的作品，後起的作家簡直沒有不受他的影響的。」[93]在魯迅《阿Q正傳》的影響下，形成了二十年代鄉土文學中的阿Q形象系列：在臺靜農〈天二哥〉中的天二哥、蹇先艾〈水葬〉中的駱毛、彭家煌〈陳四爹的牛〉中的豬三哈、王魯彥〈阿長賊骨頭〉中的阿長、王任叔的〈雄貓頭的死〉中的雄貓頭、〈疲憊者〉中的運秧、〈白眼老八〉中的老八、潘漠華〈人間〉中的火吒司等人物身上都可看見阿Q的影子。這些人物都具有阿Q式的遭遇和性格。其一、他們大多像阿Q一樣一貧如洗。他們大多沒有自己一寸田地，當別人的佃農或雇工，雖辛勤勞動卻始終改變不了自己窘困的處境。天二哥生病沒錢求醫，只是喝幾口酒驅趕病魔；駱毛原是紳糧周德高的佃戶，因被退了佃而走上絕路；豬三哈是陳四爹家連牛都不如的雇工；阿長原來十分能幹「他的手會掘地，會種菜，會礱穀，會舂米，會磨粉，會划船，

---

[92] 張天翼〈論《阿Q正傳》〉，見李宗英、張夢陽編《六十年來魯迅研究論文選》第370頁，中國社會科學出版社版。
[93] 老舍〈魯迅先生逝世二周年紀念〉，見《老舍文集》第15卷第401頁，人民文學出版社1989年版。

會砍柴……」像阿 Q 般能幹的阿長為生活所迫卻淪為小偷。雄貓頭、運秧和老八都是單身的貧苦農人，或住在「只有一屁股大的屋子裏」，或借住在村裏的祠堂裏，或當佃戶，或做雇工，過著饑寒交迫的生活。「穿過痛苦愛著人間」的火吇司原是染房的雇工，後在深山塢裏過著衣不敝體食不果腹的生活。其二、他們大多像阿 Q 一樣麻木愚昧。他們為做穩了奴隸而生存，安於做穩了奴隸的地位而渾渾噩噩地生活著。天二哥像阿 Q 一樣地恃強凌弱，喝醉了酒將賣花生的小柿子打了一頓；駱毛在被綁去水葬的路上如阿 Q 般的無師自通地叫出一句「再過幾十年，我不又是一條好漢嗎」；豬三哈身上有著阿 Q 式的精神勝利法，當人們叫他「黑醬豆」的諢號時，他估量著對手在喉嚨裏嘰咕一句，「娘個大頭菜」，「不管人家聽見沒有，他總以為出了氣，勝利了」。他安於做了奴隸的地位，當丟了牛，他的奴隸地位受到威脅時，他帶著對主人真誠的祝福跳塘自盡。能幹的阿長卻不安於勞動，以惡作劇造成別人的苦痛當作自己的快樂，並成了一個「天才的小偷」。雄貓頭、運秧和老八都忍受著自己的命運，或以「這都是命該如此」以自慰，或「不知道做人有什麼悲苦和哀愁的」。深山塢裏饑寒交迫的火吇司卻心平氣和地忍受著生活的煎熬。其三、他們大多有著阿 Q 式的朦朧的反抗意識。由於他們窘困的生活處境和經濟地位，他們有著朦朧自發的反抗意識。天二哥因為打了警察兩個耳光並說他姓「天」而被人稱為天二哥；駱毛出於報複而偷鄉紳周德高的東西被水葬；運秧因被誣偷了別人的錢而憤然質問他做了二十多年的工、錢被誰偷了；與他的當鄉紳的哥哥勢不兩立的白眼老八憤憤地說：「偷，這世界裏，哪個人不是偷兒。工廠的老板，偷工人的血汗。鄉間的地主，偷農人的血汗。」這都帶著一種強烈的反抗色彩。其四、他們同阿 Q 一樣有著不幸的結局。天二哥連病帶醉死去，駱毛被葬身水底，豬三哈跳塘自盡，雄貓頭被大兵打死，運秧被關了一年多監

獄後淪為乞丐，老八在回家的路上在雪地裏凍死。同魯迅的《阿 Q 正傳》相比，如上作品雖也寫出了阿 Q 式人物的不幸和麻木，但缺乏《阿 Q 正傳》的深度和力度，有的作品帶著過多的模仿色彩。

　　許傑談到他的小說〈出世〉時說：「我在西湖善福庵時，庵裏曾經來過一個紹興的瘋女人，老師太和小師太接待她，讓她住下來。當年我剛剛看過魯迅在《婦女雜志》上發表的〈祝福〉，腦子裏留下了祥林嫂的形象，我把這個瘋女人同祥林嫂的形象聯繫起來，寫了一篇小說〈出世〉。」[94]〈出世〉中死了丈夫兒子來尼姑庵落戶、求生不得求死不成的年輕少婦身上可見到祥林嫂的影子。在臺靜農〈新墳〉中兒女死於兵災、手拿細竹竿滿街叫著喝兒女婚酒的瘋子四太太身上也可看到祥林嫂的神情。在許杰的〈改嫁〉中被迫改嫁的啟清嫂身上、廢名的〈洗衣母〉中勤勞孤苦的洗衣母身上、黎錦明的〈株守〉中守寡七年後再嫁的梅喜身上，抑或可找到魯迅〈祝福〉的影響。在臺靜農的〈為彼祈求〉中的陳四哥、蹇先艾的〈老僕人的故事〉中的老僕人身上抑或可發現閏土的影子。

　　魯迅的鄉土小說對二十年代鄉土作家創作的影響，除了如上諸方面以外，還可在白描手法的運用、環境場景的設置如茶館、酒店、人物名字的設計如用數字取名等方面見到魯迅作品的影響。二十年代的青年鄉土作家們沿著魯迅的腳跡去發現一個新的世界，在東西方文化的撞擊中，他們汲取更廣泛的藝術營養，逐漸建構起自己的藝術世界和藝術風格，王魯彥的焦灼幽鬱自然素樸，彭家煌的悲苦幽默委婉細膩，許欽文的悲怨平實冷靜質樸，馮文炳的哀怨憂鬱沖淡清新，沈從文的和諧靜謐幽野粗獷，黎錦明的瑰奇警拔熱烈明麗，蹇先艾的悲痛憤懣平淡簡樸……使「五四」落潮後寂寞荒涼的文苑呈現出濃郁的鄉土氣息和絢麗的藝術色彩。

---

[94]　許傑〈坎坷道路上的足跡〉，《新文學史料》1983 年第 4 期。

　　魯迅是中國現代鄉土小說創作的開拓者，不僅使二十年代鄉土文學的創作有了藝術的模本，對以後中國現代鄉土小說的繁盛也有著極為深遠的影響。孫犁曾說：「魯迅的小說〈故鄉〉、〈藥〉、〈孔乙己〉、〈社戲〉、〈祝福〉、〈風波〉以及《野草》《朝花夕拾》那些散文集子，給我留下了極為深刻的印象。我非常注意他的抒情的方法，敘述和白描的方法，特別是他作品中的那種內在的精神，對人生態度的嚴肅，和對他的人物的命運的關注。很少有作家像他那樣，在人物身上傾注了那麼多那麼深的感情。」[95]劉紹棠曾說：「我的生活經歷，使我對〈風波〉和〈社戲〉的感受最多，也最深刻……自從我十一歲讀了〈風波〉和〈社戲〉之後，魯迅先生的小說的藝術情趣，三十幾年來對我的影響根深蒂固，不知不覺地便流露出來。」[96]魯迅鄉土小說對中國鄉土文學創作的影響一直延續到文學新時期，這種影響還將繼續下去。

原載《魯迅研究月刊》1991 年第 10 期

---

[95]　呂劍〈孫犁會見記〉。
[96]　劉紹棠〈向魯迅學寫小說〉，《魯迅研究》1983 年第 1 期。

「用無我的愛，自己犧牲於後起新人」

——談魯迅對年輕一代的關心與教育

　　魯迅的偉大，不僅在他以其豐富多樣的創作、博大深邃的思想奠定了他在中國文學史、思想史上的崇高地位，而且在於魯迅全身心地關心教育年青一代，「用無我的愛，自己犧牲於後起新人」[97]，為關心教育年青一代的成長獻出了畢生的精力和心血，魯迅成為中國文化革命的主將和旗手。

　　魯迅將年青一代看作中國的前途和希望，他認為三千年古國所有的只是「想做奴隸而不得的時代」和「暫時做穩了奴隸的時代」，「而創造這中國歷史上未曾有過的第三樣時代，則是現在的青年的使命」[98]。為了使中國有擔當此重大歷史使命的青年一代，魯迅嘔心瀝血孜孜不倦地為年青人「打雜」、「作梯子」。魯迅 1926 年在廈門大學給許廣平的信中寫道：「我先前在北京為文學青年打雜，耗去生命不少，自己是知道的。但到這裏，又有幾個學生辦了一種月刊，叫作《波艇》，我卻仍然在打雜。」[99]針對有人說魯迅被人當作踏腳梯子之說，魯迅認為「倘使後起諸公，真能由此爬得較高，

---

[97] 魯迅〈我們現在怎樣做父親〉，見《魯迅選集》第 2 卷第 20 頁，人民文學出版社 1983 年版。

[98] 魯迅〈燈下漫筆〉，見《魯迅選集》第 2 卷第 79 頁，人民文學出版社 1983 年版。

[99] 魯迅〈兩地書・七十三〉1926 年 11 月 15 日。

則我之被踏，又何足惜」[100]。為了年青一代的成長，魯迅以這種打雜、作梯子的精神任勞任怨地關心教育他們。魯迅一生親自接待了大約五百個來訪的青年，親手拆閱了大約一千二百多個青年的來信，親自給青年覆信達三千五百多封，為許許多多青年看稿改稿、聯繫出版、編輯校對，為四十九個青年作家五十四部作品寫過序言，甚至抱病為文學青年看稿校稿而吐血，魯迅在給許廣平的信中曾說：「我的生命，碎割給人改稿子，看稿子，編書，校字，陪坐這些事情上者，已經很不少，……」[101]為了在中國「造出大群的新的戰士」，魯迅先生甘願為年輕人打雜，甘願為年輕人作梯子，真可謂鞠躬盡瘁、死而後已。

魯迅努力抨擊舊教育對青年人的束縛，主張解放青年，「養成勇敢而明白的鬥士」[102]。魯迅執著地針砭舊禮教舊教育對青年一代的摧殘迫害。對中國舊家庭的教育魯迅竭力予以批評，魯迅認為舊家庭的教育有二：一是一點不管任孩子跋扈，導致孩子「在門內或門前是暴主，是霸王，但到外面，便如失了網的蜘蛛一般，立刻毫無能力」；一是終日呵斥嚴加管束，「甚而至於打撲，使他畏葸退縮，彷彿是一小奴才，一個傀儡」[103]。魯迅提倡長者應「自己背著因襲的重擔，肩住了黑暗的閘門，放他們到寬闊光明的地方去，此後幸福的度日，合理的做人」[104]。魯迅鼓勵青年們掙脫封建的束縛，自

---

[100] 魯迅〈致章廷謙〉1930 年 3 月 27 日，見《魯迅書信集》上卷，第 249-250 頁，人民文學出版社 1976 年版。

[101] 魯迅〈兩地書·七十一〉1926 年 11 月 9 日，《魯迅全集》第 11 卷，第 195 頁，人民文學出版社 1987 年版。

[102] 魯迅〈致楊霽雲〉，見《魯迅書信集》上卷，第 576 頁，人民文學出版社 1976 年版。

[103] 魯迅〈上海的兒童〉，見《魯迅文華》第 3 卷，第 420-421 頁，百家出版社 2001 年版。

[104] 魯迅〈我們現在怎樣做父親〉，見《魯迅選集》第 2 卷第 15 頁，人民文學出版社 1983 年版。

己去闖出一條路來，養成獨立分析問題解決問題的能力，「大膽地說話，勇敢地進行，忘掉一切利害，推開了古人，將自己的真心的話發表出來」。魯迅真誠地希望青年人能不斷上進，有所作為，「能做事的做事，能發光的發光。有一分熱，發一分光，就令螢火一般，也可以在黑暗裏發一點光，不必等候炬火」[105]。

　　魯迅在言傳身教中使青年受到深刻的教育。魯迅不僅以其「揭出病苦，引起療救的注意」的文學創作影響了一代青年，而且在言傳身教中給他們以啟迪和教益。李霽野憶及魯迅對文藝青年的愛護和培養時說：「魯迅先生對於青年人的誠懇態度，從譯稿的看改和幾次的談話已經使我深信無疑了，所以以後偶有寫作也寄給他去，我知道他是不會笑青年人幼稚的。」[106]魯迅在北京大學等校任教期間，給學生講授《中國小說史》，他不僅給學生以豐富的小說史知識，而且通過小說史的教學進行反封建思想教育和社會批評，受到學生們熱烈的歡迎。魯迅常常與青年們談心，談社會，談人生，談文學，談歷史，在親切和藹的促膝談心中，給青年以教育。當時魯迅告誡文學青年許欽文，「變態社會造成不幸的人太多了，總要揭出來，促進大家注意，才可以設法加以救治」，引導許欽文「注意反封建，攻擊舊社會黑暗的根源」[107]。魯迅諄諄告誡文學青年臺靜農創作應「從熟悉的生活中取材」，要他多讀些外國短篇小說作為借鑒[108]。魯迅對青年人指出，封建社會是一臺人吃人的宴席，「掀翻人吃人的宴席，搗毀人吃人的廚房，就是今天青年的使命」[109]。

[105] 魯迅〈隨感錄・四十一〉，見《魯迅選集》第 2 卷第 128 頁，人民文學出版社 1983 年版。
[106] 李霽野〈憶魯迅先生〉，見魯迅博物館、魯迅研究室選編《魯迅回憶錄》散篇上冊，第 105 頁，北京出版社 1999 年版。
[107] 許欽文《魯迅日記中的我》，第 6 頁，浙江人民出版社 1979 年版。
[108] 轉引自楊劍龍〈臺靜農：深受魯迅影響的地之子〉，《江淮論壇》1993 年第 3 期。
[109] 魯迅〈燈下漫筆〉，見《魯迅選集》第 2 卷第 83 頁，人民文學出版社 1983

魯迅不僅教導青年要敢於鬥爭，而且要他們善於鬥爭，在鬥爭中要注意保護自己，不要「赤膊衝鋒」，注意韌性戰鬥，推崇打壕塹戰，這些都對當時青年們與反動派的鬥爭有莫大的幫助。魯迅對青年的教育不僅言教，更注意身傳，魯迅以他自己偉大的人格和忘我的革命實踐教育了一代青年。在五卅運動中，在女師大事仲中，在「三一八」慘案後，魯迅始終和進步學生站在一起，滿腔熱情地投身於與反動派的鬥爭中，置個人的安危於不顧，魯迅寫下了一系列文章，憤怒地抨擊反動當局的殘酷罪行，熱情歌頌青年學生的鬥爭精神，魯迅因此而遭到反動政府的通緝迫害。魯迅以「橫眉冷對千夫指，俯首甘為孺子牛」的偉大精神，與反動派和黑暗社會作殊死的鬥爭，為進步事業和青年一代而鞠躬盡瘁，成為年青人的光輝榜樣。

魯迅迅以平易近人的態度與青年交往，給青年以真切的關心和教育。魯迅從不以青年的導師自居，他竭力反對封建的師道尊嚴，他指出：「古之師道，實也太尊嚴，我對此頗有反感。」[110]在與青年的交往中，魯迅始終以平易近人平等相處的態度與他們交往，他給青年人寫信總是以兄相稱。李霽野憶及與魯迅的交往時說：「1924年初冬的一個下午，我去拜訪魯迅先生。從先生的文章風格看，我原想他對人的態度一定是十分嚴肅，令人只生敬畏之心吧，不料像先生說章太炎一樣，他『絕無傲態，和藹朋友然』。」[111]魯迅這種平易近人使他的身邊永遠圍著許多真誠求知的年輕人，魯迅以自己的人生經驗給他們以啟迪，以自己對社會的觀察剖析給他們以啟悟，魯迅風趣的談吐、深刻的分析，熱情的關懷，真誠的幫助，使魯迅永遠是許多年青人所尊敬的導師和真摯的朋友。許廣平在〈魯

年版。

[110] 魯迅〈致曹聚仁〉，《魯迅書信選》上卷第 380 頁，人民文學出版社 1976 年版。

[111] 李霽野〈魯迅先生對文藝嫩苗的愛護與培育〉，見趙家璧等《編輯生涯憶魯迅》，第 110 頁，湖北教育出版社 2000 年版。

迅和青年們〉一文中談及魯迅對青年的幫助：「逐字逐句的批改文稿，逐字逐句的校勘譯稿，幾乎費去先生半生功夫。大病稍癒的時候，許多函稿送來了，說：『聽說你的病好些了，該可以替我看些稿，介紹出去了罷？』有時寄來的稿字是那麼小，複寫的鉛筆字是那麼模糊，先生就爽心襯上一張硬白的紙，一看三歎，終於也給整本看完了。」[112]魯迅為了中國多出幾個有用的人才而竭盡全力，他說：「只要能培養一朵花，就不妨做做會朽的腐草。」[113]

　　魯迅對青年們既熱情扶植幫助，又努力嚴格要求，意在養成勇敢而明白的鬥士。魯迅不僅從思想到學習、從生活到創作給青年以無微不至的關心和幫助，而且對他們嚴格要求一絲不苟。他要求青年們切切實實地學習文化知識、掌握服務於社會的實際本領。魯迅在給學生的信中說：「僕以為一無根柢學問，愛國之類，俱是空談；現在要圖，實只在熬苦求學，惜此又非今之學者所樂聞也。」[114]他要求青年們「趁此時候，深研一種學問，古學可，新學亦可，既足自慰，將來亦仍有用也」[115]。魯迅極力反對青年不切實際的草率作風，1934年他憤憤地指出：「近十年中，有些青年，不樂科學，便學文學；不會作文，便學美術，而又不肯練畫，則留長頭髮，放大領結完事，真是烏煙瘴氣。假使中國全是這類人，實在怕不免於糟。」[116]魯迅要求青年刻苦學習打好基礎，不要好高鶩遠，好大喜功，要勤

[112] 許廣平〈魯迅和青年們〉，1938年10月16日《文藝陣地》第2卷第1期。

[113] 魯迅〈《近代世界短篇小說集》小引〉，見《魯迅文華》第2卷第1144頁，百家出版社2001年版。

[114] 魯迅〈致宋崇義〉，見《魯迅書信集》上卷，第28頁，人民文學出版社1976年版。

[115] 魯迅〈致臺靜農〉，《魯迅書信集》上卷，第470頁，人民文學出版社1976年版。

[116] 魯迅〈致楊霽雲〉，《魯迅書信集》上卷，第568頁，人民文學出版社1976年版。

奮學習堅持不懈，他語重心長地說：「對於只想以筆墨問世的青年，我現在卻敢據幾年的經驗，以誠懇的心進一個苦口的忠告。那就是：不斷的（！）努力一些，切勿想以一年半載，幾篇文字和幾本期刊，便立了空前絕後的大勳業。」[117]魯迅提倡青年要有腳踏實地的樸實作風，反對嘩眾取寵不切實際的作法，提倡「實地勞作，不尚叫囂」[118]，認為一個人的工作、生活都應該是樸實的，反對那些「粗聲傲氣，傲然凌人」的浮躁作風。魯迅不僅嚴於解剖自我，而且常以嚴正的立場、鮮明的態度批評青年的缺點錯誤、不良傾向。魯迅批評未名社的幾位青年「疏懶一點」、「小心有餘，潑辣不足」；批評語絲社的消沉，「對於社會現象的批評幾乎絕無」[119]；批評論語派的人，「先前確曾和黑暗戰鬥，但他們地位一有變化，本身也變為黑暗了，一聲不響，專用小玩意兒來抖抖地把守飯碗」[120]。

魯迅對青年的態度前後有所變化，前期魯迅以進化論的思想認為青年必勝於老年，因此，魯迅甚至聽學生的吩咐為學生去補鞋，成為共產主義者後的魯迅，以階級論的觀點分析青年，擺脫了進化論的負累，看到同是青年「有醒著的，有睡著的，有躺著的，有玩著的，此外還多。但是，自然也有要前進的。」魯迅更加堅定揭露抨擊青年中的無聊無恥之徒，更加熱情地關心幫助青年。

原載上海《中學教育》1992 年第 2 期

---

[117] 魯迅〈魯迅著譯書目〉，見《魯迅文華》第 2 卷第 1201 頁，百家出版社 2001 年版。

[118] 魯迅〈曹靖華譯《蘇聯作家七人集》序〉，見《魯迅文華》第 4 卷第 587 頁，百家出版社 2001 年版。

[119] 魯迅〈我和語絲的始終〉，見《魯迅文華》第 2 卷第 1186 頁，百家出版社 2001 年版。

[120] 魯迅〈致章廷謙〉，見《魯迅書信集》上卷，第 247 頁，人民文學出版社 1976 年版。

淺談魯迅對《紅樓夢》的評論

　　魯迅不僅是一個偉大的文學家、思想家和革命家，而且是一個傑出的文學史家，他在整理研究中國古典小說的工作中作出了卓越的貢獻，他博覽群書高屋建瓴，以樸素唯物主義的思想，用歷史的眼光，從大量的文學史料中運用了綜合、分析、比較等方法，「從倒行的雜亂的作品裏尋出一條進行的線索來」[121]，他的《中國小說史略》是我國第一部開創性的小說史專著，〈中國小說的歷史變遷〉提綱挈領地勾畫了中國小說史發展的脈絡，從而奠定了中國小說史研究的基石。我們從魯迅對《紅樓夢》的評論中，可見出魯迅在中國古典小說研究方面之一斑。

　　魯迅對《紅樓夢》的評論，除了在《中國小說史略》和〈中國小說的歷史變遷〉中進行了較詳盡的評述外，在雜文集《墳》、《二心集》、《花邊文學》、《且介亭雜文》和《集外集》中均有所涉及，綜觀魯迅對《紅樓夢》的評論，主要有以下幾方面：

---

[121] 魯迅〈中國小說的歷史變遷〉，《魯迅全集》第 8 卷，第 313 頁，人民文學出版社 1957 年版。

一、魯迅肯定了《紅樓夢》在中國小說上的地位

他認為是「出於稗官」列於諸子可觀者九家以外的第十家所作的小說，在中國歷來被排斥在文學的殿堂之外的，《紅樓夢》問世以後，因其真實的描寫、深刻的思想，雖為封建統治者斥為淫書邪說，但終究不能阻止《紅樓夢》的流傳，不能抹煞《紅樓夢》的成就。王國維將《紅樓夢》譽為「我國美術上之唯一大著作」[122]，王夢阮卻將其評為「有價值之歷史專書」[123]，但前者以叔本華的悲劇理論為基點，後者探索幽隱牽強附會隨意捏合，都表現了思想上方法上的主觀唯心主義。魯迅從樸素的唯物主義立場出發評述了《紅樓夢》在中國小說史中的地位，從反面將其譽為中國偉大的作品。他說：「在中國，小說是向來不算文學的。在輕視的眼光下，自從十八世紀末的《紅樓夢》以後，實在也沒有產生什麼較偉大的作品。」[124]又說：「小說和戲曲，中國向來是看作邪宗的，但一經西洋的『文學概論』引為正宗，我們也就奉之為寶貝，《紅樓夢》《西廂記》之類，在文學史上竟和《詩經》《離騷》並列了。」[125]魯迅能將《紅樓夢》置於歷史的經線和時代的緯線的坐標上評價其在文學史上的地位，並認為清代小說中的人情派「以著名的《紅樓夢》為代表」，並闡述了《紅樓夢》對以後的人情小說的創作產生的巨大影響。

[122] 王國維〈《紅樓夢》評論〉，1904 年 6 月《教育世界》。
[123] 王夢阮〈《紅樓夢》索隱提要〉，1914 年《中華小說界》第 6、7 期。
[124] 魯迅《〈草鞋腳〉小引》，見《魯迅文華》第 4 卷第 18 頁，百家出版社 2001 年版。
[125] 魯迅《徐懋庸作〈打雜集〉序》，見《魯迅文華》第 4 卷第 303 頁，百家出版社 2001 年版。

二、魯迅揭示了《紅樓夢》現實主義的傑出成就

　　魯迅在《中國小說史略》中廣征博引，綜合了關於《紅樓夢》故事的四種說法：納蘭成德家事說、清世祖董鄂妃故事說、康熙朝政治狀態說和自敘說，魯迅突出地多次指出《紅樓夢》的現實主義的成就。他說：「至於說到《紅樓夢》的價值，可是在中國底小說中實在是不可多得的。其要點在於敢於如實描寫，並無諱飾，和從前的小說敘好人完全是好，壞人完全是壞的，大不相同，所以其中所敘的人物，都是真的人物。總之自有《紅樓夢》出來以後，傳統的思想和寫法都打破了。」[126]又說《紅樓夢》「蓋敘述皆存本真，……正因寫實，轉成新鮮」[127]。魯迅揭示了《紅樓夢》的「如實描寫，並無諱飾」的現實主義成就，並指出由於曹雪芹從生活出發如實描寫，打破了傳統的人物臉譜化的寫法，擺脫了人物描寫的平面、落套，使之更為立體、生動。

　　在評論《紅樓夢》時，魯迅還指出了其在語言方面的成就，認為《紅樓夢》「它那文章的旖旎和纏綿」和「對話的巧妙」「是能使讀者由說話看出人來的」[128]。《紅樓夢》的語言簡潔純淨優美動人，寫人生動傳神栩栩如生，狀物繪色繪聲境界全出，以至於後人紛紛學步於它，甚至「去寫優憐和妓女的事情」，「便用了《紅樓夢》的筆調」。

---

[126] 魯迅〈中國小說的歷史變遷〉，《魯迅全集》第 8 卷，第 314 頁，人民文學出版社 1957 年版。

[127] 見《魯迅自編文集·中國小說史略》第 268 頁，天津人民出版社、香港炎黃國際出版社 1999 年 2 月版。

[128] 魯迅〈中國小說的歷史的變遷〉，見《魯迅論文學與藝術》第 128 頁，人民文學出版社 1980 年版。

三、魯迅指出了《紅樓夢》獨具的悲劇特徵

　　《紅樓夢》是一部愛情悲劇，它通過寶黛的愛情悲劇，揭露了封建社會後期的黑暗和罪惡。魯迅指出了《紅樓夢》的悲劇特徵，他說：「《紅樓夢》中的小悲劇，是社會上常有的事，作者又是比較敢於實寫的，而那結果也並不壞。」[129]王國維曾根據叔本華的悲劇理論，認為《紅樓夢》是「徹頭徹尾之悲劇」「悲劇中之悲劇」，並認為它屬於「通常之道德、通常之人情、通常之境遇」的悲劇，魯迅顯然也受了王國維的影響，但王國維雖指出了悲劇《紅樓夢》的「示人生之真相」，卻又認為《紅樓夢》「又示解脫之不得已」[130]，這表明了王國維的悲觀頹廢的思想傾向。魯迅卻從《紅樓夢》的悲劇中，看到了世人的不幸、社會的黑暗，並批判了作品中消極虛無的傾向。魯迅說：「在我眼下的寶玉，卻看見他看見許多死亡；證成多所愛者，當無苦惱，因為世上，不幸人多」，並指出「然而僧人卻不過是愛人者的敗亡的逃路，與寶玉之終於出家，同一小器」[131]。魯迅借《紅樓夢》中語，道出了《紅樓夢》不同於歷來野史和才子佳人等書的「不大近情理之說」，指出《紅樓夢》的不落窠臼，「不過只取其事體情理罷了」，「玉若離合悲歡，興衰際遇，則又追蹤攝跡，不敢稍加穿鑿」。魯迅竭力反對中國戲曲小說的「始於悲者終

---

[129] 魯迅〈論睜了眼看〉，見《魯迅選集》第 2 卷第 88 頁，人民文學出版社 1983 年版。

[130] 王國維〈紅樓夢評論〉，見周錫山《王國維文學美學論著集》北嶽文藝出版社 1987 年版。

[131] 魯迅〈中國小說的歷史變遷〉，見魯迅《中國小說史略》人民文學出版社 1976 年版。

於歡，始於離者終於合，始於困者終於享」[132]的大團圓的傳統寫法，對《紅樓夢》的一些續作的「大概是補其缺陷，給以團圓」嗤之以鼻，他說：「儼然而後來或續或改，非借屍還魂，即冥中另配，必令『生旦當場團圓』，才肯放手者，乃是自欺欺人的癮太大，所以看見了小小騙局，還不甘心，定須閉眼胡說一通而後快」[133]。這些都反映了魯迅早期的悲劇觀。

　　魯迅早期對《紅樓夢》的評論，不僅具有史料價值，且有理論深度，但早期的魯迅思想還沒有達到歷史唯物主義和辯證唯物主義的高度，還處在樸素唯物主義的階段，對《紅樓夢》故事的看法，還不能從胡適的自敘說中擺脫出來，還不能明晰地挖掘出《紅樓夢》深刻的思想內涵，同時，我們也須看到魯迅對《紅樓夢》研究的發展過程。

　　魯迅對中國小說史的研究涉獵甚廣，從中國的神話傳說，一直研究到清末的譴責小說，就從魯迅對《紅樓夢》的研究中，即可以看出魯迅對中國古典小說研究的卓越貢獻，不僅在學術價值上，而且在方法論上給後來學人以啟示，正如阿英在〈作為小說學者的魯迅先生〉一文中所說的：「中國的小說，是因為他而才有完整的史書，中國小說研究者，也因他的《中國小說史略》的產生，才有所依據的減少許多困難，得著長足的發展。」「他替我們在為蒙茸的雜草所遮掩的膏腴的地域裏開拓了一條新的路，替我們發掘了不少寶貴的珍藏，他更遺留給我們以一種刻苦耐勞勤謹不苟的工作精神。」[134]

原載《齊魯電大》1995 年第 1 期

---

[132] 《王國維文學美學論著集》，第 10 頁，北嶽文藝出版社 1987 年版。
[133] 魯迅〈論睜了眼看〉，見《魯迅選集》第 88 頁，人民文學出版社 1983 年版。
[134] 阿英〈作為小說學者的魯迅先生〉，1936 年 10 月 23 日《時事新報》。

走進魯迅的藝術世界

　　魯迅是中國現代史和文學史上的偉人和巨匠，他被人譽為「中國魂」，他的著作是中華民族的寶貴的文化遺產，每一個中國人都應該了解魯迅、學習魯迅，從這位偉人身上汲取精神力量，讓我們一起走進魯迅的藝術世界。

　　在中學的課文中，我們讀到了魯迅的〈故鄉〉，那個曾經是小英雄的卑怯者閏土，使我們在深深的感慨中感到無盡的傷感；我們讀到了魯迅的〈社戲〉，那個坐著烏篷船去看社戲的歡愉迷人的夜晚，使我們在深深的沉思中感到幾分悲涼；我們讀到了《阿 Q 正傳》，那個長著癩頭瘡、時時處處始終勝利的阿 Q，使我們在忍俊不禁中感到深深的悲哀；我們讀到了〈祝福〉，那個終日為再嫁而自譴自責、最後倒斃於雪地中的祥林嫂，使我們在深深的憐憫中感到無比的憂憤；我們讀到了〈孔乙己〉，那個為酒客們所哄笑的落魄者孔乙己，使我們在深深的同情中感到無比的悲憤……

　　然而要進一步了解魯迅，我們必須進一步走進魯迅的藝術世界。魯迅的散文集《朝花夕拾》，讀來你會覺得十分親切感人：那只活潑敏捷的隱鼠，這樣有趣（〈貓・狗・鼠〉）；那令少年魯迅十分興奮的插圖本《山海經》，這般奇異（〈阿長與山海經〉）；對熱鬧的五猖會的企盼（〈五猖會〉）；對可怖而可愛的活無常的讚賞（〈無常〉）；兩面三刀的衍太太（〈瑣記〉）；正直親切的藤野先生（〈藤野先生〉）……都在我們面前展示了魯迅少年時代豐富有趣的生活，使我們更加了解魯迅的生活和個性。在魯迅的小

說集《吶喊》裏，你會看到一個焦急地吶喊著、呼喚昏睡在「鐵屋子」裏人們覺醒的魯迅：那狂人的執著吶喊（〈狂人日記〉），那單四嫂子的無告人生（〈明天〉）；那一根辮子的風波（〈風波〉）；那尋覓財寶的夢幻（〈白光〉）；那端午節的虛幻（〈端午節〉），那白兔家族的悲哀（〈兔和貓〉）……讀來使我們看到魯迅對國民性的執著探索，那一個個卑怯者的身影，那一個個愚昧者的靈魂，使我們心驚、令我們悲哀、讓我們自省。從魯迅的小說集《彷徨》中你會窺見一個個彷徨者的面影：呂緯甫的敷敷衍衍的人生態度（〈在酒樓上〉）；魏連殳孤傲頹唐的個性性格（〈孤獨者〉）；看客們精神的麻木（〈示眾〉）；追求幸福的虛幻（〈幸福的家庭〉）……讀來使我們看到魯迅對人生前途的探索，那一個個落魄者的無望前程，那一個個看客們的愚昧神態，使我們惆悵、令我們憂憤、讓我們深省。

　　雖然魯迅展示的是過去的世界，但是我們從中難道不能窺見當代社會中一些相近的精神弊端嗎？雖然魯迅剖析的是民族的歷史，但是我們從中難道不能反思人類世界中一些相似的社會悲劇嗎？魯迅的精神永垂不朽。魯迅的作品凝練精警，獨特的構思、白描的手法、深刻的思想，都是我們寫作的最佳的範本。讓我們一起走進魯迅的藝術世界！

原載《中學生知識報》1997 年 5 月 8 日 2 版

第三編

魯迅研究之研究

一部回憶魯迅集大成之著

——《魯迅回憶錄》小談

　　一段值得回想的歲月是滲透著生命體驗的歲月，無論其有多麼坎坷曲折；一部值得回味的作品是充滿著感人魅力的作品，無論其引起多少爭鳴；一個值得回憶的人物是給人以深刻印象的人物，無論對其臧否多麼大相徑庭。魯迅先生以其戰鬥的一生為中國文化史、文學史、思想史寫下了璀璨的華章，魯迅在與人們的交往中給人留下了極為深刻的印象，魯迅生前、身後有諸多人撰寫了與他交往的回憶文章、著作，這對我們了解魯迅、研究魯迅有著莫大的幫助。這些回憶魯迅的文章散佚在各種報章雜志上，這些回憶魯迅的著作有的一直未能再版，給想了解與研究魯迅的人們帶來了諸多的不便。王世家先生殫精竭慮選編的《魯迅回憶錄》，上冊散篇與下冊專著計六本共二百四十萬字，可以說這是一部回憶魯迅的集大成之著。

　　在魯迅研究史上，第一部魯迅研究的著作是 1926 年由臺靜農選編的《關於魯迅及其著作》，臺靜農收集了 1923 年至 1926 年間國內報刊發表的十二篇評價魯迅的文章，這些文章「有揄揚，有貶損，有漫罵，在同一時代裏，反映出批評者的不同的心來」。當年臺靜農先生將選編出版這部著作視為「是一件很能慰心的事」，現在《回憶魯迅》的出版，對於長年從事魯迅研究與編輯工作的王世家先生來說也一定是一件很能慰心的事。王世家先生以魯迅

研究家與編輯家的眼光選編《魯迅回憶錄》，在散篇選編的二百零九篇文章中，他不僅選編了魯迅的親朋好友回憶文章，而且選編了魯迅當年論敵的回憶文章，如梁實秋、林語堂、高長虹等，選編了原先與魯迅過從甚密、後來卻疏遠了人的回憶文章，如錢玄同、尚鉞、徐懋庸等。該著還選入了二十四篇外國友人回憶魯迅的文章，讀者可以從各個不同的視角去了解魯迅、接近魯迅。在下冊選編的魯迅回憶的著作中，魯迅的親朋好友許壽裳、許廣平、許欽文、周健人、周遐壽、周啟明、馮雪峰等的著作，展現了一位有血有肉有情有義的魯迅的形象。下冊所編入的荊有麟《魯迅回憶斷片》，是自 1943 年出版後從未再版的，這大概是因為作者1927 年投靠了國民黨、1951 年被鎮壓的緣故吧，該著甚至在一些魯迅研究資料編目中也沒提及。然而，當年與魯迅過從甚密的荊有麟卻在該著中提供了諸多頗具參考價值的第一手資料，該著編入的重要意義是不言而喻的。

在《魯迅回憶錄》的選編中，王世家先生按照魯迅主要的生活時段排列所選編的著作、散篇，又在每個時段中按發表的時間先後為序，這使讀者可以沿著魯迅的生平經歷閱讀相關的回憶文章。在選編的文章、論著時，選編者又附錄了文章作者的簡介，並重點介紹他們與魯迅的交往情況，這對於讀者了解回憶文章的內容起到了十分重要的作用。

法國思想家雷蒙‧阿隆認為：「歷史是由活著的人和為了活著的人而重建的死者的生活。所以，它是由能思考的、痛苦的、有活力的人找到探索過去的現實利益而產生出來的。」（見雷蒙‧阿隆《歷史：活人重建死者的生活》）作為已成為歷史人物的魯迅，在他的身上也折射出中國新民主主義歷史的某些章節，在這部回憶魯迅的集大成之著中，諸多回憶者也為了活著的人而努力重建死者魯迅的生活，這種回憶雖然也是為了找到探索過去的現實利益，但大

多數回憶者也是為了矚目於未來的利益，發揚光大文化巨人、文學巨匠、思想具擘魯迅的偉大精神，在今天選編出版這部《魯迅回憶錄》的重要意義大概也在於此了。

原載《魯迅研究月刊》1999 年第 6 期

「在更加廣闊的時空範圍內研究魯迅」

——評王吉鵬先生近幾年的魯迅研究

　　在魯迅研究的領域裏，有諸多不尚叫囂埋頭苦幹的學者，王吉鵬先生就是這樣一位兢兢業業勤奮勞作的學者。他自 1986 年出版了《〈野草〉論稿》，1987 年出版了《魯迅思想作品論稿》後，在忙碌的工作間隙中，仍然孜孜不倦地在魯迅研究藝苑裏耕耘。在前一著作出版的十多年後，他接連向魯迅研究界奉上了多部魯迅研究的專著：《魯迅作品新論》（1998 年）、《魯迅世界性的探尋——魯迅與外國文化比較研究史》（1999 年）、《魯迅民族性的定位——魯迅與中國文化比較研究史》（2000 年）、《中學語文中的魯迅》（2000年）、《魯迅及中國現代文學散論》（2001 年），共計 200 餘萬字，顯示出其在魯迅研究中的勤奮與執著。

　　王吉鵬先生在《魯迅作品新論》的〈代後記——直面現實：魯迅研究的當務之急〉中，對於魯迅研究界出現的無端攻擊褻瀆魯迅的偏向深為不滿，他提出：「在更加廣闊的時空範圍內研究魯迅，是當前思想文化建設的必然要求。……魯迅對於世界文明的卓越貢獻，是不會湮沒在種種誤解和歪曲下的，否則，那將是我們民族乃至全人類的莫大悲哀，魯迅作為一種內涵豐富的文化現象，啟發著我們在歷史舞臺整合的意義上，謀求同異質文明的更加廣泛而深入的交流。」綜觀王吉鵬先生近幾年出版的魯迅研究著作，我們看到王吉鵬先生即是「在更加廣闊的時空範圍內研究魯迅」的，他將魯

迅作為一種內涵豐富的文化現象，在謀求同異質文明的更加廣泛而深入的交流中觀照與研究魯迅，為近年來的魯迅研究作出了很大的奉獻。

在近年來王吉鵬先生的魯迅研究中，將魯迅作為一種內涵豐富的文化現象，在同異質文明更加廣泛深入的交流中研究魯迅，是其研究的一個重要的特點。他與李春林合作撰寫的《魯迅世界性的探尋——魯迅與外國文化比較研究史》，從魯迅與外國文學、外國文化比較研究歷史的梳理觀照中，清晰地勾勒出自「五四」時期至二十世紀末期研究的歷史。該著按照歷史發展的軌跡分為四章，分別為：「魯迅的世界性的最初發現——濫觴期（1919-1949）」、「缺少比較文學理論指導的魯迅比較文學解讀——停滯期（1949-1976）、「魯迅挾世界文化向我們走來——發展期（1976-1989）」、「魯迅：在中外文化交流的坐標上——深化期（1989-1998）」，他將七十餘年的魯迅與外國文學、文化比較研究的歷史，作了十分全面深入的梳理與研究，尤其在第三章、第四章中，從比較文學理論、總體比較研究、分國比較研究、闡發研究、翻譯的研究、關係的介評、研究之研究、學術研討會等方面，作了全面細緻的梳理與研究。該著以翔實的資料、系統的梳理、全面的觀照，填補了魯迅學領域的一個空白，對魯迅與外國文學與文化研究的歷史作了全面的總結，給魯迅研究界提供了一個脈絡清晰的參照。

王吉鵬與其研究生于九州、荊亞平合著的《魯迅民族性的定位——魯迅與中國文化比較研究史》，是如上著作的姊妹篇，從魯迅與中國文化比較史的視角對魯迅研究作了梳理與歸納。該著分為五章：「濫觴與發展（1919-1949）」、「整合與重構（1949-1966）」、「停滯與扭曲（1966-1976）」、「迴旋與突進（1976-1990）、」「深入與拓展（1990-2000）」。第四章、第五章是該著中內容最為豐富的，

從魯迅與古代文化、近代文化、現代文化、當代文化的視角，梳理魯迅與中國文化關係的研究史，僅在魯迅與古代文化的部分，就梳理了魯迅與遠古文化、先秦文化、兩漢文化、魏晉文化、唐宋文化、明清文化等方面的內容，在魯迅與近代文化、現代文化、當代文化的梳理中，主要觀照魯迅與各文化文學人士之間關係的研究，雖然著者認為還有諸多方面有待突破的，但是該著仍然較好地體現了著者的初衷：「……從中國五千年文化的坐標中，進行全方位觀照，給魯迅以民族性的定位」「通過對魯迅與中國文化比較研究史的評述，梳理 80 年來魯迅研究領域的重要成果，傳承魯迅精神的火種」（見該著〈前言〉）。

王吉鵬先生不僅撰寫了這兩部有關魯迅的文化比較研究史，他自己也努力在此方面有所建樹，在他與人合著的《魯迅及中國現代文學散論》的「魯迅比較論」一輯中，就收入了他有關此方面的多篇論文：〈魯迅的《野草》與夏目漱石《十夜夢》之比較〉、〈從〈過客〉與《等待果陀》比較談起〉、〈《地下室手記》主人公與阿 Q〉。「魯迅研究論」一輯中收入了〈近十年魯迅與外國文化比較研究綜述〉（一）（二）、〈魯迅與中國文化比較研究史論綱〉，都可見出王吉鵬先生在此方面的努力。

近年來王吉鵬先生的魯迅研究，具有十分開闊的學術視野，在對於魯迅作品細緻深入的解讀中，努力道出其獨到的見解與認識，這又是其魯迅研究的另一個特點。王吉鵬先生認為：「魯迅是在東西方文化撞擊下產生的文化巨人，他不僅具有包容世界文化思潮的胸襟，更具有擇取精髓、剔除糟粕的眼光。魯迅的創作實踐及其有關理論，表明了他對於中國文學匯入世界文學所作出的努力。而在世界文學的廣闊視野中，又能顯示出魯迅學不愧為我們民族的經典文化。」（〈魯迅作品新論‧代後記〉）王吉鵬先生努力在世界文學的廣闊視野中觀照魯迅、研究魯迅，在對於魯迅作品的細緻深入解

讀中，努力探析魯迅創作的真諦。王吉鵬先生近年來的魯迅研究，從對於魯迅思想的剖析，到魯迅散文詩《野草》的評說；從散文集《朝花夕拾》分析，到歷史小說集《故事新編》的評論；從魯迅的詩歌的研究，到魯迅雜文的探究；從對魯迅研究歷史的觀照，到對中學語文中魯迅的關注，其研究的視野十分開闊，且努力將魯迅的研究置於世界文化文學的廣闊背景中進行研究，常常得出其獨到的見解。他的長篇論文〈論魯迅的人生哲學〉，將魯迅置於世界文化與文學的背景中論析，從而觸摸魯迅的心靈，理解魯迅的一生。他從生活觀、金錢觀、名位觀、情感觀的視角觀照魯迅，從古與今、個與群的矛盾中去靠攏魯迅，從「以西方現代精神為表，以傳統兼濟價值為裏」的角度分析魯迅人生哲學形成所受到的兩種因素的影響，並探析魯迅個性心理的豐富複雜，從而較全面深入地研究了魯迅的人生哲學，傳導出一位複雜生動而充滿矛盾的偉人魯迅形象。王吉鵬先生研究《野草》，他努力從新的視角展開研究，不再拘泥於其意象的分析、象徵的探究，而在較廣闊的視野這展開研究，論析《野草》的英雄悲劇、摩羅精神、人生哲學、進化理論、創作心態、時空描寫、諷刺藝術、美學風格，讀來令人有耳目一新之感。在對於《朝花夕拾》的研究中，王吉鵬先生從人生選擇、人情之美、鄉風民俗、生物世界、死亡意識、文獻價值、創作心態、敘事藝術等方面展開研究，視野的開闊、角度的新穎，使其研究別具一格。近年來王吉鵬先生的魯迅研究，常常採用十分新穎獨到的研究方法，對於不同研究論題採用不同的研究方法，顯示出其在魯迅研究中執著的探索精神與創新意識。改革開放以後，我們以極大的熱情引進了諸多西方的新的文學研究方法，並一度表現出囫圇吞棗不求甚解式的新方法熱。在對於西方文學理論與方法的深入學習研究後，各種方法的運用拓展了文學研究的視角，使我們的文學研究變得更為生動與深入了。王吉鵬先生在魯迅研究中，努力根據不同的

研究論題，採用多種研究方法，使他的魯迅研究更加生動與豐富。
他在研究魯迅的歷史小說《故事新編》時，運用了文化批評、原型
批評、敘事學批評等方式，將對於《故事新編》的研究更深入了一
步。在研究魯迅的雜文時，他以意象批評的方法展開研究，研究魯
迅雜文中的「歷史意象」、「社會意象」、「自然意象」，使其對於魯
迅雜文的研究別具新意。在魯迅的研究中，王吉鵬先生尤其注重用
心理學的方法去觀照魯迅，挖掘魯迅人生與思想心理學的動因，探
析魯迅創作心理學的意義。如在《野草》研究中，他探析魯迅的創
作心態，在《朝花夕拾》的研究中，他也分析魯迅的創作心態，在
對於魯迅詩歌的研究中，他關注作品中透露出魯迅的情感：愛國
情、親情、友情、鄉情，這種分析都具有心理學的意味與視野。在
〈論魯迅雜文中的悲劇心態〉、〈《野草》具名的長久心理蘊含〉、〈論
魯迅留日時期思想轉變動力論〉等文中，都可以見到其嫻熟地運用
心理學的理論與方法，對於魯迅的心理與思想進行深入的研究，得
出其獨到的見解。

王吉鵬先生的魯迅研究，值得一提的是：他在自己努力深入地
展開魯迅研究的同時，將不少研究生引上了魯迅研究的道路，使魯
迅研究界出現了不少生力軍，這應該說也是王吉鵬先生近年來的魯
迅研究的特點之一。他的魯迅研究，除了與李春林研究員合作以
外，大多數是與其研究生合作的。在《魯迅作品新論》中有成健、
曹克、秦嶺、尹慧慧；在《魯迅世界性的探尋》撰寫中，他請了研
究生陳秀雲、常崇娟、魯春梅、劉嬌陳、丁穎、林雪飛等協助校對；
《魯迅民族性的定位》是他與研究生于九州、荊亞平合著的；《魯
迅及中國現代文學散論》收入了研究生陳秀雲、成健、常崇娟、林
雪飛、魯春梅、劉嬌陳、于九州、荊亞平的論文，這應該說是王吉
鵬先生的重要成就之一，為我們的魯迅研究界培養出這麼多的新生
力量，這是值得竭力推崇的。

　　王吉鵬先生仍然在魯迅研究領域中努力耕耘，王吉鵬先生仍然給研究生們開設有關魯迅研究的課程，願他在新的世紀中在魯迅研究中更上一層樓。

原載《北方論叢》2002 年第 4 期

深入探究魯迅的複雜與深刻

──評嚴家炎《論魯迅的複調小說》

　　作為中國現代文學研究會的前會長，嚴家炎先生以其認真與平實的作風對於中國現代文學學會的發展、對於中國現代文學學術的推進，都做出了十分重要的貢獻。在中國現代文學的研究中，嚴家炎先生在中國現代小說流派史、中國現代文學發展史等研究方面都有著十分重要的成就，形成了其敏銳深入厚重紮實的研究風格。其撰寫的《論魯迅的複調小說》（上海教育出版社 2002 年 7 月出版）是一部有關論述魯迅的創作與思想的論文集，嚴家炎先生努力深入探究魯迅的複雜與深刻，該著全面展示了嚴家炎先生魯迅研究的成果與風格，推進了魯迅研究的深入與發展。

　　由於魯迅本身的豐富與深刻，使魯迅研究成為中國現代文學研究中一個重要的領域，諸多學者在魯迅研究的藝苑裏不斷耕耘，使魯迅研究幾乎成為中國學術界的顯學。在汗牛充棟眾說紛紜的魯迅研究成果面前，嚴家炎先生努力尋找魯迅研究的獨特視角，使其魯迅研究呈現出其獨具的慧眼與見地。〈複調小說：魯迅的突出貢獻〉一文受到巴赫金複調小說理論的啟迪，以複調小說的獨特視角論析魯迅的小說創作。他認為：「魯迅小說裏常常回響著兩種或兩種以上不同的聲音。」在分析魯迅諸多小說中多聲部現象的複調特徵後，他研究魯迅小說成為複調的因素：魯迅個人的經歷和體驗所決定的思想的複雜性、運用多種不同的創作方法、敘事角度的自由變

化，使複調小說成為魯迅富有獨創性的藝術嘗試。他又細緻地考察魯迅受到了陀思妥耶夫斯基創作的影響，在小說創作中採取「將矛盾著的自己一分為二地轉化為兩個藝術形象的方法」。從複調小說視角對於魯迅的小說展開研究，使這種研究具有新意。〈魯迅與表現主義〉從魯迅對於表現主義接受與運用的視角研究《故事新編》，具有獨特的創見。他從魯迅接觸與譯介表現主義論著談起，認為因此魯迅的創作思想發生了明顯的變化，更注重作家的主觀精神、情緒體驗和表現；強調藝術與實際生活的距離；容納荒誕、誇張、變形的情節和細節。從而認為《故事新編》並非現實主義的產物，而是表現主義的產物，並從滑稽、荒誕、自我表現等方面分析《故事新編》的表現主義特徵。〈《吶喊》《彷徨》的歷史地位〉將魯迅的小說創作置於中國小說由傳統向現代轉型的視角，觀照中國現代小說在魯迅手中開始、成熟的歷史地位。〈魯迅和日本文化〉從魯迅對待日本文化的見解的視角進行研究，概括魯迅認為日本文化的開放、認真、反省的特點，也指出魯迅對日本軍國主義的批評。〈東西方文化的不同模式和魯迅思想的超越〉從東西方文化的不同特徵考察魯迅的個性主義與集體主義的思想，他認為「五四」時期魯迅接受了西方的個人主義思想，在他接受馬克思主義後並未完全摒棄個體本位的觀念，而是「把它看做合理的觀念容納在集體主義思想體系中」。在魯迅研究中，嚴家炎先生始終努力尋找獨特的視角，細緻深入地研究魯迅分析魯迅，得出諸多有見地的獨到觀點。

　　嚴家炎先生十分推崇魯迅的知人論世顧及全篇的方法，在〈論世而後知人，顧全方能通篇〉中，他說：「魯迅後期曾對文學史研究發表過許多精辟的見解，其中不少具有方向性或方法論的意義。譬如，必須聯繫時代來研究作家，必須聯繫作家全人及著作全貌來研究作品，就是一條充滿一唯物主義和辯證法精神的重要意見。」嚴家炎先生借鑒魯迅提倡的方法，常常努力聯繫時代、聯繫作家全

人及著作全貌研究魯迅，使其魯迅研究具有文學史視野的觀照，從而突出魯迅在文學史上的意義和價值。在〈論〈狂人日記〉的創作方法〉中，他在梳理了以往對於〈狂人日記〉研究的不同觀點後，將其置於中國文學發展的歷史軌跡中予以觀照，認為：「〈狂人日記〉確實就是『衝破一切傳統思想和手法』的作品。從思想上說，它可以是一篇新的〈人權宣言〉。從藝術方法上說，魯迅在這裏不但自覺地運用了近代現實主義，而且還第一次把現實主義與象徵主義結合起來，從而達到一種新的藝術境地，完成了某種單一的創作方法所決難完成的任務。」這種具有文學史視野觀照的論斷，有著令人信服的邏輯力量。在〈魯迅作品的經典意義〉中，嚴家炎先生將魯迅的創作置於中國現代文學的轉型歷史背景中，從憂憤深廣的現代情思、超拔非凡的藝術成就、文體實驗的極大功績等方面，論述魯迅作品的經典意義，在回眸二十世紀中國文學的視角中，充分肯定魯迅在文學史上重要意義。〈中國的家族制度與魯迅等先驅者的批判性思考〉一文，將魯迅對於家族制度的批判置於「五四」新文化運動的背景中，先對中國的家族制度的產生作了考察，並肯定其在政治、經濟、文化發展中的貢獻，還批評了家族制度維護男權、束縛商業、壓制個性等方面的弊端，再分析魯迅從男女地位、父子關係、婚姻制度等方面對中國家族制度的批判，使其研究具有歷史的厚度與深度。〈《吶喊》《彷徨》的歷史地位〉將魯迅的小說置於文學史發展的背景中，論述魯迅小說的重要歷史地位。〈讀《阿Q正傳》札記〉將魯迅的《阿Q正傳》放在啟蒙主義的歷史背景中去研究，努力分析阿Q性格與精神勝利法形成的社會歷史條件。嚴家炎先生將魯迅置於文學史發展的軌跡中進行研究，使其對於魯迅的研究不是就事論事，而具有了文學史的視野與意義。

在魯迅研究中，嚴家炎先生特別注重史料的梳理，他常常在史料的梳理與運用中見出其獨到的見解，體現出其論從史出的治學方

法和學術功力。在〈關於魯迅和創造社、太陽社論爭的幾個問題〉中，他從諸多的史料出發論析無產階級革命文學的倡導，並分析倡導在革命形勢、革命性質、新文學的性質等方面所受到的瞿秋白錯誤路線的影響，並分析說：「魯迅對創造社、太陽社一些錯誤傾向所進行的批評，其實質就是從文化戰線對瞿秋白『左』傾盲動主義路線展開的抵制和鬥爭。」他也指出在論爭中魯迅「也有感情過於激動、態度不夠冷靜的地方」。以諸多史料的印證使其對於魯迅在這場論爭中的貢獻與不足，有了比較恰當的評斷。在〈兩個口號論爭的再評價〉中，在「比較系統地閱讀了兩個口號論爭的有關資料」後，對於兩個口號的緣起與功過都作了符合史實的論析。認為國防文學運動並非是王明右傾機會主義的產物，而是適應抗日救亡要求而提出的，並指出國防文學既存在著右傾的錯誤，也存在著「左」傾殘餘。魯迅「不但批評了倡導『國防文學』的一些文章中的錯誤，而且也批評了贊成『民族革命戰爭的大眾文學』的一些文章中的錯誤。」嚴先生根據史料對於兩個口號的評析合情合理。在〈魯迅與表現主義〉中，嚴先生查閱列出了魯迅購進的諸多有關表現主義的著作，並涉略了魯迅所翻譯的有關表現主義的論著，對於魯迅與表現主義的關係提供了令人信服的例證。在〈複調小說：魯迅的突出貢獻〉中，提到魯迅所受到了陀思妥耶夫斯基創作的影響，談到魯迅對陀思妥耶夫斯基作品譯文的校訂，「曾經在理論文章、散文、序跋、書信中一而再、再而三地談到過陀思妥耶夫斯基」，嚴先生從史料入手細緻地梳理魯迅所受到的影響。在〈魯迅對《救亡情報》記者談話考釋〉中，嚴先生查閱了諸多的史料，以考釋記者的真實身分、所記魯迅談話是否準確可靠。在〈為〈鑄劍〉一辯〉中，以魯迅談及〈鑄劍〉的創作時間 1926 年而批評〈鑄劍〉倡導向蔣介石復仇的說法。嚴家炎先生在史料的梳理中對於魯迅的研究常常能夠鞭辟入裏獨抒己見。

　　嚴家炎先生以其對於魯迅創作的細緻研讀與分析，努力在宏觀與微觀的結合中揭示魯迅的複雜與深刻，雖然其研究的方法總體上還略顯傳統，但是，嚴家炎先生在魯迅研究中獨特的研究視角、文學史視野的觀照、注重史料的梳理等，都使其魯迅研究具有敏銳厚實的特點，為推進魯迅研究做出了十分重要的貢獻。

原載《上海魯迅研究》第 16 期，2005 年 4 月出版

於細微處見精神，於瀟脫中現精彩

——讀《吳中杰評點魯迅小說》

　　吳中杰先生是一位率真坦直的性情中人，嫉惡如仇不隱匿不隱晦鞭辟入裏單刀直入，這常常是其表達獨到見解的言語方式；吳中杰先生是一位嚴謹深刻的學界中人，孜孜不倦勤奮耕耘不虛飾不空靈言出有據實事求是，這常常是其尋求學問之道的言論風格。吳先生脫下了教書匠的外套後，製作了一張「自由撰稿人」的名片，依然是一介書生，在無拘無束中卻選擇了重新解讀魯迅，在自由自在中則選擇了評點魯迅作品。吳中杰先生對魯迅是情有獨鍾的，已出版的著作就有《論魯迅的小說創作》、《論魯迅的雜文創作》、《魯迅文藝思想論稿》、《魯迅傳略》，從其為人與為文中似乎都可見出魯迅的影響。進入新世紀以來，吳中杰先生撰寫出版了《吳中杰評點魯迅雜文》、《吳中杰評點魯迅書信》，2003 年 6 月又出版了《吳中杰評點魯迅小說》，吳先生還計劃撰寫《吳中杰評點魯迅散文》、《吳中杰評點魯迅詩歌》等，構成吳中杰評點魯迅的系列，作為自由撰稿人的吳中杰先生在魯迅的世界裏無拘無束自由自在。

　　吳先生在《吳中杰評點魯迅小說》的前言中說：「評點，是中國古代文學批評的一種重要方法，……但自從西洋批評方法傳入中國之後，評點之法就衰落了。其實，評點法有一般的評論文章所無法替代的長處。評論文章大抵只能論述作品的主旨大要，卻無法顧及它的細微之處。而作者的情思，則往往體現在抒寫的筆墨中，伸

展到作品的各個角落，不將此中意蘊點出，就無法全面闡發作品的內涵。特別是魯迅的小說，筆墨寓意深刻，時時觸及現實，作品所蘊含的思想內容，不是主題論述所能概括得了的，採用評點法，或可彌補評論文章的不足。」這或許就是吳先生近些年來評點魯迅作品的真意。吳先生採取邊批與篇末總評的方式對《吶喊》、《彷徨》、《故事新編》中的作品逐篇進行評點，以其對於魯迅及其作品的熟識與深刻理解，以其在魯迅研究中所積累的經驗與見識，以極具情感色彩與理性意味的筆觸，要言不煩點到即止，涉筆成趣發人深思，於細微處見精神，於灑脫中現精彩，無論對於閱讀魯迅的學生，還是對於研究魯迅的學者，都能得到啟迪有所受益。

在每篇小說的邊批中，吳先生以其獨特的感受、淵博的學識、深刻的理解等，在細微處見精神。吳先生或聯繫創作背景作家心態點出作品的要旨，或針對謀篇布局行文技巧指出作品的巧妙；或通過人物的一言一行探析人物的複雜心理，或深入小說的字裏行間挖掘作品的深邃思想。在邊批中，吳先生或擊節贊歎拍案叫絕，或深入肯綮點石成金，或聯繫歷史闡發內蘊，或面對現實抒發感慨。

在評點中，吳先生常常深入探析鞭辟入裏以小見大發人深省。在〈狂人日記〉中狂人「從來如此，便對麼？」旁，他評點說：「向從來如此的行事發出疑問，這是啟蒙主義理性精神的表現。唯有如此，才能走出歷史蒙昧的誤區。」點出了懷疑精神的巨大價值和意義。在評點《阿Q正傳》時，吳先生寫道：「原來阿Q所幻想的革命，就是這樣的革命：通過掠奪的方式，將別人的財物和女子占為己有，而且稍不如意，即可隨便殺人，不但殺鬥爭的對立面，還要殺自己所不喜歡的人。中國歷來的改朝換代，大抵如此。」將阿Q革命的方式與性質深刻地道出，也揭示出中國歷來的改朝換代草菅人命的事實。在評點小說中盤起辮子砸碎龍牌拿走香爐的「革命」時，他評點道：「而且革過一次，又來一次。此處所寫的革命情景，

不但概括了過去，而且預示了未來。『文化大革命』中紅衛兵的『破四舊』，不也就是這番景象嗎？」將阿Q們的革命與文化大革命聯繫起來，異曲同工妙趣橫生發人深省。在評點〈補天〉中禁軍在女媧的死屍上豎旗紮寨時，他寫道：「偉大人物死亡之後，總有人會以嫡派自居，將這面大旗搶在自己手中。而攻占到死屍旁邊，在死屍的肚皮上紮寨，則描寫之極致也。『伶俐』一語，亦是確評。」在神話故事中發掘出現實深意，令人深思。在評點〈理水〉中下民代表向視察大員匯報災後以水苔做滑溜翡翠湯、榆葉做一品當朝羹時，他寫道：「多麼好聽的菜名，掩蓋住粗糲的實質。這是中國人慣用的伎倆。專員們聽匯報，本來只是應付公事，即使講得好聽，他們也沒有耐心聽完，即使寫了條陳遞上去，也未必會看。」以虛假的美麗掩蓋住粗糲的事實、視察大員聽取匯報的應付公事，都在簡約的評點中將內蘊深入地揭出。

小說是一種敘事文體，在評點中吳先生常常寥寥數語道出魯迅小說獨特的敘事方式敘事視角敘事特徵。在評點〈孔乙己〉的結尾處，他寫道：「孔乙己的形象，由酒店小伙計的眼光引入，也在小伙計的眼光裏淡出。」將作品獨特的敘事視角與意義點出。在評點〈藥〉華老栓半夜買藥的場景時，他寫道：「虛寫殺人場面，實寫看客的動態。筆鋒所向，意在批判群眾的愚昧。頸項如鴨的比喻，形象地畫出這類人的神情，極具諷刺意味。」將小說虛寫與實寫的意圖和效果點出。在評點〈故鄉〉的開篇時，他寫道：「魯迅傾向於心理現實主義，故他的作品很少有純客觀的景物描寫，這裏所寫的故鄉景象，是從主人公的眼光看出，帶有明顯的主觀色彩，是以情寫景也。」指出了小說敘事視角、主觀色彩。在評點〈風波〉土場暮景時，他寫道：「好一幅江南水鄉的風俗畫！這裏表面上的安閒，為的是襯托下文所寫內裏的不平靜來。」將以安閒的開篇襯托不平靜風波的敘事構思道出。

在評點中，吳先生常常深入地分析魯迅小說詞語深刻的比喻與象徵等寓意。在評點《阿Q正傳》時，指出：「白眼者狗也，司晨者雞也。這兩個名字很有寓意，是謂趙府上的雞犬之輩。」揭示依仗權勢者的愚昧冷漠。在評點〈肥皂〉時，點出：「學程者，學習二程之謂也；二程者，宋代理學大師程顥、程頤兄弟也。從給兒子取的名字中，可見四銘的道學家心態。由此也可以悟到，『文化大革命』時期取名為向東、衛彪、學青者，其實並非創舉，倒是承襲舊法。」指出偽道學家四銘表面的道貌岸然實際的荒淫無恥，並聯繫文革的改名，妙趣橫生。在評點〈在酒樓上〉時，寫道：「這個比喻極妙。在停滯的社會裏，許多改革者都不過是繞了一點小圈子的蜂蠅，這是可悲的人生經歷。」將繞圈的蜂蠅比喻的深意和盤托出。在評點〈風波〉時，寫道：「政治風波轉瞬即逝，生活仍在舊軌道上進行。最後寫六斤的裹腳，富有象徵意義。」將土場上風波過去後一切照舊的情狀道出，發人深省。

以簡約深刻的邊批，道出閱讀時的深切感受、深入思考，在細微處見出魯迅小說的精神之所在，這種效果是評論文章中少見的。

與評論文章的方法不同，評點的方法較為隨意灑脫，在對於魯迅小說的篇末總評中，吳先生並不在意於對所評點作品作面面俱到的評說，而往往抓住所評點作品的特徵，從某些方面做較為獨到而精到的評點，雖然常常點到輒止，有話則多，無話則少，但往往在灑脫中現精彩。

吳先生常常深入評點人物形象，言簡意賅切中肯綮：認為〈端午節〉「塑造了一個清高而又懦怯的知識份子形象」，指出〈孤獨者〉中的魏連殳「始終是一個反抗者，雖然是一個失敗的反抗者」。在分析〈明天〉時挖掘名字中的寓意：「單四嫂子姓單，即有孤單之意，排行第四者，因周氏有三兄弟，免影射之嫌也；而對於兩個不懷好意的酒客的命名，也有寓意：用鼻子來拱者，豬也，藍皮阿五

者癩皮狗也，如此起名，則直斥其為豬狗之輩。」指出〈理水〉刻畫大禹中國脊梁式的人物，但「並不將他神化，而是寫成一個普通的人」。認為〈採薇〉描寫伯夷、叔齊「多寫其尷尬處境，意在表現隱居之難」。評點的精到與深刻，頗為精彩。

　　吳先生常常精當地評點作品主旨，似乎隨意，卻精心推敲：評點〈兔和貓〉時指出：「魯迅有很大的愛心，他的強烈的憎恨，也是由熱烈的愛心所引起，本文就是明證。」指出「〈幸福的家庭〉的主旨，卻並不是要『寫男女之間的事』，只不過是借此來諷刺那種脫離現實的幻想家」，評點〈出關〉對於老子的批評態度，〈非攻〉對於墨子的尊崇方式，〈起死〉用戲劇的形式「來揭露莊子思想中的一些基本矛盾」。

　　吳先生常常寥寥數語，分析作品的精當構思：他認為〈孔乙己〉「筆墨極其簡練，而文氣卻舒徐不迫，短短三千來字，就從容地刻畫出一個豐滿的藝術形象，表現出一種人情世態。」談及〈明天〉，他指出：「作品先從間壁咸亨酒店入手，寫紅鼻子老拱和藍皮阿五乘單四嫂子危難之際，在動壞心思，是有深意的。此則一開始就將冷漠的氛圍托出，為全文定調也。」他認為：「但〈長明燈〉的重點並不在描寫『瘋子』本身，更多的是寫他周圍的那些人物，因他要吹熄長明燈，要放火，而引起的反應。」他分析〈社戲〉以進戲園看京戲與在農村看社戲的對比手法，「其情趣似乎比擬感不完全在看戲的本身，而在農村純樸的風俗，在少年伙伴真摯的友情，在去看社戲途中的愉快心情」。他認為：「〈示眾〉是對於某種社會場景的速寫，其中人物不少，但沒有一個有名有姓的，作者只是描摹其形狀、動作，從他們在圍觀場面的湧動中，寫出了一種世態。」

　　吳先生尤其注重對於魯迅小說心理描寫的分析，在恰如其分的評點中道出其獨特的見解。他認為〈白光〉「是一篇很有特色的心理小說」，「重在心理分析，寫出一個真正的瘋狂者」。他指出〈高

老夫子〉中「作者也就抓住了這種失常心態，著力描寫。作品中有許多地方是以人物的失常心態來觀看外景，而以人物眼中之景來表現其失常心態，在心理描寫和景物描寫上，都開出了新的生面」。認為〈兄弟〉「吸取了佛洛伊德的潛意識和釋夢的方法，而改變了性心理分析的觀點，把重心放到經濟問題上來。這是對心理分析學的一個發展」。在評點〈肥皂〉時，指出：「魯迅擅寫人物心理，但卻並不直接進行分析，只是通過行動的細微變化而表現出來，故需要仔細體會，才能明白。」他對於四銘太太的行動舉止分析其對於四銘的態度和心理。

讀吳先生對於魯迅小說篇末總評，雖沒有面面俱到逐層深入，但卻努力從其獨到的閱讀感受與理解中捕捉特性，在對於每篇作品的評點中抓住最具有特點處予以簡明扼要的評點，在灑脫中現精彩。

閱讀吳中傑先生對於魯迅小說的評點，唯一的遺憾是多在評好，卻未點孬，魯迅的小說並非篇篇精品，有些作品也存在某些不足和憾處──這大約與吳先生對於魯迅的崇敬心態有關。當然，作為第一部以評點方法研究魯迅小說的著作，於細微處見精神，於灑脫中現精彩，是魯迅研究的新成就，無論對於閱讀魯迅的學生，還是對於研究魯迅的學者，都能得到啟迪有所收益。

探究殖民地鬥士的思想與精神

——我觀韓國的魯迅研究

　　中韓兩國一衣帶水，同屬儒家文化圈，在相類似的文化傳承中相互交流相互影響，這在魯迅研究中可見一斑，文化巨匠魯迅的作品與精神已成為世界文化遺產的一部分，這在最近出版的《韓國魯迅研究論文集》中得到了體現。由魯迅博物館編輯、河南文藝出版社 2005 年 7 月出版的這部三十餘萬字的著作，選編了韓國學者魯迅研究的論文 17 篇，並輯錄了樸宰雨、樸南用撰寫的〈韓國魯迅論著目錄（1920-2004）〉，比較全面地反映了韓國魯迅研究的歷史和現狀，可謂韓國魯迅研究的集大成之作。

一

　　自韓國柳樹人 1925 年得到魯迅的允許將〈狂人日記〉翻譯成韓文，至今已有八十周年了，由於魯迅作品所體現出來殖民地民族的抗爭精神、批判意識、反省色彩，魯迅深受韓國人的關注，魯迅的許多作品被翻譯成韓文，出版了十餘部魯迅研究專著，發表了四百多篇魯迅研究的論文，不少學者以魯迅為對象撰寫博士、碩士論

文，魯迅研究已幾乎成為韓國學界的顯學之一，韓國成為中國、日本以外的魯迅研究重鎮。

選編者的一個基本原則為挑選有韓國特色的魯迅研究優秀論文，這成為該論文集的一個特點。論文集第一輯的六篇論文注重研究韓國人心目中的魯迅與魯迅對於韓國的影響。樸宰雨的〈韓國魯迅研究的歷史與現狀〉將韓國的魯迅翻譯、研究分為黎明、黑暗、一時露面、潛跡、開拓、急速成長、成熟發展七個時期，全面梳理準確評價了韓國魯迅研究八十餘年的歷程。他指出：「回顧韓國魯迅研究的歷史，可謂甚為艱難，幾經曲折。黎明期的時候，經一些先驅者的努力，關於魯迅的介紹、翻譯、研究已有了基礎。不過，經過中日戰爭時期的黑暗期，光復空間的一時露面期，韓國戰爭後幾年的潛跡期，魯迅介紹與翻譯、研究多有浮沉，不具備充分發展的條件。後來在嚴酷的反共風氣下，經過相當長的新的開拓期，到了八十年代開始急速成長了。至於國內外時代環境改變的九十年代，雖然魯迅熱有點淡化，但魯迅研究繼續向成熟發展。到了二十一世紀初的現在，研究數量與質量相當提高，已經具備了韓國魯迅學的蔚為壯觀的面貌。」經過細緻具體的梳理，勾勒出韓國魯迅翻譯與研究的評說，脈絡清晰言之有據。金允植的〈韓中現代文學相互關係一瞥——以魯迅為中心〉簡約地研究了韓中現代文學的關係，他將韓國對於魯迅的接受置於殖民地人民的反抗與鬥爭的基礎上。他說：「魯迅的偉大就是中國的偉大，而且他的偉大又跟中國的反日本帝國主義鬥爭緊密相連。正因為這點魯迅才備受我們的關注。我想也正是這個原因，他常常被拿來跟早些時候同樣是留日學生的韓國作家李光洙作比較吧。」他因此比較日本殖民統治時期的魯迅、李光洙，比較魯迅經歷的幻燈事件與李光洙經歷的模擬國會事件，突出他們在殖民統治時期的抗爭與鬥爭，分析韓國革命者李陸史與魯迅的會面，梳理韓國現代文學中的中國現代文學、中國現

代文學中的韓國文學。金時俊的〈流亡中國的韓國知識份子和魯迅〉從魯迅日記、周作人日記等資料中梳理分析吳空超、李又觀、柳樹人、金九經、申彥俊、李陸史、丁來東等韓國人士與魯迅的交往，提出了最早見到魯迅的韓國人並非李又觀，而是吳空超，並指出人民文學出版社的《魯迅全集》將漢城的東亞日報社注釋為「系中國共產黨江蘇省委宣傳部領導的報紙，劉英主編，其前身為《大陸新聞》」之誤。金良守的〈殖民地知識份子與魯迅〉將視野置於同淪為日本殖民地的韓國與臺灣，在對於兩地知識份子對於魯迅作品的介紹、對於魯迅的訪問的梳理介紹中，在魯迅逝世後兩地的反響分析中，他將魯迅對於這兩地的關心視為魯迅對於殖民地的關心。因此他認為雖然魯迅並未提出過對殖民地獨立與殖民地的支持等文學主張，「魯迅仍被殖民地百姓接受為希望之所在的原因，和作為『抵抗文人』的他的本來形象加上殖民地獨立的慾望結合在一起所形成的關於他的新的形象」。金河林的〈魯迅與他的文學在韓國的影響〉在梳理了韓國對於魯迅作品的翻譯後，分析了韓國作家李光洙、韓雪野、李炳注、柳陽善、樸景利等創作所受到魯迅作品具體深刻的影響，梳理韓國二十世紀八十年代對於魯迅的美術理論和現代中國的美術運動的介紹。他敏銳地指出，韓國翻譯介紹大多為魯迅前期的小說，因此「形成對魯迅的理解和接受的障礙」，產生了對於魯迅極端的評價，「有的認為魯迅是個左翼份子，有的認為魯迅是個民族主義者，還有的認為魯迅文學是是前後期斷絕的」，他認為必須「真正地理解魯迅的多方面，才能接受魯迅文學的真諦」，這是切中肯綮的。樸宰雨的〈韓國七八十年代的變革運動與魯迅〉提出了魯迅亦屬於韓國的觀點，他著重從韓國七八十年代變革運動家所受到魯迅的影響展開論述，韓國變革運動的思想指導者李泳禧將其榮譽歸於魯迅，魯迅指明了他人生的目標和思想的歸宿；地下變革運動的先驅者任軒永將魯迅的創作視為完美的文學創作的典

範，他提倡的民族文學受到魯迅「為了民族解放戰爭的統一戰線概念」的影響，他深受魯迅「為了文學而不畏政治鬥爭、為了政治而自由自在地運用文學這一武器」的影響，他提出將魯迅精神運用於全球化的社會實踐更有必要。

　　該輯的論文大多以殖民地的視角關注韓國對於魯迅的接受，大多在對於史料的梳理與分析中，研究魯迅在韓國的影響，更多地將對於魯迅的接受與影響置於思想的、政治的、社會變革的視閾中，在對於史料的梳理、對於翻譯研究歷史的分析中，全面展現出魯迅在韓國被接受與研究的歷史脈絡與現狀。

二

　　魯迅的小說創作開拓了中國現代小說創作的主潮，影響了中國現代小說創作的進程。茅盾指出：「在中國新文壇上，魯迅君常常是創造新形式的先鋒，《吶喊》裏的十多篇小說幾乎一篇有一篇新形式，而這些新形式又莫不給青年作者以極大的影響，欣然有多數人跟上去試驗。」（茅盾〈讀《吶喊》〉，《文學周報》第 91 期，1923 年 10 月。）魯迅的小說在藝術上有著經典性，在小說的結構、敘事等方面都有著獨特之處。該著的第二輯主要從藝術的視閾研究魯迅的創作。全炯俊的〈魯迅的現實主義理論〉以較為開闊的視野研究魯迅的現實主義，他認為前期魯迅「就已經形成了重視主觀真正性的批判現實主義這個魯迅現實主義的骨骼」，後期魯迅持續了主觀真正性的現實主義思維。胡風繼承和發揚了魯迅的批判現實主義，將客觀現實和主觀精神之融合為現實主義一般原理，把他的主觀主義發揮到極致。「1953 年至 1976 年

為止，現實主義理論的魯迅模式在中國受到了無情的壓制。但具有諷刺意味的是，這種現實主義理論模式受到壓制的同時，在愛國愛民的意義上，魯迅精神反而在中國得到了廣泛的支持。」申正浩的〈魯迅「敘事」的「現代主義」性質〉從敘事視角研究魯迅的小說，通過魯迅小說的獨白與對話，分析小說的雙重結構，通過諷喻、反語、悖論敘事姿態，分析小說敘事主體的多重化，在敘事時間的逆向性、敘事空間的抽象性質中，分析小說敘事結構的解構，在對於英雄、傻子、狂人、孩子、大眾形象的分析中，探究小說人物的邊緣性質，從而研究魯迅小說敘事的現代主義特質，分析細緻而深入、別致而具體。全炯俊的〈小說家的魯迅與他的小說世界〉分析魯迅小說的敘述特徵，認為「重視部分相對獨立性的虛實美學態度，在現代以前的中國傳統文學中特別是後現代主義中已經出現，而魯迅將其同諷刺和反諷法緊密地結合了起來」。在分析魯迅小說中民眾和知識份子時，他指出「魯迅小說所出現的民眾一般是以反面形象出現的，是受批判的對象」。在分析知識份子形象時，他特別分析了苦惱的知識份子形象，認為「魯迅小說的第一人稱敘述者，形成了一種在絕望中尋找希望到漸漸絕望的軌跡」，他還分析魯迅小說中的雙重自我。他指出反封建的歷史使命仍然未完成，因此「它成為魯迅仍然活在東亞文學的憑據」。李珠魯的〈重讀〈狂人日記〉〉從敘事學的視角展開研究，他分析了作品「由文言文寫成的外故事和由白話寫成的內故事」，因此形成了作品「表層與深層分離的結構，而且就在此處產生了反諷」。他不滿於將狂人「救救孩子」的呼聲解釋成魯迅本人的呼籲，認為其含義「終究不是為了把孩子而鬥爭往將來推衍，而是為了挽救未來，現在就要對現實進行鬥爭。如此一來，在這個點上，表層意義上的懷疑和受困惑轉變為深層的堅持和決心，再一次形成了反諷的意味」。這種見解，有其獨到之處。任佑卿的〈民

族敘事與以往的政治——從性別研究的角度重讀魯迅的〈傷逝〉〉從女性主義的視角解讀〈傷逝〉，她認為「解讀〈傷逝〉的重點不應該是娜拉本身，而應該是對娜拉進行敘事的男性話者的自我解剖。這部作品赤裸裸地展現了存在於五四男性知識份子與娜拉之間的創造者與被創造物的關係，尤其出色地剖析了創造主體的自戀性」。在分析了創造者男性與創造物女性後，她認為作品「既是男性啟蒙主體的自我解剖，同時也是對民族敘事如何誕生的這個問題做出的隱喻」，「它表明民族敘事大都被性別化為男性中心」，「通過遺忘這一機制對組成深刻的生存混亂的多樣性和不可分割性進行差別化、歧視化，並最終走向壓制」，「在民族敘事的起源中，渴望成為民族成員的主體是如何將遺忘內化為自己的敘事之原理的」。在女性主義的視閾中將對於作品的研究更深入了一步。

金彥河的〈魯迅《野草》的詩世界——極端對立與荒誕美學〉從審美的視角展開對於魯迅散文詩《野草》的研究。他從〈墓碣文〉、〈影的告別〉、〈這樣的戰士〉中研究魯迅散文詩中的極端對立，在「世上公開的墓主的景象與世人形成超過想象的極端對立關係」中，在「表現為『天堂』和『將來的黃金世界』中，分析這種極端對立，從而分析《野草》展示出的荒誕美學，「是自覺著極端對立的人之命中注定的選擇，並因此而造成的效果」。他指出「……《野草》時期，通過象徵著『自虐性』瘋狂的噩夢，表達了人與人的命運同性質和對此抵抗的孤獨的瘋狂的真理」。這種分析有獨辟蹊徑之意味。

該輯的論文大多以敘事學的理論與視角展開研究，無論是對於魯迅單篇作品的深入分析，還是對於魯迅小說、散文詩的整體觀照，都顯示出韓國學者運用敘事學的理論與方法展開研究的嫻熟，顯示出力圖以自己獨到的眼光重新解讀魯迅的努力，顯示出不囿於已有定見的學術勇氣，常常有獨到的視角與發現。

三

　　同屬儒家文化圈的中韓兩國，在傳統倫理、思維方式、行為舉止等方面有著某些共性，但也存在著諸多民族文化的獨特性，這就使文化與文學的比較有了某些基礎，該著的第三、第四輯基本上在比較文學的視角中展開魯迅研究，在同中尋異，在異中見同。劉世鐘的〈魯迅和韓龍雲革命的現在價值〉在兩位作家的雜文、散文、詩等中，比較作家的思想和主張。她指出「他們是懷著現實改革的熱情，認識著這世界的」。韓龍雲「選擇了人間歷史，走革命之道」；魯迅「亦知道前面只有墳墓，但又偏偏走了『過客之道』」。「兩位的信仰是通過對世界、現實、虛偽的否定獲得的」，「魯迅通過否定和懷疑，辨證地揚棄了現實，而又不超脫現實，萬海（即韓龍雲）通過否定和力說達到堅定的信念」，「通過對絕望的抗拒，堅決的抵抗，有勇氣的實踐，打破現實中的舊的東西，成為破舊立新的革命力量的」。她認為：「不管人間多麼痛苦，多麼不公平，多麼黑暗，多麼絕望，魯迅和萬海把自己的存在深深地植根於現實的世界，在作為反抗和否定的據點的『現實』裏，在作為創造和戰鬥的『現實』裏，以身肉搏。革命的價值是在日常生活中實踐的！」她指出：「他們可謂根本主義者，是以徹底的否定和懷疑精神，以惡魔的化身，以復仇的精神，為了人類的解放，不停地走過來的革命人。」因此她認為他們追求過的革命的價值和實踐的方法，仍然具有現實的意義和價值。將二者置於革命的視閾與方法中進行比較，從而總結出二者的相近的現實意義和價值，構成論文獨特的視角與觀點。柳中夏的〈革命動力主義或意象主義──相互照射的鏡子：金洙暎和魯迅〉將魯迅視為映照金洙暎的鏡子，在分析魯迅作品所體現出的直者之美學、魯迅的直筆法或槍尖後，分析金洙暎詩歌〈陀螺遊戲〉的象徵意蘊。

金河林的〈「小說史」研究的同步性與差異性〉比較魯迅的《中國小說史略》與金臺俊的《朝鮮小說史》的異同，認為魯迅強調意識的創作，金臺俊重視生活描寫；魯迅強調文化思潮，金臺俊既立於實證主義方法論，也一定體現唯物辯證法的觀點。他指出：「他們雖然有本國小說（文學）的整理和繼承的一面，但更主要的是以『想像的共同體』象徵民族和國民國家。通過『小說史』發揚民族的『同根性和整體性』，想從文學角度去接近體現當時各民族所肩負的命題的努力。」徐光德的〈東亞話語和魯迅研究〉通過日本的事例，考察東亞地區視覺給魯迅研究及中國現代文學研究產生和涉及的影響，也考察魯迅研究是否對東亞話語提供理論性根據。他將魯迅視為東亞知識人交流的疏通橋梁、東亞話語形成的理論根據。他認為，韓國提出對東亞話語的問題，要考慮怎樣將韓國的近代經驗和中日的知識人共有，而且將本國的經驗進行理論化。全炯俊的〈從東亞的角度看三篇〈故鄉〉：契里珂夫，魯迅，玄鎮健〉比較了俄國契里珂夫、中國魯迅、韓國玄鎮健的同名小說〈故鄉〉，認為契里珂夫的主題是「對失去的青春的哀悼，故鄉、革命在此都是次要的」；魯迅對契里珂夫語言意義上的模仿，包含著對契里珂夫的強烈批判，「如果說契里珂夫把故鄉和革命還原為青春，魯迅則從故鄉喪失的形而上中找到了走向革命的基石」；玄鎮健以勞動者回鄉與故鄉的喪失，「擺脫了契里珂夫和魯迅共通的知識份子回鄉小說的形態，獨自創造了新的形態」。

　　該兩輯的論文立足於從比較的視角展開研究，在關注革命的主旨中，將比較拓展到東亞話語的區域，使文學比較置於更為開闊的視野中，從而將魯迅的意義和價值拓展到整個東亞乃至於世界的背景中。

四

　　該著的選編者樸宰雨在序言中說：「韓國知識界呢，也很早就接收魯迅，從魯迅的文學與思想裏發現覺醒封建意識的資源、反封建鬥爭的精神武器，進而發現和帝國主義壓迫者或者法西斯權力鬥爭的銳利的思想武器。」這就道出了韓國知識界接受魯迅的基本出發點，即殖民地知識界對於魯迅反抗壓迫反抗奴役精神的移植，對於魯迅的文學與思想中這種反抗與鬥爭精神的推崇。因此，韓國學者對於魯迅的接受與研究的基點也大多立足於這種立場上，在該著中常常出現的一些關鍵詞是殖民地、變革運動、民族敘事、知識份子、革命鬥爭等，將對於魯迅的接受與研究與韓國殖民地的歷史結合起來，將對於魯迅的研究與韓國知識份子的社會態度、政治立場、思想觀念聯繫起來，就成為韓國魯迅研究一個重要的特徵。

　　中韓文化的交流過程中，作為文化巨匠的魯迅影響了韓國現代文學的發展，在對於魯迅的研究中，在文化與文學比較的視野中研究魯迅，梳理與分析魯迅對於韓國作家與文學創作的影響，分析魯迅在韓國知識份子心目中的重要作用，這也成為韓國魯迅研究的獨特之處，並努力將魯迅置於東亞的範疇中觀照與分析，拓展了對於魯迅研究的視閾，並提出了魯迅研究的東亞話語的概念，將魯迅研究繫連起了中、日、俄、韓等東亞各國，在動態中拓展了魯迅研究的亞洲視閾。

　　魯迅小說對於韓國產生了十分重要與明顯的影響，以敘事學的視角展開對於魯迅小說的研究，就成為韓國學者魯迅研究的一個重要方面，以現代小說敘事學理論與方法深入研究魯迅小說的敘事方法，關注魯迅小說敘事經驗給予文學創作的啟示，從魯迅小說文本的精細分析中，總結魯迅小說文本在敘事方面的獨特個性，深入探究從敘事方式所表現出的獨特思想，成為韓國魯迅研究的一種共性。

在該著中,顯現出韓國學者更關注魯迅作為一個殖民地鬥士的思想與精神的研究,較少關注魯迅作為一個文化巨匠的精神與特質的探究;更多關注魯迅的小說研究,較少關注魯迅的散文、雜文、詩歌的研究,顯現出韓國魯迅研究的某些薄弱與不足。

從選編的該研究文集看來,韓國的魯迅研究已經達到了相當的學術水準,無論是論題的選擇、研究的方法,還是觀照的視角、研究的深入等,都使韓國的魯迅研究展示出韓國學術研究的一種境界,這不但對於中國的魯迅研究有著某種拓展與啟迪,而且對於中韓兩國的學術交流、文化交往奠定了紮實的基礎。

原載《上海魯迅研究》2006 年春

第四編

魯迅的過去時與現代時

關於拓展魯迅研究的幾點思考

　　由於魯迅在中國文化史、文學史上的重要地位與影響，魯迅研究一直受到諸多學者的重視，在日本、韓國、美國一些漢學家的努力下，魯迅研究早已走向世界，成為一門具有世界性影響的學問，因此「魯學」也成為一門顯學。在中國社會的坎坷與發展中，「魯學」也受到十分明顯的影響。自文革後新時期以來，我們提出了回到魯迅的口號，將被異化歪曲了的魯迅，從神龕上請下，使其回到人間，成為一個血肉豐滿的人物，從而更為真實深入地展開魯迅研究。

　　自新時期以來，魯迅研究取得了十分重大的進展，對於魯迅的生平思想、小說、散文詩、雜文等方面的研究，已經拓展到了一個新的境界，同時也影響到域外的魯迅研究。在魯迅研究的方法上，也有著諸多開拓，心理學、敘事學、原型批評、接受美學、新批評、宗教學、精神分析等方法，在魯迅研究中有著諸多豐富的成果，在反省以往的研究偏差，引進域外魯迅研究的成就，在總結魯迅研究的歷史中，新時期以後的魯迅研究成果迭出。

　　認真觀照魯迅研究的現實，細細思考魯迅研究的現狀，我們覺得當下的魯迅研究仍然存在著一些必須引起警覺的問題。

　　首先，魯迅研究尚未擺脫單純政治化的觀念。長期以來，在中國現代文學的研究中，我們常常過於主觀地將文學史視為革命史的詮釋，以致於在文學史的分期、發展等方面，將文學史與革命史同步，而忽視了文學本身發展的特性與規律。魯迅以執著的反封建精神成為文化巨匠，魯迅的抗爭與鬥爭精神成為與黑暗社會戰鬥的典

範，在中國社會發展的坎坷與磨難中，魯迅常常被絕對政治化、工具化了，魯迅往往被用來成為批判與抵禦某些階層的棍子，以致於將魯迅與黨派、宗派等緊緊地聯繫在一起，甚至將魯迅拉入某些黨派之中，成為某些黨派中的模範人物，某些領袖人物在特殊時期對於魯迅的某些評價，就成為顛撲不破的經典，成為許多學者們一而再、再而三闡釋魯迅的理論基點，而將魯迅研究往往陷入於單純政治化的範疇中，將魯迅說成是一位階級的鬥士、革命的先驅，而淡化了魯迅作為文化巨匠的文化內涵與品格，淡化了魯迅作為文學家的文學色彩與內蘊。雖然，我們認為魯迅並非是超脫政治的，魯迅是有著明顯政治意識的文化巨匠，但是如果僅僅將魯迅視為政治家、革命家，而掩蓋了作為文化巨匠、文學家的光彩，那是無益於魯迅研究的，也會導致對於魯迅與其作品本身誤讀的。

其次，魯迅研究尚未走出仰視的視角。魯迅是一個文化偉人，對於中國社會的發展有著勿容置疑的貢獻，魯迅精神也成為現代社會的精神財富。在魯迅研究中，諸多學者有意無意地採取一種仰視的姿態觀照魯迅、研究魯迅，只是研究魯迅思想的偉大、人格的高尚、文學作品的精致，而缺乏對於魯迅實事求是的評價，缺乏對於魯迅諸多細枝末節的客觀分析。雖然我們將魯迅請下了神龕，雖然人們曾經尋覓並研究魯迅性格的陰暗面等等，使魯迅研究走向另外的極端，但是從總體上看，魯迅研究仍然尚未走出仰視的視角，對於魯迅及其作品的否定性批評，仍然被視為大逆不道的，只要有一點對於魯迅批評或不滿的聲音，就會在文壇引起軒然大波，就會遭到被圍攻受圍剿的境地。雖然，我們一再說魯迅是人不是神，但是在不少人的心目中顯然還是將魯迅或多或少地神化了。應該說魯迅並非完人，魯迅的作品也並非篇篇都是精品佳作，但是近年來卻鮮見對於魯迅及其作品客觀深入的批評。我們有些魯迅研究的學者似乎缺乏一種自信的心態，學術研究首先應該採取平視的眼光，去發

現探究魯迅的某些特點，去分析魯迅及其作品的長與短，更應該採取俯視的眼光，將魯迅置於歷史的軌跡中予以探究與評說，只說長不道短是阿諛奉承，只見短不見長是門縫裏看人，作為學術研究，本來就應該說長道短，如果一味以仰視的視角進行研究，必然會有礙於研究的客觀與全面，必然會有礙於魯迅研究的開拓與發展。

其三，魯迅研究仍然存在將複雜問題簡單化傾向。長期以來，在以階級鬥爭為綱的政策下，我們常常將諸多問題都弄到階級鬥爭的範疇中來，將魯迅與第三種人的論爭、魯迅與梁實秋的論爭、魯迅與論語派的論爭等，都簡單化地視為無產階級與資產階級的鬥爭，將一些複雜的問題簡單化了。由於長期以來二元對立的思維模式，由於長期以來有因必有果的線形思維方式，使我們的魯迅研究常常落入了簡單化的窠臼，常常違背了論從史出的學術規律，而先入為主主觀地確立論題甚至觀點，再去按圖索驥地尋找材料，將一個原本十分複雜的問題簡單化主觀化了。回到歷史的原點，是魯迅研究具有歷史意識的根本，關注現實社會，是魯迅研究當代精神的旨歸，魯迅研究的歷史意識與當代精神的結合，並非為了當下某項任務而去尋覓魯迅身上的某些吻合處，從歷史中挖掘某種事物印證當下的現實，而是站在當下的現實中，返回到歷史史實裏，在歷史發展與現實眼光中去發現探究，從而發現與開掘歷史的當下價值。細節是歷史的尊嚴，只有在細節中去把握發覺歷史的真相，才能夠真正發現歷史的真諦，任何將複雜問題簡單化的研究，都會破壞歷史的嚴肅性，都會導致研究的失真與誤讀。

最後，魯迅研究仍然存在著重複與模仿。作為顯學的「魯學」，研究成果可以用汗牛充棟來形容，魯迅研究成果的數量與質量，都是對於其它作家研究不可同日而語的。前人的研究成果奠定了魯迅研究作為一門學問的基礎，但是前人的研究又構成對於後人研究的阻礙，後人應該站在前人的肩膀上前行，那就必須逾越前人突破前

人已有的研究成果，任何重複與模仿只是對於學術資源學術精力的浪費。在魯迅研究中存在著不少重複與模仿的傾向，缺少對於魯迅研究的歷史與現狀的關注，缺少對於對設立論題的仔細推敲琢磨，在追求論文數量忽視論文質量的氛圍中，不少重複性的論題一再為學者所關注，既無資料上的出新，又無立意上的獨特，更無方法上的追求，在似曾相識的論題研究中，既沒能突破前人研究的成果，也沒能得出獨到的見解，甚至在不規範的學術風氣中，將已有的學術成果改頭換面竊為己有，既玷汙了學者的人格，又損害了魯迅研究的風氣。

魯迅研究的開拓與發展是建立在對於以往研究成果與目前的研究現狀分析中的，我們應該重視目前魯迅研究所存在著的問題，分析魯迅研究存在的薄弱之處。長期以來，在魯迅研究中存在著重小說、輕雜文，重前期、輕後期，重思想，輕文本，重宏觀研究、輕微觀探究的傾向，魯迅研究已經成為一門世界性的學問，在拓展魯迅研究的方法與觀念中，應該拓展魯迅研究視野，應該以一種亞洲視角、世界視閾去研究魯迅，才能將魯迅研究拓展至一個新的境界。

原載《2005 年魯迅研究年鑒》，河南文藝出版社 2006 年出版

魯迅研究的誤區瑣談

　　魯迅是中國新文化運動的旗手和鬥士,魯迅的著作和精神是我們民族寶貴的文化遺產,繼承魯迅先生的文化傳統,發揚魯迅先生的偉大精神,是每一位魯迅研究者的追求和職責。魯迅先生已逝世六十周年了,在這六十年的風風雨雨中,魯迅研究也走過了十分曲折的歷程,尤其是「文革」十年,魯迅被用來作為陰謀篡權的工具,被別有用心的人們供於神龕之上。文革以後的魯迅研究逐漸走上了正軌,近二十年中出現了諸多魯迅研究的成果。但近幾年來,魯迅研究中卻存在著一些不容忽視的誤區,這必須引起人們的注意。

　　新時期初學術界曾提出了「回到魯迅」的口號,這個口號的重要意義是在於將魯迅請下神龕,以客觀科學的態度觀照魯迅、研究魯迅,從而推動了魯迅研究回到科學的軌道上來,魯迅不再是一尊神,而是一個人。人們不再一味地以仰視的目光瞻望魯迅,而可以用平視的心態剖視魯迅,這種研究的視角使人們對魯迅的觀照與研究更為豐富和生動、客觀和深刻,出現了諸多頗有見識的研究成果。隨著魯迅研究的不斷深入和發展,近些年來有些研究者似乎不僅以平視的眼光觀照魯迅,甚至用俯視的視角研究魯迅。他們常常忽略了作為文化偉人的魯迅的一面,而注重是芸芸眾生之一的魯迅的常人的一面,他們往往津津於剖視魯迅人格和心理的陰暗之處,他的多疑、陰鬱、心胸狹隘,他的苦悶、虛無、心理變態。這種研究常常不能將魯迅作為一個完整的人進行探析,而只關注魯迅的某一角某一面,且又常常忽視魯迅所處時代的社會的背景,片面孤立

287

地去挖掘魯迅人格和心理的陰暗之處，將一位與黑暗社會絕望地抗爭的先覺者和鬥士的魯迅，描繪成只有絕望卻無抗爭的平庸者，甚而至於勾畫成自私刻薄的卑劣者，這種研究的視角和方法顯然已成為魯迅研究的誤區之一。

「文革」之中魯迅研究陷入了歧途，魯迅常常被人用作打人的棍子，這種以魯迅為工具的所謂的研究，早為人們所唾棄。然而近些年來，在魯迅研究中，有些人常常面對改革開放中出現的一些弊病感到憤憤不平，故而擷取魯迅作品中的憤世嫉俗的隻言片語，抨擊當代社會中的種種陰暗面，雖然這種良苦的用心勿可置疑，但這種過於急功近利的魯迅研究，常常缺乏對魯迅思想的總體把握和對魯迅某些言語語境的關注，因而常常將魯迅作品斷章取義地引用，這種研究方法又使魯迅成為一種新的工具。當然我們並不否認魯迅作品的當代意義，魯迅的思想和精神激勵著我們在改革開放的大道上前行。然而有些研究者過於關心魯迅研究的當代意義，力圖使魯迅與當代社會的諸多問題發生聯繫，甚至將魯迅視作一劑百病可醫的良方，因而出現了諸如「魯迅與改革開放」、「魯迅與精神文明」、「魯迅與……」的研究題目，這種研究雖然也梳理了魯迅在某一方面的思想和見解，但過於關心魯迅研究當代意義的指歸，似乎使魯迅成為了當代中國的總設計師了，這常常會使魯迅研究越來越遠離其本身，這種魯迅研究中的工具化和過於當代化，顯然也成為魯迅研究中的誤區之一。

隨著對魯迅研究的不斷深入，隨著對一些有關魯迅的史料的不斷整理和發掘，魯迅的研究日趨豐富和生動。在近些年的魯迅研究中，有些研究者或為了在已有的魯迅研究成果中企望有所突破，或為了使他們所研究的魯迅更為生動和獨特，也或以魯迅來澆其心中的塊壘，他們往往在其魯迅研究中過多地加入了研究者的主觀色彩，或主觀地揣摩魯迅當時的某種心態，或主觀地推測魯迅某些事

件的緣由，或主觀地判斷魯迅有些問題的得失，這種缺乏具體客觀的歷史材料論證的主觀揣摩、推測和判斷，常常只是展示了研究者心中的魯迅，而非歷史上的魯迅，這種魯迅研究常常會拉長了研究者視野中的魯迅與歷史上的魯迅的距離，這種過於主觀的研究，顯然也成為魯迅研究中的一個誤區，應知除了「大膽設想」以外，還得「小心求證」呀！

　　如上所談及的魯迅研究中的種種誤區，並非為了否定有些研究者在魯迅研究領域裏所獲得的成就，也並非為了給魯迅研究設置新的障礙和禁區，而是為了使魯迅研究更加健康順利地發展，為了使魯迅研究真正成為一門具有科學性的「魯迅學」！

原載《廣東魯迅研究》1998 年第 1 期

對魯迅的評說與魯迅研究的新開拓

　　魯迅是中國二十世紀的文化巨匠，他在世時與去世後對於他的評說都眾說紛紜褒貶不一。1937 年陳獨秀在〈我對於魯迅的認識〉中說：「世之毀譽過當者，莫如對於魯迅先生。」[1]這是切中肯綮的。

一

　　對於魯迅的評說，不同身分的人們有不同的視角與見地。

　　政治家眼中的魯迅：對於魯迅的認識，在過去時的歷史時期中，有各種不同的看法。作為政治家的毛澤東曾經兩次評說魯迅。毛澤東 1937 年〈論魯迅〉中說：「魯迅先生的第一個特點，是他的政治遠見。」「魯迅的第二個特點，就是他的鬥爭精神。」「魯迅的第三個特點是他的犧牲精神。」政治家的評說往往矚目於同當下的政治形勢與任務結合起來，因此，毛澤東在文章中號召說：「我們紀念魯迅，就要學習魯迅的精神，把它帶到全國各地的抗戰隊伍中去，為中華民族的解放而奮鬥！」[2]毛澤東褒揚魯迅的政

---

[1]　陳獨秀〈我對於魯迅的認識〉，見李宗英、張夢陽編《六十年來魯迅研究論文選》上冊，第 223 頁，中國社會科學出版社 1982 年版。

[2]　毛澤東〈論魯迅〉，見李宗英、張夢陽編《六十年來魯迅研究論文選》上冊，第 221-222 頁，中國社會科學出版社 1982 年版。

治遠見、鬥爭精神、犧牲精神，強調學習魯迅精神，投身民族的解放戰爭。

毛澤東 1940 年《新民主主義論》中評說魯迅：「魯迅是中國文化革命的主將，他不但是偉大的文學家，而且是偉大的思想家和革命家。魯迅的骨頭是最硬的，他沒有絲毫的奴顏和媚骨，這是殖民地半殖民地人民最可寶貴的性格。」[3]毛澤東的《新民主主義論》是力圖回答中國向何處去的重大問題，在論及中國文化革命的歷史特點時，談到了魯迅，否定了資產階級的文化專制主義，提出了民族的科學的大眾的文化的觀點。「……而共產主義者的魯迅，卻正在這一『圍剿』中成了中國文化革命的偉人。」毛澤東發表了魯迅是偉大的文學家、思想家、革命家的宏論，否定了資產階級的文化專制主義，提出了民族的科學的大眾的文化的觀點。

馮雪峰 1928 年 5 月〈革命與知識階級〉中談到魯迅時，認為：「魯迅自己，在藝術上是一個冷酷的感傷主義者，在文化批評上是一個理性主義者，因此，在藝術上魯迅抓著了攻擊國民性與人間的旁邊的『黑暗方面』，在文藝批評方面，魯迅不遺餘力地攻擊傳統的思想──在『五四』『五卅』期間，知識階級中，以個人論，做工做得最好是魯迅；但他沒有在創作中暗示出『國民性』與『人間黑暗』是和經濟制度有關的，在批評上，對於無產階級只是一個在旁邊的說話者。所以魯迅是理性主義者，不是社會主義者。到了現在，魯迅做的工作是繼續與封建勢力鬥爭，也仍立在向來的立場上，同時他常常反顧人道主義。」[4]

---

[3] 毛澤東《新民主主義論》，見李宗英、張夢陽編《六十年來魯迅研究論文選》上冊，第 282 頁，中國社會科學出版社 1982 年版。

[4] 馮雪峰〈革命與知識階級〉，見李宗英、張夢陽編《六十年來魯迅研究論文選》上冊，第 90 頁，中國社會科學出版社 1982 年版。

　　瞿秋白 1933 年 4 月 8 日在〈《魯迅雜感選集》序言〉中指出：「然而魯迅雜感的價值決不止此。」「第一，是最清醒的現實主義。」「第二，是『韌』的戰鬥。」「第三，是反自由主義。」「第四，是反虛偽的精神。」[5]

　　宋慶齡 1937 年 3 月在〈把魯迅先生的戰績獻給日本人民〉中說：「魯迅先生在這一歷史環境中，以他卓絕的天才、聖潔的人格和堅韌的意志，在一身之中，集中體現了使我們這個民族走向光明的時代的意志和力量。」[6]

　　這些評說大多帶著政治家的獨特意味。政治家們對魯迅的評說往往同當下的政治形勢與任務結合起來，並常常使魯迅帶著黨派色彩。毛澤東在〈論魯迅〉中談到魯迅時就說：「他並不是共產黨組織中的一人，然而他的思想、行動、著作，都是馬克思主義的。他是黨外的布爾什維克。」[7]馮雪峰 1951 年「七一」前夕發表的〈黨給魯迅以力量〉中說：「魯迅先生不是一個黨員，他為什麼黨性如此強，如此憎恨托派？就因為他保護人民和革命的利益，因為他愛我們的黨；因為托派是最卑污的反革命派，因為這些混蛋在他面前肆無忌憚地攻擊斯大林同志和我們黨中央，這是他無論在思想上在感情上都不能容忍的！」[8]這些矚目於當下政治形勢的評說，這些努力將魯迅拉進黨內的評價，卻往往模糊了魯迅的本色。

　　摯友眼中的魯迅：1952 年許壽裳在〈我所認識的魯迅‧魯迅的德行〉中認為魯迅的德行「第一是誠愛」、「第二是勤勞」、「第三

5　瞿秋白〈《魯迅雜感選集》序言〉，見李宗英、張夢陽編《六十年來魯迅研究論文選》上冊，第 123-125 頁，中國社會科學出版社 1982 年版。

6　宋慶齡〈把魯迅先生的戰績獻給日本人民〉，原載日本 1937 年 3 月 1 日《改造》雜志第 19 卷 3 號。

7　毛澤東〈論魯迅〉，見李宗英、張夢陽編《六十年來魯迅研究論文選》上冊，第 220 頁，中國社會科學出版社 1982 年版。

8　馮雪峰〈黨給魯迅以力量〉，1951 年 6 月 25 日《文藝報》第 4 卷第 5 期。

是堅貞」、「第四是謙虛」[9]。三味書屋老師壽鏡吾之子壽洙鄰 1956 年在〈我也談談魯迅的故事〉中說：「魯迅待人，坦率無城府，忠實不欺，尤其對青年後進，獎掖不倦，但一言不合，亦面斥莫怪，不知者以為怪僻孤傲，不近人情，其實魯迅不過本其心口如一的常態，非出有意，試舉一事證之。魯迅不事修飾，髮久不理，途遇理髮師告之曰，君髮如此種種，宜稍理矣。魯迅勃然怒曰：『吾髮與汝何干？』其對人真率，類皆如此。」[10]

增田涉 1947 年在〈魯迅的印象‧魯迅的平凡與偉大〉中談及魯迅時說：「所以通過日常生活向我反映出來的他，只是普通的人，有時雜談接觸到性愛問題，也看到作為赤裸裸的人的他。總之，通過日常生活的魯迅，使我首先想到的，是可以信任的好叔叔。一星期大約有兩次跟他一家人吃飯，飯前總要喝點酒。他說喝酒就要悲傷，所以不多喝。又說，如果喝得太多就會發起狂來。還聽說過，他年輕時曾因為喝酒而揮動起菜刀來。這樣的魯迅，在我心裏所反映的，只是市井的普通人。可是，另一面又覺得他是偉大的人。那就是在於他不屈服於權力，對權力的壓迫到處勇敢的戰鬥，毫不妥協的精神──而且是戰鬥就戰鬥到底的精神。」[11]這些對於魯迅的評說都充滿著人情味，充滿真切的生活氣息，在肯定魯迅的偉大的同時，道出現實生活中有情有義平凡普通血肉豐滿的魯迅形象。

疏離者眼中的魯迅：如周作人、錢玄同、林語堂等，在肯定魯迅的貢獻的同時，多指出其性格上多疑、輕信、遷怒等弱點。周作

---

[9]　許壽裳在〈我所認識的魯迅‧魯迅的德行〉，見魯迅博物館、魯迅研究室等編《魯迅回憶錄》專著上冊，第 512-514 頁，北京出版社 1999 年版。

[10]　壽洙鄰〈我也談談魯迅的故事〉，見魯迅博物館、魯迅研究室等編《魯迅回憶錄》散篇上冊，第 7-8 頁，北京出版社 1999 年版。

[11]　增田涉〈魯迅的印象‧魯迅的平凡與偉大〉，見魯迅博物館、魯迅研究室等編《魯迅回憶錄》專著下冊，第 1348 頁，北京出版社 1999 年版。

人談到魯迅的病時認為:「他這肺病,本來在十年前,就已隱伏著了;醫生勸他少生氣,多靜養;可是他的個性偏偏很強,往往因為一點小事,就和人家衝突起來,動不動就生氣,靜養更沒有這回事,所以病狀就一天一天的加重起來。說到他的思想,起初可以說是受了尼采的影響很深,就是樹立個人主義,希望超人的實現,可是最近又有轉變到虛無主義上去了。因此,他對一切事,彷彿都很悲觀。……他的個性不但很強,而且多疑,旁人說一句話,他總要想一想,這話對於他是不是有不利的地方。」[12]兄弟失和以後的周作人,對於魯迅的評說顯然帶著一點意氣。1936 年錢玄同在〈我對周豫才(即魯迅)君之追憶與略評〉中談到魯迅時指出:「(一)他治學最為謹嚴,無論校勘古書或翻譯外籍,都以求真為職志……」;「(二)他讀史與觀世,有極犀利的眼光,能撥發中國社會的痼疾……」。「但我認為他的短處也有三點,(一)多疑。他往往聽了人家幾句不經意的話,以為是有惡意的,甚而至於是要陷害他的,於是動了不必動的感情。(二)輕信。他又往往聽了人家幾句不誠意的好聽話,遂認為同志,後來發覺對方的欺詐,於是由決裂而至大罵。(三)遷怒。譬如說,他本善甲而惡乙,但因甲與乙善,遂遷怒於甲而並惡之。」[13]「五四」時期,魯迅與錢玄同是同一陣營中的戰友,一同向封建傳統封建禮教挑戰,三十年代由於思想分歧深化,魯迅與其逐漸疏遠。

　　論敵眼中的魯迅:如陳源、杜荃、梁實秋等,在對於魯迅的反駁與批評中,常常帶著漫罵、污蔑的語調。如陳源在〈致志摩〉中說:「魯迅先生一下筆就想構陷人家的罪狀。他不是減,就是

---

[12] 轉引自曹聚仁〈魯迅的性格〉,見胡啟明編《名人軼事錄》,光明日報出版社 1993 年版。

[13] 錢玄同〈我對周豫才(即魯迅)君之追憶與略評〉,1936 年 10 月 26、27日《世界日報》。

加，不是斷章取義，便捏造些事實。他是中國『思想界的權威者』，輕易得罪不得的。」「他常常的無故罵人，要是那人生氣，他就說人家沒有『幽默』。可是要是有人侵犯了他一言半語，他就跳到半空，罵得你體無完膚——還不肯罷休。」[14]杜荃在〈文藝戰線上的封建餘孽〉中說：「魯迅先生的時代性和階級性，就此完全決定了。他是資本主義以前的一個封建餘孽。資本主義對於社會主義是反革命，封建餘孽對於社會主義又是二重的反革命。魯迅是二重性的反革命的人物。以前說他是人道主義者，這是完全錯了。他是一位不得志的 Fascist（法西斯蒂）！」[15]梁實秋在與魯迅的論爭中，含沙射影地指責魯迅說：「……我只知道不斷的勞動下去，便可以賺到錢來維持生計，至於如何可以帶資本家的帳房裏去領金鎊，如何可以到某黨去領盧布，這一套本領，我可怎麼能知道呢？」[16]

親屬眼中的魯迅：如許廣平、周健人、周海嬰（包括周作人）等。常常在瑣碎生活的憶寫中，提供了諸多研究魯迅的第一手資料。如許廣平的《欣慰的紀念》、《關於魯迅的生活》、《魯迅回憶錄》、周健人的《魯迅和周作人》、周海嬰〈重回上海憶童年〉（包括周作人的《魯迅的故家》等）。這些回憶正如馮雪峰在許廣平《欣慰的紀念》一書的序言中所說的：「我們知道，一些細故小事對於魯迅先生不會發生那麼重要的影響，但有時也有若干的影響，所以也是值得注意的。如果作為魯迅先生生活的記錄，那就更加值得重視；關於他的日常生活，現在時間一天一天的過去，熟識的人已經一個一個的少下去了，將來更不用說；那麼，這方面的一切記錄，也就

[14] 陳源〈致志摩〉，《晨報副刊》1926 年 1 月 30 日。
[15] 杜荃〈文藝戰線上的封建餘孽〉，《創造月刊》第 2 卷第 1 期。
[16] 梁實秋〈「資本家的走狗」〉，《新月》第 2 卷第 9 期。

越來越覺得可貴，無論為了研究，為了寫傳記，都是如此。」[17]親屬眼中的魯迅的點點滴滴的生活回憶，都有著重要的意義。

過去，無論人們如何看待魯迅，作為作家、學者、思想家的魯迅，他在中國二十世紀的意義與貢獻是勿容置疑的。魯迅的文學創作豐富了中國現代文壇，為新文學提供了創作的模本；魯迅的學術研究拓展了中國古代小說史的研究；魯迅的翻譯「拿來」了國外的精華，魯迅的思想豐富了中國現代思想史的寶庫；魯迅對於青年的扶植與幫助，壯大了新文學的陣營；魯迅的偉大人格影響著許多為正義事業而努力的人們。1937 年茅盾在〈精神的食糧〉一文中提到魯迅的意義時指出：「他的小說和雜文，教育了現代中國無數的文藝青年。正在成長途上的文藝青年固然從魯迅的文學遺產中得到教益，即使在某種程度上已經成長的既成作家，也正在從魯迅的文學遺產中繼續得到教益。」[18]

二

1928 年 3 月錢杏村在〈死去了的阿 Q 時代〉一文中說：「所以魯迅的創作，我們老實的說，沒有現代的意味，不是能表現現代的，他的大部分創作的時代是早已過去了，而且遙遠了。」「魯迅兩部創作集的名稱──《吶喊》與《彷徨》──實在說明了他自己。我們把他的兩部創作和《野草》合看的結果，覺得他始終沒有找到一

---

[17] 馮雪峰〈許廣平《欣慰的紀念》序〉，見魯迅博物館、魯迅研究室等編《魯迅回憶錄》專著上冊，第 311 頁，北京出版社 1999 年版。
[18] 茅盾〈精神的食糧〉，載日本《改造》雜志第 19 卷 3 號，1937 年 3 月 1 日。

條出路，始終的在吶喊，始終的在彷徨，始終的如一束叢生的野草不能變成一棵喬木！實在的，我們從魯迅的創作裏所能夠找到的，只有過去，只有過去，充其量亦不過說到現在為止，是沒有將來的。」[19]錢杏村將魯迅的創作視為沒有現代的意味，認為他的大部分創作的時代是早已過去了，而且遙遠了。在無產階級革命文學的倡導中，錢杏村錯誤地將魯迅作為革命的對象進行否定與批判，否定魯迅的現實意義和價值。在魯迅在世時和去世後，都有人先後否定魯迅的意義和價值。

魯迅逝世後，1936 年唐弢先生在〈紀念魯迅先生〉一文中說：「對於他的死，大眾的損失，遠過於個人的哀痛了。然而魯迅先生的精神是不會消失的。死亡的對於戰士，是空漠，但對於活著的同伴，卻是一種激勵。從此以後，愛先生的人，將會更愛先生之所愛，而更惡先生之所惡的吧。後死者的肩上，重起來了。」[20]唐弢先生明確指出，雖然魯迅先生逝世了，但他的精神卻永存。今天，魯迅雖然已經離開 60 多年了，但魯迅與其精神在現代社會中仍然具有極為重要的意義。在今天，魯迅的文學作品仍然具有勿容否定的魅力，魯迅的人格力量仍然為當代人的楷模，魯迅所批判的封建文化、民族病態等，有些仍然在當代社會中存在著。

在魯迅研究中，一味地捧抬魯迅與無端地棒殺魯迅都是極為不正常的。1937 年，陳獨秀在〈我對於魯迅的認識〉中就指出「在民國十六七年，他還沒有接近政黨以前，黨中一般無知妄人，把他罵得一文不值，那時我曾為他大抱不平。後來他接近了政黨，同是那一般無知妄人，忽然把他抬到三十三層天以上，彷彿魯迅先生從

---

[19] 錢杏村〈死去了的阿 Q 時代〉，1928 年 3 月 1 日《太陽月刊》3 月號。
[20] 唐弢〈紀念魯迅先生〉，見魯迅博物館、魯迅研究室等編《魯迅回憶錄》散篇中冊，第 661 頁，北京出版社 1999 年版。

前是個狗，後來是個神。我卻以為真實的魯迅並不是神，也不是狗，而是個人，有文學天才的人。」[21]研究魯迅必須再現一個真實的魯迅，不應該恣意抬高無端貶低。

我認為新世紀的魯迅研究應該注意如下幾方面：

（一）必須以平視或俯視的眼光與心態，去走近魯迅，靠攏魯迅，解讀魯迅。在歷來的魯迅研究中，有時單純地將魯迅作為一個偉人看待，採取仰視的視角觀照研究魯迅，以致於缺乏對於複雜個體的魯迅的全面辨證的研究，甚至將魯迅視為一個完人，擺出一副捍衛魯迅的姿態，弄得魯迅「碰不得」，不能說魯迅的性格弱點，不能談魯迅創作的短處，將魯迅捧到神龕上。有時極端地以鄙視的眼光看待魯迅，一味揭露魯迅的人格心理的陰暗面，無端挖苦否定魯迅的創作，缺少歷史的、客觀的審視。作為研究者，應該以平視的眼光去觀照研究魯迅，甚至用俯視的眼光，將魯迅置於歷史的、時代的發展軌跡中進行研究，既研究作為文化偉人的魯迅的巨大貢獻與意義，也分析魯迅性格與創作中的短處。在觀照與研究魯迅的過程中，努力走近魯迅、靠攏魯迅、解讀魯迅。

（二）努力回到歷史的原點，接觸第一手資料，還歷史以本來面目。在魯迅的研究中，有時常常依賴已有的見解，依憑已用的材料，而缺乏一種真切的歷史感，甚至常常將魯迅與一些論爭者的矛盾上綱上線，把友朋之間的問題討論上綱到路線鬥爭階級鬥爭的「高度」。研究魯迅，應提倡回到歷史的原點，查閱研究當時有關的第一手資料，梳理有些論爭的來龍去脈，還歷史以本來面目，我認為有時注重歷史過程的梳理，或者比得出一個新穎的論點更為重要。

---

[21] 陳獨秀〈我對於魯迅的認識〉，《宇宙風》第 52 期，1937 年 11 月 21 日。

　　（三）必須認真地閱讀魯迅，可以大膽設想，更要小心求證。在魯迅研究中，出現一種浮躁的文風，為引起轟動效應，常常故作驚人之語，以大膽的設想提出大膽的論斷，而缺少對魯迅作品的認真閱讀，缺乏細緻認真的論證過程，不能以具體的材料說明大膽設想，使大膽的設想成為空洞的沒有根據的推論。在魯迅研究中，我們並不反對大膽設想，但是應該有小心的論證，這才是嚴謹踏實的研究作風，才能使魯迅研究有新的開拓。魯迅可以說得，魯迅並非完人，魯迅當然有他的不足之處，但是必須如研究任何學術問題一樣，不能一言以蔽之、一語以貶之，而不作任何認真的論析。

　　（四）必須重視魯迅後期的研究，重視魯迅雜文的研究，重視魯迅與中國傳統文化與文學關係的研究。在魯迅研究中，對於魯迅前期的研究一貫比較重視，對於魯迅的小說、散文詩的研究成果較多，而對於魯迅雜文研究的重視不夠。我們必須重視對於魯迅後期的研究，尤其應該注重對於魯迅雜文的研究。中國新文學是在歐風美雨的浸潤下成長起來的，新文學受到外國文學的影響是無疑的。魯迅同樣受到過西方文化與文學的影響，在魯迅的研究中比較重視有關這方面的研究。但是，魯迅是在中國文化與文學傳統的影響下成長起來的，這應該說是不爭的事實，在魯迅研究中，這方面的研究顯然是不夠的，研究魯迅的思想與中國傳統文化的關聯，研究魯迅的創作與中國文學傳統的關係，這對於進一步拓展魯迅研究，應該說是具有十分重要意義的。

　　魯迅研究中要提倡一種細緻研讀文本的學風，而不能過於相信某權威、甚至輕信某些論點，而缺乏自己對於魯迅的真切閱讀感受與理解。魯迅研究仍然應該將基礎的研究與理論的概括結合起來，將微觀的分析與宏觀的觀照結合起來，將魯迅作品的研究與思想研究結合起來。應當容忍在魯迅研究中的不同的見解，努力追求一種實事求是的科學的態度與學風。

魯迅是說不盡的，魯迅是說得的。魯迅是過去時的，魯迅也是現代時的，魯迅更是將來時的。

原載 2002 年 2 月《上海魯迅研究》第 13 期

「要是魯迅今天還活著」話題的心理動因

　　近年來，「要是魯迅今天還活著」的話題引起了人們濃厚的興趣，先是周海嬰在《魯迅與我七十年》一書中敘述了 1957 年羅稷南向毛澤東提出了「要是今天魯迅還活著，他可能會怎樣」的問題，毛澤東回答說：「以我的估計，要麼是關在牢裏還是要寫，要麼他識大體不做聲。」並提到王元化也聽說過這件事。後來黃宗英撰文證實了此事的存在。這引起了人們對於該事件的關注與討論：謝泳發表了〈辨析一個歷史細節──對「魯迅如果活著會如何」的理解〉，陳漱渝發表了〈假如魯迅活到今天〉，喬新生發表了〈假如魯迅活到現在〉，等等，網上對於該問題的討論也此起彼伏十分熱鬧，或考證此事件的可信度，或分析魯迅遺產的當代價值，或推測魯迅活到今天的作為，或深入思考知識份子的問題。

　　「要是魯迅今天還活著」的話題源於 1957 年毛澤東對於此問題的回答。作為政治家的毛澤東曾經對於魯迅讚賞有加，1937 年毛澤東在魯迅逝世周年大會上說：「我們今天紀念魯迅先生，首先要認識魯迅先生，要懂得他在中國革命史中所占的地位，⋯⋯他並不是共產黨組織中的一人，然而他的思想、行動、著作，都是馬克思主義的。他是黨外的布爾什維克。」「所以，他在文藝上成了一個了不起的作家，在革命隊伍中是一個很優秀的很老練的先鋒份子。」（〈論魯迅〉）1940 年，毛澤東指出：「魯迅是中國文化革命的主將，他不但是偉大的文學家，而且是偉大的思想家和偉大的革命家。魯迅的骨頭是最硬的，他沒有絲毫的奴顏和媚骨，這是殖民

地半殖民地人民最可寶貴的性格。魯迅是在文化戰線上，代表全民族的大多數，向著敵人衝鋒陷陣的最正確、最勇敢、最堅決、最忠實、最熱誠的空前的民族英雄。魯迅的方向，就是中華民族新文化的方向。」（《新民主主義論》）政治家的毛澤東推崇魯迅宣傳魯迅是與當時政治形勢革命任務休戚相關的，〈論魯迅〉宣揚魯迅的政治遠見、鬥爭精神、犧牲精神，意在以此號召鼓舞人們與日本帝國主義作殊死鬥爭。《新民主主義論》是在談論建立新民主主義新中國的背景中，強調建設「民族的科學的大眾的」新民主主義的文化，將魯迅視為中華民族新文化的方向。新中國建立後，毛澤東將對於知識份子的改造置於十分重要的地位，從對電影《武訓傳》的批判、對俞平伯《紅樓夢》研究的批判，到對胡風集團的處理、反右鬥爭的擴大化，都是在抓階級鬥爭的主導思想下強調對於知識份子改造的。出於當時反右鬥爭的需要，出於對中國知識份子問題的長期思考，毛澤東回答要是魯迅今天還活著要麼坐牢、要麼不做聲，也是情有可原、合乎邏輯的。

倘若從一件歷史史實的考證與分析看，「要是魯迅今天還活著」話題的討論是有一定價值的，既可以分析毛澤東當時對於知識份子的態度，也可以窺見知識份子當時的心理心態。如果作為一個學術論題展開討論的話，並沒有繼續展開討論的必要，這顯然是一個虛擬的論題，甚至可以說是一個偽命題。但是從「要是魯迅今天還活著」這個話題，倒可以分析一下提出和關心該話題的心理動因，這卻是一個有意思的取向。

大約由於魯迅在中國現代文化史、文學史上的重要地位，大約由於魯迅執著韌性的鬥爭精神，新中國建立以來，每每遇到政治運動社會變革，許多人就會想到魯迅，就會提出「要是魯迅今天還活著」的假設，意在設想魯迅如果遇到這樣的運動、變革會採取怎樣的態度與作為，這種假設有著對於文化巨人魯迅的崇敬，有著對於

魯迅在動蕩社會中不屈抗爭的推崇，也有著對於魯迅在黑暗年代採取壕塹戰智能的贊賞，這種假設的背後是對一個偉人的敬仰。

　　大約由於新中國成立以後一場接一場的針對知識份子的政治運動，在不斷的思想改造過程中知識份子的處境每況愈下，有的知識份子出於明哲保身而出賣朋友，有的知識份子靠攏政權而一味整人，在接連不斷的政治運動中上演了一幕幕「新儒林外史」。在竭力歌頌工農兵貶低知識份子的年代，幾乎被剝奪了話語權的人們自然而然想到魯迅的偉大人格，自然會提出「要是魯迅今天還活著」的假設，以魯迅的偉大人格比照那些卑劣小人，既含蓄地發泄對於知識份子處境的不滿，也曲折地針砭了知識份子中的勢利小人。

　　對於中國傳統文化有著深入研究的魯迅，以「拿來主義」的態度學習借鑒國外的文化與思想，他研究古老中國的病症，他分析中國國民性的問題，他揭露針砭中國社會現實的諸多方面，常常能夠鞭辟入裏切中肯綮。無論是新中國成立之初，還是改革開放之後，中國社會仍然存在著諸多問題，甚至當年為魯迅所針砭的封建思想、市儈氣息、買辦作風、宗派主義等等問題依然存在，人們在面對當下社會的諸多問題時，也會情不自禁地提出「要是魯迅今天還活著」的假設，既表達了對於諸多社會問題的憂慮，也體現了不滿於社會現實的姿態。

　　魯迅一生為國家的振興民族的覺醒而努力，他敢於與黑暗勢力抗爭，執著追求自由與民主，以其犀利的雜文對於諸多摧殘人性壓制民主的社會現象作了尖刻的針砭，被譽為「民族魂」的魯迅是以一位文化革命的鬥士被人們所崇拜、所景仰的。新中國成立以後，在相當長的階段中以階級鬥爭為綱，一味強調集中、強調統一，而忽視民主、忽視自由，在這樣的歷史語境中，個性受到壓制，人性遭到摧殘，人們因此常常提出「要是魯迅今天還活著」的假設，將對於自由民主的渴望寄寓在這種假設中，寄寓在出現魯迅這樣的鬥

士身上。改革開放後，雖然中國社會在不斷開放中追求自由民主，但是在法制逐漸健全的過程仍然存在一些不盡如人意之處，人們同樣會以「要是魯迅今天還活著」的假設，表達對於自由民主的向往與追求。

「要是魯迅今天還活著」話題的提出和討論，有對於偉人魯迅的崇敬，有對於知識份子作為的反省，有對於社會現實的不滿，有對於自由民主的向往，以虛擬的話題澆心中的塊壘，成為這個話題提出和討論的基本心理動因，人們對於該話題的關心也可見魯迅仍然活在人們的心中。我並不贊成將「要是魯迅今天還活著」話題繼續討論下去，倒贊同我們常常以「要是魯迅今天還活著」叩問自己，學習魯迅偉大的精神，借鑒魯迅思考問題的方式，模仿魯迅與醜惡事物作鬥爭的策略，在實際行動中將魯迅的精神發揚光大，這比一味沉溺在「要是魯迅今天還活著」話題的討論中有意義得多。

原載香港《文匯報》2004 年 6 月 17 日

魯迅研究的歷史和現狀

——紀念魯迅逝世五十周年

　　魯迅是偉大的文學家、思想家和革命家，他的著作和思想，是我們民族寶貴的文化遺產，也是世界寶貴的文化遺產。因此，研究魯迅不僅具有民族性的意義，而且具有世界性的意義。如果從 1913 年 4 月《小說月報》第四卷第 1 號上惲鐵樵對魯迅文言小說〈懷舊〉的評點性的讚語算起，魯迅研究迄今已有七十三年了。在歷史的嬗變中，魯迅研究隨時代的浪潮顛簸前行。縱觀這七十多年魯迅研究的歷史，我們將其分為魯迅研究的雛型期、發展期、混亂期和繁榮期。我們打算將魯迅研究的歷史作一簡潔的回顧後，重點評述繁榮期的魯迅研究。

　　解放以前的魯迅研究我們稱之為雛型期。二十年代茅盾的〈讀《吶喊》〉、〈魯迅論〉，三十年代瞿秋白的〈魯迅雜感選集·序言〉，四十年代毛澤東的《新民主主義論》和《在延安文藝座談會上的講話》中對魯迅全面的經典性的評價是本時期魯迅研究的主要成就。本時期魯迅研究的特點：一、主要成就在於對魯迅的偉大人格和歷史地位的總體認識，而不在於對魯迅作品的具體研究。二、因黨派、宗派和「左」傾的原因，在魯迅研究中出現了否定貶低魯迅的傾向。如二十年代成仿吾、錢杏村、陳西瀅等對魯迅的歪曲攻擊，四十年代鄭學稼的《魯迅正傳》對魯迅的肆意詆毀。

　　解放後，1949 年至 1965 年的魯迅研究，我們稱之為發展期。本時期的魯迅研究大多以毛澤東對魯迅的經典性評價為指導，以馬列主義的觀點、方法對魯迅的生平、思想和作品進行了比較全面的研究。除了一些魯迅生平史料的回憶考證外，本時期的成就主要在對魯迅思想和魯迅小說的研究。思想研究的重點在於從更加廣泛的領域裏分析勾勒魯迅思想的發展歷程，將魯迅的思想發展分為早期、中期和後期三個階段，比瞿秋白在〈魯迅雜感選集‧序言〉中的前後期的分法更為明確客觀，茅盾、馮雪峰、王士菁、華崗和何幹之等是本時期魯迅思想研究的佼佼者。小說研究的成就以馮雪峰的單篇作品論和陳湧的〈論魯迅小說的現實主義〉[22]為代表。前者是魯迅同時代的摯友，熟悉魯迅，並具有較高的馬列主義和文藝理論的修養，分析作品細膩準確，接近魯迅原意，後者年青有為、才華橫溢，站在歷史的高度，對魯迅小說進行綜合研究，為魯迅小說研究開拓了一條新路。雜文研究的成就以唐弢的〈魯迅雜文的藝術特徵〉[23]為代表，該文認為魯迅雜文的藝術特徵是高度的形象性和邏輯性，是較早將魯迅雜文作為藝術作品研究的佳作。

　　本時期魯迅研究雖然一定程度上受到政治運動、「左」傾思潮的衝擊干擾，但無論從魯迅研究的繼續深入和廣泛開拓來看，還是從研究成果的質和量來看，都比雛型期的研究有長足的發展，成為魯迅研究的一個豐收季節。本時期魯迅研究的特點：一、注重魯迅思想和作品的社會意義、思想價值的探討，忽視作品的藝術技巧、藝術特色的研究；二、注重魯迅及其作品本身的微觀研究，忽視其在中國文學、世界文學聯繫中的客觀研究；三、注重魯迅的政治思想和小說的研究、忽視魯迅其它思想和文體的研究；四、注重從外

22　《人民文學》1956 年第 11 期。
23　《解放日報》1956 年 10 月 19 日。

在的時代、社會、政治的背景和影響中研究魯迅，忽視從內在的個性心理氣質、主觀創作意圖、家庭生活經歷和作品的本體意蘊中研究魯迅；五、注重馬列主義觀點方法的指導作用，沿用蘇聯文藝研究的理論模式，忽視研究方法的多樣化。

文化大革命十年是魯迅研究的混亂期。以「梁效」、「初瀾」、「石一歌」等為名的「四人幫」御用文人，使本時期成為魯迅研究史上最混亂的時期。本時期魯迅研究的特點：一、以實用主義、教條主義的方法進行魯迅研究。「四人幫」的御用文人以研究魯迅為名，採取實用主義、教條主義的方法，為四人幫篡黨奪權的反革命政治陰謀服務。二、魯迅及其作品被神化和歪曲。「四人幫」出於反革命的政治陰謀，竭力拔高神化魯迅，以魯迅為棍子大打出手，魯迅和他的作品遭到嚴重的歪曲。三、魯迅著作的注釋和魯迅佚文的發現取得了一些成就，這成為混亂時期濁水中的一股清流。如高等院校研究者們承擔的《魯迅全集》的重新注釋工作和魯迅佚文〈慶祝滬寧克服的那一邊〉的發現，是這一時期的意外收獲，為以後魯迅研究的繁榮打下了基礎。

粉碎「四人幫」後，1977 年至 1986 年的魯迅研究出現了前所未有的繁榮，我們將這近十年稱之為魯迅研究的繁榮期，粉碎「四人幫」後，魯迅研究面臨的首要問題是如何批判「四人幫」在魯迅研究領域中犯下的罪行和肅清其流毒，這成為粉碎「四人幫」後最初幾年魯迅研究的主要任務。這幾年，許多文章揭露批判了四人幫及其御用文人在魯迅研究中的實用主義、教條主義和庸俗社會學的研究方法及其產生的嚴重後果，提出了「實事求是地研究魯迅」、「科學地研究魯迅」的口號，撥亂反正，恢複了百花齊放、百家爭鳴的局面，使魯迅研究逐步走上正軌，出現了一批魯迅研究的新成果。

1981 年紀念魯迅誕辰一百周年是本時期魯迅研究的高潮，發表出版了許多高質量的論文和論著，有組織地進行了一些魯迅研究

專題的討論，如天津召開的關於魯迅改造「國民性」思想的討論、山東召開的《故事新編》的討論和江蘇召開的《野草》討論等，對解決魯迅研究中的疑難問題，將魯迅研究引向深入，起了很大的作用。魯迅研究學會的成立和《魯迅研究資料》、《魯迅研究》的先後創刊，也大大推動了全國的魯迅研究。

本時期的魯迅研究的特點為：

一、在深入研究魯迅思想和魯迅作品的社會意義、思想價值時，加強對魯迅作品的藝術技巧、藝術特色的研究。以往的魯迅研究注重對思想家、革命家的魯迅的研究，而忽視了文學家的魯迅的研究。本時期研究者們加強了對魯迅作品的藝術技巧、藝術特色的研究，並力圖在對魯迅作品的思想和藝術的全面探究中，把握魯迅獨特的創作風格。孫中田的《魯迅小說藝術札記》[24]一書，以札記隨筆的形式分析探討了魯迅小說的藝術技巧，言簡意賅，給人以耳目一新之感。邵伯周《〈吶喊〉〈彷徨〉藝術特色探索》[25]一書，將作家作品置於廣闊的時代背景上，聯繫作者的生活經歷和思想發展，從真善美三方面對魯迅小說的藝術特色作了細緻的探索。曾華鵬、範伯群兩位學者，合作發表了一組研究魯迅小說藝術技巧的文章，從魯迅小說創作中的虛構、小說的構思、情節的提煉、小說的結構藝術諸方面進行了深入淺出的探討，總結出魯迅小說創作中的一些規律。他們還對魯迅的小說進行單篇細膩深刻的論述，都頗有獨到之處[26]。

二、在進行深入細緻的微觀研究的同時，展開綜合系統的宏觀研究。任何作家作品、任何文學現象的出現並非孤立的、偶然的，

---

[24] 吉林人民出版社 1980 年版。

[25] 四川人民出版社 1982 版。

[26] 後集為《魯迅小說新論》1986 人民文學出版社出版。

它們是一定社會歷史的產物，只有將其置於歷史的、社會的背景下進行考察研究，才能把握它們的本質特點，從而真正認識它們的歷史價值和審美價值。本時期對魯迅作品的單篇分析、具體問題的微觀研究方面湧現了不少佳作，同時研究者們又注意到綜合的宏觀研究。劉再復的《魯迅美學思想論稿》[27]一書是本時期魯迅研究的一大收獲。作者將魯迅的美學思想置於我國傳統的藝術觀，特別是中國近代美學思想的背景中進行研究，論述了魯迅在中外美學思想的繼承和創新中確立了真善美統一的審美方向，從而指出魯迅美學思想「真實、前進、美」三方面的核心內容。王富仁、高爾純〈試論魯迅對中國短篇小說藝術的革新〉[28]一文，將魯迅的小說創作置於中國古典小說藝術傳統的背景中進行論析，指出魯迅在繼承中國古典小說的藝術傳統中，對這種傳統進行革新後取得的傑出成就。文章思路開闊，論證嚴謹。林非〈論《故事新編》與中國現代文學中的歷史題材小說〉[29]，將魯迅的歷史小說創作置於中國現代文學史上歷史題材小說的創作背景中進行考察，從而在文學史的高度，認識《故事新編》的意義和價值。

　　三、在繼續深入研究魯迅的政治思想和小說創作時，展開了對魯迅各種思想和文體等多方面的研究。魯迅的思想和創作是極為豐富的，他不僅以他卓越的政治思想、傑出的小說創作奠定了他在中國思想史、文學史上的地位，而且在哲學、倫理、教育、宗教、美學等思想領域裏也頗有建樹，他的散文、雜文、詩歌等也是我們民族的寶貴的文化遺產，因此，對魯迅研究進行多方面的開拓和深入，對於全面了解魯迅、評價魯迅、推動魯迅研究進一步深入，是

---

[27] 中國社會科學出版社 1981 年版。
[28] 《文學評論》1981 年第 5 期。
[29] 《文學評論》1984 年第 2 期。

有十分重要的意義的。張琢的《魯迅哲學思想研究》[30]一書，從哲學和社會倫理學的角度研究魯迅思想，以魯迅思想發展的先後為序，闡述了魯迅前期的哲學思想和社會倫理思想的發展，以及發展階段中的主要矛盾、基本內容和特點，開闢了一個新的領域。王永生《魯迅的文藝思想初探》[31]、吳中杰《魯迅文藝思想論稿》[32]深入細緻地探索和考察魯迅文藝思想的形成和不斷豐富的過程，分析魯迅文藝思想的實質和其深遠的歷史意義。張頌南的《魯迅美學思想淺探》[33]是繼劉再復的《魯迅美學思想論稿》[34]後的一部研究魯迅美學思想的專著，對魯迅美學思想的一些主要方面及魯迅作品的美的創造作了深入淺出的論述。顧明遠等的《魯迅的教育思想和實踐》[35]一書、馬忠誠的〈略論魯迅的教育思想〉[36]、鄭湧〈魯迅美術思想論綱〉[37]、鄭欣森〈魯迅宗教觀的初探〉[38]、呂俊華〈魯迅論創作心理〉[39]等文從各個不同角度論述了魯迅在各個思想領域的建樹，開拓了魯迅研究的新天地。

在魯迅的思想和小說研究的繼續深入中，魯迅散文的研究掀起了熱潮，出現了一批論證嚴密、見解獨到的論著和論文。孫玉石的《〈野草〉研究》[40]一書，聯繫時代、歷史和作家，在對作品細緻的藝術剖析的基礎上，指出《野草》藝術構思的特色：重形象而少議論，重意

---

[30] 湖北人民出版社 1981 年版。
[31] 寧夏人民出版社 1981 年版。
[32] 山西人民出版社 1982 年版。
[33] 浙江人民出版社 1982 年版。
[34] 中國社會科學出版社 1981 年版。
[35] 人民教育出版社 1981 年版。
[36] 《河南師大學報》1982 年第 2 期。
[37] 《文藝論叢》第 14 期。
[38] 收入鄭欣森《魯迅與宗教文化》中國社會科學出版社 2004 年版。
[39] 《北京師院學報》1983 年第 2 期。
[40] 中國社會科學出版社 1982 年版。

境而不務辭藻的華麗，從而達到濃郁的抒情詩意與深警的哲理思想緊密配合。曾華鵬、李關元的〈論《野草》的象徵手法〉[41]一文，論述了《野草》在借鑒中創造性地運用了西方的象徵手法，指出魯迅用一些具有物質感的形象暗示出作者生活中的感觸，將象徵性和現實性、理想性和民族性結合起來，形成了有別於西方象徵意義的獨特手法。文章嚴謹流暢，是本時期魯迅散文研究的主要收獲之一。《故事新編》的研究以王瑤的〈魯迅《故事新編》散論〉[42]長篇論文為代表，該文論證了《故事新編》的歷史小說的性質，分析了如何看待作品中的「油滑」，是魯迅歷史小說研究中的重要成就。近年來，魯迅雜文研究冷落的狀況逐漸有所改觀，並趨於形成熱潮。李何林的〈魯迅雜文的藝術性〉[43]和錢谷融的〈魯迅雜文的藝術特色〉[44]，均從魯迅雜文的形象性、諷刺手法、語言特點等方面，研究了魯迅雜文的藝術性。彭定安的〈魯迅雜文研究中的幾個重要課題〉[45]一文，從魯迅雜文產生的主客觀條件、魯迅雜文的正名和分類、魯迅雜文的藝術特徵和典型創造等方面論述了魯迅的雜文。吳功正〈論魯迅雜文的抒情性〉[46]從魯迅雜文抒情的基本內容、基本方式、基本特性三方面論述了魯迅雜文的抒情性。王得后的《〈兩地書〉研究》[47]開拓了魯迅書信研究的新領域。

　　四、在從外在的時代、社會、政治的背景和影響中研究魯迅的同時，注重從內在的個性心理氣質、主觀創作意圖、家庭生活經歷

---

[41] 收入《紀念魯迅誕生一百周年學術討論會論文選》，湖南人民出版社 1983 年版。

[42] 《魯迅研究月刊》1981 年第 6 期。

[43] 見李何林《魯迅的生平及雜文》，陝西人民出版社 1973 年版。

[44] 見錢穀融《錢穀融論學三種》，河南大學出版社 2008 年版。

[45] 見彭定安《魯迅雜文學概論》，遼寧教育出版社 1988 年版。

[46] 《浙江學刊》1985 年第 3 期。

[47] 天津人民出版社 1982 年版。

和作品的本體意蘊中研究魯迅。魯迅是中華民族的偉人，有高尚的氣節和偉大的思想，但也有作為普通人所有的生活、情感、個性、心理、氣質。以往的研究往往注重客體的研究，而忽略了本體的研究，這固然應歸結於幾十年來魯迅研究中「左」的傾向，也與文藝理論建設的薄弱有關。本時期不少論者注重從魯迅的家庭生活的變動、個性心理的狀態，結合時代社會政治研究魯迅的思想和作品。廖子東〈試論魯迅家庭、婚姻和愛情對他的思想影響〉[48]一文是這方面的力作，作者依魯迅生活經歷的順序，從家庭大變故、婚姻大痛苦、兄弟失和大憎惱、愛情大鼓舞幾方面對魯迅思想的影響作了詳盡的考察，文章材料翔實，血肉豐滿，很有說服力。孔源〈魯迅的寂寞〉[49]、韓文敏〈魯迅的寂寞感〉[50]論述了魯迅在時代浪潮中內心苦悶寂寞產生的原因，以及給魯迅創作帶來的影響。這些文章既肯定魯迅作為偉大人物的一面，也論述了他作為普通人的思想感情、心理性格中的矛盾和弱點，對魯迅予以實事求是的評價。以往的研究往往注重從外在的客觀政治意義上研究魯迅作品，忽視了作者主觀創作意圖的探尋和對作品本體內蘊的研究，使一些研究的結果與作品的實際常常產生偏離，並使作品研究中思想分析和藝術評價割裂。本時期一些論者開始注意到這種傾向，力圖予以扭轉，王富仁的〈《吶喊》《彷徨》綜論〉[51]是這方面的代表作。文章批評了以往對《吶喊》《彷徨》客觀政治意義闡釋為主體的粗具脈絡的研究系統，提出「首先回到魯迅那裏去！首先理解並說明魯迅和他自己的創作意圖」的口號，認為《吶喊》、《彷徨》不是主要從中國社會政治革命的角度，而是主要從中國反封建思想革命角度來反

---

[48]　收入廖子東《魯迅研究新論》，廣西人民出版社 1987 年版。
[49]　《江西師院學報》1982 年第 3 期。
[50]　《魯迅研究》第 5 輯，1981 年版。
[51]　《文學評論》，1985 年第 3、4 期。

映和描繪生活的。它們首先是中國反封建思想革命的一面鏡子。中國社會政治革命的一系列問題是在中國反封建思想革命的鏡面中被折射出來的。作者以此為基點，考察了《吶喊》《彷徨》的意識本質、藝術方法和藝術特徵。文章論證嚴謹，見解獨到，思辯性強。

五、在運用傳統研究方法同時，廣泛採用多種研究方法。十一屆三中全會以後，隨著對外開放的局面和學術界民主自由空氣的形成，研究者們打破了以往魯迅研究方法單一的格局，採用了多種研究方法，魯迅研究呈現出新的局面，取得了不少新的成果。比較研究的方法首先得到研究者們的重視。王富仁的《魯迅前期小說與俄羅斯文學》[52]一書，張華的《魯迅和外國作家》[53]一書，錢碧湘的〈魯迅與尼采哲學〉[54]、陸耀東、唐達暉〈論魯迅與尼采〉[55]、周錫昌〈淺談魯迅與契訶夫的小說〉[56]、楊弘〈魯迅與莫泊桑短篇小說創作之比較〉[57]等文，從魯迅與外國文學、外國哲學的比較中研究魯迅。不少論者將魯迅的思想和創作與魯迅的同時代人進行比較，如魯迅與章太炎、周作人、郁達夫、瞿秋白、茅盾、聞一多、郭沫若等的比較都成了研究者們的課題，從而探尋出魯迅的獨特之處和文學創作的一些規律。近年來系統論的方法也被引入魯迅研究，以林興宅的〈論阿Q性格系統〉[58]為代表，作者將阿Q性格作為一系統來研究，從阿Q性格的自然質、功能質、系統質三方面考察了阿Q性格的特點，頗有新意，是運用系統論研究魯迅比較成功的嘗試。近年來，研究者們還運用心理學的方法研究魯迅。餘

---

[52] 陝西人民出版社 1983 年版。
[53] 陝西人民出版社 1981 年版。
[54] 《中國社會科學》1982 年第 2 期。
[55] 《魯迅研究》第 5 輯，1981 年版。
[56] 《南充師院學報》1982 年第 3 期。
[57] 《衡陽師專學報》1985 年第 3 期。
[58] 《魯迅研究》1984 年第 11 期。

鳳高〈魯迅對佛洛依德的印象〉[59]一文，從魯迅對佛洛依德學說部分
內容的接受，及其在魯迅創作中的體現進行了研究，吳中杰〈魯迅雜
文中的心理分析〉[60]一文，認為魯迅雜文的深刻有力與魯迅善於進行
精神、心理分析相關，段國明的〈閃爍在夜幕中的心靈之光〉[61]從心
理美學的角度對魯迅的《野草》進行了探討研究；呂俊華的《論阿
Q 精神勝利法的哲理和心理內涵》[62]一書，則從哲理和心理的角度
探討了阿 Q 精神勝利法。除此以外，其它一些研究方法也逐漸為
研究者們所採用。

　　六、魯迅研究資料的建設、魯迅傳記的寫作獲得了前所未有的
成就，魯迅研究史的研究也得到了重視。本時期無論是魯迅著作的
注釋出版，還是研究資料的收集整理，都取得了很大的收獲。李何
林、陳漱渝主持的北京魯迅博物館魯迅研究室，中國社會科學院文
學研究所魯迅研究室等單位，均在這方面作出了很大的貢獻。如中
國人民大學複印的魯迅研究報刊資料、中國社會科學院文學研究所
和北京圖書館合編的《魯迅研究資料索引》、北京魯迅博物館魯迅
研究室和四川人民出版社聯合發起編寫的《魯迅大辭典》、北京魯
迅博物館編輯的《魯迅年譜》、中國社會科學院文學研究所魯迅研
究室正在積極編輯出版的《大型魯迅研究學術論著資料匯編》等
等，對推動魯迅研究的開展和深入已起了或必將起到十分重大的作
用。本時期魯迅傳的寫作顯示了繁榮期的收獲，曾慶瑞的《魯迅評
傳》[63]、吳中杰《魯迅傳略》[64]、林志浩《魯迅傳》[65]、林非、劉再

---

[59] 《魯迅研究》第 7 輯，中國社會科學出版社 1983 年版。
[60] 《復旦學報》1983 年第 5 期。
[61] 《華東師大學報》1985 年第 1 期。
[62] 陝西人民出版社 1982 年版。
[63] 四川人民出版社 1981 年版。
[64] 上海文藝出版社 1981 年版。
[65] 北京出版社 1981 年版。

復《魯迅傳》[66]、彭定安《魯迅評傳》[67]、朱正《魯迅傳略》[68]和陳漱渝《民族魂──魯迅的一生》[69]，以各自不同的風格，標志著魯迅傳記的寫作趨向完善成熟。本時期對魯迅研究史的研究也得到重視，在魯迅研究的歷史的回顧中，總結以往的經驗教訓，以推動魯迅研究繼續向前。在這方面陳金淦、袁良駿、朱文華、孫玉石、丁景唐和王鐵仙等均作出了成績。另外，日本、蘇聯、美國等國的魯迅研究的狀況也被介紹進來，對掌握魯迅研究在世界範圍中的歷史和現狀，促進國內的魯迅研究，都具有現實意義。

　　總之，繁榮期的魯迅研究的現狀是可喜的，取得了長足的進展，但我們也應看到，本時期魯迅研究中存在的不足。一、長期以來魯迅研究中庸俗社會學的傾向仍未得到徹底清除。這種被「四人幫」發展到登峰造極地步的研究方法依然留有餘痕，有的編造毛澤東會見魯迅的「神話」，有的以魯迅的片言只語印證現行的某些政策口號，甚至出現了魯迅與計劃生育、魯迅與乒乓球之類的研究課題。二、拔高神化魯迅的傾向依然存在。對魯迅個性氣質心理矛盾複雜方面的注意還不夠。建國以來，在極「左」思潮的影響下，毛澤東被不斷神化，與此同時，魯迅也被捧上了神的寶座，魯迅的思想和作品被捧到與毛澤東思想和著作同等的經典地位，以至於直到本時期評論者們常常不敢談魯迅和他作品的不足之處，只談魯迅的偉大和作品的傑出。我們認為，只有將魯迅置於普通人的地位去研究，才能看出魯迅的不平凡，才更顯出魯迅的偉大。三、出現了貶低、否定魯迅的錯誤傾向。在將魯迅從神龕上請下來的過程中，又出現了貶低、否定魯迅的傾向。有些論者企圖否定魯迅在中國文學

---

[66] 中國社會科學出版社 1981 年版。
[67] 湖南人民出版社 1982 年版。
[68] 人民文學出版社 1982 年版。
[69] 浙江文藝出版社 1982 年版。

史、思想史上的地位，有的甚至以輕浮的態度、揶揄的筆觸隨心所欲地貶損魯迅，把魯迅的文化遺產譏之為「魯貨」，把受魯迅理論和創作影響嘲之為「魯化」，引起了學術界的嚴重關注和批評。陳漱渝在《文藝報》上發表〈不要恣意貶低魯迅〉，對這種錯誤傾向提出嚴厲的批評，並指出了這種傾向產生的原因。四、魯迅研究新方法的運用還不夠成熟。新方法的運用，使魯迅研究呈現出新的氣象。但有些論文運用新方法有新瓶裝陳酒的傾向，甚至有貼標籤的做法，並未能解決實際問題。五、多雷同化的研究，少突破性的成果，多思想藝術的分析闡釋，少理論方面的提高創新。以上種種，都有待研究者的重視和改進。

回顧魯迅研究的坎坷歷史，面對令人鼓舞的研究現狀，展望魯迅研究的明天，我們相信，魯迅研究的道路仍然十分寬廣，在今年魯迅逝世五十周年之際，魯迅研究一定會出現新的高潮，取得更大的成就。

1986 年 1 月初稿，4 月二稿
原載《江西教育學院學報》1986 年第 2 期

魯迅的世界和世界的魯迅

——紀念魯迅逝世七十周年

楊劍龍：今年是魯迅逝世七十周年，也是魯迅誕辰一百二十五周年，國內外都有一些有關魯迅研究的學術活動。魯迅及其作品已成為具有世界性意義的文化遺產，魯迅研究已經成為一門顯學，除了中國大陸，日本、韓國、俄羅斯等國都有一些有影響的魯迅研究學者與成果。今天我們來討論魯迅，作為對於魯迅的一種紀念。大家讀了很多魯迅的作品與研究著作，我們是否可以就如下幾方面展開討論：我心目中的魯迅；魯迅的精神世界；魯迅的世界性意義；魯迅研究的拓展。大家可以直抒己見暢所欲言。

一、我心目中的魯迅及其精神世界

朱品君：作為文化巨匠，魯迅影響了幾代人。對於他，有的愛戴，有的疏離，有的利用，有的批判。魯迅對讀者是坦誠的，他的作品常常是赤裸裸地剖露其靈魂。葉公超說魯迅是「能怒，能罵，能嘲笑，能感慨，而且還能懺悔、自責，當眾隱諱的暴露自己」，這評價恰如其分。人最難面對的是自己，能像魯迅那樣毫不留情地剖析自己的，難得。談

到創作，當今一些作家常常侃侃而談創作經驗與技巧。魯
迅卻說：「仰仗的全在先前看過的百來篇外國作品和一點
醫學上的知識，此外的準備，一點也沒有」。這樣坦誠，
讓人肅然起敬。

趙　春：魯迅在我眼中是啟蒙者、舊社會批判者、寫實主義作家。
無論是哪種社會角色，魯迅主要是通過創作對人性進行剖
析，以期引起療救的注意。對人性的觀照與解剖，是魯迅
小說思想的核心，也是「五四」以來中國文學敘事的傳統，
魯迅開啟了中國文學啟蒙的先河，這份未完成的啟蒙成為
民族文化種種悲劇或鬧劇的宿命。

劉　昕：在中小學語文教學中，魯迅始終都是以刻板、陰冷以及民
族苦難的形象出現。雖很多人不理解、不喜愛以至於有些
討厭，卻仍懷著崇敬之情，把他看成遙遠、黑暗日子裏執
筆而戰所向披靡的英雄。那時的魯迅是神，是民族魂，唯
獨缺乏了人性與人氣。

李　亮：歷史上的魯迅，曾經一再被人「毀容」，在階級鬥爭視閾
中，魯迅僅僅作為階級鬥爭偉大戰士的形象出現，忽略甚
至閹割魯迅作為個體生動豐富的方面，在神化與聖化魯迅
的過程中，魯迅僅僅成為了一個政治符碼。長期以來，權
力話語的集中單一化，使魯迅成了政治話語的形象代言
人，成了金剛怒目的「神」，八十年代以後，魯迅的闡釋
漸漸趨於多元化，九十年代到新世紀初，後現代與解構之
風的盛行，使魯迅又變成被顛覆被嘲罵的對象。

劉　昕：就我個人而言，當讀到魯迅的《兩地書》、《野草》這些作
品時，感到的是一種震驚，是那種魯迅由「神」回落到「人」
的強烈反差。從那些篇章中，我看到是魯迅的孝子慈父，
那種為家庭瑣事糾纏的無情未必真豪傑的真切，那種陷於

　　　　自身矛盾無法擺脫的焦慮。魯迅是一個人，一個既平常又深刻的人。

李　亮：的確，過去我們更多注意魯迅絕望抗爭陽剛的一面，魯迅還有柔情的另一面，作為母之子，妻之夫、子之父，他有親情的溫愛和職任；承受舊式婚姻時的憤懣苦痛，面對愛情時的猶豫不決，為金錢所困的奔波苦惱，對「鬼氣」纏身難以擺脫的困惑，既遠離名利又怕被別人冷落的矛盾，等等。他是中國社會最為獨特的知識份子，他敢於直面現實、反省自我，但身上仍留存中國傳統文人之氣，造成他只能常常帶著面具，獨自承受世間的偽裝與蒙騙，獨自咀嚼著人生的苦悶與悲哀。

朱品君：人無完人，魯迅當然也不例外，他太多疑，易怒，所以樹敵頗多。多疑的性格使他往往把人與事看得過壞，使得他的靈魂更加得寂寞與荒涼，從而走向虛無主義，〈過客〉集中表達了魯迅對於絕望與虛無的富有個人特色的選擇。

楊劍龍：其實〈過客〉更多的是一種執著探求的精神，那種無論前面是花還是墳，過客仍然執著前行，其實這也是魯迅自身精神的某種寫照。魯迅不是虛無主義者，他時有虛無感，時有寂寞無奈，但他更要進行絕望的抗爭。每個人在閱讀魯迅時，心中會有各自的魯迅。

劉　昕：這正如錢理群先生所說的：「人在春風得意、自我感覺良好時大概是很難接近魯迅的，人倒霉了，陷入生命的困境，充滿了困惑，甚至感到絕望，這時就走近魯迅了。」困惑與絕望必須有一定的生活積澱才有可能出現。

陳衛爐：閱讀魯迅跟自身閱歷和心態有關。在我們的時代，「一說崇高就有人說你虛偽，一說悲憫情懷就有人說你矯情，一說風雅就有人說你附庸風雅」，談論魯迅需要勇氣，一味

地將魯迅妖魔化或神聖化，不結合自身實際，對魯迅思想了解與傳承於事無補。

李　亮：所以我說，魯迅是塊唐僧肉，他生前死後，都不幸成了別人所攫食的對象；魯迅又是塊哈哈鏡，能映出幾代人的眾生相。魯迅生前難覓知音，而仙逝後，所謂徒子徒孫們卻爭先恐後地宣稱：「自己是唯一深得魯迅衣缽的人！」把魯迅擺在神壇上，燒香叩拜。在「魯學」的山頭上，一些人樹旗稱王，又有一些人跪拜在他老人家腳下，深究他八代奇聞怪事，然後，開間雜貨店，販賣魯迅！更有些人，表面上對魯迅不屑一顧，想把魯迅拉下神壇，掃進歷史的垃圾堆裏，而骨子裏卻恨不得自己坐上神壇，取而代之。

楊劍龍：我們在很長一段時間神化、聖化魯迅。我們在評價他時不能光仰視，還要俯視；如果只是仰視，只能看到他高高在上的一面。我們要把魯迅放在近現代思想史的軌跡上去看，他的價值和意義到底在哪裏。對待每一個歷史人物都要從多方面來看待，包括魯迅，他身上也有短處，並非完人。復旦大學的吳中杰教授寫了《吳中杰評點魯迅小說》一書，要我寫書評，我說了這樣的意見：他說的都是好話，作為一個評點至少要對魯迅小說中某些段落的某些敗筆也予指出。所以，既要把魯迅看作一個偉人，更要看成一個凡人，他也有七情六慾，也有些短處，如多疑，但我們也要把「多疑」放在魯迅所處的整個時代來看。首先是因為他少年時代家庭的變故，小小年紀，出了藥鋪進當鋪，受了很多欺凌，遭了許多白眼，造成他對社會的多疑態度。魯迅對他的故鄉是看透的，他常常用冷漠的眼光去看世界，他的作品展示的也是一個冷漠的世界，但魯迅要啟蒙，他從啟蒙的角度揭示冷漠世界的病態。我們讀他，研

　　究他，要把他看成一個常人，也要看成一個偉人；既要仰
　　視，也要俯視。這樣才能不把一個巨匠神化，也不貶低。
　　有段時期，人們拼命去找魯迅的短處，找他的豔聞，來製
　　造學術效應，這是不正常的。

趙　春：我說說魯迅自身被忽視的事情。當年他曾在蔡元培主持的
　　北京大學任教，和「歐美派」的矛盾更多是一種派系之爭。
　　魯迅曾跟「閒話」家陳源打過筆墨官司，斷然拒不接受他
　　「某籍某系」的指控。這裏的「某籍某系」指的是以蔡元
　　培為首的浙籍人氏把持北大之事。後來還有以陳獨秀和胡
　　適為代表的安徽籍學者有過不滿和抗爭。魯迅原不是想由
　　此來發跡、但是事實上確實因之而得益。

楊劍龍：一部中國現代文學史，如果把浙籍的作家抽掉了就會少一
　　大半。我們先前把文學看得很崇高，但當時，文學也是求
　　生活，如同寧波人跑碼頭做布生意，揚州人用剃頭刀修腳
　　刀做生意一樣。蔡元培有了話語權，就可以提拔鄉人，但
　　另外還有一點就是，江浙地區本身的文化積澱，出了有文
　　學基本功的人，否則怎麼能搞出來？這也是個地域文化現
　　象，由求生活走上文人之路，這是個很有意思的話題。
　　這也造就了一部現代文學史，這些作家的作品也成為半
　　壁江山。

趙　春：這也跟魯迅從小接受古文教育，傳統文學根基牢固有關，
　　這個根基對他選擇新的知識特別是醫學和自然科學有制
　　約作用；再者，傳統中國以文治國，理工科發展薄弱，傳
　　統尚文精神和功名利祿的追求很大程度限制了知識份子
　　對西學的吸納。

楊劍龍：我們也不要忽視魯迅很喜歡讀野史，這對他影響很大。

劉　昕：那時的很多學人早期接受的都是傳統文化的熏陶，但在十幾歲走出家鄉後都進入現代化的西式學校學習，或者出國學習，這正處於人生的叛逆期，西方新的知識給立刻給予他們窺探別樣文化的途徑，很多人站在這個角度上去批判傳統文化是更有力度的。

李　亮：魯迅這一代留學日本的人和其他留學英美的人在文學觀點、思想性格上不同，要從地域文化角度考慮這種區別。

張　勐：我也在想這個問題，眾所周知，魯迅受尼采影響很大。他從日本學的是二手尼采，並不是從歐美學一手的，但他學得更為正宗，這跟日本當時的語境有關，結合著魯迅本人個性，在日本這個環境下產生共振。

楊劍龍：魯迅以「拿來主義」的態度來接受西方文化，絕不盲從，他了解、理解後再判斷。他從異域盜來火種煮自己的肉，這是他與其他中國人最大的不同。他把自己放進去批判，並常常帶了旁觀視角。他寫人力車夫，不像其他五四作家那樣坐在車上空感歎：人力車夫苦啊！魯迅他會從車上下來，承認自己的「小」，仰視車夫的高大。這與魯迅的身世有關，他是家中的老大，父親病了要由他來扛起責任，父親死後他又飽受欺凌，於是他對封建家族有了很深的感受。辛亥革命後，魯迅去讀古書、鈔古碑的那個時期，更深刻地了解了中國古代傳統文化。正是有了這一寂寞時期，他才寫出〈狂人日記〉，借狂人之口發出對中國傳統的批判。其中最振聾發聵的一句話就是「從來如此就對麼？」，表現出五四精神中最重要的一點——懷疑。魯迅的深刻之處在於他了解中國文化，也接受西方文化，在中西文化的融會中來看待和批判傳統。即便是現在，我們還能在現實中發現魯迅的價值，予以對照。

章萱珺： 拋開加在魯迅名字前的種種頭銜，只把他當作普通作家來閱讀時，最打動我的是「客子」形象。家庭的變故及種種原因，使他的作品中會不經意地流露出一種遊子的情懷。當他回到故鄉後，卻發現這裏已經不是那個夢中所懷念的故鄉且更難以親近，是有種在故鄉做客的「客子」感覺，不得不再次離開。〈酒樓上〉、〈故鄉〉所描寫的「我」的經歷，也許就是作者在那段彷徨迷惘，在故鄉卻如客子的真實寫照。魯迅塑造的「客子」形象是魯迅所塑造的眾多藝術形象中的一個側面，一個剪影。

楊劍龍： 他回來的故鄉已經不是原來故鄉了，因為他受到西方文化影響，而故鄉是停滯的，封閉的。這種感情和他走出去時的感情完全不一樣，所以他想去尋故鄉、尋舊夢，但卻找不到──故鄉已不是他心目中的故鄉了，他這次回來和聞一多詩歌中的回鄉感覺相似。他的這種隔膜和疏離造成了遊子的無根狀態。所以，在魯迅小說中，他回故鄉，始終是被故鄉所放逐，不可能再回到故鄉了。他回到故鄉，只不過是一個客。從某種角度上說，是兩種文化的衝突，或者說是兩種文明的衝突──現代文明與傳統文明的衝突。因為故鄉代表著一種封建式的農業文明，他受到西方文明的影響，用這種眼光去看故鄉，就覺得故鄉落魄了，故鄉不是他心目中的故鄉了。在故鄉，他很孤獨了，他找朋友找不到，都在忙。找來找去，只有到以前那個酒店去點菜，回憶一下。所以返回故鄉，只能又離開故鄉，所以，在魯迅小說中，有這樣一個敘事的結構：回故鄉──故鄉不可親近，──離開故鄉。

趙　春： 魯迅較之同時代的知識份子看問題更為犀利，批判更為深邃。他早年接受了進化論思想，推崇十九世紀自然科學理

性的精神，認為「將來必勝於現在，青年必勝於老年」，從而「俯首甘為孺子牛」般的提攜後進，可是青年人是如何報答他的呢？

楊劍龍：魯迅對待青年們是很溫情的，他一生給多少青年作者改過稿子，寫過序，回過信？既使有青年作者罵他，或者忘恩負義，他仍然走下去，努力為下一代開路。雖然和他的進化論思想有關，認為將來一定勝過現在，青年必定勝過老年，但更重要的是，魯迅認為這事業要有延續性。魯迅很少和年輕人打筆仗，他總是和他年紀差不多的人，像梁實秋、林語堂。後者和他的矛盾主要是文學觀、思想境界的問題，他們總體上還保持著朋友關係，《論語》辦了一年，林語堂叫魯迅來寫文章，魯迅寫了〈論語一年〉，在其中批評了林語堂，而林語堂把它原文不動登了出來，可見當時文人的交往並不是我們後來從階級觀點看到的那樣，魯迅代表無產階級，林語堂代表資產階級，這是種片面武斷的看法。魯迅是個複雜的個體，也是個豐富的個體。我們說，魯迅的偉大，在於他是二十世紀最痛苦的思想者，他在思考社會、人生以及未來，他一生都在思考該改變這個社會的什麼，他想啟蒙民眾，但民眾又不聽他的呼喚，他覺得孤獨；他想給年輕人帶路，又怕帶錯了路，走上歧途。所以，他始終都有這樣的擔憂，他不想做導師，但作為一個思想者和文學大家，青年人都覺得他是一個導師，他始終生存於這樣一個矛盾中，堅持著志向：救中國，改變社會，改變人生，改變國民性。就是在這樣的追求中，魯迅不斷地痛苦，不斷地擺脫，不斷地走出痛苦，不斷地絕望，但還有絕望的抗爭。

二、魯迅的世界意義

趙　春：魯迅的意義告訴我們，須有獨立的個體，才能擁有獨立的
　　　　民族；須有自由的秉持，才有理性的真諦；須有批判和懷
　　　　疑的精神，才能理解寬容和自由的精義；須有「拿來」的
　　　　氣魄，才有繼承國粹的可能。

朱品君：現在，「魯學」不僅在中國是門「顯學」，同時也走向世界。
　　　　他的意義最重要的是如何幫助人們解除精神的枷鎖。他鼓
　　　　勵多一點「野氣」，少一點奴性，還原人的精神自由與獨
　　　　立。他至死「一個都不寬恕」的鬥爭性在當今弱肉強食的
　　　　年代也具有世界性意義。現代知識精英面對生活中的種種
　　　　不平，只是指桑罵槐地表示不滿，不能像魯迅那樣直面現
　　　　實進行徹底反抗，這或許與時代背景有關，但對一個社會
　　　　來講，知識份子失去了這種批評性是可怕的。魯迅是中國
　　　　的堂吉珂德，他幾乎以一個人的力量對社會批判，對當前
　　　　一些有著騎牆性格的「社會精英」，至少在心底有一種警
　　　　示吧。

張　勐：在考慮魯迅的世界性意義時，研究的視野要進一步放寬，
　　　　比如《阿Ｑ正傳》中，一直關注「精神勝利法」、國民性
　　　　的批判，但在世界背景下，是否還需要換角度重新解讀，
　　　　是值得思考的話題。

陳衛爐：魯迅世界性意義應該放置於近代中國已經強行被納入世
　　　　界整體體系的框架下來討論。以魯迅為重要成員的五四新
　　　　文化運動是西方思想和文化催生的結果，五四一代一開始
　　　　就自覺地以西方代表的現代性作為代反叛舊傳統，獲取文

化運動合法性的資源。可以說，活動於這一背景的魯迅及其「文學世界」先天地屬於整體世界的一部分，也就自然而然地獲取了世界性意義的存在可能。問題在於，作為「中國話語系統的一個謬種」的魯迅的獨特生命存在樣式，他怎樣以自己的「這一個」豐富世界文學和人類思想的多樣性特徵，為整體的人類生存提供一種美好的可能性？就他的作品而言，〈狂人日記〉有著果戈里〈狂人日記〉的影子，〈藥〉閃動著安特萊夫式陰冷，魯迅式的「拿來主義」，使得「五四」一代否定中國舊傳統中包含了肯定西方的因素。魯迅及其締造的文學世界為我們索求魯迅的世界性意義提供了可能，當下學術界（主要集中在東南亞各國）流行以魯迅為個案，在殖民地社會背景下，反思民族「現代化」的研究。這個視角的開創賦予了魯迅研究的時代性內涵和現實性意義。

李　亮：在「魯迅的世界性意義」這個命題中，「魯迅」不僅是作為生命個體來理解，更多指涉著一個價值符號，即意義的相通性或指代性。日本形成了「竹內好魯迅」、「丸山升魯迅」等，更多地探求民族的反思性；韓國則從魯迅上吸取反叛性。魯迅身上最為重要的是作為知識份子所具有的獨特的批判和自我批判的姿態。魯迅作為中國第一代現代意義上的知識份子，以獨立身分，借助知識和精神的力量，對社會表現出強烈的公共關懷，體現出社會參與意識的公共良知，魯迅用社會的「公共領域」（哈貝馬斯語）所擁有的廣泛影響力，掌握知識「權力」這個象徵資本，以啟蒙者的身分對大眾進行由上到下的啟蒙，呼喚國民自由個體的產生。他並不裝扮成大眾的精神領導，且一再拒絕被人當成「導師」，而是在「搗亂」，加入了許多反省性的思

考。魯迅的道德實踐和理性反思，對當前知識份子紛紛被商業體制、知識體制、國家體制招安，傳統意義的知識份子幻變成技術知識份子、學院知識份子，以及社會中出現的犬儒主義、偽崇高、偽精英，這些世界範圍內的知識份子共同面臨的窘態也都不無借鑒意義。當前，娛樂惡搞現象盛行，信仰缺失，東方與西方都面臨著自身的定位難題。其中有幾種現象值得注意，一是指責「五四」割裂傳統，從而呼喚回歸儒學，為新保守主義立言，；二是一味逐「西方」，拾人牙慧。魯迅認為，定位要有「心裏的尺」，做到「思慮動作，咸離外物，獨往來於自心之天地，確信在是，滿足在是。」反對「偽士」，做到「白心」。否則以西方為模板，拋棄傳統，最終會成為可憐巴巴的「飛地」。

三、魯迅研究的拓展

劉　昕：我們解讀魯迅時始終都有一種無形的障礙：魯迅是被意識形態渲染過的、體制化的魯迅，魯迅在面向大眾時是沒有獨立價值的，他被一種普遍性重新定義過了，這種普遍性幾乎涵蓋了五四時期大部分的作家作品，從反帝反封建民族民主革命再到無產階級革命，不是站在這個陣營裏就是那個陣營裏，二元對立，非此即彼，陣壘分明，絕無過渡。長久以來研究者都沒有脫離這種簡單粗暴且不實事求是的分割方法，用這樣的方法創造出的魯迅是那樣冰冷與遙遠。魯迅的論爭在不斷繼續著，人們對魯迅及其作品的理解與思考變得越來越動態化，這賦予了魯迅研究鮮明的時代需要和個人體味的色彩。近八十年的研究史表明，有許

多問題仍待解決，這說明在不同時代由於整體社會思潮的轉變、思維方式的轉變，以及政治經濟外交等綜合因素的複雜作用，人們對魯迅的理解與解讀將永遠不會停頓。但在現今全球化和後現代社會語境中進行技術層面上的操作，只能造成新的曲解與誤讀，或者還是在「為社會情境和政治意識形態尋找注腳」，魯迅就永遠不能成為真正的魯迅。

朱品君：目前魯學已經成為一門顯學，對於魯迅的研究也越深入，越會讓讀者觸摸到真實的魯迅。但研究中也有不少問題。有人運用佛洛伊德精神分析法來分析蕭紅對魯迅的「戀父情結」，考證魯迅與許廣平定情係何年何月何地，考證魯迅是否狎妓，資料相當詳細，但即使考證出來了，又有何益？對於魯迅留給世人的精神遺產卻不加深入的研究，我認為，應該對魯迅精神進行深入研究，做一些於社會有益的研究。

陳衛爐：目前魯迅研究存在的問題主要是：一、聖化魯迅的傳統；二、解構魯迅的努力；三、回到魯迅那裏去的時代困惑。長期以來，學術界普遍追求一種單一的全能闡釋體系，毫無批判地繼承了革命領袖對文學領袖的經典論述，並且習慣性地把它當作解讀「魯迅」這一蘊涵無限豐富性、複雜性獨特個體的唯一法則，這樣就自覺或不自覺地進入了以論述論證權威意識形態的合法性、正確性乃至真理性的路途，從而主動放棄了建立在事實基礎上的科學認知的努力，窒息了科研的生命活力。聖化魯迅相對應，近年以來，學術界的「世紀末的魯迅之爭」，存在著諸如「拉魯迅下水」、「還原真實的魯迅」的解構式努力，這與後現代社會文化語境相契合。但我們也應該注意到這樣的努力只是多

從政治與文學的角度入手，剔除的只是覆蓋在魯迅身上
「至聖先師」的意識形態保護色，而沒有真正零距離接觸
本體論意義上的魯迅。有學者早就提出魯迅的研究存在從
「中興」到「末路」的危險。為此，重溫「跳出先定前提」
（汪暉）和「首先回到魯迅那裏去」（王富仁）的口號仍
舊具有重大指導性意義。歷史性是人類存在的基本事實，
無論是理解者還是文本，都內在地嵌入歷史性之中，真正
的理解不是克服歷史的局限，而是正確地去評價和適應這
一歷史性（伽達默爾）。只有這樣，無論是擺脫「既定前
提」還是「回到魯迅那裏去」，才有可能真切地接近魯迅，
還原魯迅。

李　亮：魯迅研究在拓展的同時，還要回歸「常識」。在研究上，
不僅僅是「我注六經」，也要「六經注我」，考慮到魯迅跟
當前時代的結合點，得出最大社會價值。

楊劍龍：現在中國吃魯迅飯的不少，魯迅在中國社會留下了深刻的
印痕。亞洲魯迅研究已經確立起來了，像日本、韓國對魯
迅都研究，做學位論文的很多，包括新加坡，魯迅其實也
在走向世界。各國的漢學家研究魯迅的也很多，至少魯迅
的精神遺產是世界性的精神遺產，這個是肯定的。我覺得
魯迅精神總體上是在中國社會走向現代化的過程中救國
救民為主的一種精神，至少是一種民族的焦慮。中國落
後，魯迅尋找到擺脫落後最根本的方法是「立人」。他覺
得中國人還沒有立起來，中國人是沒有個體的人，從來都
是奴性社會，所以魯迅對中國社會批判最深刻的是奴性。
所以「大寫的人」是和「奴性」對立起來的。魯迅說，中
國是「做穩了奴隸的時代」和「想做奴隸而不得的時代」，
他渴望有第三種時代。但他還有一個就是懷疑──「從來

如此就對嗎？」。在懷疑的基礎上，建構魯迅的批判精神，包括批判自我，包括批判社會。所以，我覺得，這就構成了魯迅對中國的歷史，對中國的現實，這樣一種批判。從某種角度說，是深刻，有些人說，是尖刻，這是魯迅的價值和意義。魯迅當年批判過、揭露的醜陋現象，現代社會仍然延續著。魯迅當年提出「立人」意識，在現代社會中仍然有著重要意義，在商品經濟社會中，在全球化的背景中，人往往被消弭在物欲社會裏，消弭在全球化的背景中，這構成了人的一種新困境，這跟封建社會人的困境有共同之處，也有不同之處。所以，魯迅的這種立人思想，在今天仍然有它的價值和意義。人在痛苦的時候，可能更能走近魯迅、靠攏魯迅。現代社會有很多矛盾，雖然物質生活比過去豐富了，但是精神世界卻往往陷入迷茫、困頓的狀態。今天，魯迅精神的意義仍然存在，魯迅是說不盡的。

原載《周口師範學院學報》2006 年第 6 期

後記

　　魯迅是中國現代文壇的巨匠,研究中國現代文學必須閱讀魯迅研究魯迅。自 1984 年考入揚州師範學院攻讀中國現代文學專業碩士學位後,魯迅便成為我閱讀與研究的主要對象。我的碩士學位論文是研究二十世紀二十年代的鄉土文學,作為中國現代鄉土文學開拓者的魯迅,便成為我學位論文研究的主要內容之一,我的學位論文從基本主題、鄉土風格、悲劇風格等方面展開對於以魯迅為代表的二十世紀二十年代鄉土文學的研究。

　　獲得碩士學位後,我在論文原來的基礎上拓展研究,既分別研究了許傑、許欽文、廢名、王任叔、臺靜農、王魯彥、蹇先艾、彭家煌等的鄉土創作,也研究他們所受到魯迅的影響,便有了後來出版的《放逐與回歸:中國現代鄉土文學論》一著。

　　1991 年,我赴京參加「魯迅誕辰一百一十周年學術研討會」,這是我一生參加規格最高的學術會議,開幕式在人民大會堂舉行,由中共中央總書記、國家主席江澤民致辭,中央在京的重要領導都出席了開幕式,這次會議無疑促進了中國的魯迅研究。

　　在文學研究道路上,雖然我既研究中國現代文學,也關注中國當代文學,還涉獵文化學、文藝學等方面的研究,魯迅研究始終是我關注的一方面的內容。多年來,我的魯迅研究雖然缺乏系統,但是大多從鄉土文學創作的角度入手,我研究魯迅鄉土小說的文化批判、民俗色彩等。在文學研究新方法引進的背景中,我也企圖嘗試以新的視角與方法研究魯迅,便有了從鄉土意識、反諷手法、意象

分析等角度展開對於魯迅創作的研究。在教學與編撰教材的基礎
上，我對魯迅的小說、散文以及一些單篇的作品展開分析研究，先
後發表在一些學術刊物上。在魯迅研究的過程中，我還寫了一些書
評，寫了一些關於魯迅研究的研究，有些寫得比較早的，也都一並
收入該文集中。需要說明的是：〈中日學者談〈故鄉〉〉是與跟隨我
一年的日本訪問學者工藤貴正的對話，他現在早已是日本的教授
了；〈悖論式的人物與悖論式的思想〉一文是我與我的碩士生陳衛
爐合作撰寫的；〈魯迅的世界與世界的魯迅〉是為了紀念魯迅逝世
七十周年與碩士生討論的紀要。

　　魯迅研究可謂博大精深，已經可稱為一門學問──「魯學」。
開展魯迅研究需要有學識的積累、學養的基礎、學術的意識，雖然
我一直未放棄對於魯迅研究的關注，雖然我也在「魯學」的園地裏
耕耘，雖然我一直是中國魯迅研究會的理事，但是常常有力不從心
捉襟見肘之感。將這些過去的文章積聚在一起，有敝帚自珍之意，
也有總結過往之想。

　　魯迅是中國文化的巨匠、中國文學的巨擘、中國思想的巨人，
研究魯迅、走近魯迅，期望在魯迅研究中不僅有所探究有所發現，
也期望學習魯迅的精神與人格，從而或多或少影響自我的性格與
人生。

楊劍龍

2009 年 4 月 5 日於瞻雨齋

中國上海師範大學都市文化研究中心成果

語言文學類　PG0420

鄉土與悖論
——魯迅研究新視閾

作　　者 / 楊劍龍
主　　編 / 蔡登山
責任編輯 / 林千惠
圖文排版 / 陳佳怡
封面設計 / 蕭玉蘋

發 行 人 / 宋政坤
法律顧問 / 毛國樑　律師
出版發行 / 秀威資訊科技股份有限公司
　　　　　114 台北市內湖區瑞光路 76 巷 65 號 1 樓
　　　　　電話：+886-2-2796-3638　傳真：+886-2-2796-1377
　　　　　http://www.showwe.com.tw
劃撥帳號 / 19563868　戶名：秀威資訊科技股份有限公司
　　　　　讀者服務信箱：service@showwe.com.tw
展售門市 / 國家書店（松江門市）
　　　　　104 台北市中山區松江路 209 號 1 樓
　　　　　電話：+886-2-2518-0207　傳真：+886-2-2518-0778
網路訂購 / 秀威網路書店：http://www.bodbooks.tw
　　　　　國家網路書店：http://www.govbooks.com.tw

2010 年 10 月 BOD 一版
定價：410 元

國家圖書館出版品預行編目

鄉土與悖論 ：魯迅研究新視閾 / 楊劍龍著, --.
  一版. -- 臺北市 ： 秀威資訊科技, 2010.10
    面 ； 公分. -- (語言文學類 ; PG0420)
  BOD 版
  ISBN 978-986-221-554-8(平裝)

  1. 周樹人 2.短篇小說 3.文學評論

857.63   99014597

讀 者 回 函 卡

感謝您購買本書，為提升服務品質，請填妥以下資料，將讀者回函卡直接寄回或傳真本公司，收到您的寶貴意見後，我們會收藏記錄及檢討，謝謝！
如您需要了解本公司最新出版書目、購書優惠或企劃活動，歡迎您上網查詢或下載相關資料：http:// www.showwe.com.tw

您購買的書名：＿＿＿＿＿＿＿＿＿＿＿＿＿＿＿＿＿＿＿＿＿＿＿＿

出生日期：＿＿＿＿＿年＿＿＿＿＿月＿＿＿＿＿日

學歷：□高中 (含) 以下　　□大專　　□研究所 (含) 以上

職業：□製造業　□金融業　□資訊業　□軍警　□傳播業　□自由業
　　　□服務業　□公務員　□教職　□學生　□家管　□其它＿＿＿＿

購書地點：□網路書店　□實體書店　□書展　□郵購　□贈閱　□其他

您從何得知本書的消息？

　□網路書店　□實體書店　□網路搜尋　□電子報　□書訊　□雜誌
　□傳播媒體　□親友推薦　□網站推薦　□部落格　□其他＿＿＿＿＿

您對本書的評價：（請填代號　1.非常滿意　2.滿意　3.尚可　4.再改進）

　封面設計＿＿＿　版面編排＿＿＿　內容＿＿＿　文／譯筆＿＿＿　價格＿＿＿

讀完書後您覺得：

　□很有收穫　□有收穫　□收穫不多　□沒收穫

對我們的建議：＿＿＿＿＿＿＿＿＿＿＿＿＿＿＿＿＿＿＿＿＿＿＿

＿＿＿＿＿＿＿＿＿＿＿＿＿＿＿＿＿＿＿＿＿＿＿＿＿＿＿＿＿＿＿

＿＿＿＿＿＿＿＿＿＿＿＿＿＿＿＿＿＿＿＿＿＿＿＿＿＿＿＿＿＿＿

＿＿＿＿＿＿＿＿＿＿＿＿＿＿＿＿＿＿＿＿＿＿＿＿＿＿＿＿＿＿＿

11466
台北市內湖區瑞光路 76 巷 65 號 1 樓

秀威資訊科技股份有限公司　　　　收

BOD 數位出版事業部

....

（請沿線對折寄回，謝謝！）

姓　　名：＿＿＿＿＿＿＿＿＿　年齡：＿＿＿＿　性別：□女　□男

郵遞區號：□□□□□

地　　址：＿＿＿＿＿＿＿＿＿＿＿＿＿＿＿＿＿＿＿＿＿

聯絡電話：(日) ＿＿＿＿＿＿＿＿＿　(夜) ＿＿＿＿＿＿＿＿＿

E-mail：＿＿＿＿＿＿＿＿＿＿＿＿＿＿＿＿＿＿＿＿＿